하늘의 다리 / 두만강

최인훈 전집 7
하늘의 다리/두만강

초판 1쇄    1978년 11월 30일
초판 4쇄    1986년 12월 30일
재판 1쇄    1994년  7월 15일
재판 2쇄    2000년  8월 23일
 3판 1쇄    2009년 10월 28일

지은이  최인훈
펴낸이  홍정선 김수영
펴낸곳  ㈜문학과지성사
등록번호  제10-918호(1993. 12. 16)
주소  121-840 서울 마포구 서교동 395-2
전화  02) 338-7224
팩스  02) 323-4180(편집)   02) 338-7221(영업)
전자우편  moonji@moonji.com
홈페이지  www.moonji.com

ⓒ 최인훈, 2009. Printed in Seoul, Korea

ISBN 978-89-320-1921-5
ISBN 978-89-320-1914-7(세트)

* 이 책의 판권은 지은이와 ㈜문학과지성사에 있습니다.
  양측의 서면 동의 없는 무단 전재 및 복제를 금합니다.

최인훈 전집
7

하늘의 다리 / 두만강

문학과지성사
2009

일러두기

1. 『최인훈 전집』의 권수 차례는 초판 발행 연도를 기준으로 했다.
2. 이 책의 맞춤법 및 외래어 표기는 국립국어연구원의 『표준국어대사전』을 따랐다. 다만, 일부 인명(러시아말)과 지명, 개념어, 단체명 등의 표기와 맞춤법, 띄어쓰기는 작가와 협의하에 조정하였다.
3. 인용문은 원본 그대로 표기하는 것을 원칙으로 하였으나, 경우에 따라 현행 맞춤법에 맞게 옮겼다.
4. 속어, 방언, 구어체, 북한어 표기 등은 작가가 의도한 바를 그대로 따랐다.
   예) 낮아분해 보이다/더치다/좀체로/어느 만한/클싸하다 등.
5. 단편과 작품명, 논문명, 예술작품명 등은 「  」, 장편과 출간된 단행본 및 잡지명, 외국 신문명 등은 『  』 부호 안에 표기했다. 국내 신문은 부호 표기를 생략했다.
6. 말줄임표는 ……로 통일하였고, 대화문이나 직접 인용은 "  "로, 강조나 간접(발췌) 인용은 '  '로 표기하였다.

차례

하늘의 다리 • 7
두만강 • 139

해설 추억과 현실의 환상/천이두 • 317
해설 환상으로 존재하는 삶/손정수 • 330

하늘의 다리

1

　김준구金俊九는 미도파 앞에서 차를 내렸다.
　해 질 무렵부터 희뜩거리던 싸락눈이 아직도 그만하게 내리고 있었다. 준구는 지하도를 빠져 명동으로 들어섰다. 그러자 오른편으로, 공사를 하는지 판자로 막아놓은 데가 눈에 들어오기가 무섭게, 영락없이 '그 착각'이, 불꽃처럼 눈발 속에 빛났다가 사라졌다. 쯧 하고 속으로 입을 다시면서 오가는 사람으로 붐비는 틈에서 그는 겸연쩍게 웃었다. 극장을 지나서 오른쪽으로 돌아간다. 그 안쪽 골목에 준구가 삽화插畵를 그려주고 있는 소설가 한명기韓明棋와 만나기로 한 바 '홍콩'이 있었다. 빌딩 옆대기에 아래로 내려가는 계단은 조금 미끄러웠다. 준구는 한쪽 벽을 짚으면서 그 계단을 내려갔다. 이 빌딩의 지하실이 바 '홍콩'이다. 문을 밀고 어두운 굴속으로 들어서자 "어서 오세요" 소리보다 앞서, 마담인 장이라는 여자가 그의 팔을 잡았다.
"깜짝이야"
하고 준구는 조금 호들갑을 떨었다.
"어머, 왜요?"
장 마담은 셰퍼드의 앞다리를 쓰다듬는 모양으로, 준구의 낙타 오버를 쓰다듬는다.
"들어서자마자 튀어나오니깐 그렇지?"
"반가워서 미안합니다."
여급 아이들과 나이래야 얼마나 다를 것도 없는 마담은 목을 잘름하면서 입을 비쭉해 보였다. 늘 보는, 돈 안 드는 서비스에 지나지 않는 그 시늉이 그의 가슴속에서 따뜻한 눈송이처럼 희뜩 날렸다.
"나도 반가워."
"싫어요. 반가운 사람 저기 있어요."
장 마담이 가리키는 어둠 속 그쪽에서 한명기가 손을 들어 보인다. 준구는 아직 채 익숙하지 못한 어둠 속을 걸어가서 그의 맞은편에 앉았다.
"눈이 오지?"
하고 한명기가 물었다.
"와."
한명기 옆에 앉은 아이가 따라놓은 맥주를 한 모금 마시면서 준구는 대답했다.

"많이 올 것 같지는 않아."

준구는 잔을 입에서 떼면서 그렇게 보태면서 막연히 바 안을 한 바퀴 둘러보았다.

"자네는,"

하고 한명기가 웃었다.

"뭐야."

"내가 왜 웃는지 알겠나?"

"알 게 뭐야."

"모르지?"

"자네만 알겠지."

"그렇긴 해."

한명기는 원고를 쓰다가 잠깐 펜을 멈춘다는 듯이 뜸을 들였다.

"자네가 지금 휘둘러보는 시늉 말이야"

하고 한명기는 다시 시작했다.

"응?"

준구는 그래도 무슨 말인지 알 수 없었다.

"자네가 쓱 둘러보는 그 시늉이 늘 한모양이란 말이야."

"알 만하군."

"이상한 일이지?"

"내가 나를 닮았다는 게 이상하단 말인가?"

"그러게 말이야."

"정동진鄭東振이를 매 호號마다 다르게 그려놓으면 자네 좋아하겠나?"

'정동진'이란, 지금 준구가 삽화를 그리고 있는 한명기의 연재소설 『바람의 마음』의 주인공이다.
"흐음, 그럴싸한 말을 하는데."
한명기는 몹시 좋아했다.
"말보다 그림이 그럴싸해줬으면, 하고 바라고 있는 터이지."
"내 소설의 삽화로서는 자네 이상을 바랄 수 없다고 생각해."
"그런가?"
"정말이야."
그것이 무슨 증명이라도 되는 모양으로 한명기는 잔을 들어 단숨에 비웠다.
"사실 자네 그림을 난 자세히 연구하지."
"연구라니?"
"응, 자네 그림을 보고 주인공이 그때마다 좀더 알아지는 것 같아."
"여보게 한심한 소리 말게, 자네 주인공 아닌가."
한명기는 손을 내저었다.
"내 주인공이지만, 내가 만난 적은 없잖아. 그걸 보여주는 게 자네 그림이란 말일세."
"『삽화 입문』 같은 데 담을 만한 말이군."
한명기는 싱긋 웃었다. 친구의 그 웃음을 대뜸 준구는 마음속에서 선線으로 옮겨놓았다. 자기의 그 재빠른 반응에 스스로 놀라면서 몸을 의자 등에 기댔다.
그리고 한명기가 금방 지적한 그 시늉으로 또 한 번 뜻 없이 바

안을 훑어보았다. 마침 아는 얼굴은 하나도 없었지만 그 얼굴들은 대개 알 만한 선으로 이루어져 있었다. 잡지 편집자, 신문 기자, 대학 관계자들, 예술가— 그런 사람들이 드나드는 이 바는 그것다운 분위기가 있었다. 그 분위기란 것도 준구의 머릿속에만 있는 공상의 그림인지는 몰랐다. 그러나 적어도 준구에게는 그 공상은 실지로 있는 공상이었다. 건강한 사람에게는 병이란 공상인지도 모르지만 앓는 당자에게는 진실이듯이. 그리고 아마 드나드는 모든 이들에게도 사정은 마찬가질 것이었다. 여기를 공상의 장소 아닌 것으로 여기는 사람은 종업원들만일 것이었다. 준구는 장 마담을 바라보았다. 문간에 지켜 서서 애교, 라는 이름의 발톱으로 들어서는 사람을 낚아채어 이 어슴푸레한 공간의 빈자리에 여기저기를 지정해주고 있는 그 여자는 조리를 들고 고기를 어항에 옮기는 붕어 장수 같았다. 서울이라는 바다에서 이 '홍콩'이라는 불규칙 여러 모꼴의 커다란 어항에 모여드는 사람들. 상이며 의자며 하는 인조 바위. '홍콩'이라는 이름값이 된다고 생각해서인지 중국집 같은 주렴 장식이 바다풀처럼 어두운 조명 속에서 나풀거린다. 준구는 언제나처럼 지겹다는 생각과 포근한 마음을 동시에 느꼈다. 한 해가 저물어가는 때라 더욱 간절했다.

"드세요."

어느새 곁에 와 앉은 아이가 잔을 들어 그에게 권했다. 미스 김이었다.

"들라는 게 인산가?"

"나빠요?"

"좋아."

미스 김은 상글 웃더니, 참, 하는 낯으로 말했다.

"돌려보낼까요?"

그녀도 요즈음 모두 인사말 대신으로 아무나 하루에 한 번씩은 말하는 화제를 꺼냈다. KAL기가 잡혀간 지도 일주일이 넘었다.

"글쎄 내가 알아?"

"간첩이 몰고 간 게죠?"

"그렇다잖아."

"아이 무서워."

이때 곁에 앉은 아이와 얘기하던 한명기가 건너편에서 말을 보내왔다.

"김 선생 고향이 원산이야."

"그러세요?"

미스 김은 놀라는 시늉을 한다.

"그래."

"원산이 항구죠?"

"그럼."

"비행기를 왜 항구로 가져갔을까?"

준구와 한명기는 한꺼번에 웃음을 터뜨렸다.

"못 당하겠단 말이야"

하고 소설가는 말하였다.

"응?"

하고 준구는 그를 쳐다봤다.

"뭐가 우스워요."

미스 김은 무안해하면서 컵을 만지작거렸다.

"글쎄"

하고 소설가가 말했다.

"웃으면서 지금 생각하는 중인데 아직 왜 우스운지 모르겠군."

갑자기 웃기를 잘하는 한명기는 아직도 캑캑거리면서 멈추지 못한다.

"뭐가 우스워요"

하고 미스 김이 이번에는 졸라댄다.

"가만있어."

한명기는 미스 김을 손가락질하면서 말했다.

"미스 김, 상당히 웃기는데. 글쎄 뭐랄까. 하필 그게 궁금할 게 뭐야."

"왜요?"

"아무튼 좋았어. 비행기를 왜 항구로 끌고 가느냐."

한명기는 또다시 깔깔대면서 준구에게 말했다.

"어때, 자네 할 말 있어?"

할 말은 있으나 미스 김에게는 잘 통할 것 같지 않았다. 그러나 미안한 것 같아서 그는 말했다.

"미스 김. 비행기를 항구로 끌고 간 게 아니라 비행기가 내린 데가 원산 비행장이란 말이야."

"아이, 정말 그렇군요, 그런데 왜 그렇게 말이 나갔는지 모르겠어요."

한명기는 미스 김에게 엄지손가락을 내밀어 보였다.

"세 사람이 동행하면 반드시 스승이 있다. 공자님이 말씀하셨어. 현실에는 여러 '근根'이 있어."

"근이 뭐예요?"

"뭐?"

그는 깔깔거렸다.

"이렇단 말이야. 한글 전용 세대와의 단절. 요즈음엔 그걸 뭐라 부르는지 알아야지. 근이란 건 말야, 뿌리란 말야 뿌리."

"알았습니다. 그래서요?"

"현실에는……"

"현실이 뭐예요?"

"응?"

한명기는 잠깐 생각했다.

"나무에는 뿌리가 여러 가닥 있잖아? 그런데 사람들은 자기 손에 잡힌 뿌리만 있는 줄 안단 말이야. 미스 김은 원산에는 항구라는 뿌리만 있는 줄 알았지. 그런데 원산에는 비행장이라는 뿌리도 있었단 말이야. 모르는 뿌리가 나오니깐 미스 김이 놀란 거지."

"아이 몰라요. 뿌리가 너무 많아서."

"그래그래, 뿌리가 적은 게 좋지. 아주 없는 게 제일 좋고."

준구는 원산이라는 도시가 가지고 있는 많은 뿌리를 생각해보았다. 그 속에는 준구 자기에게 뻗친 뿌리도 있었다. 그것은 지금으로서는 그의 머릿속의 기억記憶 세포에만 이어진 뿌리였지만 뿌리임에는 틀림없었다. 실지로 오갈 수 없기 때문에 그 뿌리는 준구의 기억 세포 속에서 뿌리혹박테리아처럼 무성하게 부풀어 있었다. 그리움이란 양분을 빨아먹으면서 그 박테리아는 이십 년 동안 가닥에 가닥이 얽혀 덩굴진 숲을 이루고 있었다. KAL기에 얽힌 고향의 이름 두 자가 갑자기 붓끝에 걸리는 캔버스의 닿음새처럼 이 며칠 그 덩굴을 건드려오고 있는 터이었다.

많이 취해서 바를 나왔다. 눈은 멎어 있었다. 준구는 한명기와 헤어져 버스 정류장으로 오면서 문득 그가 준 원고를 두고 나온 것 같아서 호주머니를 이리저리 뒤져봤다. 원고는 안주머니에 있었다.


2


신촌의 아파트에 도착하기까지 어떻게 왔는지 얼떨떨했다. KAL기니 원산이니 고향이니 뿌리혹박테리아니 하는 소리가 취한 머릿속에서 빙글빙글 돌아갔다.

아파트 사무실의 공 씨가

"취하셨습니다"

하면서 그에게 편지를 주었다.

그는 이 아파트의 맨 위층인 4층 그의 방 앞에 꽤 힘들여가면서 올라갔다. 방에 들어서면서 취중에도 그의 손은 문지방 옆 단추를 눌렀다. 제 손이 만들어낸 불빛을 눈부셔하면서 그는 침대에 쓰러졌다.

섬뜩하는 기운을 느끼면서 준구는 잠에서 깨었다. 일어나 앉는다. 팔목시계를 보니 3시다. 앉은 채로 잠들었던 것이다. 침대 발치에 놓인 석유난로에 불을 단다. 며칠째 스팀은 고장이었다. 푸른 기운이다가 이윽고 발가우리해지는 심지를 지켜보고 있던 그는 침대에 구겨져 떨어진 편지를 보았다. 지난번 삽화를 그린 신문사에서 회송된 것이었다. 편지 보낸 이의 이름이 그를 놀라게 했다. 편지 든 손을 난로에 가져가면서 그는 읽어나갔다. 그 내용이 더욱 그를 놀라게 했다.

제번하옵고.

갑자기 글월 올려 놀랄 줄 믿네. 소생은 군의 염려지덕분으로 오늘날까지 지내왔네. 군의 성명盛名은 지상을 통해 익히 보아왔고 기예技藝가 날로 입신入神하는 모양 멀리 우러러오고 있었나이다. 연이나 이처럼 군에게 글월 드리게 됨은 다름 아니라, 소생이 남에게 말 못 할 괴로움이 생겨 오래 번민하던 끝에 실례를 무릅쓰고 군에게 자비한 손길을 구하여볼 수 있을까 하여서였네. 소생은 상처한 이후로 올해 열여덟 살 되는 여식을 데리고 구차한 삶을 이어오던바, 미거한 것이 지난여름에 집을 나가 소식이 묘연하다가, 이번에 이곳 부산에 제 친구에게 한 편지로 행방을 알게 되었네. 편지에 의하면 미거한 것이 서울 모 맥주홀에 있다고 하나이다. 김 군, 삶이 이다지도 욕될 수 있단 말인가. 생각 같아서는 당장에 소생이 올라가야 할 것이나, 지금 병석에서 움직일 수 없네. 부탁드리올 일은 다름 아니오라, 김 군께서 소생의 여식을 데려다 잠깐 보호해주시면

소생이 기동하게 되는 대로 올라가 찾을까 하나이다. 적막 타향에 이 같은 해괴로운 일을 부탁할 친척도 없거니와, 학교의 동료 제위에게도 차마 말 못 할 일이라 몇 날 며칠을 번민 끝에 군의 높으신 은혜에 호소하고저 엎드려 비나이다.

한동순 재배

여식成姬의 주소: 서울특별시 동대문구 청량리동 2가 'OK비어홀' 내

그는 기계적으로 거듭 읽었다. 한 번 읽으나 두 번 읽으나 달라지는 것도 없는 편지를 그는 거듭 읽었다. 무엇인가 갈증 같은 것이 아가리를 벌리고 있어서 그 속에다 편지 내용을 아무리 들이부어도 채워지지 않는다.

준구는 지난번 전쟁 때 원산에서 피난배를 타고 넘어왔다. 숱하게 있은 일로 그의 경우도 부두의 그 북새판에서 가족과 헤어져서 혼자 배를 타게 된 것이었다. 그에 비하면 부인과 아들 하나를 데리고 넘어온 한동순 선생은 행복한 편이었다. 부두 노동. 미군 부대. 입대. 늦게 들어간 대학. 혼자 넘어온 따라지의 정례 코스를 거쳐 간신히 미술 대학을 마쳤다.

지금이니 망정이지, 그 판국에 미술 대학이 당한 일이 아니었을 텐데 그는 그렇게 했고, 지금은 덕분에 그걸로 밥을 먹는다. 그러나 밥을 먹을 수 있을 만한 자리에 이르는 동안에, 그는 '예술가'에서는 탈락해버리고 말았다.

애당초부터 응용미술에 대한 신념을 가졌다면 몰라도— 요즈음

미술 지망생은 그 점이 분명하지만—준구는 그렇지 못했다.
준구에게는 그림은 그림 이상의 것이었다. 고향에서 줄곧 칭찬을 받아온 소질이기도 했지만 갑자기 타향살이가 된 청년은 그 지극히 막연한 '소질'이라는 것을 냉정하게 따져볼 여유가 없었다. 모든 것이 남보다 못했고, 다만 한 가지 자기가 믿을 수 있는 것이 그림 재주였다. 그러니까, 준구가 그 판국에 미술과를 택한 것은 강해서가 아니라, 약해서였다. 그렇게 약하다는 것이 그의 꿈이 강하지 말라는 까닭은 될 수 없는 일이었다. 그러나 그는 번번이 국전에 떨어졌다. 준구는 피난 첫 무렵에 한동순 선생을 몇 번 뵌 적이 있다. 한 선생은 어느 사립 학교에서 미술과 해석기하학을 가르치고 있었다. 한 선생은 원산에서 그의 은사였다. 전쟁이 일어나던 해 고등학교 3학년이던 준구는 학교 미술 서클의 책임자였고 따라서 한 선생의 직계 제자였다. 그는 선생 댁에도 자주 드나들었다. 당시 선생의 가족은 부인과 고등학교 1학년짜리 아들이 하나, 그렇게 세 식구였다. 아름답고 점잖은 부인이었다. 풍금을 가지고 있어서 놀러 가면 풍금 소리가 담 너머로 들릴 때가 많았다. 준구는 그때, 나도 화가가 돼서 이런 가정을 가졌으면 하고 늘 생각했다.
부산에서 찾아뵈었을 때도 식구 수는 마찬가지였고 피난 살림이지만 단란했다. 부인은 혼자 넘어온 준구를 동정해서 이것저것 보살펴주었다. 그리고 줄곧 한 선생은 부산에 있었고 준구는 입대하게 된 이래 만나지 못한 것이었다. 가끔 한 선생 생각을 하면서도 준구는 국전에 들지 못했다는 자격지심으로 한 선생을 잊어버리고 싶었다. 아마 국전 입상 같은 계기가 있었다면 준구가 제일 먼저 알리고 싶은 사람이 한 선생이었고 남한 땅에서 그것을 제일 반겨 줄 사람도 한 선생이었다.

준구는 머리를 부둥켜 잡고 빨갛게 단 불을 들여다보았다. 머릿속에서도 무엇인가 달아오르고 뻐개지듯이 아팠다. 그 머릿속에서 무엇인가 맹렬한 사건이 진행되고 있는 모양이었다. 그게 무언지 준구는 알 수 없었고 그에게 통보된 것은 뻐개질 듯한 그 아픔뿐이었다.

그는 일어서서 옆방으로 갔다. 한데처럼 썰렁하다. 거기가 그의 아틀리에였다. 스팀이 끊어진 냉랭한 방의 모습은 불시에 습격을 당한 어떤 현장처럼 매무새를 고칠 사이 없이 본모습을 드러내주고 있었다. 스팀이 들어오는 동안은 범연히 보아온 방 안이 단 한 가지 공기가 차다는 그 변화만으로 전혀 다른 모습이다. 그리고 이쪽이 참모습이라는 것을 준구는 직감했다. 마루 위에 여러 틀을 밀어붙여놓은 캔버스는 무대 장치의 부스러기같이 보이고 선반에 앉힌 튜브며 팔레트는 페인트 상점을 연상시켰다. 그리고 한쪽에 놓인 백통 트렁크는 곡마단의 보따리처럼 보였다. 그는 이것저것 둘러보았다. 손에 먼지가 묻어난다.

그는 좁은 방 안을 왔다 갔다 걷기 시작했다. 이게 뭔가. 여기서 뭘 했는가. 그러다가 팽개친 이 걸레쪽들. 말라붙은 튜브들. 딱딱하게 처박힌 붓. 결국 이렇게 되고 말았는가. 돈을 번 다음에 그림을 그린다? 거짓말이다, 거짓말이다. 그런데 나는 돈이 없어서 그림을 못 그렸던가? 아니다. 난 재주가 없었어. 의지력도 없었어.

한눈만 팔다가 망했어. 손을 믿지 않고 머릿속에서 요령만 찾다가, 손이 굳어버렸어. 그러나 내 생활이 조금만 편하기만 했던들. 내가 좀더 좋은 스승만 만났던들. 의지력이 약한 내가 그나마 한길만 팔 수 있게 생활이 넉넉하기만 하였던들. 나보다 못한 작자들도 입선이 되고, 외국에 가고 하지 않았는가. 그건 무언가. 나보다 운이 좋았을 뿐이야. 시간이 나보다 많고, 돈이 더 있고, 연줄이 있는 자들은 나만 못한 재주를 가지고도 유망한 화가로 통하고 학교에 기반을 만들고 있지 않는가. ― 그렇다고 치자. 그게 어쨌단 말인가. 거짓말로 통하고, 정치로 통하지 못한 것이 아깝단 말인가?

　화가는 우뚝 걸음을 멈추었다. 그것은 부끄러운 발견이었다. 가짜를 욕하는 속심인즉 그 축에 끼지 못한 것을 억울해하는 자기라는 말이 되기 때문이었다. 재능이 없다는 것보다 더 슬픈 일이었다. 어쩌다 이 꼴이 됐단 말인가. 재능이 없다면 그걸로 그만이 아닌가. 가짜를 질투하려고 예술을 하려던 것이 아닌 바에야 남이야 가짜든 말든 무슨 상관이란 말인가. 남이 가짜라는 게 내게 무슨 구원이 되는가. 내 슬픔, 내 절망은 나의 무능― 그것 말고는 없다. 그게 모두다. 그리고 끝장이다. 남들은 그가 마흔 살에 가까워도 결혼도 안 하는 것을 보고 지독하다고 했다. 이 년 전 이 아파트로 이사했을 때, 그의 규모 있는 살림을 칭찬했다. 술만 마시는 것 같으면서도 속셈은 다 차린다고. 혼자 살면서 이렇게 준비가 꼼꼼하다고 했다. 준구로서는 그런 건 아무래도 좋은 일이었다. 집이며 이따위 부스러기 나부랭이 같은 것이 다 없더라도 무엇인가 될 수 있다고 생각하던 시절이 더 귀한 것이었다. 언제부터 이렇게 되었는지 알 수 없었다. 준구의 머릿속을 몇 사람의 여자의 얼굴이 지나갔다.

떠올려본 그 얼굴들에는 그때마다의 준구 자신의 괴로움의 사정이나 슬픔 같은 것의 반영은 역력한데도 정작 그녀들 자신의 마음은 닫힌 채 보이지 않았다. 사랑도 예술도 모두 잃었다. 아니 원래 가지고 있지 않은 것이니 모두 잃은 것이 아니라 아무것도 얻지 못했다. 살기 위해서 삽화다, 도안이다, 실내 장식이다를 닥치는 대로 만지는 사이에 그는 무엇인가를 잊어버렸다. 그의 몸속에 가득했던 목마름은 게으름으로 바뀌고 혈관에는 알코올이 가득 찼다. 매일이다시피 술이었다. 빈방에 일찍 돌아오는 것이 싫어서 늦도록 거리에서 헤맸다. 수입이 없을 때도 술은 언제나 마실 수 있었다. 재능에 절망했을 때는 그런 술친구가 있었고 누가 미울 때는 독설가가 있었고 절망이 부지런함의 외양을 띠게 되면서는 일 친구가 생겼다. 부지런함의 외양을, 절망이 그런 외양을 지닌다는 것— 무서운 일이었다. 그리고 자기에게 그런 소질이 있다는 것이 지겨웠다.

한명기의 삽화를 그리는 것은 그에게는 덜 괴로웠다. 편한 집안에 자란 그가 순전히 예술 자체의 논리를 순조롭게 따라가서 발견한 어떤 어둠이, 준구가 생활을 통해 얻은 어둠의 경험과 겉보기로는 똑같기 때문이었다.

자기가 손으로 발견해야 할 것을 남의 머리가 만들어낸 것으로 대신하는 입장에서 그는 괴로움과 기쁨을 동시에 느꼈다. 그것이 마치 자기의 가능성이 아직 남아 있는 증거라도 되는 것처럼.

그는 편지를 손에 쥐고 있었다. 막연하게 멀리 잊고 있던 한 선생의 뜻밖의 출현은 소중하게 맡겨두었던 물건이 분실됐다는 통고처럼 그를 때렸다. 그의 꿈을 지켜본 사람. 그의 야심의 고해승告解僧. 그 고해승이 신도 앞에 무릎을 꿇고 쓰러진 것이다.

"염려 마십시오 선생님"

하고 그는 중얼거렸다.

교회의 새벽 종소리가 들려왔다.

## 3

삶이란 예측할 수 없다.

한동순 선생의 편지는 준구에게 예기치 못한 무엇을 느끼게 했다. 그 무엇이란 슬픔에 싸인 보람 같은 것이었다.

이튿날 저녁에 준구는 OK비어홀에 갔다. 저녁에 간 것은 잘 생각해본 끝에 그렇게 한 일이었다. 처음에는 아침에 가서 경영자를 만나 해결할까 했으나 좋은 방법이 아니었다. 먼저 본인을 만나보는 것이 좋을 것이었다. 그러기에는 비어홀이란 데는 그대로 편리한 곳임에 틀림없었다.

성동역을 지나 청량리 로터리 한 정거장 앞에서 차에서 내려 걸어가다가 곧 홀을 찾을 수 있었다. 빌딩 2층에 있는 그 술집은 꽤 넓은 공간에 예대로 어슴푸레한 조명의 맥줏집이었다. 그는 자리에 앉은 다음 둘러보았다. 근래 몇 해째 그리 험한 술집에 드나들지 않게 된 그의 눈에는 몹시 우중충해 보였다.

이런 장소도 그 나름으로 에누리 없이 등급이 있다. 고급 매춘부같이 말끔한 명동 무교동 근처의 그런 집들에 비하면 여기는 보다 절박한 어둠이 있었다.

그렇다고 실내 장식이 그 분위기만큼 차이가 있는 것은 아니었다. 이런 데 실내 장식에 여러 번 어울려본 준구는 어둠 속일망정 그것을 알 수 있었다.

"이름이 뭐야."

준구는 술을 가져온 통통한 여급 아이에게 물었다.

"15번이에요."

여급은 곁에 와 서면서 자기 허리에 찬 번호표를 내려다보았다.

"아니, 이름 말이야."

"김이에요."

"미스 김이군."

준구는 다행스런 생각이 들었다. 그 여자는 아니었으면 싶은 인상이었던 것이다.

"성희 있나?"

흘끔 쳐다보면서 미스 김이라는 그 여급은 대답했다.

"안 나왔어요."

"안 나왔어?"

준구는 확인이 된 데서 오는 안심과 어쩐지 만난다는 일을 우선 미루었다는 안도감을 함께 느꼈다. 다음은 궁금증의 차례였다.

"왜 안 나왔나?"

"아프다고 연락이 왔나 봐요."

"그래."

더 캐어묻는 것은 서툴 것 같았다.

"선생님 여기 자주 오세요?"

"응?"

오래 있은 아이면 물을 것도 없는 질문이었다.

"그럼. 못 보던 얼굴인데?"

"보름 됐어요."

"응, 그 사이 왔었군."

거짓말은 쉽기 때문에 술술 나왔다.

"성희가 없어서 미안합니다."

"또 오지 뭐."

"가실래요?"

"아니. 미스 김이 더 예쁜데?"

두 손을 깍지를 끼어 앞에 모으고 미스 김은 얌전한 표정을 지었다. 요즘 술집 여자는 여염집 여자도 아니고 화류계도 아니고 '스타일'이 없다고 어느 선배가 말한 적이 있었다. 그것도 '스타일'이라는 것이 그 자리의 결론이었다. 미스 김의 표정을 보고 준구는 그 생각을 했다. 그러나 지금은 그런 태평하고 책임 없는 심정에서가 아니었다.

이 여자가 성희라면. 라면이라고 생각할 것 없이 내일이면 성희가 이 자리에 서 있게 된다. 풍류객일 수 없는 자리에 준구는 있었다.
"앉아."
"앉지 못해요."
뻔한 이야기에 신통치도 못한 농담을 주고받으면서 재미없는 술을 마셨다.
여기서 오늘 볼일은 없었으나 내일 또 들를 때 조금이라도 편한 마음이 되고 싶어서 앉아 있는 것이었다. 오늘로 이 장소하고는 구면이 됐으니 내일 성희를 만나더라도 사람하고만 어색하면 될 이치였다. 그는 술 마시는 사람을 둘러보고 미스 김이 선 자리에 성희를 마음속으로 세워보면서 내일 장면을 만들어보았다. 미스 김은 준구가 말수가 적어지자 다른 자리로 가서 가끔 돌아와 술을 따랐다. 성희가 없어 기분이 내키지 않는 모양이라고 생각하는 것일 테고 말하자면 그렇기도 한 일이었다.
한 시간쯤 마시고 OK홀을 나왔다.
보도에 내려서서 조금 걸어가다가 준구는 또 '그 착각'을 일으켰다. 그것은 착각이라기보다 '허깨비'라고 하는 편이 옳았다. 갠 밤하늘에 여자의 다리 하나가 오늘도 걸려 있다. 허벅다리 아래만 뚝 잘린 다리다. 쇼윈도에 양말을 신겨 거꾸로 세워놓은 마네킹의 다리가 하늘 한가운데 애드벌룬氣球처럼 떠 있는 것이다. 창백한 큼지막한 달이 떠 있는 하늘은 밝고 싸늘하다. 다리는 달빛을 받아 별처럼 빛난다. 발을 아래로 제대로 허공을 밟고 선 다리는 한쪽뿐인데 허벅다리 위에서 끝나 있다. 그런데 그 끊어진 대목이 마네킹과 다르다. 끊어진 대목에서 피는 흐르지 않는다. 있어야 할 둥근 절단면이 없는 것이다. 아무리 뒤로 돌아가서 절단면을 보려고 해도 보이지 않는다. 절단면은 자기 그림자를 밟으려고 할 때처럼 시선에서 벗어난다. 끊어진 다리. 그런데 끊어진 자리가 없다.

얼마 전에 준구는 밤하늘에 떠 있는 이 다리를 발견했다. 그러자 낮에도 보이기 시작했다. 언젠가 지방에 갔을 때는 서울 쪽 하늘에 멀리 그러나 뚜렷하게 보였다.

"자네 저것 보이나?"

준구는 어느 날 또 나타난 다리를 올려다보면서 한명기에게 물어봤다.

"뭐?"

"저기 하늘에…… 뭐 있는 것 같은데."

"어디, 안 보이는데……"

"저기 저."

"뭐야, 비행운이 보이나?"

"비행운? 그런가?"

얼버무리면서 준구는 그만뒀다. 사실대로 말하지 않은 것만 다행스러웠다.

그는 어느 다방 앞에 멈춰 서서 사람을 기다리는 체하면서 다리를 쳐다보았다. 그것은 마네킹의 다리가 아니라 분명히 살아 있는 사람의 다리였다. 준구는 여러 번 보아서 그런지 이제는 부자연스럽지도 않다. 땅 위에서 올라가는 밤의 도시의 색깔 섞인 불빛들이 힘이 다해서 스러져가는 언저리보다 훨씬 높이, 달빛과 별빛만으로 차고 맑게 빛나면서 살찐 발가락들이 부드럽게 하늘을 즈려 밟고 있다.

한참 후에 준구는 택시를 탔다. 아직도 다리는 떠 있다. 창문으로는 하늘을 볼 수 없어서 불편했다. 대개 나타났다가 곧 사라지는 것이 보통이었지만 어떤 때는 몇 시간이고 그대로 머물러 있을 때도 있었다. 길가에 무작정 서 있을 수 없어서 아파트로 가서 자기 방 창문에서 보기로 한 것이다. 크리스마스 장식을 한 세모의 밤거리에는 사람이 붐볐다. 택시는 건널목마다 지체하면서 종로를 빠져 광화문을 지나서야 속력을 냈다.

아파트 앞에서 내려 하늘을 보니 다리는 없었다. 그 자리에 다리를 상상해보려고 해도 영 되지 않았다. 머릿속으로 그 자리에 억지로 다리를 그려보아도 그것은 오려 붙인 그림처럼 벗겨져 날아가버린다. 마치 그 빈자리가 가짜 딱지를 튕겨내는 것 같았다.

그는 가게에서 소주 한 병과 마른안주를 사가지고 방으로 올라갔다. 행여나 싶어서 창문으로 내다봤으나 역시 보이지 않았다. 그는 난로를 피워놓고 술을 마셨다. 잘하겠다고 스팀을 시설해놓기는 했으나, 고장 난 날이 실지로 더 많았고 끝내 수리를 포기했다고 한다.

'스팀 시설 완비'는 입주자를 속이기 위한 겉치레였다고 생각할 수밖에는 없었다. 다른 집에서는 같이 시설이 돼 있는 무연탄 온돌을 쓰고 있었으나 준구는 무연탄 시중을 제가 볼 수도 없었고, 부탁할 수도 없어서 석유난로를 쓰기로 했다. 이쪽이 편했다. 뜨뜻해진 난로 앞에서 술을 마시면서 그는 OK홀을 생각해본다. 그

음침한 모습이 괴로웠다. 잘 꾸미고 못 꾸미고 간에 술집은 술집이요, 성희의 신세에 다를 것이 없겠는데도 준구는 그것이 걸렸다. 껄렁한 학교에 자식을 입학시킨 학부형 같은 심정이었다. 편지만으로는 한 선생네 가정 형편을 알 수 없었다. 부인이 돌아가셨다는 것도 처음 안 일이었다. 아들이 있을 텐데 어떻게 됐는지도 궁금했다.

만일 그럴 수 있는 사정이면 오빠를 두고 자기에게 이런 일을 맡길 리도 없었다. 준구는 편지를 꺼내서 또 읽어봤다. 그동안 편지에 새 글씨가 돋아났을 리도 새끼를 쳤을 리도 없기에 그 소리가 그 소리였으나 준구는 몽롱한 정신으로 읽어가면서 더 우울해졌다. 한 선생 편지의 그 투가 한 선생다워 보이지 않았다. 준구도 한 선생을 천재라거나 위대한 화가—혹은 위대해질 기회를 놓친 불우한 화가라고도 생각지는 않는다.

그러나 편지투에 나타난 한 선생은 모르는 사람이면 몰라도 준구가 아는 한 선생과는 너무나 닮지 않았다. 위대하지는 않지만 한 선생은 화가이며, 수학자이며 침착하고, 행복한 가정의 주인이었다. 원산 시절에 준구는 사상이니, 이데올로기니 하는 것은 거의 염두에 없었다. 그에게 확실한 것은 캔버스 위에 그은 한 가닥의 줄, 한 엉킴의 색깔, 그 위에 퍼진 밝음과 어둠—그런 것이었다.

그에 비하면 '역사의 발전 법칙'이며, '역사의 추진력' 같은 것은 빈말 같은 것이었다. 민청의 간부 친구들도 아예 사회과학의 색맹 같은 준구의 경향에 관대했다. 화가들이 같은 패끼리는 치고받지만, 음악가니 시인이니 하고는 잘 지내는 사정이나 같다고 할는지. 그런 준구로서는 한동순 선생의 가정 같은 것이 바람직한 가정의 모습이었다. 그때 한 선생이 교직원 회의 같은 데서 어떤 입장에 있었는지, 월남한 동기가 어떤 것인지 준구는 생각해본 적이 없다.

플래카드와, 구호와, 궐기 대회와, 초상화가 범람하는 시대의 뜻을 준구는 알려고 하지 않았다. 그것들은 말하자면, 기차나, 자동차나, 배라든지 대포 같은 것이었다. 기차나 대포는 있어야 하는 것이겠지만 그런 것을 사랑할 수가 없지 않은가. 만일 준구가 기관차 공장의 선반공이거나 병기창의 설계사였다면 사정이 달랐을지 모른다. 또 민청 간부였대도 사정은 달랐을지 모른다. 그러나 준구는 학생이었고, 간부도 아니었다.

사람은 자기가 만든 것만을 사랑할 수 있다. 그래서 그는 그림을 사랑했다. 자기가 만드는 생활. 자기 손으로 만드는 생활. 그것이 그림 그리기였고 한동순 선생은 그런 생활의 선생이었다. 창문을 크게 낸 한식집 사랑채를 개조한 아틀리에와 화집畵集들과 거기 흥건한 페인트 냄새가 준구에게는 제일 훌륭한 세계였고, 한 선생은 그 집의 주인이었다.

그런데 편지투에 나타난 한 선생은 초라하고 서툴렀다. 아무리 늙기로서니. 준구는 화가 났다. 두 홉짜리 소주는 금방 없어졌다. 병을 거꾸로 입에다 쏟아본다. 방울만 떨어진다. 지금 그가 사랑하는 것은 이 방울이었다. 이 도시에 가장 풍성하게 넘쳐 있는 그 액체가 그에게는 제일 알뜰한 사랑이었다. 저고리 호주머니에서 잔돈을 꺼내 쥐고, 또 한 병의 두 홉짜리 사랑을 사기 위해서 그는 계단을 내려갔다.

4

10분이 지나도 성희는 나타나지 않았다.
……어제 준구는 성희를 만났다. OK홀에 가서 자리에 앉자 전날 미스 김이 인사를 하더니 곧 성희를 보내주었다. 준구는 중키의 그녀가 자기 앞에 와 서는 순간 그게 성희라는 것을 알았다. 어머니와 너무 닮았기 때문이었다.
"미스 한입니다."
준구는 그녀를 쳐다볼 뿐 잠시 할 말이 없었다. 삶이 이다지도 욕될 수 있단 말인가—한 선생 편지에 있던 구절이 퍼뜩 스쳐간다.
성희는 주문을 받아가지고 저쪽으로 간다. 준구가 막연하게 생각하던 앳된 소녀가 아니라 다 큰 처녀였다. 이 간단한 발견이 약간 그를 당황하게 했다. 만일에 싫다고나 한다면?
성희가 맥주와 안주를 가지고 와서 테이블에 늘어놓고 술을 따랐다.
준구는 잔을 들어 한 모금 마시고 성희를 쳐다봤다.
"한동순 선생 따님이시지?"
흠칫하면서 그녀는 굳어졌다.
"다른 사람이 이상하게 보면 안 되니깐, 편하게 서 있어요."
조종을 받는 기계처럼 그녀의 몸이 풀렸다.

"아버님한테서 온 편지가 있으니깐, 그걸 보여드리지. 그래야 내가 누군 줄 알겠지?"

준구는 죽 잔을 비웠다. 성희가 얼른 그것을 채운다. 준구는 자연스럽게 몸을 앞으로 기울이면서 그녀의 손에 조그맣게 접은 봉투를 쥐여줬다.

성희는 돌아서서 걸어간다. 편지를 보고 와서 뭐라 할는지. 술병이 주르르 늘어놓인 앞에 흰 셔츠를 입은 바텐더들이 서너 명 서 있는 카운터 옆으로 난 문으로 그녀는 사라졌다. 아름다운 여자가 불행에 빠져 있다는 사건만으로도 남자라면 의협심을 느끼게 마련이다. 지금 이 경우에는 은사의 딸이라는 조건까지 붙어 있다. 게다가 첫눈에 본 성희는 준구가 좋아하는 타입의 여자였다. 아름다운 것이 짓밟혀 있다는 것은 아름다운 그림이 짓밟혔다는 것처럼 화가에게는 분명한 야만野蠻이었다. 잘 설명할 수 없었다. 지금 이 느낌을. 아무튼 피난살이의 온 기간을 다 합해서, 준구는 지금 자기가 하고 있는 이 행동보다 더 확실한 행동을 해본 기억이 없다.

성희가 돌아와서 다시 앞에 선다.

준구는 잔을 내밀었다. 그녀는 따랐다.

"읽었어요?"

"네"

하고 그녀는 대답했다. 낯빛이나 몸짓은 전혀 없다. 다른 눈들을 속이기 위한 것일 게다.

"편지를 봐서 짐작하겠지만,"

준구도 눈속임의 몸짓을 위해서, 술꾼의 동작을 과도하게 부리면서 — 의자 등에 비스듬히 등을 걸치고 싱글싱글 웃으면서, 그런 몸짓과는 거꾸로 한마디씩, 흘려듣지 않게, 조심해서 말했다.
"나는, 원산에서, 한 선생님의 제잡니다."
"알겠어요. 내일 낮에 만나주세요."
"어디가 좋을까?"
"아무 데서나."
"명동에 '콜로니'라고 알아요?"
"어디쯤?"
쉽게 알 만한 데여야 할 것이었다.
"서울역 대합실 위에 다방이 있어요. 그리로 오시지?"
"네."
대답을 하고 그녀는 획 돌아서서 걸어갔다. 돌아서는 품이 좀 매정스러웠다. 실은 부끄럼을 타는 성품일수록 헤어질 때 그렇게 작별하는 사람이 많다. 돌아도 보고 손도 흔들면서 헤어지는 동작을 부드럽게 하는 사람들보다는 한 동작과 다음 동작이 툭 끊어지는 사람 쪽이 어린애 같은 데가 있는 법이다. 10분이 지나자, 준구는 그런 것까지 마음에 걸리면서 안 나오는 것이나 아닌가 싶었다. 커피 한 잔을 시켜놓고 준구는 혼자 씨익 웃었다. 맞은편에 앉은 젊은 여자가 수그리면서 웃는 것 같았다.
준구는 무안했다. 혼자 앉아서 싱글거리는 남자가 우스울 것은 뻔한 일이었다. 멋대가리 없이 줄지어놓은 의자 놓임새 때문에 다방은 영락없이 기차 칸 같았다. 크리스마스 가까운 때라 여기도 그 정체불명의 울긋불긋한 장식이 있었다. 한명기가 있었으면 또 욕을 하리라. 언젠가 소설가는 이 장식을 보고 서낭당 당목나무에 매단 천 조각이 더 고상하다고 말한 적이 있었다. 더 고상한지는 몰라도 말하자면 같은 당목나무임에는 틀림없다. 벌써 오래전의 일이다. 유명한 화가가 십자가 대신에 장승을 써서 예수 수난의 그림을 그려서 교계의 인사와 논쟁한 적이 있었다. 준구 생각으로는 왜 그것이 모독이 되는지 이해할 수 없었다. 크리스마스에 대해서 한명기처럼 뚜렷한 문명사文明史적인 겸연쩍음은 느끼지 않았으나 촌스럽다고는 생각하고 있었다. 이런 생각을, 사실은 기다리는 안타까움을 덜기 위해서 건성으로 하고 있는데 성희가 문을 열고 들어섰다. 준구는 손을 들었다. 그녀는 곁에 와 앉았다. 앞에 앉았던 여자의 낯빛이 굳어진 듯했다.

"안 나오는 줄 알았지."
"왜요?"
"늦었으니깐."
"왜 안 나와요."
"딴 데루 가지요."
"네."

그들은 광장으로 나왔다. 빨간 외투를 입은 그녀는 여대생쯤으로 보였다. 준구는 충무로에 있는 살롱 '마카오'로 그녀를 데리고 갔다. 잘 차린 셈 치고는 붐비지 않는 집이다. 얌전하게 앉아 있는 그녀를 보면서 준구는 좀 야릇한 생각이 들었다. 한 선생 따님이 서울 어느 대학교에 입학했는데 준구더러 좀 보살펴달라기에 이렇게 만난 것이라야 옳지 않겠는가. 옳아야 할 일이 그렇게 안 되는 것을 모르지도 않고 숱하게 겪기도 했건만, 지금 앞에 앉은 처녀에 대해서만은 그 겪음이 힘을 쓰지 못했다. 가까운 사람에게일수록 사람은 법칙의 예외를 보고 싶어 한다. 법칙이래야 저 나이에 무슨 대단한 경력이 있겠는가고, 할 나이에 이 처녀는 사회의 맨 밑바닥에 서 있는데도. 식사하는 동안에는 준구는 가만히 있기로 했다. 얌전하게 포크를 놀리고 있는 모습이 준구에게는 엄청나게 크게, 또 속 모를 깊이로 보였다.

"그만 드십니까?"

"네"

하고 그녀는 웃었다. 잘될 것 같다. 준구도 포크를 놓았다.

"그만 드세요?"

"네."

이번에는 같은 말을 서로 몫을 바꿔 주고받으면서 같이 웃었다. 잘될 것 같다. 준구는 가볍게 꺼냈다.

"어떡하시겠어요?"

가볍게 건넸는데도 그녀의 낯빛은 굳어졌다. 말만 가볍다고 가벼울 수 없는 일이다.

"자세한 얘기 같은 거 지금 안 해도 좋습니다. 먼저 지금 있는 데서 나와야 합니다. 그 다음에 어떻게 하는가는 의논해서 성희 씨 좋을 대로 하십시오."

그녀는 고개를 숙인 채 대답이 없다.

"오빠가 계실 텐데?"

준구는 말머리를 돌려봤다.

"전사했어요."
"전사?"
"6·25 때."
"입대하셨던가요?"
"네."
"어머니는?"
"오빠가 전사하고 얼마 있다가 돌아가셨어요."
준구의 눈앞에 아우성치는 사람들이 뒤밀리는 원산 부두. 저만치 닻을 내린 LST. 갑판. 보트. 파카 내피를 뒤집어쓴 여자들. 섣달 초순의 북쪽의 항구. 그리고 자갈치시장. 국제시장. 염주동. 초량. 제1, 제2부두. 양생이꾼들. 병원선의 하얀 몸뚱어리에 찍힌 빨간 ╋자표. 이런 것들이 어지럽게 어우러져 떠올랐다. 그 커다란 흐름 속에 거품 방울 같은 한 가족사家族史가 있고 성희가 이런 성희가 되어 여기 앉아 있고 준구는 그 앞에 앉아 있다.
"성희 씨는 그러니까 부산서 낳으셨군?"
그녀는 끄덕였다.
"부산 시절에 어머님 신세도 많이 졌는데."
끅 하면서 그녀는 낯을 가렸다. 준구는 담배를 꺼내 만지작거리다가 불을 붙였다. 절반쯤 태우고 비벼 껐다. 그 사이 그녀는 손수건으로 눈물을 찍어내고 가만히 앉아 있다.
"얘기할 건 해야겠지요. 아버님 편지 보셨으니 짐작하겠는지 모르겠는데 저로 말하면 선생님을 도와드릴 만한 사람으로는 제일 가까운 사람입니다. 오빠가 돌아가신 줄은 모르고, 전 여태 모르고 있었습니다. 그런 줄은 모르고 편지를 보고 이상하게 생각했지요. 그런데 오빠가 그렇게 되셨다면 말하자면 저는 성희 씨에게 오빠 비슷한 일을 할 수 있는 사람입니다."

"아빠가 가끔 얘기해요."

준구는 문득 말문이 막혔다. 아빠라는 그 부름이 어떤 인상이랄까, 마음 놓이는 어떤 것을 암시하는 것 같았기 때문이었다. 동시에 어떤 당황스러움도 느꼈다. 준구의 머릿속에서 한 선생님의 따님과 OK홀의 여급이 혼선을 빚고 있는 모양이었다. 그것을 깨닫자 준구는 죄송스러워졌다.

"그럼 저를 믿어주시겠어요?"

성희는 또 고개를 수그린다. 잘 달래야지 하고 준구는 먼저 자기를 달랬다. 여자 환쟁이라든지 그런 주변의 여자들 따위, 대체로 머리도 좋고 웬만해서는 머뭇거린다든지 우물쭈물하지 않는 이성이 아니면 직업상 스스럼이 없을 수밖에 없는 여자들만 상대한 준구에게는 보통 같으면 이런 종류가 제일 짜증스러울 일이었다. 그러나 지금 준구는 짜증스러워서는 안 되었다. 무슨 까닭에선지는 모르지만 이 처녀는 집을 뛰쳐나온 문제 인물이다. 조심조심 다뤄야 한다. 준구는 또 말머리를 돌려봤다.

"지금 있는 데서 나오기 어려운 사정이 있어요?"

"아니에요."

그녀는 대뜸 대답했다. 빚이 있는 경우를 생각하고 말했는데 아니라는데 그런 사정도 포함해서 한 대답인지 약간 분명치는 않았으나 빚이니 하는 말을 내기가 몹시 꺼려졌다. 그 세계의 벌거벗은 모습을 모습대로 부르는 것 같아서 성희에게 안됐던 것이다.

"그럼 지금 다시 들어가지 않아도 된단 말이군요?"

성희는 또 입을 다물었다. 수그린 이마가 곱고 가늘고 뚜렷한 눈썹 사이로 알맞은 부피를 가진 코가 곧게 자리 잡았다. 그 곱상한 생김새의 코밑에 있는 입술도 부드러운 선과 요철凹凸과 각도를 가진 오브제였지만 지금의 준구에게는 거기만은 그저 완강해 보였다.


5


"일본 애들이 득시글하군."

한명기가 말했다. 크리스마스를 이틀 앞둔 날이다. 바 홍콩도 오늘은 유독 붐빈다. 아까부터 저쪽 구석에서 일본말이 가끔 들려온다.

"벌써부터 아냐?"

준구는 소설가에게가 아니고 그들 사이에 앉은 소설가의 애인 김옥순에게 — 마치 그녀가 물은 말에 대꾸하듯이 말했다. 그녀는 끄덕였다.

"길에도 널려 있는 것 같아"

하고 한명기가 또 말했다.

"그래서는 안 되나?"

하고 준구.

"아니, 그렇다는 말이지. 작년만 해도 이렇게 눈에 띄지는 않았는데."

"어차피 그렇게 되는 거지 뭐."

"자넨 상당히 맘 편하군."

한명기는 그 때문에 좀 욕도 먹는 그 특유의 쌀쌀한 말투가 되면서 먼 데를 보는 눈빛으로 준구를 쳐다본다.

준구는 대답하지 않았다. 성희의 얼굴이 떠올랐던 것이다. 얼굴이 아니라 입모습이 떠올랐다. 그녀는 어쩌겠다는 말은 없이 오늘 만나달라고만 했었다. 오늘 그녀는 약속한 곳에 나오지 않았다. 성희의 사건에 끼어들면서 가지게 된 준구의 느낌―피난 생활 이래 이번만 한 무거운 눌림을 느끼면서 행동을 한 일이 없는 것 같은 그 느낌만큼, 준구는 허전했다. 실은 오늘 저녁 여기 앉아 있을 게 아니라 OK홀에 가봐야 할 일이었으나 준구는 그렇게 하지 않았다. 엇갈림. 철이 들었다는 것이 그것을 뜻하는 것인, 엇갈림의 느낌. 그것이 이번에도 마음을 어둡게 하는 것이었다. 허공에 그은 한 가닥의 줄처럼, 그의 부풀었던 마음은 부딪침 없이 손끝에서 떨어져나갔다. 불확실함. 삶의 불확실함. 세 치 가슴속의 속 모를 깊이가 얼마나 깊은 것인가를 불행하게도 준구는 알고 있다. 본인도 그 깊이를 모르는 깊이. 책임을 개인에게 그치지 않고 넓힐라 치면 자궁 속에 있는 태아조차도 하늘처럼 멀고 지구처럼 무겁다. 열여덟이면 너무 늙었는지 모른다. 준구는 소름이 끼쳤다. 그렇게 자기 둘레의 사람들을 강한 빛 속에서 보기 시작하면 사교社交라는 것은 불가능하게 된다. 밀림 속에서, 어느 오솔길에서 문득 마주친 야수와 야수가 주고받는 눈길의 풋풋함—그런 감각을 일상생활에서 이어나간다는 것은 불가능하다. 준구도 그렇게는 살지 못했고 아마 그림 속에서도 그렇게만 살지는 못했다. 그런데 이번 사건만은 달랐다. 그 깊이, 그 엇갈림에는 이번의 경우 꼬투리가 있었고, 끄나풀이 있었고, 보람이 있었다. 그런데 그녀는 나오지 않았다. 어떻게 된 것일까. OK홀에 가지 않은 심정은 무성의해서가 아니라 두려움에서였다.

"크리스마스……"

한명기의 목소리가 불쑥 귀에 담긴다. 고장 났던 토키가 다시 들리기 시작하는 것처럼. 크리스마스론이 또 시작될 모양이었다.

"크리스마스는 나를 슬프게 한다. 남의 제사에 음복하는 형국인 이 땅의 크리스마스는 나를 슬프게 한다."

"남의, 남의, 하지 말아요. 하나님은 어느 나라의 것도 아닌데."

그의 애인이 핀잔을 준다.

"들었나, 자네."

소설가는 삽화가에게 다짐을 한다.

"들었지? 우리가 상대하는 여자분들은 대개 이렇단 말이거든. 최고의 교육을 받은 여자분들이야, 이분들이. ……선교사 부인의 하우스 메이드 수준이야."

김옥순은 손에 들었던 술잔으로 소설가의 낯에 술을 끼얹었다. 남아 있던 방울이 소설가의 낯에 튀었다.

"그러고는……"

소설가는 한 손으로 낯을 닦으면서, 여전히 입을 놀렸다.

"이런 서부 영화식 동작으로, 뭔가를 표현한 걸로 생각한단 말이야."
그녀는 잠깐 자리를 떴다.
준구는 화장실 쪽으로 걸어가는 그녀를 턱으로 가리키면서
"괜찮은 여잔 줄이나 알게."
"고마워. 그러니까 데리고 다니는 거 아닌가?"
"글쎄, 누가 데리고 다니는지 모르지만."
"어? 상당히 편을 드는데. 친구 애인을 편드는 건, 둘 중의 하나야."
"뭐야?"
"깔보고 있든지, 사랑하든지."
쯧! 하고 준구는 혀를 찼다.
"그런 취미는 없어."
"취미? 심리학이야."
"그런 말을 대고 하는 건 뭔지 아나?"
"글쎄?"
"친구를 깔보는 것 아니면, 숭배하는 거지."
"난 숭배해, 자넬."
"난 축복하는 거야 자네들을……"
"비겼어."
김옥순이 돌아왔다.
"이렇게 남 욕하기 좋아하는 사람은 문제 아동이죠?"
"또, 또 그 여학교 카운슬러 같은 소리를 하는군. 김옥순 여사

가 비평가 아니었기 다행이지."

"아닙니다. 지금 안 계신 사이에 애인 자랑을 실컷 하더군요."

"거짓말 마세요."

"맞아, 거짓말이야."

김옥순은 웃기만 한다.

한명기가 그녀의 귀에다 대고 소곤거린다.

"내가 언제……"

그녀는 기가 차다는 낯빛을 지으며 남자를 쥐어박으려다 그만둔다. 한명기는 좋은 애인을 가졌어, 하고 준구는 생각한다. 부러운 일이었다. 한명기의 머리의 기계만큼은 그녀의 기계가 정밀하지 못할지 몰라도 그녀 쪽이 그물 같은 것으로 남자의 기계를 감싸고 있다는 느낌이다. 준구의 과거에는 그런 여자가 없었다. 준구 쪽에서 그물이 되어주고 싶은 여자가 있었지만 그녀들은 송곳 모양 그물코를 빠져나갔다. 어딘가 걸리는 데가 있지 않으면 남녀 사이란 얽히지 못한다. 걸리는 데. 성희와의 사이에서 걸리는 모서리란 무엇일까. 현재로서는 성희 당자에게서 그런 것을 발견하지는 못했다. 그저 자기와 한 선생하고의 관계가 그것을, 걸릴 데를 대신하고 있다.

"무슨 생각 하세요?"

"네"

하고 준구는 웃었다.

"크리스마스에 어디 여행했으면……"

하고, 김옥순이 말했다.

"갑자기 무슨 여행이야?"

"크리스마스 파티는, 그런 건 안 하겠죠?"

"혼자 가시는 건 말리지 않아."

"아이참. 그러니까, 그날 여행 가는 게 어때요?"

"하필 왜 그날 가야 해? 정말 괴로운데. 그 말이 그 말 아니야? 크리스마스에는 반드시 무언가 해야 한다— 오, 이방인들의 주여, 왜 당신은 하필이면 크리스마스 날 태어나셨습니까?"

"그럼, 아무것도 않고 지내요?"

"지내? 제사를 지내나? 지낸다, 지나간다, 유월절, 운명이 지나간다, 운명이 지나가는 날, 칼을 들고 집집의 문지방을 유심히 살피면서."

"무슨 소리예요?"

"당신에 대한 나의 사랑과는 관계없으니 안심해."

"누가 안심하고 싶대요?"

"화내지 말아."

"몰라요."

"좋아. 까짓거 당신 때문이라면, 크리스마스쯤 지내지 못할까? 지옥에 좀 갔다 와달라, OK—하늘의 별을 좀—아니, 이건 인젠 낡았군—월석月石을 좀 가져다달라, OK—이렇게 돼야 할 테니까, 크리스마스쯤—OK. OK, OK, 모두 OK. OK가 아닐 것 하나도 없어 OK."

"괜히 그래놓고 주정이나 하면 싫어요."

"주정? 주정 받는 게 싫어?"

"누가 좋아요."

"나는 좋아."

"좋아하시네."

"당신도 그런 말 써?"

"당신도 좋아하시네."

"징그럽다니깐."

"징그러운 것 좋아하시네."

싫다니깐 자꾸 하고 있다. 저런 걸 보면 김옥순이도 꽤 똑똑한 여자다. 진짜로 화 안 낼 만큼 긁어주는 재주를 안다. 그런 데는 여자를 당할 수가 없다. 이러니저러니 하고 어려운 말을 하면서도 한명기는 이런 그물에는 약하다. 따분한 대목에서는 송곳처럼 빠져나가고 이럴 때면 고무줄처럼 늘어붙는 그녀가 그럴듯해 보였다. 그들은 OK다. 어찌 됐건 그들의 크리스마스는 OK. OK홀에서도 크리스마스는 OK다. 크리스마스는 OK가 아니라, 일 년 중 제일 OK다. 맥줏집의 크리스마스 속에다 놓고 보는 성희는 생각만으로도 괴로웠다. 크리스마스를 지내든 안 지내든 준구는 아랑곳없다. 하고 싶은 대로 하는 수밖에. 다만 성희를 OK홀의 그 속에 놓고 보니, 그것은 더할 나위 없이 외설한 그림이 되는 것이다. 완강한 오브제 같던 그 입술의 선. 만일 그녀가 사라지기라도 한다면, 한 선생에게 뭐라고 보고를 해야 하는가. 오늘 밤 가보지 않은 게 잘못한 일인지. 간단히 말해서 좀 화가 났던 것이다. 그만하면 알 만했을 텐데 나오지 않은 것이 괘씸했던 것이다. 노엽다거나, 괘씸한 것을 생각할 일이 아니라는 것을 그는 잊고 있었다. 미성년자를 보호하는 자리임을 알고 있으면 그만일 일인데 어린애하고 상대로 다투고 있는 것임을 그는 알지 못했다. 어린애를 어린애라고 생각지 않는다는 것이 무엇을 뜻하는지를 그는 캐어보지 않았다. 다만 말을 듣지 않는 붓끝이라든지, 빗나가는 줄에 대해서처럼 짜증스러웠던 것이다.
 '홍콩'에서 나와 그들과 헤어졌다. 오늘도 하늘에는 다리가 있다. 겨울 하늘 높이, 다리는 하늘을 밟고 있다. 그리고 긴 허벅다리에 OK라는 글씨가 보인다. 이런 일은 처음이다. 그 다리에 무슨 다른 것이 붙어 있기는. 글씨는 새끼를 치더니 은단처럼 작은 OK들이 됐다. 다리가 온통 그 OK의 낟알이 되더니, OK들은 스멀스멀 움직이기도 하는 것이었다. 은빛의 구더기들처럼 반짝이면서. 곡식 낟알로 빚어놓은 조각처럼.

 계단을 올라간다.
 지루한 계단이다. 그러나 제일 정직한 지루함이다. 연이어 놓인 지루함. 같은 사이를 두고 거듭되는 지루함. 삶처럼 강요하는 지루함. 지루함. 지루함이 끝나고 복도. 자기 방. 문 앞.
 ─다리가 있다.
 고개를 든다.
 성희.

# 6

"언제 왔어?"

한 선생 편지를 받고 성희를 만난 것이 엊그제 일이다. 두 번 만나고도 그녀의 얼굴은 뚜렷하게 머리에 남지 않았다. 얼굴보다도 입언저리께가 먼저 떠오르곤 했다. 입언저리의 그 완강한 선은, 선이라기보다는 벽壁 같은 것이었다. 거기까지 쫓아간 범인이 문득 잦아들어가버린 요술 벽 같은 것이었다. 한 선생과 자기 사이에 가로놓인 기억의 큰길과 뒷길을 이리저리 따라가서 막다른 골목의 벽—그것이 성희의 그 입언저리께가 준구에게 불러일으킨 느낌이다. 이런 벽 앞에서는 모든 이야기, 모든 앎, 그런 게 소용없어진다. 스핑크스. 그렇다. 스핑크스다. 너무 많은 것을 묻고 있는 건지, 아무것도 묻지 않고 있는 건지 도무지 알 수 없는 얼굴. 앎이 많은 자가 되려 헤매게 되는 그 좁은 미궁迷宮—그게 성희의 얼굴이다. 첫번째 만났을 때 준구의 느낌이 그랬고, 두번째 만났을 때 느낌도 마찬가지였다. 준구 생각에는 대뜸 만나면 말을 들으려니 했는데 그렇지 않았다. 말하자면 준구는 자기를 그녀의 오빠의 자리에 불식간에 놓고 있었음에 틀림없다. 그녀가 이렇다 할 말을 않은 채 돌아갈 때마다 준구는 어안이 벙벙했다. 자기 피부 밖에 떨어져 있는 것은, 바늘 한 개라도 뜻대로는 되지 않는다는 사실을 이럴 때 느끼게 된다. 그녀가 약속을 어기고 나오지 않았을 때 준구는 그런 생각이 들었다. 집을 나와 구렁텅이에 빠진 여자. 뻗쳐진 구원의 손길. 여부없이 매달려오는 손—이라는 줄거리가 혼자 생각에 지나지 않음을 알아야 했던 것이다. 지금 앞에 서 있는 그녀는 그래서 거짓말 같았다. 더욱 놀라기는 그녀의 다리가 먼저 보였고 준구에게는 그것이 그의 환상의 다리로 보였다.
"방금 왔어요."
다리의 임자가 대답하는 소리를 들으면서 준구는 술이 깨었다.
"들어가지."
그녀는 비켜섰다.
준구는 열쇠를 꺼내 문을 열고 그녀를 들여보냈다.
"좀 앉아 있어."
준구는 의자를 권했다.
"곧 따뜻해질 테니깐."
준구는 석유난로에 불을 달아놓고 그녀의 맞은편, 침대에 걸터앉았다.
먼젓번과 같은 빨간 코트에 머플러를 썼다.
"그대로 있어요."
머플러를 끄르려는 그녀를 준구는 말렸다. 사실 한길에서 머플러를 끄르는 게 안 된다면, 지금 이 방에서도 마찬가지다.
그녀는 어깨를 죄면서 웃더니 손을 코트 주머니에 넣고 달아오르는 불길을 들여다보는 자세가 되었다.
훈훈해지기 시작한다.
그녀의 얼굴이 발가우리해진다.
얼었던 살이 녹아가는 얼굴은 갑자기 어려 보였다. 어쨌든 열여덟이다.

"커피를 대접해야지."

파코레이터를 꺼내 난로에 얹는다.

그녀는 보고만 있다. 훈훈하다.

"자 인제는 벗어도 좋아."

그녀는 머플러를 풀었다.

"코트도."

"네."

대답만 하고 벗지는 않는다.

"오래 기다렸어?"

"아니에요."

"정말?"

"정말예요."

"쉽게 찾았어?"

"네."

"성희가 올 줄은 몰랐는데?"

"갑자기!"

"갑자기?"

"선생님이 화내실 것 같아서……"

"화? 난, 화 안 내."

성희는 장난스럽게 입을 오므렸다.

"거짓말인 줄 알구? 두고 봐."

"미안해요."

"괜찮다니깐."

괜찮기는커녕, 천만다행이다. 아주 놓쳐버리는 줄 알았으니깐. 어려운 얘기는 말기. 캐어묻지도 말기. 이렇게 왔으면 온 것이니깐. 그때였다. 어? 준구는 자기 속에서 무엇인가 발을 헛디디는 것을 느꼈다. 오다니? 어쩌자고 온 것인가? 그녀는 아직 어쩌려고 왔다는 말은 없다. 거기를 아주 나왔다는 말인지 오늘 약속을 지키지 못해서 미안하다는 말을 하러 온 것인지 모르고 있지 않은가. 그러나 그 점을 물어보기가 꺼려졌다.

"여기 혼자 사세요?"

"응. 요 먼저 얘기했지?"

"네."

"됐군."

준구는 그녀에게 커피를 따라줬다. 커피 잔을 든 오른쪽 손가락에 반지를 꼈다. 그것은 또 어른스러워 보였다.

"코트를 벗지."

준구는 시범을 보이듯이 오버를 벗었다.

"응?"

재촉하는 준구의 말에 그녀는 일어섰다. 그러나 코트를 벗는 대신 말했다.

"저 어떡해요?"

그녀는 똑바로 준구를 보면서 근심스러운 말투가 된다.

"무슨 말이지?"

그녀는 호주머니에 손을 넣으며 발부리를 내려다본다.

"가야겠어요."

이건 또 웬 소린가.

"가다니?"

그녀는 여전히 낯을 수그린 채 말한다.

"너무 늦어서요."

준구는 시계를 보았다. 11시.

"가는 것도 좋은데."

준구는 그녀가 해결을 짓고 나왔으려니만 여긴 자기가 겸연쩍은 생각이 들면서 말을 이었다.

"여긴 나 혼자야."

그녀는 침대를 흘끗 쳐다본다. 흠 그랬었군. 준구는 마음이 놓였다.

"이리로 와봐요."

그는 옆방으로 난 문을 열고 스위치를 누른 다음 그녀를 손짓했다. 그녀는 다가와서 들여다보았다.

"그리고 저쪽이 부엌이야."

준구는 출입구 쪽을 가리켰다.

"혼자 있으니깐, 겨울이니깐 한 방만 쓰고 있는 게지."

그녀는 끄덕였다.

"저건 그림 그리는 도구야, 알지?"

그녀는 끄덕였다. 말해놓고 보니 바보 같다. 화가의 딸이다.

"그림 좋아해?"

그녀는 끄덕였다.

"잘 그려?"

"조금."

"그래?"

준구는 듣던 중 반가운 소리여서 목소리가 높아졌다.

"조금."

그녀의 대꾸도 듣던 중 똑똑한 것 같았다. 자기 마음을 그녀에게 조율調律하는 기분으로 준구는 물었다.

"유화도?"

"조금."

"자, 추우니깐."

준구는 문을 닫고 앉았던 자리로 돌아갔다. 그녀는 의자 옆에 와서 그냥 서 있는다.

"내가 말한 대로지?"

준구는 지난번에 들려준 자기소개를 환기시켰다.

"성희더러 있으라 마라 할 수는 없지. 그렇지만, 벌써 늦었어."

준구는 또 시계를 들여다보았다.

"가지 못할 건 없지만…… 집이 어디지?"

그녀는 대답하지 않았다. 또 시작이구나 하고 생각하면서 준구는 부드럽게 달랬다.

"침대에서 자고 난 여기서 자면 돼."

그는 일어나 옆방으로 들어갔다. 야전용 침대를 들어다 벽에 기대 세웠다.

"아니면 여관에 데려다줄까?"

그녀는 대답하지 않았다.

준구는 다시 침대에 걸터앉았다.

"난 조금도 상관없으니깐. 그리고 나한테 아직 아무 얘기도 않았지."

준구는 그녀의 대꾸가 있을까 해서 말을 끊어봤지만, 그녀는 가만있는다. 답답하기 이를 데 없다. 그저 내 동생이라면. 준구는 씨익 웃었다. 그녀는 마주 웃었다. 쳇, 웃는 거 좋아하네.

"얘기도 하고…… 이렇게 왔다 갔다 하고 있으면 시간만 없어지지 않아? 난 아버님 편지 한 장밖에는 본 게 없으니깐, 사정을 전혀 몰라…… 앉아요."

그녀는 앉았다.

"……그러니 성희가 만일 그럴 맘이 있으면 하고 싶은 얘기를 해도 좋고, 아무튼 아버지가 나한테 부탁한 일을 내가 어떻게 했으면 좋은가를 가르쳐줄 수 없을까? 굳이 성희 씨 하고 싶은 일을 막을 생각은 없어. 그래도 안 될 거 아냐?"

그녀는 듣고만 있다.

무슨 생각을 하는 것일까. 저 나이에 집을 나온다는 일이 준구로서는 상상할 수 없었다. 피난 생활이라고는 하지만, 피난 같은 건 몇천 리를 가봐야, 제 생각이 있어서 자기 집 문지방 넘어서는 것하고는 견줄 수 없다. 엠덴 해구海溝보다 세 치 가슴속이 더 깊다. 준구는 그녀의 꼭 다문 입술의 완강한 선을 바라보았다. 약간 큰 입술인데 부드러운 꽃이파리 같다. 준구는 한 선생 부인을 떠올렸다. 그이는 저 입술의 부드러움은 지니고 있었으나 완강한 데라고는 없어 보이는 여자였다. 푸짐하고 부드러운 여자. 고향 시절에 한 선생 댁에 놀러 갈 때면, 담 너머로 울려나오던 오르간 소리. 담을 넘어 어우러진 아카시아 가지. 아카시아 냄새에 범벅이 된 오르간 소리. 소리꽃. 소리의 꽃. 꽃의 소리. 냄새의 소리. 소리 냄새. 소리 냄새꽃. 부드러운 입술. 입술꽃. 꽃입술. 그림이 되기 위해서는 너무 갈피 많은 화상畵想. 화상이 가고 싶다는 데로 한정 없이 따라가서는 안 된다. 그것은 족할 줄 모르는 욕망과 같다. 끝이 없다. 폭군. 폭력. 자기 자신에 대한 폭력. 줄과 줄 사이에 선택이 있지 않으면 안 된다. 예술이 자유의 나라라는 얘기. 거짓말이다. 예술은 폭력의 나라다. 폭력의 근거를 따질 마음이 일지 못하게 강제된 폭력의 세계다. 예술을 사랑한 사람은 예술을 만들지 못한다. 무서움. 삶의 무서움에 대해서 또 하나의 무서움을 만들어내는 것. 그게 예술이다. 아름답다는 것— 아름다움은 흉기凶器다. 흉기를 만드는 사람은 흉기보다 더 흉악하지 않으면 안 된다. 나는 그걸 몰랐지. 누가 나한테 그 진실을 말해주었던가. 아무도. 말해준 사람은 아무도 없다. 그들은 알고 있었는가. 아마 그들도 몰랐을지 모른다. 만든다는 것 즐기는 일만이라면 예술은 꽃이다. 그러나 만드는 쪽에 서면— 예술은 흉기, 즐기면서 만든다? 즐기면서 만든다? 엿장수 맘대로 되는 일인가? 꽃인 줄 알고 달았던 가슴의 장식이 한 자루의 칼로 변할 때. 공중公衆의 눈앞에서. 문득 준구는 제정신이 들었다. 흉기는 웃고 있었다.

7

"이거 식사 전쟁이군"
하고 한명기가 들어찬 사람들에 질린 표정으로 준구를 돌아보았다.
"기다려야지."
"다른 데로 가. 이거 되겠나?"
준구는 담배를 꺼내서 피워보려고 했으나 밀리는 사람들 때문에 단념하고 도로 집어넣었다. 점심때 무교동 언저리 음식집은 늘 이렇다.
자리가 나서 겨우 비비고 앉았지만 음식이 나오기까지는 또 기다려야 될 모양이다. 준구는 홀에 가득 찬 사람들이 그릇 위에 낯을 수그리고 끼니를 들고 있는 모습을 바라보았다. 피난 올 때 탔던 LST가 떠올랐다. 사람들은 갑판에서 밥을 지었다. 깡통에다. 그러고는 서로 한 치라도 자리를 더 차지하느라 애를 쓰면서 보따리로 벽을 쌓는다. 삽시간에 벌어지는 유목민遊牧民의 야영野營 모습이다. 전체를 통솔하는 지도자도 없거니와 통반장도 없다. 핵核가족 핵개인만 있는 사람의 무리. 사정없고 매정스럽고 아귀 같고. 울어대는 아이들. 욕지거리를 하는 아낙네들. 각기의 주변머리의 정도를 어김없이 폭로하면서 설치는 남정네들. 이런 여자들이 그때까지 어디서 살았는지 싶은 군인들의 팔을 끼고 껌을 짝짝 씹으면서 오락가락하는 젊은 여자들 — 노동과 전투의 인간 집단에 언제나 어디서나 따라다니는 영원한 천사들인 갈보들. 갑작스런 피난길에 혼비백산한 프티 부르주아와 침울한 농민 사이에서 이들

영원한 섹스의 방랑자들—하룻밤 만리성을 새벽이면 훌쩍 떠나는 용기를 가진 그들만이 가장 활기에 차 보였다. 가 닿을 언덕인들 마련이야 있을쏘냐, 그래도 간다.
"무슨 생각 하나?"
한명기가 숟갈을 집어 들고 팔꿈치로 받는 서슬에 준구는 정신이 들었다.
거기를 나와 그들은 '럭키 세븐'이라는 잘 다니는 다방으로 갔다.
내일이 크리스마스다.
"명옥이가 좀 달라졌어."
"응?"
하고 준구는 되물었다. 아파트에서 기다리고 있는 성희 생각을 하고 있었던 것이다.
"이번 그림이 훨씬 좋아."
"좋다니?"
"정성이 들어 보여."
"언제는 건성으로 그린 줄 아나?"
"그게 아니구 뭐랄까 그림이 부드러워졌어."
"갑자기 그럴 리가 있나?"
"그렇게 보인다니깐."
"딴사람으로 보여?"
"아니지. 표정이 좀 밝아졌다는 얘기야."
"이야기가 그렇게 나가고 있지 않아?"
"그러니깐, 그야 그런데, 내 말은 그게 아니구 명옥이 골상骨相

이 좀 달라진 것 같다는 말이야."

"그래? 이야기 진행에 따라서 골상까지 바뀌면 안 되겠지?"

"상관있나. 명옥이 사진 있는 것도 아니것다."

'명옥'이는 한명기의 소설『바람의 마음』의 여주인공이다.

"그래? 다시 봐야겠군."

준구는 왜 그런지 아까부터 겸연쩍어지면서 변명조로 말했다.

"괜찮다니깐. 이번 회回 그림이 마음에 들어. 약간 로맨틱해서."

"로맨틱?"

"응 숫처녀 같은……"

"숫처녀 좋아하는군."

그들은 웃었다. 두 사람의 웃음 사이에 김옥순의 짓궂은 얼굴이 떠올랐다.

"내일 스케줄 합의 봤나?"

"뭐 같이 있는 거지."

"그래야지."

"뭐가 그래야지야?"

"자네가 말하지 않았나? 크리스마스쯤 그녀 취미대로 양보한다구."

"그야 그렇지."

"그러니깐 됐다는 거야."

"되나 마나 남들이 다 그러니깐 괜히 싱숭생숭하는 게 그거 꼭 뭐 같은지 모르겠군."

"그런 거지 뭐."

하늘의 다리 57

"나하고 같이 안 있으면 어디 가 뭘 하는지 알 게 뭐야. 그러니깐 내일은 같이 있는 거지. 이쯤 되면 크리스마스가 아니라 강박強迫마스야."

"의처증 종류데."

"의문화疑文化증이겠지."

"의문화증이라."

"그렇다니깐."

"외국에도 카니발 같은 거 있지 않아?"

"있지. 카니발이면 카니발이라고 달아놓고 하면 괜찮지. 홀리 나잇—"

한명기는 크리스마스 캐럴에 귀를 기울인다. 준구는 어쩐지 부드러운 기분이었다. 모두 용서하고 싶은.

"카니발이 크리스마스와 짬뽕이 돼 있으니 위선이 아닌가."

"꽤 따지는군. 그렇더라도 종교와 섹스는 그리 먼 사이가 아니잖아?"

"그렇게도 볼 수 있는 셈인가? 짬뽕 문화, 짬뽕 문화 같은 게 형성되어가는 중인가?"

"글쎄 말이야."

"상당히 유머러스한 나라임에는 틀림없어. 난 요새 이 나라가 좋아졌어. 이 유머. 크리스마스라는 핑계로 섹스머스를 즐길 줄 아는 나라— 꽁무니를 걷어차면서, 이 자식아, 너 멋쟁이다. 그쟈? 이래주고 싶은 멋있는 나라 아니야? 이만한 수준의 사람들 드물잖을까? 서울 PEN 대회의 주제도 '유머'로 정했는데, 유머러스

하지? 유머를 체현하고 있는 나라, 역사가 유머였던 나라 유머랜드. 이 속에서 민주주의다, 현상학이다, 실존주의다 하고 밀고 당길 수 있는 신경 — 대단한 거야, 놀랄 노 자야."

준구는 이번에는 대꾸하지 않았다. 말뜻을 모르지는 않아도 좀 슬퍼진다. 그런 게 아닌데. 한명기도 모르지야 않으면서 하는 말이겠지만, 너무 아프게 말하지 않는가. 너무 아프니깐, 저러는가. 그게 유머겠지. 그렇다면 촌놈은 내가 촌놈이고. 무어가 무언지 확실치 않다. 피난살이 이후 하나도 확실한 것이 없었다. 모두가 놀랄 노 자뿐이었다. 한 선생 따님이 여급이 됐다는 사실이 제일 최근의 놀랄 노 자였다. 이 '현실'은 끊임없이 놀라움을 안겨준다. 놀랐을 거다, 가 아니라 놀랐다. 새벽까지 마주 앉아 있으면서도 이렇다 할 말은 주고받지 않았다. 그래도 눈치로 대강 그녀의 마음을 짐작할 수 있었다. 비어홀은 그만둔 모양이었다. 비어홀 얘기가 나왔을 때 대수롭지 않게 넘기는 것으로 미루어 준구는 그런 짐작을 했다. 어쨌든 말이 적은 아가씬데, 원래 그런 성격인지 어쩐지는 알 수 없었다. 준구는 우선 현재까지의 결과를 한 선생에게 알리는 편지를 쓰는 게 좋겠다고 생각했다.

"내일 뭐 하려나?"

하고 한명기.

"내일?"

준구는 일부러 멍청해 보였다.

한명기는 알아채고 멋쩍게 웃는다.

"남의 말 못 하는 거야"

하고 준구가 말했다.
"그야 그렇지. 한데 소설이나 무슨 그 밖의 어떤 글이든, 행동이든, 사담私談이나 사교社交가 아닌 수준에서 하는 행동이란 건 좀 다르게 봐야 해."
"다르게 보다니?"
"작자와 작품은 떼어놓고 봐야 한다는 거지."
"뗄 수가 있나?"
"예를 들어보지. 가령 우주 비행사들 있잖아? 우주인 말야. 로켓을 타고 우주를 여행하는 동안 굉장한 조건에서 생활하는 거 아냐? 그러나 그런 인내를 일생 동안 할 수는 없잖아? '로켓 비행이라는 장르'에서만 가능한 생명력의 최고 활동이지. 그게 그 사람의 보통 생활의 리듬은 아니라 그 소리야."
"그러니까?"
"그러니깐, 사람에게 24시간 중 초인超人을 기대해서는 안 되지만, 그 평범한 인간도 '장르'의 로켓을 타는 동안에는 초인이다."
"그래서?"
"그래서, 우주 공간에서의 작업과, 착륙해서 평범한 시민이 된 생활과, 둘 다 버릴 수 없다는……"
"모르겠는데, 무슨 말을 하려는 건지."
"제길 알고 모를 게 있나? 우주 로켓 발사 기지에서 일하는 사람들의 화제는 우주에 관한 일일 거 아냐? 그 사람들에게는 '우주'가 고상한 것도, 체하는 것도 아닌, 현실 — 그것도 평범한 현실이라는 이야기야."

"그래서?"

"그래서 자네나 나 사이에 좀 문명사적인 얘기가 자주 나오기로서니, 그렇게 비꼴 거 없잖아."

"인젠 알겠군. 작년에 들은 얘기를 금년에 웃는다더니, 얘기가 그렇게 길어서야 어디."

"화가들은 성급하군, 스토리를 싫어한단 말이야."

"나야 뭐 화간가?"

"자네가 화가 아니면 누가 화가야?"

준구는 대답하지 않았다.

"사실 난 소설에 지긋지긋해졌어. 화가나 되었더면."

준구는 한명기의 그 말에는 얼른 대꾸했다.

"사위스런 소리 말게. 예술의 귀신도 진노하시는 귀신이야. 불경한 말이 귀에 들어오면 보복할걸."

한명기는 손가락을 척 튕겼다.

"김준구 명언집名言集의 한 구절이군."

"자네한테서 훈련받은 덕분이지."

"김옥순 여사 같은 말을 하는데. 자네 아무래두 김옥순 여사를 너무 사숙私淑하고 있는 것 같아."

"의리 상할 염려 없으니 안심해."

"그건 그렇고, 오후에 뭐 하나?"

"좀 어디……"

"여기 있네."

한명기는 그제서야 부탁한 2만 원을 꺼내주었다.

준구는 그와 갈라진 다음 청계천에 가서 담요를 한 장 샀다. 그
러고는 식료품 가게에서 통조림을 사고 따로 과자를 샀다. 집에서
기다리고 있는 여자를 위해서 물건을 산다는 경험이 좀 간지럽도
록 즐거웠다. 좀 안된 것 같은 느낌이었지만 즐거운 것은 틀림없
었다. 떳떳한 심정에서 움직이고 있다는 마음이 살결 밑에 푸른
핏줄처럼 어른거리는 겸연쩍음에도 불구하고 그는 부푼 마음으로
아파트로 돌아왔다. 그런데 그녀는 없었다. 편지 쪽지가 침대에
놓여 있다.
— 볼일이 있어서 잠깐 다녀오겠습니다. 어쩌면 오늘 돌아오지
못할지도 모르겠습니다.

## 8

사 들고 온 것들을 아무렇게나 내동댕이치고 준구는 침대에 벌렁
드러누웠다. 그리고 그녀가 써놓고 간 쪽지를 다시 집어 들었다.
'볼일이 있어서 잠깐 다녀오겠습니다. 어쩌면 오늘 돌아오지 못할
지도 모르겠습니다.' 제멋대로군. 이런 사건을 안겨준 한 선생님
이 원망스럽다고 생각하는 순간 준구는 한 선생의 입장을 이해했
다. 이 심정일 거야. 더구나 아버지라면. 막막한 벌판에 혼자 선
한 선생 모습이 머리에 떠오른다. 가부간에 답장을 해야 하겠는데
딱한 일이다. 쉽게 찾아서 잘 타일러 데리고 있으니 다음 조치를
알려달라는 편지를 하게끔 돼야 좋을 일인데 지금 사정은 그렇지

못하다. 준구가 그녀의 마음을 다칠세라 조심해온 결과, 두 사람은 세 번 만났으면서도 피차에 털어놓은 말은 한마디도 주고받지 않았다. 아파트에까지 나타난 걸 보고 준구 혼자 지레짐작을 한 데 지나지 않는다. 무슨 생각을 하는지 종잡을 수 없는 소녀. 소녀라. 소녀라. 그 말이 이 경우에는 간지럽고 외설하기까지 했다. 소녀라는 말이 풍기는 어떤 맛이 성희에게는 어울려 보이지 않았다. 커다란 소용돌이 속에서 살면서도 그 소용돌이의 의미를 알기는 어렵다. 아는 것 같으면서도 실은 모른다, 는 게 당대當代―변화가 심한 당대를 사는 모든 사람의 실정이다. 소용돌이 속에서 갑자기 뛰어든 스승의 딸. 맥주홀의 여급. 준구는 벌떡 일어났다.

OK홀에 들어서면서 준구는 컴컴한 속에서 첫눈에 그녀를 알아보기나 할 것처럼 휘둘러보았다. 어두워서 잘 보이지 않는다. 자리를 잡고 어둠에 익숙해진 눈으로 찬찬히 살펴도 역시 성희는 보이지 않았다.

"성흰 안 나왔나?"

"성희요?"

"응."

아가씨는 대꾸하는 대신 준구를 빤히 쳐다보더니 말했다.

"그만뒀어요."

"그만둬?"

"네."

아가씨는 더 할 말은 없다는 듯한 새침한 표정을 지어 보인 다음, 저쪽으로 가버렸다. 한 모금밖에 안 마신 술이 일시에 취기를 몰아온다. 그만뒀다. 그만뒀다. 준구의 머릿속에서 그 한마디가 팽이처럼 돌아갔다. 인제 준구에게 그녀는 저 하늘의 다리처럼 확실히 보이면서도 손에 잡히지 않는 물건이 된 것이다. 동료 여급에게도 더 물어보지 않기로 했다. 그는 OK홀을 나오면서 하늘을 보았다. 초저녁 하늘에 여자의 다리 하나가 오늘도 걸려 있다. 허벅다리부터 아래만 몸에서 뚝 잘린 다리다. 쇼윈도에 양말을 신겨 거꾸로 세워놓은 마네킹의 다리가 하늘 한가운데 애드벌룬처럼 떠 있는 것이다. 발을 아래로 제대로 허공을 밟고 선 다리는 한쪽뿐인데 허벅다리 위에서 끝나 있다. 그런데 그 끊어진 대목이 마네킹과 다르다. 끊어진 대목에서 피도 흐르지 않는다. 있어야 할 둥근 절단면이 없는 것이다. 아무리 뒤로 돌아가서 절단면을 보려 해도 보이지 않는다. 절단면은 자기 그림자를 밟으려고 할 때처럼 시선에서 벗어난다. 끊어진 다리. 그런데 끊어진 자리가 없다. 그것은 마네킹의 다리가 아니라 분명히 살아 있는 다리였다. 여러 번 보아서 그런지 이제는 부자연스럽지도 않다. 땅 위에서 올라가는 밤의 도시의 색깔 섞인 불빛들의 힘이 다해서 스러져가는 언저리보다 훨씬 높이, 별빛만으로 차고 맑게 빛나면서 살찐 발가락들이 부드럽게 하늘을 즈려밟고 있다.

　아파트에 돌아와봐도 성희는 오지 않았다. 그제서야 성희가 돌아오기를 기대하고 있었다는 것, 그사이를 앉아서 기다릴 수 없어서 OK홀에 다녀온 것이라는 것—이런 제 마음의 속셈을 준구는 깨달았다. 그는 스토브를 피우고 창문으로 시내 쪽을 바라보았다. 이 창문으로 보는 서울은 아름다웠다. 유독 밤의 전망은 아름다웠다. 아파트의 부대시설 가운데의 하나로 이 창문에서의 전망을 꼽고 싶은 게 준구의 심정이다. 저기서 우글거리는 저 많은 사람. 그 많은 악惡. 약간의 선善—아직 삶을 모르는 사람들의 감상感傷과 출세주의자들이 선거 공약처럼 휘두르는 실속 없는 말의 모습을 지닌, 그리고 어떤 시인의 한 줄 속에 불꽃처럼 일었다 스러지는— 그런, 약간의 선이 어우러진 저 밀림. 그것을 높은 나무 위의 둥지에서 내려다보는 한 마리의 새—로 자기가 느껴지는 자리인 창窓. 그래서 준구는 이 방이 좋은 것이었다. 이 방 아니라도 창이 있는 방이면 준구는 좋은 것이었다. 준구는 화첩에서만 본 것이지만 서양 화가들의 그림 가운데서도 거리나 골목을 그린 그림들이 좋았다. '이야기'가 있을 법한 골목. 아니다. 그 집들 자신이 이야기인 골목과 거리. 집들이 주인공이다. 집과 집의 이어짐이 이야기다. 저 지붕 밑에 있는 많은 삶. 그 집들처럼 알 수 없는 남들. 성희. 제 아버지한테조차 알 수 없는 '여자'가 된 성희. 알 수 없는? 사람이란 그렇게 알 수 없는 무엇인가? 물론 그렇지는 않다. 이 넓은 도시에서는 어떤 사람도 다른 한 사람을 보장할 수 없다. 내가 보지 않은 자리에서 그가 무엇을 하는가를 알 수 없다. 두 번 만날 기약이 없을 때 또는 구태여 두 번 만날 필요도 없을 때— 모든 사람은 모든 사람에 대해서 흉기가 된다. 사랑. 물론 있다. 그러나 흉기들의 사랑이다.

'홍콩'에 와보니 한명기가 혼자서 마시고 있었다. 반가웠다.

"혼자군."

"응. 혼자야."

한명기도 반가운지 손을 흔들며 자리를 권한다.

"나 좀 상의할 게 있어."

"뭔데?"

한명기는 약간 낯빛을 가다듬으며 들어보자고 하는 자세를 취한다.

"좀 사건이 생겼어."

"사건?"

"그래."

"그거 좋은데."

"좋은 게 아니야."

"자네가 그렇게 살아 있는 한 사건은 생길수록 좋은 거야."

"그게 아니야."

"말해보게."

준구는 성희 일을 대강 얘기했다.

"사건은 사건이군"

하고 듣고 난 한명기가 말했다.

"……그래서, 어떻게 했으면 좋을지 모르겠어."

"어떻게 하다니? 어쩔 도리가 없지 않아?"

"그야 그렇지만……"

"아버지 곁을 뛰쳐나간 여자를 자네가 어떻게 하겠단 말인가? 자네가 아버지보다 나은 사람이 돼준다면 또 몰라도……"

"나은 사람?"

"그렇지. 애인이라든지……"

준구는 탁 소리를 내면서 테이블에 잔을 놓았다.

"여보게."

"왜 그래. 뭘 화내는 거야? 내가 뭐 못 할 말을 했나?"

"내 기분을 모르는 소리야 그건."

"기분? 기분 좋아하는군."

한명기는 껄껄 웃었다.

"기분으로 해결되는 게 뭐 있어? 그 애가 그렇게 된 게 자네 책임이야?"

"책임이 무슨 책임인가?"

"그것 봐. 책임이 없으면 괴로워할 건 뭐냔 말이야."

"말이 안 통한 것 같군."

"통하나 마나 그렇지. 책임 없이 괴롭다면 여기도 괴로움은 얼마든지 있어."

한명기는 옆에 온 아가씨의 손목을 잡아 흔들었다.

"뭐가 괴로워요?"

아가씨가 묻는다.

"응, 김 선생이 미스 김 때문에 괴롭대."

"왜요?"

"물어봐."

미스 김은 가버린다.

"그렇잖아? 미스 김 때문이라고 괴로워 못 할 건 없잖아? 여기 있는 여자들이 모두 같은 처지야. 그 아가씨하고, 응 한이라구 했지? 종씨로군, 종씨……"

한명기는 잔을 비웠다.

"휴머니즘이고 뭐고 하기보다 종씨가 낫군. 우린 모두 종씨야. 여기 있는 저 여자들도 다 어슷비슷한 사정으로 여기 있는 거 아냐? 그 생각 하면 술맛이고 뭐고 다 달아나는군."

"글쎄."

"글쎄가 뭐야? 사실인데."

"자네처럼 말한다면 남의 일 동정할 게 하나도 없지 않은가?"

"동정?"

한명기는 소리 없이 짓궂은 웃음을 지었다. 아마 속으로 동정 좋아하는군 하는 모양이다.

"누가 누구를 동정한단 말인가? 자네 고생했다는 게 모두 헛말이군."

"이 경우에야 동정해서 안 될 게 뭔가?"

"동정이 나쁘다고는 말하지 않았어. 동정받을 사람이 응하지 않는 데야 도리 없지 않아?"

"그런 게 아니야. 그 애 상대가 아니라……"

"응, 그 스승이 상대라 그 말이지? 마찬가지지. 아버지가 어찌 할 수 없는 걸 남이 어떻게 하겠다는 거야?"

"잔인한데……"

"화내지 말아. 잔인이니 동정이니 괴로우니 하는 것…… 어딘지, 벌써부터 김샌 말들 아니야? 다 남을 위주로 생각해왔단 말이야, 남을. 남에게서 받는 동정, 남 때문에 괴롭고, 남이 잔인하고. 남은 잔인하게 마련 아닌가? 자기 피부가 끝나는 데서부터가 잔인이 아닌가? 남이 내가 아니라고 화를 내서야 말이 되나?"
"남에도 등급이 있잖아?"
"그거야 내 말이, 바로."
한명기는 술과 열변에도 불구하고 싸늘한 표정이 되었다.
"자네는 지금 미스 한에 대한 자네의 남으로서의 등급을 정하는 게 당장 할 일이야."
"지독하군."
"허."
한명기는 야속하다는 듯이 한숨을 쉰다.
"지독한 김에 한마디 더. 그 얘기 소설로 쓸 만한데. 삽화는 자네가 그리고, 됐지?"
준구는 멍한 눈으로 한명기 — 친구라는 등급의 이 흥기를 바라보았다.


9


'한동순 선생 사망'의 전보를 준구가 받은 것은 25일 정오쯤 해서였다.
전날부터 아파트에 있은 그는 수위실에서 온 전화를 받고 층계를 내려갔다. 그는 언뜻 성희에게서 온 전화라는 생각이 들었다. 전보를 펴 들고 읽었을 때 준구는 한동안 멍했다.
준구의 낯빛으로 심상찮은 전보인 줄 알았음인지 일부러 말을 걸지 않는 수위에게 등을 돌려 걸음을 내디딘다. 병석에서 금방 일어난 걸음처럼 어색하다. 방에 돌아와서 준구는 털썩 주저앉았다.

기차가 움직이기 시작하자 준구는 눈을 감고 한숨을 쉬었다. 통로에까지 들어찬 삼등 객차의 풍경이 악몽같이 보기 싫었던 것이다. 어쩌면 이렇단 말인가. 너무 오래 잊고 있던 시간이 이렇게 엄연히 살아 있다. 마음속에가 아니라 현실로. 전쟁 중에 언제나 그렇던 만원 기차의 풍경. 그것은 준구에게는 늘 피난배 — LST의 모습이었다. 이 사람들은 고향으로 가는 사람들이었다. 피난 때의 준구와 방향은 반대였지만, 이것도 '난리'랄 수밖에 없는 모습이었다. 보통날 같으면 이등을 탔음직한 차림의 사람도 많이 끼여 있었다. 그런 사람들이 콩나물처럼 붐비면서 들어선 모습도 꼭 난리통 같았다. 조금만 사정이 변하면 신분이나 돈까지도 쓸모없어지는 판에서의 부르주아라는 건, 부르주아가 아니라 부르주아의 희화戲畵일 뿐이다. 기적처럼 의자에 앉을 수 있었다는 것이 거의 성적 쾌락처럼 실감 나는 것도 준구 자신이 그 난리의 계절, 암표와 양키 시장과 전쟁의 시각 속으로 되밀려왔다는 것을— 아니 이 사회의 밑바닥에 깔려 있는 하수도 같은 그 시간 속에 빠져든 것을 뜻하는 것이었다.

아이들의 웃음소리. 어른들의 욕지거리. 비집고 억세게 지나가는 장사꾼.

밤이 깊어가면서 잦아드는 소란. 피곤한 얼굴들. 짜증스러움과 피곤이 짙게 밴 잠든 얼굴들.

철로의 쇠마디 소리. 철교. 잠든 강산. 도중 역에서의 오르내림.

어설픈 잠. 모든 사람의 잠이 한 마당에 모인 잠. 공동의 잠. 타작마당에 모인 사람들처럼. 자기 잠 속에 남이 모여와서 오락가락한다. 담뱃불을 청한다. 잠 속에서 발을 밟힌다. 한명기의 웃음. 홍기들의 사랑. 담배. 연기 냄새. 화약과 럭스 비누와 양갈보와 발췌 개헌과 얌생이꾼들이 아우성치는 냄새.

부산은 피난살이의 추억까지도 거부하고 있었다. 화재가 잦은 것을 신문에서 알고 있었지만 불탄 자리에서 일어선 건물들처럼 생소했다.
편지 주소를 찾아가니 거기에는 또 옛날부터 한 번도 변한 적이 없다는 듯이 우중충한 골목이었다.
장의사에서 걸어놓은 '謹弔' 초롱이 을씨년스러운 문간을 들어선다.
둘러친 병풍 앞에서 절을 하고 고개를 든다. 한 선생 연배의 안경 쓴 얼굴이 눈을 감고 있다가 천천히 그를 살핀다.
학교의 동료라고 한다. 이렇게 내려오실 줄은 몰랐다고 한다.
장례는 학교에서 주관할 모양이다. 변두리의 허름한 사립 중학교. 오吳라고 하는 안경 쓴 선생이 띄엄띄엄 그동안의 이야기를 한다. 부인이 별세한 후로 기력이 약해진 것 같던 데다 무슨 사업에 손을 댔다가 낭패를 보았다고 한다. 여기서도 '사업'이다. 모두 사업에 낭패하는구나. 돈을 좀 가지고 있었는데 모두 날리고 빚을 짊어졌다. 성희 양이 집을 나간 것도 집이 어렵게 되면서 잘못 생각한 것 같고, 고인에게는 마지막 타격이었으리라 한다. 최근까지 서울 친척 집에 갔다고 알았는데 얼마 전 병상에서 진상을 털어놓으면서 준구 얘기도 하더라는 것이다.

선생 다섯 분과 밤을 지낸다. 준구는 권하는 대로 많이 마셨다. 조금도 취하지 않는다. 향내만 코끝에 뚜렷하다. 그가 왔을 때는 벌써 고인을 관에 넣었다. 준구는 굳이 대면할 마음이 없었다. 한 죽음을 그렇게 똑똑히 볼 마음이 일지 않았다. 병풍의 건너편 여섯 자 관 속에 누워 있는 그 사람을 보기가 무서웠다. 준구의 과거의 어느 분량을 간직한 채 그는 다른 세계로 갔다. 그리고 인제는 물릴 수 없는 짐을 지워놓은 채. 준구는 지금 슬프다기보다 짜증스러웠다.

영구차의 창문으로 내다보이는 거리와 사람들. 피난 시절보다 더 생소해 보인다. 그럴 것이었다. 적어도 그 사람들 속에서 그가 아는 두 사람이 빠졌으니깐. 장지에서의 절차. 시시덕거리는 일꾼들. 인간의 육체를 오브제로 다루는 직업. 장의차에서 관을 내려 맞들고 비탈을 오르면서 팔에 걸린 무게를 문득 의식한다. 한동순 일대의 무게. 붕 하는 뱃고동. 환청幻聽. 지금 한 선생이 타는 LST는 어느 국적일까. 지구는 잔인한 배. 슬픔의 무게에도 가라앉지 않는다.

장지에서 돌아와 교감 선생과 잠깐 상의를 한다. 어느새, 준구는 유족과 같은 투로 대꾸를 하고 있다. 성희와 연락이 닿을 것을 자타가 전제하고 자연 그렇게 되는 것이리라. 장례 비용은 학교가 전담하고 전셋돈은 빚을 갚는 데 쓰기로 한다. 그만한 액수로 갚아질 돈이 아니지만, 지금 와서는 빚꾼들도 할 수 없다는 것. 남은 세간도 처분하기로 한다. 불려온 고물상에게 교감과 둘이서 넘겨준다. 한 가지를 넘길 때마다 교감은 준구에게 눈으로 승낙을 구한다. 트렁크 한 개를 남겨서 남을 물건을 챙겨넣는다. 이것은 우선 교감이 맡았다가 준구에게 보내주기로 한다.

다 끝났다.

준구는 거리에 나섰다.

정거장 앞에서 다방에 들러 차를 한잔 마신다. 식욕은 없다. 1시. 차 시간까지 돌아다니기로 한다. 불탄 자리에 들어선 집들. 시청 쪽으로 걸어간다. 영도다리. 배들이 그 밑으로 오락가락한다. 다릿목에 늘어앉은 점쟁이들. 아 마찬가지다. 이것만은 변함없다. 계단을 따라 선창으로 내려간다. 노점들. 군복 장수들만 없고 여전하다. 섣달그믐께 바닷바람이 올라서는 선창은 부산이라도 별수 없다. 천천히 걸어간다. 카키색의 군복을 팔에 걸친 아낙네들이 오락가락한다. 아니다. 그런 빛깔의 보통 옷이다. 그러나 다음 순간에는 또 군복이다. 카키의 세계. 카키빛 시간. 이 무게. 이 시간의 무게. 이 빛깔의 무게를 그림으로 바꾸지 못한 나의 무능. 이 시대를 산 사람들의 마음에 가라앉아 있는 개펄처럼 걸쭉한 카키빛을 캔버스에 옮기지 못한 나의 무능. 늦지 않다. 지금부터라도 늦지 않다. 늦지 않아? 아니. 늦었어. 늦지 않아. 예술이란, 불러내는 것. 먼 데 것을 불러내는 것. 가라앉은 것을 인양하는 것. 침몰한 배를 끌어올리는 것. 기억의 바다에 가라앉은 추억의 배를 끌어내는 것. 바닷가. 표류물漂流物을 벌여놓은 바닷가. 그렇게 캔버스 위에 기억의 잔해 찌꺼기들을 그러모으는 일—이 아닌가? 그렇다. 그러나 내게는 기술이 없다. 연장이 없다. 깊은 바닷속으로 들어갈 체력이 없다. 체력. 그럼. 체력이 없지. 이젠. 예술은 체력 없인 안 된다. 자본이 있어도 안 된다. 해녀여야지 조합장이어서는 안 된다. 조합장은 장부 위에서 숫자와 전표만 만진다.

  그는 전표와 바닷속 해녀의 심장 사이의 수많은 단계를 모른다. 그 단계, 그 과정만이 예술이다. 나는 그저 기업가의 서기밖엔 못한다. 이젠 엉망이다. 캔버스 위에 긋는 붓의 한 줄보다 합성 건축 재료의 배열이 몸에 익었다. 대중 예술. 거짓말이다. 대중 예술이란 없다, 요즘 세상엔. 옛날 얘기다. 대중에겐 유행만 주어진다. 건축도 디자인도 모두 내일을 알 수 없다. 실용이 생명의 빛 속에서 표백될 여유가 주어지지 않는다. 되풀이. 되풀이가 없는 곳에 예술은 없다. 막강한 정신의 회상력이 작용해서 일상의 물건을 제기祭器로 다듬는 심보가 허락되지 않는 시대에 예술은 없다. 옛날 일이다, 대중의 기물이나 법식이 예술이 될 수 있었던 것은. 가난한 사람들은 물질도 사랑한다. 그래서 공을 들인다. 부유한 사람들이 무료해서 공을 들이는 것처럼 투박한 마티에르지만 솜씨는 정성스럽다. 화사한 마티에르에 정성을 들인 솜씨처럼. 솜씨. 이르는 곳은 같다. 자갈밭을 지나왔거나, 모란밭을 지나왔거나 이르는 곳은 같다— 정성스러운 솜씨. 아름다움이란, 물질에 가한 인간의 사랑의 궤적. 정성스레 쓰다듬고 보듬은 손때와 온기. 인간의 사랑과 미움의 수택과 여운과 잔향殘香. 그런데 요즈음의 가난은 그렇지 않다. 돈의 노예는 그럴 마음이 일 수 없다. 가짜. 가짜. 가짜. 아다라시이가 어디 있노. 예술이 어디 있노, 놀라움이 어디 있노. 문명의 뾰족끝을 생명의 둥근 뿌리에 이어놓는 회로回路를 만드는 전공電工——이 예술가. 그런데, 모두 지쳤다. 난데없이——B29처럼, 우리들의 하늘에 나타난 이 생활의 범절, 이 문명의 족보를 캘 힘이 있는 사람도 없고 밀고 당기는 속에서 그 지랄을 하고 있으면 당장, 오늘이 배고프다. 그래서 낙하산으로 떨어지는 +자표 찬란한 구호물자 상자가 떨어지는 낙하지점을 가늠하기가 바쁘다. 완력 센 놈은 큰 상자를, 약한 놈은 터진 상자 속에서 양말짝이라도 들고 달아난다. 상자 속에서는 별의별 것이 다 나온다. 빌딩도 나온다. 대포도 나온다. 캔버스도 나온다. 실버텍스도 나온다. 판도라의 상자처럼. 문명의 슬픔. 트로이의 목마처럼. 문명의 무서움. 슬프고 무서운 것을 즐겁고 편리한 줄밖에 모르면서 사는 피난민촌. 거대한 피난민촌. 삼천만 명의 피난민. 1950년대의 피난민. 1960년대의 피난민. 1970년대의 피난민. 슬픔과 무서움을 모르는 날까지, 사랑을 모르는 날까지는 7000년대라도 피난민이다. 구호물자의 부두 인양 작업을 해온 나. 예술가? 등이 굽는 부두 노동에 근육은 모두 망가졌다. 캔버스가 두려운 내 손. 불굴의 의지로 근육을, 노동의 근육을 예술의 근육으로 재단련하라? 개자식. 인정머리 없는 한정 모르는 잠꼬대. 구호물자의 산더미 위에서 훔쳐낸 파인애플을 홀짝거리면서 짖어대는 유행가. 그러나, 그래도 책임은 내게 있다. 모두 자기 이름으로 죽는다. 자기 이름으로 자기 슬픔 때문에 죽는다. 가라앉지도 않는 잔인한 지구 위에서.

뱃고동 같은 소리를 지르며 기차는 떠난다. "발차아"—억양에 담긴 부산 사투리의 여운을 점차 멀리 떼어놓으면서 차는 달리고 있다.


## 10

12월 29일 저녁에 준구는 '바이스로이'호텔의 옥상 바에 김상현과 함께 있었다.

'바이스로이'호텔은 건축 재벌이 돈을 내서 세운 건물로 새해 초에 장사를 시작할 계획으로 있다. 내장內裝 공사도 다 끝나고 오늘이 공사 관계자들을 위한 파티였다.

10층짜리 건물의 옥상에 라운지와 이웃한 넓은 바인데 내려다보는 도시의 전망과 바의 분위기를 연결시키는 것이 아이디어였다. 준구는 이 바의 내장 공사를 맡은 김상현 팀의 멤버였다.

"괜찮은가?"

김상현은 방 전체를 매만져보듯이 둘러보았다. 준구는 김상현의 그 동작을 대할 때마다 약간 우스워진다. 캔버스 앞에서 자기가 그린 그림을 놓고 하는 몸짓이 연상되기 때문이었다. 화가 출신인 김상현은 준구하고는 더러 화단畫壇 얘기를 하지만 전혀 미련이 있는 것 같지 않았다. 대체 어떤 계기로 그렇게 마음이 말끔히 정리되었는지 궁금한 일이었다. 더구나 그가 상당히 촉망되던 재능이었기 때문에 더 궁금했다. 돈맛을 알았다고 하면 그만일지 몰랐다. 사실 대단한 까닭이 있을 것도 없을지 모른다. 그래서 김상현이 불쑥 이렇게 말했을 때 준구는 놀랐다.

"봄쯤 가서 전람회를 가지자는 말이 있는데."

준구는 김상현의 갑작스러운 얘기에 대답할 말이 얼른 나가지 않았다.

"한번 할 때도 됐지."

김상현은 남이야 뭐라 하건 혼자 찧고 까분다.

"전람회라니요?"

하고 준구는 말했다.

"좀 갑작스럽기는 하지만, 뭐 어렵게 생각할 것 있나. 너무 뜸하면 잊어버리니깐."

"글쎄요."

"그럴 것 없어. 누구는 별난 줄 알아? 작품도 팔리도록 내가 해 볼 테니깐."

김상현의 말에 의하면 실내 장식에 관계하는 소장 화가들이 '생활 미술 전람회' 같은 이름으로 합동전을 열자는 것이다. 이름은 그렇더라도 출품은 좋을 대로 어떤 성격의 작품이라도 좋다. 조각, 공예, 디자인까지 포함해서 실내 장식을 위한 샘플이나 아이디어를 자극할 수 있는 기회를 만들자는 것이었다. 김상현은 분주하게 설명을 하고서는 다른 자리로 가버렸다. 준구는 김상현이 전람회라고 말했을 때 자기 짐작으로 놀란 일이 쑥스러웠다.

 준구는 아까 김상현이 하던 말대로라면 조금도 놀랄 일이 아니었다. 실내 장식을 위한 '견본 바자'를 열자는 말이었던 것이다. 준구는 실내를 둘러봤다. 서성거리면서 술 마시는 사람들 틈으로 김상현이 누비고 다닌다.

 오늘만은 그가 제일 의젓한 사람이다. 이 바가 사업이 되기 직전에 한 '작품'으로 공개되고 있는 것이다. 여기는 지금 동업자들도 와서 재료며 새롭게 보이는 아이디어 같은 걸 유심히 보고 있다. 곧 비슷한 바가 생길 것이다. 특별한 재료를 쓴 것도 아니니 요는 아이디어다. 아이디어 같은 건 보면 안다. 돈만 있으면 당장에라도 복사할 수 있다. 만사 이런 식이다. 그것 얼마 못 가서 싫증이 난다. 또 새것이 생긴다. 호텔의 장식을 맡으면서 준구는 공부를 많이 했다. 대개의 구조며, 시설을 알 수 있었다. 그리고 요즈음 짓는 호텔이 어떤 손님을 상대로 짓고 있는가도 알 수 있었다. 관광객이 첫째다. 반드시 관광이 아니라도 외국 손님을 머리에 두고 있다.

 그러니 새 아이디어니 민속民俗이니 해도 요는 외국 사람에게 먹혀들어갈 것이 기준이지 그 이상은 아니다. 그래서 자연 살아 있는 사람의 살아 있는 살림 속에서 움직이는 민속이 아니라 정작 한국 사람 눈에는 우스꽝스러운 것들이 많다. 다음에는 한국인이라도 일시적인 관광객 기분이고 싶은 사람들이 상대다. 고층 빌딩의 옥상에서 내려다보는 서울의 야경은 아름답다. 준구는 눈 아래 펼쳐진 그럴듯한 서울을 바라보면서 개운치 못한 기분이다. 최신식 기술과 최신식 돈으로 지은 '고층 건물'—그 속에서 벌어지는 관광 인생. 도시 속에 있는 항구인 이런 유의 호텔, 주택 자금과 이러저러한 사유로 돈을 쥐게 된 사람들이 지은 '신식 주택'들—그 속에서 벌어지는 아亞 부르주아의 삶. 한명기가 말한 적이 있었지.
"이데올로기고 나발이고 소용 있어? 사회는 언제나 부르주아가 지배하는 거야. 앵글로색슨 부르주아. 슬라브 부르주아. 강대국 부르주아는 힘이 있으니깐 밑천도 있고, 머리도 있고, 무력도 있고, 뱃심도 있으니깐, 자기 사회의 제비 잘못 뽑은 층—그걸 프롤레타리아라 하든 가난뱅이라 하든 실패자라 하든 지식인이라 하든 상관없는데—그런 층에 대한 관용을 가질 수 있어. 그러니깐 그런 층도 부르주아를 막보지 않았단 말야. 영국 프롤레타리아가 종시 슬라브 프롤레타리아의 프러포즈는 요리조리 피해버리고 자기 나라 부르주아하고 흥정하는 길을 택하지 않았나? 그런데 우리 부르주아는 그렇지 못해. 후진국 부르주아란 건 선진국 프롤레타리아 맞잡이지. 그 정도도 될까? 부르주아가 아니라 부르주아의 희화戲畵야."
　아무튼 그러저러하게 괴롭기도 할 부르주아의 삶이 있는 지붕들. 그런 지붕 밑에서 끝내 헤어나지 못하고 만 한동순 선생. 다음이 '판잣집'이다. 아니 한동순 선생은 이쪽에 분류하는 게 좋겠군. 성희는? 성희는 판잣집의 또 다음인데. 다음에는? 판잣집 밑에는 하수도밖에 없지 않은가? 하수도. 하수도. 판잣집 밑에 있는 건물. 알겠다. 고층 건물이다. 호텔이다. '바'다. 비어홀이다. 라운지다. 그게 판잣집 구들 밑에 있는 지하실이다. 아니면 그것들은 판잣집의 다락방이다. 바닥이 천장이라. 취해온다.

김상현이 서른 안팎의 안경 쓴 여자를 데리고 와서 소개한다. 어느 대학의 미술 강사고 미국에서 공부하고 이삼 년 전에 왔다고 한다. 준구는 테 없는 안경을 쓴 해끄무레한 여자의 얼굴을 바라보면서, 활발한 목소리로 진행하는 그녀의 구변 좋은 얘기를 들었다. 이런 여자는 또 다른 타입의 여자겠군, 하고 그는 생각하였다. 까부는 것도 아니고 건방진 것도 아니고, 꽤 상식도 있고 자신 있는 대로 얘기하고 있는 것일 테지만, 답답하다. 우리나라 배운 여자들을 한명기는 선교사 부인의 하우스 메이드 수준이라고 한 적이 있지. 메이드는 너무하고 메이트가 좋겠군. 선교사 부인의 메이트. 선교사 부인이라는 것도 낡은 기준이겠군. 관광객의? 관광객 안내원? 김상현과 여자는 미국 화단의 얘기를 한다. '저쪽에서는' '저쪽에서는' 하는 말이 자주 나온다. 말이 꼭 '친정에서는' '친정에서는' 하는 투로 들린다. 미술은 다시 종합의 길로 나가고 있다는 얘기를 하고 있다. 원래 생활에서 나온 것이 생활로 돌아가고 있다는 얘기다.

생활의 수준이 일반적으로 높아지니깐 예술이 장식의 기능을 되찾아가고 있다. 생활을 경멸하는 것이 예술의 목숨이라는 생각은 틀렸다고 한다. 그림이나 조각이 건물과 하나가 돼서 입체적인 공간의 한 요소로 되는 것이 마땅하다는 얘기다. 기왕의 미술은 생활 공간에서 떼어져서만 만들어지고 감상됐기 때문에 필연적으로 막다른 골목에 오게 됐다는 얘기다. 미술사를 끌어내면서 차근차근하고 똑똑한 얘기다. 아귀가 꼭 맞는데 어딘가 속임수가 있는 것 같다. 생활에서 나왔으니깐 생활로 돌아간다. 이 대목이 수상하다. 금의환향錦衣還鄕이란 말도 있지 않은가. 쪽박 차고 나온 데로 쪽박 차고 돌아가는 거야 뜻이 되는가. 항상 떠나는 것. 어디론가 가는 것. 미술이 생활에서 풀리기 시작했을 때, 생활의 멍에를 던져버렸을 때, 장식에의 예속을 버렸을 때 근대 예술이 출발하지 않았는가. 예술에 있는 두 개의 극極. 장식과 모험. 모험의 몫을 맡은 게 근대 미술이다. 삶을 위해 삶을 떠나는 삶의 모습—예술.

이튿날은 종일토록 아파트에서 지냈다. 술 마신 끝이 좋지 않았다. 나가봐야 할 일이 두어 군데 있었는데 할 수 없었다.

전화가 두 번 있었다. 한 번은 한명기한테서였고 다음 번은 김상현이었다.

그때마다 준구는 어김없이 성희를 떠올렸다. 침대에 누워서 준구는 좀 이상한 생각이 들었다. 한동순 선생을 땅에 묻고 왔다는 실감이 도무지 들지 않았다. 결국 남이었던가. 남이야 남이지. 어떤 등급의 남이냐가 문제라고 한명기가 말한 대로라도, 등급도 별스럽지 못했다는 말인가.

전화가 올 적마다 떠올리는 예감이 빗나가면서도 준구는 막연하게 성희와 또 만나게 될 것 같은 생각이 들었다. 그러다가도 전혀 기약 없는 일이라는 생각도 든다.

내일모레면 새해 첫날인데 아무 느낌도 없는 것처럼 한 선생의 죽음도 허망하고 성희의 소식도 잠잠한 것이 모두 비슷한 일이다. 무슨 일이 있으면 상처가 날 것인가, 무슨 일이 일어나면 뜨끔할 것인가, 하고 생각하니 답답하다. 아직도 그의 팔에는 한 선생의 관을 들었을 때의 무게의 느낌이 남아 있다. 죽음의 무게라는 것은 그 정도의 것인가. 죽음의 무게가 그쯤이라면 여타의 무게는 보잘것없을 수밖에 없다. 그렇겠지. 그러니깐 이 지구는 끄떡없다. 사실 저한테만 대단했지 불행의 무게란 아무것도 아니다. 성희만 성흰가. 차고 넘치는 성희가 아닌가. 몰락한 부르주아의 자녀들은 판잣집으로 가고 거기서 재주넘기를 해서 고층 건물로 간다. 그런 성희들이 차고 넘치고 있는 게 서울이 아닌가.

그런 생각 하면 술맛이고 뭐고 없다는 한명기 말이 맞다. 누가 누구를 동정이고 자시고 할 나위가 없다. 내가 지면 내가 술을 따르고 네가 지면 네가 술 따르다. 웃고 울면서 넘어지면 일어나고 못 일어나면 죽는 것이다. 철없는 생각. 자기가 불행해진다는 게 무슨 천하에 큰일 날 일인 것처럼 생각하는 나르시시즘. 어리광. 상대 없는 어리광. 신에 대한 어리광. 대가족 제도에 대한 어리광. 사회 개조 사상에 대한 어리광. 신은 죽었고 대가족 제도는 해체되었고 사회 개조 사상은 현실화의 길로 후퇴하고 있다. 사회 개조란 알라딘의 램프가 아니다. 노예 되기는 싫다는 '깨달음'이다. '깨달음'이니 '정신'이니 '용기'니 하는 말의 천 근 무게를 깨닫는 정신의 용기 없이는 어떤 혁명 사상도 계룡산 교주요, 정감록 신앙이다.

서양의 이러저러한 사상의 바닥에 깔린 동물적 본능, 짐승의 자기 유지의 감각을 터득하지 못하는 한, 혁명 사상조차도 아편이다. 사상에 대한 어리광을 버리고 슬픔의 무게에도 갈앉지 않는 지구를 보고 배우는 일. 한 환쟁이가 그림 한 장 그리기 위해서도 문명 비평가가 돼야 하는 이 나라 서울의 이 밤을 준구는 갇힌 짐승처럼 일어섰다 앉았다 하면서, 먼 방에서 전화벨이 울릴 때마다 흠칫하면서 지낸다. 이 시간에 어느 비어홀의 여급에게서 전화가 오기라도 할 것처럼.

## 11

  섣달 그믐날 준구는 가는 해의 마지막 액인지 낙상을 했다.
  아침에 계단을 내려오다가 발을 헛디딘 것이다. 한참 쭈그리고 앉았다가 괜찮으려니 하고 다시 걸음을 옮기다가 아쿠 소리를 내면서 벽을 짚었다. 그는 방에 돌아와서 잠깐 쉬기로 했다. 스토브를 피우고 앉아서 다친 데를 살펴보았으나 겉으로는 알 수 없다. 복사뼈 언저리가 후끈거리는데 앉아 있으면 그런대로 참을 만하지만 일어서서 땅을 밟을 수가 없다. 화가 나는 일이었다. 침대에 누워서 눈이 가는 곳에서 그는 흠칫 놀랐다. 벽 위에서 누군가의 눈길이 자기를 내려다보고 있다. 그는 쓴웃음을 지었다. 자기가 파놓은 함정에 걸린 사람처럼. 그것은 언젠가 김상현이와 같이 어느 서예가한테 갔다가 선물로 받은 글씨를 족자로 만들어 붙인 것이었다.

獨在異鄕爲異客
每逢佳節倍思親
遙知兄弟登高處
徧揷茱茰少一人

　타향살이하는 몸이 명절을 당할 때마다 집 생각이 난다. 오늘은 모두 산에 가서 산수유꽃을 머리에 꽂는 날인데 나만 빠졌구나, 하는 뜻이라고 그때 들었다. 한 이 년째 붙여놓고 있는 족잔데 거기 붙여놓았을 뿐 벽이나 다름없이 보아온 글이다. 하기는 오늘이 꼭 그런 날이다. 이 글을 처음 받았을 때 준구는 '고향이 그리워도 못 가는 신세……' 하는 유행가를 늘 떠올렸다. 족자를 볼 적마다 스위치를 넣듯이 이 노래가 그의 머릿속에 켜지는 것이었다. 그 후로는 그것도 없이 걸어놓고 잊어버린 글이었다. 머리에 꽃을 꽂는 대신 계단에서 다리를 뻬고 누워 있는 계제의 딴은 안성맞춤인 글이었다. 그러나 족자를 거기 두고 잊어왔던 것처럼 실은 고향이 그리워서 못 견뎌온 것은 아니었다. 처음 월남했을 때는 생각도 나고 걱정도 되었지만 언제부턴가 잊어버렸다. 독한 마음에서라기보다, 어쩐지 그래도 상관없을 것 같았다. 명절 때마다 서울역에서 벌어지는 귀성객 소동 같은 것이 되려 이상스러워 보였다. 성묘니 인사 말고도 지금 서울 사람 태반이 시골과의 탯줄을 생활상으로도 끊지 못하고 지내는 사정을 모르는 것이 바로 준구가 타향 사람인 증거였지만 그는 그렇게 생각해서가 아니라 그저 놀라는 편이었다. 그럴밖에 없는 것이 백사지 땅에서 세대세의를 찾아서 처신할 일이 없는 몸이고 보면 실은 준구 같은 신세가 이 도시에 제일 어울리는 자격자다. 한동순 선생 일만 하더라도 잠자던 생각을 불러내게 된 데는 한 선생이 그림 선배라는 조건이 많이 작용한 것이었다. 그때는 어린 나이에 제 재능이 대단한가 싶다가 살아오는 동안에 엉망진창이 되고 보니, 한 선생은 그의 꿈이 아직 미지수였던 때의 동무요 증인 같은 사람이었다. 한편 부끄럽기도 하면서 허물없이 제 지금 형편을 보여줄 수 있는 것은 한 선생뿐이었다. 인생의 낙오자를 남들은 비웃기만 한다. 그 이상 감정을 가질 턱도 없고 요구할 권리도 없다. 그러나 한 선생에게만은 그렇지 않다. 그는 잘 알아주고 그때 꿈대로 되지 않은 것이 반드시 자기 책임만이 아니고 무슨 끔찍한 사기꾼에게 걸려들어 당한 것이라든지 그런 풀이를 해줄 사람으로 여겼던 것이다. 그래서 한 선생 편지를 받았을 때는 무언가 어느 한 모서리가 와그르르 무너지는 기분이었다. 편지 용건도 용건이자 그 투에서 풍기는 기력이 정말 슬펐다. 누구를 달래주고 보듬어줄 여유 같은 것도 없고 어려운 세상의 앞뒤를 헤아리고 짐작할 만한 안력도 엿보이지 않았다. 고등학교 교단에 놓고 보던 우람하기까지는 않더라도 예술가답게 맑은 정신의 힘마저도 느껴지지 않는 편지였던 것이다. 그게 바로 자기 자신에게 은근히 품어왔던 희망이 허무하다는 간증이기도 했다. 제가 저한테 대단하지 남이야 보이는 대로 볼밖에 없다. 보이는 대로 보이는 인간 한동순은 처자의 반과 사별하고 나머지 고명딸 하나를 술집 작부로 잃어버리고 끝내는 피난살이하던 고장에서 가슴을 쥐어뜯으며 죽은 한 훈장에 지나지 않았다. 이 세상에 그처럼 뚜렷한 실패 인생에다 이러저러한 구름 너울을 씌워서 보아 준 사람은 준구 한 사람이었다. 그 한 사람이 편지 한 장으로 구름 너울을 벗은 그 사람을 보게 되었으니 어느 한구석이 와그르르한 것은 그럴 만한 일이었다. 어느 한구석이 아니라 준구 자신의 한 구석이었던 것이다. 성희를 찾아서 도와주자는 일은 그래서 진심이었다. 자기가 누항에 떨어져 간판쟁이로 끝나서는 안 되는 것처럼 성희가 작부가 되어서는 안 되는 것이었다. 한 선생의 딸이 비어홀에서 술을 따르는 것을 보았을 때, 그는 슬프다기보다 그로테스크하다는 느낌을 받았다. 섬뜩하고 무서웠다. 사람이 구렁이로 둔갑한다든지, 그 반대라든지, 아무튼, 그 전신을 알고 있는 무엇이 다른 물건으로 변한 것을 당한 사람처럼 준구는 느꼈다. 그것은 거의 괴담怪談과 같은 무서움을 주었다. 같은 계급의 일원의 몰락을 보고 본능적으로 자신의 위험을 느낀 한 프티 부르주아의 의식이라고 사회학자면 말할 것인지. 준구로서는 그런 한두 마디로 할 수 없는 느낌이었다. 몰락이 두렵기야 유독 프티 부르주아가 전세 낸 것도 아닐 것이고 목숨 가진 것이면 모두 일반이다. 성희를 위해서 힘껏 해주고 싶다는 마음은 한 선생이 별세한 다음에는 오히려 절실했다. 준구에게 세상살이의 피 묻은 두려움을 불쑥 일깨워준 사람이 이 세상에 없다는 것은 또다시 자기를 속이는 기회를 가지게 된 것이나 마찬가지였다. 성희마저 그 짓을 그만두게 한다면 준구는 그런대로 무언가 수습될 것 같았다. 마치 증거 인멸 같은 집념이었다. 자기가 비참하다는, 자기도 비참해질 수 있다는 증거 — 그것이 성희였다. 증거는 없애버리지 않으면 안 되었다. 그런데 누군가가 그 증거를 요리조리 옮기면서 그의 손에 넘기지 않으려고 하는 것이었다. 그의 손에 들어왔는가 싶었는데 또 도적맞은 것이었다. 성희의 일을 결코 잊지 않고 있었다는 것을 새삼 느낀다. 부산에 다녀와서 그는 일이 끝난 것으로 착각한지는 몰라도 그렇지 않다는 것을 지금 느낀다. 성희는 가장 가까운 등급의 남이다. 등친等親이란 말을 빌린다면 등타等他가 될까. '남'에도 촌수가 있다. 육친이란 건 '촌수가 제로인 남'일 게다. 그러나저러나 어쩌는 도리가 없다. 맥주홀에서 봤을 때 괴기한 느낌이 든 것처럼 그녀 자신도 괴기했다. 실은 준구의 손에 증거를 넘겨주지 않으려고 요리조리 피하는 누군가가 괴기하다면 할 것이었으나 그것은 눈에 보이지 않는 누군가이니, 보이는 것으로는 성희가 있을 뿐이었다. 그녀를 한꺼번에 설득하려 들지 말자는 생각이 없었던 것은 아니지만, 그녀를 보면 준구는 말문이 막히는 것이었다. 준구가 알 수 없는 경험을 한 인물 같았다. 준구가 인멸하고 싶은 증거 — 증거 인멸에 그녀가 누구의 편인지를 알 수 없는 것이었다. 자기 석방을 원치 않는 죄수를 보듯이 준구는 난처했다. 한 선생은 난처한 짐을 지워놓고 가셨어. 복수復讐해달라는 유언을 남기고 간 아비를 생각하듯 준구는 한 선생이 원망스러웠다.

이런 생각들을 하다가 준구는 몸을 일으켜 마루에 조심스럽게 내려서봤다. 그만큼 지났으면 괜찮으려니 했던 것이다. 어림없었다. 바닥에 발이 닿자 그는 외마디 소리를 질렀다. 단단히 삔 것이 틀림없다. 2층에 '鍼灸院'이 있는 것이 생각났다.

"양말을 벗으세요."

학교 선생 비슷한 인상의 오십 대의 의사가 말했다.

"아픕니까?"

의사는 복숭아뼈 근처를 꾹 누른다.

"네."

"여기는?"

"아픕니다."

"자."

"거기도."

"네."

의사는 책상 위에서 침통을 집어내린다. 크기가 다른 침대가 여러 개 있는 속에서 한 개를 잡는다.

뜨끔하자 침을 쑥 뺀다.

"아픕니까?"

"네, 괜찮습니다."

"액땜을 하셨군요."

"글쎄요."

또 한 대 놓는다. 침을 뽑은 자리에서 피가 찔끔 비어져나온다. 의사가 솜으로 훔치면서 묻는다.

"어쩌다 삐셨나요."

"계단을 내려오다가……, 이 4층에 삽니다."

"아, 그러세요."

그렇다면 또 한 대, 하는 것처럼 또 쑥 찌른다.

"됐습니다."

준구는 양말을 신었다.

"곧 나을 겁니다."

"네."

"두고 보면서 한 번 더 놓읍시다."

"네."

준구는 돈을 치르고 일어서려고 하는데 몹시 아프다.

"좀 앉으세요"

하고 의사가 말한다.

"좀 있으면 괜찮을 겁니다."

준구는 도로 주저앉았다.

"오래갈까요?"

"글쎄요, 오늘 두고 보시면 알겠지요."

준구는 허, 하고 웃었다.

의사도 뜻을 알고

"지금 겉으로야 알 수 있습니까?"

하고 웃는다.

온돌방 아랫목에 책상 하나가 놓이고 사방으로 선반을 메고 있는데 촛곽 같은 것이 잔뜩 얹혔다.

"약도 지으십니까?"

"네?"

"한방약도……"

"아, 네."

의사는 준구의 시선 가는 데를 보고는

"쑥입니다"

한다.

그게 준구더러 숙맥의 쑥이라는 말처럼 들려서 그는 또 웃었다. 오르내리면서 2층의 이 '鍼灸院'을 보고 다닐 때마다 준구는 드나드는 사람들을 묘하게 보았다. '姓名哲學館'이나 '觀相所'같은 데서 나오는 사람들같이 보였던 것이다. 그러고 보니 이 냄새는 쑥풀 냄새다. 과히 역하지 않다. 문득 고향에서 외가에 갔다가 모깃불을 태우던 밤이 생각난다. 그 밤이 코끝에 진하게 풍겨왔다.

의사는 침의 효과며 쑥풀의 효험에 대해서 심드렁하게 얘기하고 있다.

안으로 통하는 문이 빠끔히 열리고 대여섯 살 남짓한 계집애가 빠끔히 들여다보다가 주인이 손짓을 하니 도로 문을 닫는다.

의사는 준구를 보고 웃는다. 준구도 웃었다.


12


의사 선생하고 한참을 지내다가 준구는 그 방을 나왔다.

가끔가다 뜨끔거리는 다리를 이끌고 계단을 올라가는데 듣던 목소리가 뒤에서 났다.

"웬일이야."

한명기가 눈이 휘둥그레 다가서면서 팔을 잡아준다.

"응, 좀 잡아줘."

"웬일인가?"

"외출하다가 삐었어."

"그거 참."

"의원에 다녀오는 길이야."

"병원에?"

"침이야. 이 안에 침 놓는 데가 있어."

"그렇군. 말씀을 이루었군."

"응?"

"말씀을 이루었도다."

"말씀이라니?"

"남의 집 계단의 가파름을 알았고— 단테의 말 있잖아?"

준구는 알아들었다.

방에 들어와서 준구는 침대에 걸터앉고 한명기는 난로 건너편 의자에 앉았다.

"너무 소식이 없길래 왔지."

"난 또, 삽화 독촉하러 온 줄 알았지."

"허, 각박하군. 그런 기분인 모양이군."

준구는 끄덕였다.

"자네나 나나 큰일이군."

한명기가 말했다.

"큰일?"

"홀아비로 늙을 작정인가?"

"작정대로 살아지나?"

"참 그 소녀는 어떻게 됐어?"

"그저 소식이 없지."

"그래? 그거 곤란한데."

"곤란해?"

"그럼. 그래서야 소설이 되나?"

준구는 허허 웃었다.

"자네한텐 소설이지만 당자들에겐 인생이야."

"소설 같은 인생이 없으랄 법이 없잖아?"

"아무튼 그렇게 안 나가니 할 수 없지. 미안하다구 해야 하나?"

"자네가 미안할 건 없어. 미안하다면 딴 친구겠지."

"누구야?"

"하느님인가 그 자식이겠지."

"왜?"

"그 자식이 연출한다잖아? 인생을."

"그렇군."

"소설가란 건 인생의 모니터 같은 거지."

"화가는 뭔가?"

"자네가 알 거 아닌가?"

"알기야 알지."

"미술 담당 모니터 아닌가?"

"미술 담당 모니터."

"그럼. 뭘 찾나?"

"응 뭘 좀. 술 하려나?"

"있으면 좀 할까? 가만, 내가 꺼낼 테니 있는 델 말해."

"그래줘. 거기 응, 아래."

한명기는 술과 안주를 찾아 가져왔다.

"자네도?"

"무슨 상관 있나?"

하고 준구는 다리를 내려다본다.

"하긴 그렇군."

한명기는 자기부터 한 잔 마셨다.

"계획이 다 틀렸는데."

한명기가 말했다.

"무슨?"

준구도 한 잔 비우면서 말했다.

"좋은 일이 있었는데."

"장산가?"

"아니야. 이 사람 세모 아닌가?"

"노는 일이겠군."

"그렇지."

"내가 없어선 안 되나?"

"안 될 건 없지만."

"그럼 괜찮군."

"응 괜찮아. 뭐 안 괜찮으면 어쩔 테야."

"기껏 노는 일을 가지고 혼자 흥분하는군."
"흥분? 흥분 안 해."
"흥분 안 하기로 했나?"
"안 하기로 한 게 아니라 그렇게 되더군."
"나이 먹은 거지."
"그럴 거야."
"내일이면 또 한 살이니깐."
"감개무량한데."
"난 모르겠어."
한명기는 준구의 잔을 채워준다.
그러고 말했다.
"타향살이에 지쳤나?"
"타향?"
"응, 자네가 늘 말하지 않나?"
"그것도 부르는 노래지."
"노래?"
"노래라는 걸 알았어."
"좀."
"설명할 것도 없지. 하 심심하니깐 고향이네 타향이네 시비를 걸어보는 게지 자기도 믿지 않는단 말이지."
"그럼 엄살이었나?"
"그렇게 말해도 틀리지."
"엄살은 아니지만 노래다?"

"결국."

"결국 뭔가?"

"몰라."

허허하고 그들은 웃었다.

"알 것 같은데"

하고 한명기.

"그럴 테지."

준구는 말과는 달리 정말 알아들었느냐? 는 표정이다.

"알 만하다니깐."

한명기는 또 한 잔 비웠다.

"괴롭다는 것도 노래 같은 거란 말이지?"

"아니 괴로움에다 어떤 이름을 붙이면 그땐 노래가 된단 말이지, 푸념이……"

"이름을 붙이지 말아야겠군?"

"안 붙이고 살 수 있나?"

"붙이면 노랫가락이고."

"안 붙이곤 살 수 없고."

"그런데, 자네 기분이 좋아 보이는데? 다리를 빼니 기분이 좋아?"

준구는 크게 웃었다.

"자네가 와서 그런 거야."

"잘 왔군."

"저런 기분이었으니깐……"

하고 준구는 족자를 가리켰다. 한명기는 입속으로 족자의 글을 중얼중얼 읊었다. 어느 방에선가 아이 울음소리가 들린다. 한명기가 불쑥 말한다.

"다른 방 소리가 들리는군."

"안 들릴 수가 있나? 그래도 조용한 편이야."

"조용한 게 좋지?"

"그럼."

"조용한 게 필요할 때가 많아. 조용하다는 건 이름 없는 상태니깐."

"이름? 들어."

"조용함에다 이름 붙이는 게 말이 아닌가? 시끄러우면 똑바른 이름을 못 붙여. 소음을 이름인 줄 착각하기 쉽지. 저 소리."

아기 울음소리가 또 들린다.

"저 소리."

"애기 우는 소리 아닌가?"

"애기의 울음? 아니 그건 소음이지."

"그럼 뭔가, 저 소리가?"

"글쎄. 뭐랄까, 우리가 이름 붙이는, 그 숱한 이름의 소음 저편에 진짜 이름이 안개에 가린 강물처럼 흘러가는 게 아닐까? 도적놈처럼."

"좋은데."

"노래 같은가?"

"노래 같아."

"더 할까?"

"응."

"잊어버렸어."

"한 잔 더."

"가만있자. 그래그래 도적놈처럼 흘러가는 노래가 있다?"

"강물이랬지."

"강물이 노래란 말이야."

문득 준구는 보았다. 창문 밖 저 멀리 하늘 중천에 다리가 보인다. 여자의 다리 하나가 오늘도 걸려 있다. 허벅다리부터 아래만 몸에서 뚝 잘린 다리다.

쇼윈도에 양말을 신겨 거꾸로 세워놓은 마네킹의 다리가 하늘 한가운데 애드벌룬처럼 떠 있는 것이다. 발을 아래로 제대로 허공을 밟고 선 다리는 한쪽뿐인데 허벅다리 위에서 끝나 있다. 그런데 그 끊어진 대목이 마네킹과 다르다. 끊어진 대목에서 피도 흐르지 않는다. 있어야 할 둥근 절단면이 없는 것이다. 아무리 뒤로 돌아서서 절단면을 보려 해도 보이지 않는다. 절단면은 자기 그림자를 밟으려고 할 때처럼 시선에서 벗어난다. 끊어진 다리. 그런데 끊어진 자국이 없다. 그것은 마네킹의 다리가 아니라 분명히 살아 있는 다리였다. 여러 번 보아서 그런지 이제는 부자연스럽지도 않다. 땅 위에서 올라가는 도시의 훈김이 스러져가는 언저리보다 훨씬 높이, 차가운 햇빛 속에서 살찐 발가락들이 부드럽게 하늘을 즈려밟고 있다.

"— 노래야."

한명기의 목소리.

준구는 한명기를 보았다. 그리고 말했다.

"신기한데."

"신기하지."

잠깐 준구가 한눈을 판 것을 한명기는 모르는 모양이었다. 한명기는 하던 말을 이었다.

"노래가 우리 귀에 들어올 때는 벌써 소음이 돼 있어. 그러나 소음을 통하지 않고는 노래가 들리지 않아."

"노래가 소음이 됐나?"

"그렇다니깐."

한명기는 그동안 오래 얘기한 모양이었다. 준구는 한눈을 팔았던 시간이 꽤 오래됐던 모양이라고 생각했다.

"우주는 결국 한 줄의 노래가 되기 위해서 진화하고 있다. 이런 말이래."

"노래라."

"그 노래에 이르기 위해서 숱한 노래, 소음만 못한 노래가 뒤범벅이 되고 있어. 목쉰 노래, 쨍쨍한 노래, 구슬픈 노래……"

"새로운 진화론이군."

"우주 전체가 한 교향곡이 되기 위해서라고 해도 좋지."

"그렇다면, 한 폭의 그림이 되기 위해서라고 해도 되겠군."

"암, 자네는 그렇게 말해도 되지."

"좋은 생각인데."

"뭐 내 생각이 아니야."

"누구 생각인가?"

"여러 친구들 생각이지. 그걸 좀 정리해본 거야. 자네나 나나 결국 그 노래 속에서 어느 악장樂章에, 어느 부분에 속하는가, 몇째번 음인가, 또는 몇째번 행行에 몇째번 단어의 어느 자모字母인가, 어느 자모이기를, 어떤 음이기를 택하는가 그게 문제겠지. 괴롭다면 화려한 파트에 끼느냐 못 끼느냐, 그래서 안달이지."

"선택의 문젠가?"

"선택? 어디, 선택과 운명의 교차점 같은 거, 인터체인지 같은 거 그런 거지."

"흠."

"노래의 부분이 노래 전체가 되려고 하면 괴롭지, 육신肉身인 채로."

"육신인 채로?"

"노래 속에서만 가능한 비의秘儀를."

한명기는 취하고 준구도 취했다. 노래처럼.


13


한밤중 잠에서 깬다. 하릴없이 누리에서 서성거리던 고요함이 일시에 귀로 몰려든다. 작은 구멍으로 쏠리는 홍수처럼 크낙한 홍수의 밑바닥에 누워서 아우성치는 홍수 소리를 듣는다. 너무 큰 아우성은 소리도 없다. 바다 밑에 누운 익사자溺死者 같은 기분이다. 고요함은 물처럼 무겁다. 무쇠의 배들을 가볍게 얹어두는 바다의 무게가 귓구멍 한 곳으로 송곳처럼 누른다. 날카롭고 둔한 아우성의 무게. 아우성 무게. 고래가 몸을 튼다. 송곳니로 물을 씹으면서, 사방으로 물을 밀어낸다. 작은 고기들은 밀린 물결 속에서 저마다 작은 물결을 만들며 헤엄친다. 상자 속의 상자처럼. 작은 고기들의 아가리로 바닷물이 드나든다. 고래의 밥주머니 냄새가 나는. 상어는 부러진 이빨을 앓으면서 지느러미질을 한다. 적혈구赤血球가 없는 고기들을 먹는 날에는 상어의 이빨은 비구니처럼 깨끗하다. 고사리 냄새가 나는. 밤바다의 깊이의 사방에서 부르는 소리. 주름살처럼 기억을 부른다. 뱃고동 같은 밤 기차 소리. 기계가 왜 저다지도 한스러운 목청을 뽑는가. 사람들의 눈을 속이면서 그들은 비밀한 영혼을 훔쳐서 잠깐의 괴물들이 된다. 디젤 냄새 나는 피톨이 헤엄치는 속의 호수를 가진다. 호수는 끓는다. 폭발한다. 피스톤을 들이받으면서. 짜증스러운 짐을 싣고 기차는 철로를 미끄러져간다. 창가에 기댄 고달픈 얼굴보다 더 고달픈 몸을 이끌고. 밤의 시골 정거장의 코스모스와 이십 년 동안 변하지 않은 철도 관사를 짜증스럽게 곁눈으로 사열하면서. 잠든 황토 언덕의 쌓인 눈을 바라보면서. 익사자처럼 밤의 한가운데 평안히 누워 도시의 숨결을 듣는다. 고요함에까지 막다른 천만 가지 소음을. 물속에 저절로 피어난 물감 줄기처럼 소음이 풀려난다. 기침 소리가 들린다. 때 묻은 베개 위에서. 신문지로 바른 벽이 한숨을 되밀어낸다. 한숨은 어그러진 문틈 사이로 밀려나간다. 주먹을 쥐고자 하는 소년은 꿈속에서 강아지와 싸운다. 섣달 그믐날 저녁부터 숫

돌에 칼을 갈듯이 멍든 가슴이 뉘우침을 간다. 지난날의 비스듬하게 닮은 기억의 허리에 대고. 잿빛으로 퍼져나가는 피를 보면서. 불모不毛의 조류처럼 길 잃은 정충들의 소용돌이는 하수도를 흘러간다. 죽은 쥐들의 자궁을 엿보면서. 아홉 구멍 속에 죽은 시간을 가득 채우고 구공탄은 헛된 성곽의 꿈을 꾼다. 이 시대보다는 약간 덜한 지린내를 풍기면서. 고단한 카운터 위에서 달러를 만지던 손의 그림자가 몽유병자처럼 어른거린다. 알아듣지 못하는 말에 지친 창녀의 자궁 속에 흥건한 정액 속에서 붉은 벼 포기가 자란다. 닭 볏 같은. 봉황처럼 날아갈 날개를 발효시키면서. 막걸리처럼 후터분한 조국의 하늘로 날아갈. 도둑놈들은 간사스런 말과 피 묻은 칼이 망보아주는 검은 침대에서 살찐 잠을 잔다. 자기들도 믿지 못하는 잡귀들을 섬기는 양복 입은 무당들도 거짓말의 당집을 나와 정직한 육체의 집에서 단잠을 잔다. 내일의 거짓말을 위해서. 높은 담 안에서 이국종 맹견은 정치 깡패처럼 충실하게 순라를 돈다. 정신병자들의 오르가슴의 침대를 위하여. 아무도 모른다. 역사는 억 년. 인생은 육십 년. 이 세상이 내가 쓴 소설이 아닌 바에 내 쥘까 보냐고 실성한 고단한 대뇌 피질들의 피라미드 위에서 검은 사보텐은 일식日蝕처럼 웃는다. 지쳐라 지쳐라. 삶은 지치는 것. 지쳐서 싸워라. 오른손이 왼손을 할퀴고 왼손이 오른손을 비틀게 하라. 숱한 오리발을 만리장성처럼 둘러놓고 푸짐하게 장닭을 잡는다. 민들레 씨앗처럼 흩어지는 깃털 속에서. 낮닭의 울음도 없는 한낮의 멍함 속에서. 정의를 위해서도 시샘하는 사람들도 꿈길에서 미인 콘테스트의 계단을 올라간다. 수영복을 입고

서. 휴머니즘의 아이섀도를 짙게 칠하고. 리얼리즘의 살찐 유방을 내밀면서. 내가 제일 예쁘죠. 겨울의 계단의 시멘트 틈바구니에 말라붙은 지난해의 잡풀은 봄을 단념하였다. 십자가에 못 박힌 사람처럼 모퉁이들은 움직이지 않는다. 가시방석 위에서 연꽃방석의 꿈을 꾸면서 짐짓 웃는 사람처럼 내리는 눈. 슬픔의 옛 시간에도 내리던 눈. 어린 아기의 잠깸처럼 목숨들이 새로웠을 때 보았던. 기약 없는 싸움터로 내보내기 위해서 중얼거리는 헛소리의 전술을 가르치는 학교들에는 빈 교실에 그나마 위엄이 있다. 순수한 공허보다 거짓의 말장난이 건강하다는 뜻인지. 욕됨. 돈 없고 무식하다고 덮어 누르는 거짓말의 덩어리. 거짓말의 꽃동산. 썩은 거름보다도 추한 독초를 피우기 위해서 세상은 미쳐야 한다. 슬픔의 무게 때문에 두려빠지지도 않는 지구를 위하여. 냄비보다도 못한. 참으라고 하는가. 두려빠짐의 종말의 날을 위하여. 그러나 육십 년. 그대의 시계는 너무 크다. 우리는 밑천이 짧은 사람. 검은 관청과 계약을 맺은 사람들은 시간을 탓하지 않는다. 야미로 산 시계를 차고 다니면서 시간은 충분하다고 한다. 게임 종료 1초 전에 이기라고 눈짓하는 야바위 감독처럼 인제 태양도 지쳤다. 오랜 홍역을 앓으면서 신열을 뿌려온 투명의 창가에서 기침을 한다. 아무도 무서운 말을 하지 않는다. 인자한 의사처럼. 임종의 시간까지. 가짜 약품을 주사질하면서 병자더러 용기를 내라고 한다. 칼보다 더 무서운 사랑의 냉혹함을 제 몸에게만은 대지 않는다. 고래고래 고래질을 한 약장수처럼 잠든 전도사들은 꿈속에서 주택 금고에 붓는 돈을 계산한다. 밤을 질주하는 자동차 소리. 어둠을 금 그으면서 검은 상어의 귓속으로 들어간다. 피 흐르는 속삭임을 위해서. 먼 곳의 총소리를 위해서. 팔 떨어지고 코 비뚤어진 귀신들이 물결 속으로 걸어간다. 밤의 거리의 꿈의 지붕 밑을 뒤지기 위해서. 인간은 고매해야 하는가. 핌프들은 폼을 잡으면서 절망의 유행가를 부른다. 기도하는 천사들을 비웃으면서. 소금에 절인 조기처럼 귀청에 비웃 두름처럼 열린 절망의 포도상 구균. 철망은 절망을 낳는다. 시간은 다하지 않았는가. 이국의 신의 수상한 생일을 위해서만 열리는 통행금지의 창살이 영원히 열리는 새벽을 위한 슬픔과 땀은 아직도 더 부어야만 하는가. 무당들과 간신들과 종돼지처럼 살찐 왕과 왕비들을 위해서만 있었던 순라꾼들의 밤은 질기기도 하여라. 인경은 겉멋으로 치는 것은 아닌 것. 꿈속의 대뇌 피질의 꿈의 자리에서도 뚜렷한 슬기 속에서 치는 터질 듯한 종소리가 있어야 하는 것. 밤이여 깊어라. 밤이여 익어라. 땅이 썩고 눈이 먹물처럼 흐리도록 밤아 익어라. 최후의 한마디를 어느 시인이 쓰는 순간에도 지구는 가라앉지 않는다. 밤은 더 익기를 원한다. 봄잠을 즐기는 새아씨처럼. 도둑놈의 팔베개 위에서. 명령받은 단두대처럼 밟히는 작두처럼 지구는 시간의 활차를 끼고 시간을 여물 썬다. 독버섯과 민들레를 가림 없이. 내일의 출근을 위해서 모두 잠든 밤. 눈뜨고 있는 눈은 단두대에 가장 가까운 눈. 아무도 변호하지 못할 시간을 위해서 재심 청구서를 끄적이며 망명 보따리를 되만져보며 어둠 속에서 담배를 피우면서 어두운 전화 연락을 한다. 밤의 전화기에 매달리는 손들은 얌체스러운 흥정을 주고받는다. 하수도가 하수도를 구하기 위해서는 어찌하면 되는가. 도장 찍힌 달은 순결을 잃은 처녀처럼 다리를 벌리고 허공 속에 누워 있다. 도시의 하늘 위에. 모두 자기만은 죽지 않으리라고 생각하는 꿈속에서 검은 쥐들이 낟알섬 헐듯 희망을 헐어낸다. 까먹은 조개 무덤처럼 집들은 웅크리고 거미줄처럼 다만 실성한 말만을 위해 있는 전깃줄에 결박당한 채 도시는 잠잔다. 병원의 시체실에서 시체가 일어난다. 서무과에 가서 계산을 맞춰보기 위해서. 그러나 다시 눕는다. 그만한 일은 산 사람들이 해주리라고 믿으면서. 적십자의 모양을 한 피 묻은 거즈를 배에 두른 채. 거짓말 찬송가도 없이 죽은 자기의 죽음을 서운해하면서. 간호부들은 내일의 데이트를 위해 콜드크림을 바르고 꼬부라진 당직의 밤을 밝힌다. 레지던트는 논문을 준비하면서 하품을 한다. 크낙한 물결과 폭풍. 균들과 홍수. 어긋남과 게으름. 절망과 환상. 어리석음과 악함. 균은 균을 낳고 홍수는 홍수를 낳는다. 어긋남은 어긋남을 낳고 게으름은 게으름을 낳는다. 절망은 절망을 낳고 환상은 환상을 낳는다. 어리석음은 어리석음을 낳고 악함을 낳는다. 몸을 사릴 사이 없이 물결은 밀어붙인다. 오 한 줄의 시를. 참다운 한 줄의 시를 아무도 쓰지 않기 때문에. 감투가 탐나는 시인들은 호기 있게 거짓말을 한다. 죽어라. 단 한 사람도 글 위에서 죽으려 하지 않으니 보리는 땅속에서 썩지 못한다. 누구도 소금이 되기를 원치 않고 추잉껌과 캐러멜이 되기를 원한다. 더 많은 재앙을. 풍성한 재앙을. 햇빛처럼 우박처럼 원자의 재처럼 푸짐한 재앙의 시간 속에서 아이들은 잉태되고 죄의 첫 공기를 숨 쉰다. 죄악의 목마 위에서 착함을 배운다. 밤의 바닷물결에 헤엄치는 것들. 집과 길과 다방과 호텔과 시험 공부와 얼어터진 손과 실성한 머리와. 초상난 집에서도 밥은 짓듯이 빼앗긴 들에도 봄은 온다. 거짓말을 지키기 위한 전차들이 장갑을 끼고 밤 속에 웅크리고 있다. 깡패처럼 카포네의 기관총수들처럼. 포탄의 시가를 물고. 민중을 깔보는 자들이 민중을 대변하고 자기를 멸시하는 자들이 자기를 아끼고 집 안에서 학대하는 아이들에게 밖에서 출세하라고 권하면서 부모님들은 지친 잠에 빠진다. 아무도 대철인이나 대사상가가 아니라는 이유로 죄가 될 수는 없다는 생각에 안심하면서. 눈이 있다면. 달에서 지구를 본 육체의 눈만 한 정신의 눈이 있다면 지구는 한 줄의 시가 되리라. 지구는 말이 되리라. 지구의 말을 알아들을 수 있으리라. 눈이 있다면. 둥근 슬픔의 그림자의 메시지를 읽을 수 있으리라. 말을 건설하기 위해서. 지구만 한 말을 건설하기 위해서 시인은 불면제를 마신다. 컴퍼스와 세모자와 함께. 말을 존경하는 마음을 아직도 잃지 않은 사람들의 지붕 밑에서도 아내들은 고단한 잠을 잔다. 아내라는 이름의 적. 사랑스러운 밀고자. 밤 속에서 몰려오는 소리의 홍수들. 크낙한 홍수의 밑바닥에 누워서 아우성치는 홍수 소리를 듣는다. 너무 큰 아우성치는 홍수 소리를 듣는다. 너무 큰 아우성은 소리도 없다. 커다란 다리가 밤의 하늘 한가운데 떠 있다. 글씨처럼. 다리는 밤을 밟고 있다. 풍선처럼 밤 위에 떠 있다. 배처럼. 다리는 솟아 있다. 안테나처럼. 소리들은 하늘로 올라가 다리가 된다. 오작교처럼. 죽은 쥐들과 짓밟은 말과 허송한 시간들은 하늘로 올라가 다리가 되었다. 다리는 밤의 한가운데서 말이 없다. 벙어리처럼. 준구는 벌떡 일어났다. 그가 전혀 모르는 사이에 망보는 눈을 속이고 기어든 도둑놈처럼 창에는 시뿌연 푸름이 환하게 밀려와 있다.

틀림없는 1970년의 첫날이 창문 밖에 있는 것을 준구는 보았다.

14

뻰 다리는 잘 낫지 않았다.

새해 들어서도 준구는 출입을 못 하고 여전히 침을 맞으면서 지냈다. 그토록 연이어 붙박여 있기는 생각나는 한 처음이었다. 침놓는 사람의 말을 들으면 그럴듯한 데가 많았다. 얼마나 가리라는 말은 여전히 않으면서 들려주는 한방 의학의 이 얘기 저 얘기가 그럴싸한 데가 많았다. 낙상이니 뻰다든지 하는 것이 몸이 부실할 때, 보다 큰 앓음을 피하기 위해서 목숨이 제 액땜을 하는 일이라 한다. 듣고 보면 양의사들도 곧잘 그런 말을 한다. 고단해서 몸이 부실하면 먼저 자그마한 고장이 생겨서 소식을 전한다는 것이다. 그럴 때 몸이 하는 말을 알아듣고 조섭하면 도로 구실이 골라진다는 것이다. 다만 이 한방 의원이 한술 더 떠서 몸의 사정을 환자의 사회생활에까지 넓히면서 팔자며 신수까지 좌우하는 것으로 보는 것이 역시 한방의다운 일이었다. 심드렁하게 한두 마디씩 하는 얘기가 그렇게 은근할 수가 없다. 몸과 마음이니 개인과 사회니 하고 가르는 게 서양식 병통이라는 것이다. 몸이 마음이요 개인이 사회라는 것이다. 어디서 어디까지를 금 그을 수 없는 게 목숨이니 더듬어가면 원자리로 돌아오고 마는 게 몸의 생김새라 한다. 기침의 원인은 기침이요 위병의 원인은 위라는 것이다. 그물코처럼 한 코를 낚으면 모든 코가—그물이 움직인다는 얘기다. 어딘가 한 군데 허술한 것 같은 말인데 허술한 데가 어딘지 얼른 생각은 나지 않는 대로 대국大局을 짚은 말이기도 했다. 겉보기에 이렇다 하게 어떻지도 않으면서 쉬 낫지 않는 것도 의사로서는 어쩔 수 없는 일이고 환자와 의사가 앓음과 의논해서 두고 보는 길밖에 없다고 한다. 하기는 의사로서는 짐작은 있길래 그런 소리를 하지 중증인데도 함부로 신선놀음 같은 사설을 하지는 않을 것이었다. 아무려나 별수 없는 일이어서 준구는 하루 한 번 침 놓는 때 말고는 혼자 누워서 지냈다. 지난해 마지막 가는 날에 한명기가 왔을 때 술 마신 후로 술은 더 하지 않았다. 새해의 시간은 고스란히 사흘째 맑은 정신으로 보낸 것이다. 지루할 것 같은데 조금도 그렇지 않았다. 누워 있으려니 오만가지가 오락가락한다. 첫째 이 아파트라는 게 굉장히 소리가 들어찬 덩어리라는 걸 알았다. 딱히 무슨 소린지는 모르겠으나 듣노라면 분명히 연줄이 다른 소리들이 웅성거린다. 사람 목소리에서부터 시작해서 물건 옮겨놓는 소리에 이르기까지 대단하다. 고래 뱃속에 앉아서 창자 틀리는 소리며 허파 부푸는 소리까지 듣고 있는 기분이다. 아파트가 고래라면 말이다. 그뿐이 아니다. 고래가 떠 있는 바깥—그러니까 바닷속에 있는 온갖 소리들까지 들린다. 한밤중에 어느 방에선가 요란스럽게 그릇 떨어지는 소리가 난다. 난데없이 스피커로 어쩌구어쩌구 하는 소리가 하늘로 올라간다. 그리고 하늘 복판에 둥 떠 있는 다리가 가끔 보인다. 웬일인지 성희의 다리라는 생각이 난다. 성희를 알기 전부터 보아온 환상이니 그럴 리가 없는데도 어쩌다 퍼뜩 그렇게 이어지자 그 두 가지 오브제는 단단히 들러붙어서 서로 그림자가 되고 몸이 되고 하면서 떨어지지 않게 됐다. 사실 흡사한 일이었다. 성희는 분명히 이 도시의 어딘가에 있으면서 준구에게는 그 하늘의 다리나 진배없는 환상이었다. 한 선생이 고인이 되고 보니 성희는 더 무겁게 그에게 실려왔지만 현실의 준구의 어깨에가 아니라 근심이라는 속의 어깨에 실려오는 것이었다. 말할 것도 없이 속의 어깨라고 덜 무거운 것이 아니다. 뒤집으면 안이 겉인 즉 언제 어느 날 처음에 그랬던 것처럼 불쑥 성희가 그의 삶에 뛰어들면 그로서는 조금도 당돌한 일이 아닐 것이다. 처음 한 선생 편지를 받고 준구가 성희와 그녀의 부친과 자기 사이에 얽힌 모든 뿌리를 더듬어갔던 것처럼 시간의 공백은 문이나 커튼 같은 것이어서 가리고 있는 것이지 없는 것이 아니라고 생각한다. 딱하기는 준구는 그만한 상상력에다 의리니 인정이니 하는 이름을 달지 않고도 자연스럽게 그렇게 되는데 성희에게는 그 상상력이 모자라는 것 같다. 문득 무서워지는 일이었다. 그녀의 오늘과 어제, 그리고 내일 사이에는 정말 공백이—아무것도 그려지지 않았을 뿐 아니라 더불어 있는 다른 것들과 한 동네를 만드는 조형 공간의 일부로서의 기능도 하지 않는 그저 공백—소경의 흰자위 같은 불구不具의 공허가 있는 모양이었다. 그것이 준구에게는 무서웠다. 아마 예술가라는 직업에서 오는 약점일 것이다. 관계 지어진 공간을 늘 상대하기 때문에 병든 공간을 모르는 탓이었다. 그림에서 병든 공간도 그림이자면 건강해야 한다. 발랄하고 싱싱한 병이다. 예술을 보고 퇴폐다 뭐다 할 때 이런 오해 때문에 그렇다. 퇴폐도 예술이 자면 건강해야 한다. 퇴폐가 건강하게 그려져야 한다. 그것이 예술가의 건강이다. 예술가의 책임은 소재가 아니라 소재에 대한 판단에 있다. 그러나 이 논리가 통하는 건 예술 안에서다. 생활 속에서는 퇴폐는 퇴폐다. 남의 삶은 내가 칠하는 물감이 아니다. 나하고 부딪칠 때는 남의 삶이 내 삶이기도 하지만 다시 평행선도 되고 교차해서 달아나기도 한다. 그것까지도 한 틀 안에서 이해하려는 버릇을 상상력은 가지게 마련이다. 그러나 상상력을 기를 팔자도 소질도 돈도 없었던 인생이 더 많고 그런 경우에는 어찌해볼 도리가 없다. 동네 시어머니가 열도 넘는 동네 한 마을이 생활 환경일 때는 웬만한 보통 평생을 지내는 데 상상력까지 일없지만 그 울타리보다 넓은 세상이 생활의 환경이 되는 경우에는 엉망진창이다. 제쳤으니 때리는 것이고 장땡인지 헛다린지는 때려봐야 안다. 기회가 많아서 좋고 모험심 있는 사람에게 현대 도시는 결코 어두운 것이 아니라는 등—엿이나 먹어라. 배부른 소리다. 좋은 제비 뽑은 소리다. 아니면 얼간이가 하는 소리다. 역사니 시대니 하는 것이야 엎어치나 둘러치나 밑질 것 없다. 그러나 몸 하나 마음 하나 팔자 하나만 달랑 믿고 사는 몸이고 보면 환장할 노릇이다. 환장할 만한 지각이나 있어도 행복한 편이고 환장할 겨를도 없는 사람이 열에 아홉이다. 그런 삶. 그것도 삶인가. 이런 삶이 지금 우리가 사는 이 삶이다. 이 지구 위에 어디 천당이야 없겠지만 그래도 너무하다. 한 선생이나 준구만 하더라도 이기지는 못했을망정 낡은 기준만이나마 기준이 있다. 상상력이라는 게 있다. 낡은 본이지만 머리 한구석에 그런—삶을 저울질하는 본 같은 게 있다. 성희는 그게 없는 것 같다. 그걸 가리켜 세대 차라고 하는 모양이다. 본이 낡아서 미니스커트 철에 자꾸 개화 시절 통치마를 마름해내는 것도 탈이지만 미친년 가위질처럼 쌍둥썩둑 가 닿는 대로 가 잘리는 데라는 것도 비통한 일이다.

준구는 이런 생각을 한다. 그리고 이러니저러니 하면서도 자기쯤은 국으로 고맙다는 기도나 하면서 살아야 옳을 듯싶다는 생각을 한다. 성희 생각을 할 때마다 그렇다. 지금도 그녀를 도울 수만 있다면 힘껏 돕고 싶다. 그러면서도 막상 그녀와 부딪치면 그리 쉽지 않으리라는 생각이 든다. 한명기가 하던 말을—아버지조차 어찌할 수 없었던 일을 남이 어쩌겠다는 말인가 하는 까닭에서만이 아니다. 그녀와 만났던 세 번의 관찰에서 준구는 그 공백—그녀와 준구의 머리 사이, 생각하는 법에는 어느 줄 하나가 빠져 있다는 느낌이 더 구체적으로 떠오르기 때문이다. 그녀는 말수가 적은 모양이었다. 그래도 말보다 더 긴한 침묵이란 것도 있으니 그게 흠일 것은 없지만 그래도 성희의 인상은 무언가 답답하고 쭈뼛해지는 데가 있었다. 이런 모든 일이 하나도 확실한 것이 아닐 수도 있었다. 성희는 좀 지내보면 말도 잘하고 총명한 아일 수도 있는 일이었다. 그러니 어쨌단 말인가. 그만한 나이에 그 지경이 되고서 성한 생애를 보내기를 기약할 수 있는 것일까. 아찔해진다. 부산 공동묘지 땅 밑에 누운 사람과 이 도시의 어느 지붕 밑에 있을 그의 딸과 그리고 자기—이 세 사람을 잇는 구도를 준구는 튼튼한 것이라고 생각한다. 한 사람은 죽었고 한 사람은 행방불명인데 준구는 그렇게 생각한다. 삼각형의 변邊 하나밖에 없는데 온전한 삼각형을 머리에 그리고 있는 사람이다. 생활인으로 보면 그는 공상가요 낡은 사람이다. 준구는 자기를 그렇게 비웃어도 본다. 그러나 비웃는다고 팔자가 칠자도 되지 않고 식자우환이라면 어떻게 하면 좋은가. 소설이 되자면. 소설이 되자면 한명기 말대로 성희가 다시 나타나야 할 것이 아닌가. 한명기가 이 일을 소설로 꾸미고 자기가 삽화를 그리재도 성희 얼굴을 똑똑히 그릴 자신이 없다. 그는 벌떡 일어나서 종이를 집어다가 그녀를 그려보았다. 놀라겠다. 전혀 떠오르지 않는다. 얼굴 모습도 떠오르지 않다니. 화가에게는 그것은 존재 않는다는 말이다. 그리지 못하는 것은 존재하지 않는 것이다. 소설이 될 수 없는 것은 한명기에게만이 아닌 것이었다. 준구에게도 삽화가 불가능한 것이다. 이런 그는 한참 허공을 보면서 그녀를 떠올리려고 애를 썼다. 헛일이었다. 금을 그어본다. 머리카락은 올마다 달아난다. 코와 입이 서로 밀어낸다. 눈썹은 눈자위에 미끄러져내린다. 그는 줄 위에 줄을 긋고 또 긋는다. 겹치는 줄마다 앞서 줄을 돕지 못하고 덩굴에 덩굴을 얹은 것처럼 헝클어진다. 다른 종이를 집어 든다. 또 그린다. 고집스럽게 보이던 턱의 선이 생각난다. 웬일일까. 그녀의 고집스러움은 떠오르는데 고집스러움을 담았던 턱은 떠오르지 않는다. 상냥하던 입술을 그려본다. 그러면 상냥스러움은 남았는데 상냥한 입술은 떠올려지지 않는다. 공백을, 텅 빈 무엇인가를 담고 있던 눈도 그려지지 않는다. 그 텅 비었다는 것에 대하여 그토록 오래 생각게 하는 그 눈이 그려지지 않는다. 진흙 속에서 진흙을 가려내는 사람처럼 준구는 애를 쓴다. 어느새 자기 손도 진흙이 된다. 갯벌 속에서 미꾸라지를 잡는다. 그 자신도 갯벌이 된다. 갯벌이 갯벌을 잡으려고 한다. 갯벌은 갯벌의 손가락 사이를 빠져나간다. 종이가 새까맣게 되자 그는 또 한 장 집어 든다. 하얀 종이 한 장. 어떤 눈의 흰자위 같은. 가득 찬 공허. 그 공허에 성희라는 이름을 넣어보자는 일이 그토록 안 된다. 그런데도 성희의 사건이 환상도 아무것도 아닌 것도 사실이다. 그의 팔에는 한 선생의 관을 들었던 때의 무게가 생생하게 느껴진다. 그런데도 그 무게만 한 선은 한 줄도 그어지지 않는다. 머리와 손 사이에서 무엇인가 잘못된 것이었다. 한 선생 일가와 준구 사이에 있었던 분명한 역사와 지금의 현상 사이에 있는 잘못됨. 마치 고인이 된 한 선생을 살리려는 노력처럼 어려울 수가 있는가. 이번에는 한 선생을 그려본다. 놀라운 일이다. 쉽사리 종이 위에 한 선생은 모습을 드러내주었다. 잘못 불러낸 혼백에 놀란 무당처럼 준구는 어리둥절했다.

## 15

정월 한 달을 준구는 뻰 다리 때문에 외출을 못 하고 지냈다.
바다 밑 바위 모서리에 가라앉은 조개처럼 그는 방에서 웅크리고 지냈다. 가끔 다리를 끌고 창가에 서서 내다본다. 겨울의 맑은 날 집들은 잔뜩 웅크리고 추위 속에 몰려선 피난민들처럼 보였다.

갑자기 거지가 돼서 백사지 땅에 내동댕이쳐졌던 이십 년 전이 조갯살에 파고든 한 알의 모래처럼 준구의 속에서 자라온 줄만 알았는데 모래는 밖에도 있었다. 저기 저렇게 서 있는 집들이, 전봇대가, 거리가 모두 어디서 금방 실려온 피난민같이만 보이는 것이었다. 그는 원래 이 도시에서 자기는 남이고 이 도시에는 자기를 빼놓은 남들의 큰 집단이 자신 있게 살고 있다는 짐작으로 살아왔다. 그런데 차츰 그는 달리 보게 되었다. 어디에 그 증거를 대라면 댈 수 없다. 한명기라면 혹 몰라도 준구는 그런 데는 서툰 사람이었다. 그저 낌새— 어떤 낌새가 그랬던 것이다. 낌새— 부연 고층 건물과, 달리고 보자는 듯이 뻗친 길과 아귀아귀 뻗어가는 교외의 이 언저리의 북새판 같은 주택 붐과. 이 모든 것들. 뻗치는 삶의 힘이란 게 이런 것일지. 그러나 어딘가 의젓하고 상냥스런 기가 있어야 옳은 힘이 아니겠는가. 힘으로 친다면야 암세포가 번식하는 것도 하기사 힘이다. 이것은 제가 저를 다스리지 못하는 힘이다. 저 피난민 수용소에서 배급 날마다 벌어지던 수라장 난장판— 프티 부르주아의 체면이 걸레처럼 찢겨나가던 그 판이 아닌가. 이십 년이 지났는데도 꼭 그 낌새가 그 낌새라니. 어찌 된 노릇인가. 규모가 좀 커지고 차례가 좀 번거로워지면 피난민이 피난민이 아니라는 말인가. 그렇지 않을 것이었다. 없이 살고 세상 알지 못하고 살아와서 무식하기는 할망정 이건 아무래도 틀려먹었다. 더러워서 못 살겠다. 그게 이 도시의 선線에, 색깔에 보이는 것이었다. 그런데 딱히 어느 선에 어느 색깔이라고 잡을 수가 없다. 과연 미술이라는 방법으로 이 느낌의 정체를 잡을 수 있는 것인가. 그런 생각만 하게 된다. 그래서 그림 한 장을 그릴 수 없다. 사과 하나에 그런 느낌을 준다는 것은 어떻게 가능한가. 악한 사과와 착한 사과라는 것이 있단 말인가. 없다면, 미술이란 얼마나 무서운 예술인가. 준구에게는 그 무서움을 감당할 준비도 없었다. 그래서 사과 하나도 지구처럼 무거운 것이었다. 생활하는 인간으로서의 관념의 무게 — 지구만 한 부피의 관념을 덜어낸 자리에 남는 사과 한 알. 숱한 슬픔의 무게에도 끄떡 않는 지구의 부피를 덜어내고 남는 사과 한 알. 그런데도 떨어낸 슬픔의 이름은 사라지고 '슬픔' 자체만 남는 이 익명匿名의 인식. 사과뿐인가. 모양 가진 '것'마다, 그렇게 매정스럽게 제 선線의 밖에 있는 것들을 몸부림쳐 떼쳐버리고야 비로소 자기를 지킬 수 있는 이 세계가 차츰 그의 눈에 보이기 시작하는 것이었다. 하늘의 다리. 그 허깨비도 바로 무엇인가를 떨쳐버리고 그렇게 있고 싶은 물건이라는 것을 알 것 같다. 어느 날 준구는 갑자기 알았다. 그것은 성희의 다리였다. 아파트로 찾아왔을 때 그의 눈길이 붙잡아서 지니고 있었던 기억이 그 다리와 하나가 되는 순간을 준구는 경험하였다. 언제나처럼 창가에서 그 하늘의 다리를 보았을 때 그의 머릿속에서 이 결합結合이 일어났던 것이다. 이월에 들어서면서 그의 다리는 완쾌됐다. 그동안에 밀린 일이 많았다. 김상현이는 그동안에도 한 가지 사업을 손대고 있었다. 화방畫房을 차린다는 것이었다. 그의 계획에 따르면 화방도 좀 성격을 달리해야 할 것이라 한다. 비싼 작품을 어렵게 팔려는 생각을 말고 마침한 값으로 거래할 수 있는 작품들을 손쉽게 거래하는 집을 만든다는 것이었다. 그림을 일용품처럼 살

수 있게 하자면 먼저 값이 헐해야 한다. 명품, 대작이 하루 이틀에 만들어지는 것도 아니요, 또 수량도 많을 수 없으니 생각을 달리해야 한다. 여태까지 형편을 볼 것 같으면 제샛날 음식을 기다리느라 굶어 지내는 형국이라는 것이다. 명화의 복사판이나 밤낮 걸어놓았자 미술 수준은 단 한 걸음도 나아지는 것은 없으니 우선 무명 화가의 그림이라도 좋으니 붓 자국을 더듬을 수 있는 원화原畵를 제공해야 한다는 것이다. 듣고 보면 지극히 간단한 이야기다. 그러자면 선전을 해야 한다. 인제 사람들이 물건을 사는 것은 필요해서라기보다 승벽으로 사는 것이니 그 심리에 파고들어야 한다. 스포츠니 TV니 냉장고니 하는 것 다음에는 싸구려 예술품을 갖추고 싶어 하는 부류가 이 사회에 늘어가고 있다는 것이다. TV와 연결시킨 그 견해에는 수긍이 가는 데가 있다. 그러니 자네도 어렵게 생각 말고 가진 게 있거든 출품하라는 말에 준구는 정신이 번쩍 들었다. 그날부터 그는 작품을 시작했다. 하늘에 다리 하나가 걸려 있다. 다리는 허공을 밟고 있다. 그 밑에 멀리 도시가 있다. 도시의 하늘에 허벅다리 아래만 있는 다리 하나가 걸려 있는 그림이다. 그 다리가 성희의 것이다—라고 준구는 믿고 있다. 그러나 이 다리는 도시의 하늘에 잘 걸려주지 않았다. 이상한 일로 그림을 시작한 다음부터 준구는 하늘에 걸린 그 다리를 다시는 보지 못했다. 기억을 더듬어서 그리는 수밖에는 없었다. 성희의 기억이 희미한 것처럼 다리도 막상 옮기려고 하니 종잡을 수 없다. 다리 모양이 생각 안 난다는 게 아니다. 잘린 다리 하나가 그림의 공간 속에 들어와 앉아주지를 않는 것이다. 환영으로 보일 때는 그렇게 확실하게 저 하늘에 박혀 있던 다리가 캔버스 위에서는 그림의 공간 속에 들어박히지를 않는 것이다. 다리는 틀림없는 거짓말처럼 면面에서 겉돌고 만다. 억지로 원근遠近을 주어봐도 영화 속에 만화를 끼워놓은 것처럼 되고 만다. 다리 아래 펼쳐지는 도시의 지붕들은 그럭저럭 서로 의지하면서 서 있는 수풀처럼 뭉치게 할 수는 있었다. 그리고 그 위에 있는 하늘도 집들의 지붕과 닿아 있게 하는 것도 어려울 것이 없다. 그런데 다리만은 그 공간에 들어앉지 않는다. 종이로 오려 붙인 부분처럼. 다리 하나를 비벼넣으려고 붓을 놀릴수록 더 어색해진다. 준구가 진짜 하늘에서 본 다리는 그렇지 않았다. 잘린 자리가 보이지 않는데도 그 다리는 착실하게 하늘을 밟고 있었다. 그 다리를 치우면 그 자리에 다리만 한 자리가 파일 것같이. 그런데 캔버스 위에서 다리는 서툰 식칼 밑에서 비둥그러지는 고깃덩어리처럼 도마에서 미끄러지는 것이었다. 그럴 때 그는 아득해지면서 의자에 앉았다 침대에 누웠다 한다. 창문으로 하늘을 내다본다. 하늘에 있던 다리가 다시 보이지나 않을까 하는 생각으로. 보이지 않는다. 성희의 출현과 사라짐처럼. 기억 속에만 자국을 남겨놓고 그것들은 가버렸다. 기억과 캔버스 사이에 놓인 낭떠러지, 기억 속의 성희와 현실의 성희 사이에 있는 거리만큼 한. 다시 붓을 들어본다. 캔버스 위의 다리와 하늘을 다듬어본다. 요지부동이다. 하늘은 유리처럼 단단한데 다리는 나비 같다. 억지로 하늘 속에 밀어넣으려고 하면 연약한 몸집이 터져 창자가 나온다. 터진 창자처럼 페인트는 힘없이 퍼져버린다. 아니면 판때기 위에 꽂힌 표본標本처럼 다리는 하늘 위에 얹히고 만다. 하늘 '속'에 녹아도 안 되고 하늘 위에 얹혀도 안 된다. 다리는 하늘'을' 밟아야 하는데도 다리는 하늘을 밟지 못한다. 억지로 누르면 발가락들은 초처럼 녹아버린다. 억지로 누르면 발가락들은 곤충의 다리처럼 부러지고 만다. 이 두 가지 말고 어떤 수가 있는가. 붓은 그림 위에서 헛되게 서성거린다. 어떻게 하기도 두려운 것이다. 벌써 수십 번을 메우고 다시 긁어 세워본 진흙탕이다. 캔버스 크기만 한 진흙탕. 사각四角의 진흙탕. 하늘과 집과 다리들이 진흙탕 속에서 싸운다. 제가 죽는 한이 있어도 남은 살리지 않겠다는 것처럼. 그들은 서로 싸운다. 한 가지가 모습을 잡을 만하면 나머지 것들이 다리를 잡아당긴다. 다리는 하늘에 오르지 못한다. 진흙으로 빚은 용龍처럼. 준구는 그림 앞에서 지친 노동자처럼 물러난다. 절대로 그래서 별수 없는데도 그럴 때면 또 술을 마신다. 술. 이것 때문에 그는 이렇게 됐는데도. 사람이 구렁텅이를 빠져나가려고 할 때면 바로 구렁텅이에 빠지게 했던 그 원인이 되는 물건에 희망을 거는 것은 무슨 까닭일까. 취하지 않았다고 생각하면서 다시 다가서본다. 캔버스 위를 스치는 붓은 유리 한 장을 격한 저쪽을 만지고 있다. 캔버스에 칠한다고 생각하는데 실은 캔버스 위에 한 꺼풀 덮인 투명한 필터에 칠하고 있다. 끄떡도 없다. 캔버스는. 그림자처럼 달아난다. 캔버스는. 오. 이 무한 후퇴. 멈춰다오 멈춰다오. 비겁한 것아. 아웃복싱을 하는 상대방에게 말려드는 선수처럼 붓은 성급해진다. 페인트는 무너지고 부러진다. 또 마신다. 침대에 누운 채로. 어떤 놈이냐. 머릿속이 은화銀貨처럼 맑아진다고 한 놈이. 머릿속은 진흙탕처럼 엉겨 있다.

내가 내 속에서 빠져나오려 한다. 내가 나를 잡는다. 나는 내 속에 빠진다. 진흙으로 빚은 눈이 진흙 속에서 보려 한다. 눈 속에 들어오는 진흙을 밀어내면서. 진흙 속에서 안간힘하는 진흙. 자기의 눈을 자기가 보고 싶어 하는 이 구球형의 소용돌이 — 눈. 창가에 선다. 사진에서만 본 외국의 도시같이 낯선 도시가 총총하게 뻗어 있다. 그 하늘 위에 보이던 다리를 눈으로 찾는다. 없다. 다리는 그의 머릿속에 있다. 머릿속에 있는 다리가 눈길을 가로막는다. 그러나 이 가로막는 다리는 그가 보아오던 다리가 아니다. 무엇인가 다른 다리다. 그렇게 뚜렷하게 하늘을 밟고 있던 다리가 아니다. 그의 머릿속에 소리처럼 떠도는 다리다. 그것을 붙잡아보려고 눈을 감는다. 다리는 바람 속에 흩어진다. 다리는 진흙 속에 풀어진다. 어느새 그의 몸뚱이가 하늘의 그 자리에 다리가 있던 그 자리에서 도시를 굽어본다. 별똥처럼 그는 떨어진다. 달빛처럼 유리를 뚫고 방으로 쏟아져 들어온다. 그는 서 있다. 창가에. 그는 짐승처럼 방 안을 왔다 갔다 한다. 이렇게 됐는가. 술집 의자 부스러기와 카운터만 만지다 보니 그의 손은 캔버스 앞에서 이처럼 힘을 잃어버렸다는 간단한 사실이다. 인제는 그만인가. 아예 그림에 손대지 않고 있을 때는 그래도 하기만 하면 하는 생각이 은근히 있었다. 이렇게 되고 보면 옴치고 뛸 수 없다. 아무것도 아니다. 너는 아무것도 아닌 기술자다. 너보다는 김상현이가 천 배나 예술가다. 김상현이는 손과 그림 사이에 걸쳐 있는 상상력이 메마르기는 일반이겠지만 그림과 돈 사이에 상상력을 개발하지 않았는가. 그 사이에 줄을 놓았다. 그게 미래의 예술일지도 모른다. — 이런 소리가 흙처럼 취한 머릿속에서 또렷이 들린다. 그 소리에 쫓기는 짐승처럼 준구는 이 모퉁이에서 저 모퉁이로 수없이 걸어가고 걸어왔다.

16

삼월 초에 부산에서 철도 화물 짐표가 부쳐져왔다. 한 선생 장례 때 정리하고 남은 것을 교감이 보관하기로 했는데 그것을 보내온 것이었다. 이튿날 준구는 짐을 찾아왔다. 큰 트렁크가 두 개였다.
 이 트렁크를 챙길 때 준구도 그 자리에 있었으니 속은 대개 짐작할 만했다. 교감 생각으로 하면 자기가 맡고 있는 것보다 준구에게 보내는 게 옳았던 모양이다. 그는 트렁크를 옆방에 옮겨놓고 그 앞에 우두커니 앉았다. 저게 한 선생이 이 세상에 남긴 전부였다. 트렁크라는 모양이 여행을 떠올리게 하고 원산에서 나오던 때의 어수선함을 떠올려주었다. 트렁크 한 개도 소용없는 마지막 길을 위해서 결국 왔더란 말인가. 아들을 잃고, 부인을 잃고, 딸마저 잃어버리고 타향의 땅 밑으로 간 사람. 준구는 트렁크를 앞에 놓고 짜증스러웠다. 모르고 사는 게 얼마나 편한가. 내 나름으로 겨우 잊어버릴 만한 때 한 선생은 준구에게 들이닥쳤던 것이다. 준구가 철이 들고 사람의 죽음을 당하기는 이번이 처음이었다. 모르고 살면 얼마나 편한가. 괴로워도 할 만큼 해봤고 못난 줄도 알 만큼은 알아서 끽소리 없이 살면, 될 뻔했는데 한 선생은 그런 모든 걸 뒤흔들어놓고 가버렸다. 그의 팔에는 선생의 관을 들었을 때의 무게가 어제 일처럼 완연하다. 문득 팔이 당기는 듯하면 퍼뜩 떠오르는 식으로 팔은 기억하고 있는 것이었다.

  사람이 죽다니. 있던 사람이 없어지다니. 전쟁이 있었고 신문에서 매일 사람이 죽은들 무슨 소용이 있으랴. 아무도 가르치지 못한다. 가까운 사람이 죽을 때 소스라치면서 놀란다. 준구도 마찬가지였다. 철들고 처음 당하는 가까운 죽음이었기에 고인이 된 한 선생은 생전의 한 선생보다 훨씬 가까운 사람으로 느껴졌다. 마치 한 선생이 준구의 마음에서 한 계급 승진한 셈이었다. 삶은 여전히 어수선한 대로였다. 피난길의 그 북새판처럼 어수선한 채로였다. 삶 자체가 영원한 피난길이기나 한 것처럼. 삶이란 게 한없는 피난길이라. 어디에 목적지가 있다는 게 잘못 생각이고 종착지 없는 피난길이다. 그리고 그런 길에서 사람이 죽고 또 낳는다. 어디서 와서 어디로 가는가. 이 고통스런 삶을 경영하면서 아무 우상偶像도 없이 사는 지가 벌써 얼마나 되는가. 길이 다급하다 보니 바가지 한 짝은 놓지 않았으나 위패요 염주 따위는 집어던진 지 오래다— 우리네는. 준구는 진정 안타까웠다. 이럴 때도 입이나 손이 자기보다 더 큰 무엇을 습관적으로 부르는 동작을 모르고 살아온 삶이 처량했다.

  아파트를 나와서 을지로에 있는 김상현의 사무실에 들렀다. 거기서 두 사람은 새로 맡은 일에 대해서 의논을 했다. 이 사무실은 새로 지은 건물의 5층에 있는데 넓은 한 칸에서 열 명 가까운 사람이 일하고 있다. 김상현은 한쪽에 칸막이를 한 곳에 따로 마련된 자리에서 그에게 일의 내용을 설명해주었다. 미술 건축. 관계 잡지며 설계도 따위를 분주하게 뒤적이면서 그는 자기 의견을 말해주었다.

  언제나 느끼는 일이지만 김상현은 일의 성격을 잘 알고 있었고 빈틈이 없었다. 한명기는 김상현의 말이 나왔을 때 언젠가 부지런하다는 것은 무엇인가를 잃은 사람이라고 한 적이 있었다. 무엇을 잃었건 김상현 없이는 준구는 어쩌지 못한다. 한명기의 소설 없이는 삽화를 그릴 수 없는 것처럼 김상현이 없이는 준구는 제 힘으로 무슨 일거리를 마련할 수 없는 것이었다. 준구 혼자 할 수 있는 일이란 그의 눈에만 보이는 허깨비를 그려보는 것인데 요즈음 준구는 그 그림에서 손을 떼고 있었다. 손을 뗀다는 것보다 더 지탱할 힘이 없어 쉬고 있는 형국이라 해도 좋다. 아무튼 오랜만에 마주 서본 그림이 돼주지 않는 것은 어쩔 도리가 없는 일이었다. 우스운 얘기지만 어떤 순간에 문득, 이렇게 캔버스에 마주 서 있는 게 김상현이를 배신하는 음모 같은 느낌이 들었다. 준구는 그의 설명을 들으면서 그런 생각을 했다. 공부 시간에 몰래 소설책을 읽는다거나 회사 몰래 아르바이트를 하는 사원의 기분 같은 것이었다. 김상현이와 점심을 먹고 헤어졌다.

  오후에는 한명기와 광화문의 '럭키'다방에서 만났다. 한명기의 새 연재소설 건으로 편집자와 만나는 일이었다. 편집자는 한명기의 희망대로 준구가 삽화를 그리는 데 동의했다. 그러면서 김 선생 그림은 날리지 않아서 좋더라고 칭찬을 해주었다. 준구는 또 문득 한명기가 김상현 같다는 생각이 들었다. 편집자가 돌아간 다음에 한명기는 영화를 보지 않겠느냐고 물었다. 「황야의 17인」이란 영환데 괜찮더라는 것이다. 그들은 '오리엔탈'극장에 가기 위해서 차를 탔다. 극장에 와보니 시간이 공교로워서 암표를 사지 않으면 많이 기다려야 할 판이었다. 이 할이나 더 주고 그들은 표를 사서 들어갔다. 영화는 그럭저럭 볼만했다. 권총. 보안관. 벌판. 추적. 아가씨. 멋 부리기. 영화관에서 나와서 맞은편 다방으로 들어갔다. 두 사람 다 별 볼일이 없어서 오래 앉아 있었다. 한명기는 새 소설의 대충 이야기를 들려주었다. 준구가 한 가지 의견을 말했더니 좋은 생각이라면서 수첩에다 적었다. 다방에서 나와 잡지사를 한 군데 더 들렀다. 거기서 한명기는 고료를 받았다.

그래서 소설가는 저녁에 술을 하자고 권했으나 준구는 볼일이 있다고 말했다. 실은 순간적으로 OK홀에 가보고 싶었던 것이다. 그 처녀 소식은 없는가고 한명기가 물었다.

준구는 조금 놀라면서 없다고 대답했다. 우연히 묻는 말이겠지만 한명기는 무서운 데가 있다는 생각이 들었다. 그러나 그를 크게 속이자는 생각이 없는 바에야 무서울 것도 없겠다는 생각도 들었다. 김상현의 경우도 마찬가지라는 생각도 들었다. 그리고 이런 영리한 사람들과 부담 없이 지내자면 그들이 영리하다는 것을 늘 잊지 않기만 하면 된다 싶었다. 그러면 그들도 만족하고 자기도 실수하는 일이 없을 테니깐.

저녁에 OK비어홀에 갔다. 전에 성희를 불러다주던 그 여자가 그를 알아보아주었다. 준구는 반가웠다. 미스 한을 좋아하셨나 봐, 하고 그녀가 말했다. 응 그래, 하고 준구는 말했다. 말해놓고 보니 정말 그랬던 것 같은 생각이 들었다.

　사실 말이지 성희를 성희만으로 볼 여유가 없었다. 없어야 옳다고도 생각한다. 그런 자기가 고마웠다. 그런데. 결국 남의 불행에서 자기 칭찬이 남았단 말인가. 그것은 또 슬픈 일이었다. 결혼하겠단 말인가, 하던 한명기의 말을 떠올린다. 정말 그러지 말라는 법도 없었다. 미스 김은 자주 오시라고 한다. 그러지, 하고 준구는 말했다. 미스 한 어딨어요? 하고 그녀가 묻는다. 알아서 뭣해, 하고 준구는 말했다. 성희와 딴 데서 만나고 있는 자기를 떠올린다. 아파트로 데려온다. 양재 학원 같은 데 다니는 성희. 하루하루 달라진다. 이만한 일이라도 하면서 살고 있다는 기쁨을 가질 수 있게 된 준구는 매우 기쁘다. 있을 수 있었던 일을 생각하면서 준구는 취한다. 미스 김이 성희처럼 보인다. 이런 여자들을 얼마나 예사롭게 보았는가. 비어홀이면 비어를 팔듯이 여급이 있게 마련이라는 듯이. 여기저기서 떠드는 주정뱅이들. 어린애들이 술을 따르고 어른이 마시고. 어린애? 아무튼 어린애다. 그러나 아무래도 실감이 안 난다. 어린애보다 여자라는 쪽이 실감이 난다. 이 자리에는 술과 여자와 남자가 있을 뿐이다. 교회에 하나님과 죄인만 있듯이. 여기서는 그저 남자와 여자일 따름이다. 세상에서의 선악의 차별이며 등급 따위는 한결같이 사라지고 교회 안에서는 한결같이 죄인이듯이. 여기가 처음인데 곧 집으로 간다고 한다. 미스 김은 부산서 왔다고 한다. 집에 가서 뭘 하게? 시집가야죠. 준구는 놀란다. 그러나 음 그래야지 그게 제일 좋지 진작 그럴 일이지 — 이렇게 말한다. 그렇게 됐답니다. 미스 김의 대답이다. 여자의 대답이다. 이 목소리는 여자다. 여자가 너무 쉽게 된 여자의 목소리다. 성희도 어디서 이러고 있을 것을 생각하면 더 취하고 싶다. 왜 사람은 이렇게 생겨먹었는가. 이리도 간사스럽게.

OK홀에서 나온다. 하늘을 쳐다본다. 보이던 환상은 보이지 않는다. 걸어간다. 사람과 부딪친다. 그냥 걸어간다. 이렇게 자꾸 걷고 싶다. 동대문까지 걸어온다. 동대문을 오랜만에 본다. 지나다니면서도 보지 않던 물건이 느닷없이 우뚝 서 있다. 들어다 내려놓은 것처럼 보인다. 사실은 반대일 텐데. 동대문은 이동 무대처럼 막 출발하려는 것처럼 보인다. 유람선처럼. LST처럼. 피난배처럼.

아파트 계단을 올라간다. 문이 여닫히는 소리. 전봇대에 귀를 댄 것처럼 잉잉거리는 소리. 방 앞에 이른다. 문을 열고 들어선다. 불을 켠다. 난로를 피운다. 옆방으로 들어간다. 주인 없는 사이에 혼자 집을 지킨 손님처럼 트렁크가 그를 맞는다. 그는 도로 침실로 온다. 그림 앞에 마주 서본다. 진흙탕. 캔버스는 얼룩진 여러 색깔의 진흙탕이다. 도시의 하늘에 다리 같기도 하고 새 같기도 한 흰 빛깔의 물건이 드리워 있다. 마주 서서 들여다본다. 다리는 진흙에서 빠져나오려고 안간힘하고 있다. 그런가 하면 그 속으로 파묻히려는 것 같기도 하다. 또는 새처럼 배처럼 더 멀리 날아가려는 듯이도 보인다. 자리를 못 잡은 진흙 속의 소용돌이다. 술병을 꺼내서 한 모금 마신다. 침대에 드러눕는다.

일어나 창문에 붙어 서서 내다본다. 문득 기척을 등 뒤에 느낀다. 돌아다보기도 전에 거의 인기척과 같이 트렁크가 떠오른다. 등줄기에서 옆방 한구석에 놓인 트렁크까지 사이에 흐르는 전류 같은 것이 등골에 와 닿는다. 마음은 잊고 있어도 몸은 알고 있었던 것이다. 한 선생의 짐이 벽 너머에 자리 잡고 있는 것을. 이런 공간 배치配置. 몸이 마음 몰래 가맹加盟하고 있는 음모의 공간 같은 것. 그들의 공간은 물리적인 공간이 아니었다. 준구는 그것을 느꼈다. 그리고 미술적인 공간도 아니었다. 아마 비슷한 것이 있다면 예수의 손과 제자들의 발을 씻어준 그릇 사이에 있는 공간—성물聖物의 공간 같은 것을 느꼈다. 준구는 돌아서서 캔버스를 보았다. 하늘의 다리는 성스러운 손이 닿은 물건처럼 후광에 싸여 있었다. 바로 그것이었다. 그러나 다음 순간에 후광은 사라졌다. 너무나 사私적인 기억에 의지하고 있는 그 후광은 준구의 눈에만 보일 뿐, 남도 알아볼 수 있게 그림에 나타나 있지는 않았다. 사재私製의 토템. 하늘의 장승. 준구는 틀림없이 절망했다. 왜냐하면 그의 얼굴에 희미한 웃음이 떠올랐기 때문에.

17

삼월도 중순이 됐다.
창문에서 내다보는 멀리 시가지와, 바로 아랫동네에 완연히 봄빛이 어렸다. 시가지에 뽀얀 안개가 드리운 것은 요즈음 소리가 높은 '공해'의 그 자동차 연기가 많이 섞였겠지만 봄과 '공해'를 갈라놓기는 어렵다.

준구는 요즈음도 가끔 캔버스에 마주 서본다. 전람회가 가까운 것이다. 아직 날짜가 정해지지는 않았지만 아마 사월달 안으로 될 것 같다. 붓을 잡고 마주 설 때마다 막연하게 어떻게 되려니 하는 생각을 갖는 것이지만 막상 어떻게도 되지 않았다. 캔버스에 칠해진 색깔을 들여다보고 있는 사이에 어느새 딴 캔버스를 보고 있다. 제 마음이라는 캔버스다. 손이 놀지 않고 머리가 노는 것이 얼마나 나쁜지 잘 알고 있다. 퍼뜩 정신을 바로잡는다. 무엇을 어떻게 한다는 요량도 없이 공중에서 붓끝을 옴질옴질해본다. 어느새 또 뜬생각에 잠긴다. 노상 이렇게 되는 것이었다. 눈에 띄게 이루어지는 일이 전혀 없는 이런 상태가 놀랍게도 시간을 수월하게 삼켜버린다. 어느새 오전이 지나고 오후가—아직 짧기는 하나 하루해가 후딱 지나버린다. 기차 굴을 뚫을 때 마지막 한 번을 내리쳐서 저쪽이 뻥 뚫리기까지 일하는 사람은 어둠과 무한을 상대로 싸운다. 마지막 한 번까지도 까마득히 모른다. 아주 가까워진 것을 어렴풋이 안다고 쳐도 꼭 어느 한 번이 마지막이겠는지는 아는 길이 없다. 준구의 지금 심정이 그러했다. 어둠에서—캔버스와 글의 대뇌 사이의 어둠 속에서 그는 벌써 오래 헤맸다. 그러면서 그는 이상한 두 갈래 짐작을 번갈아 가졌다. 제가 헤매고 있는 길이 아주 엉뚱한 길이라는 생각이 한 가지다. 길을 잘못 들었다는 생각이다. 다른 한 가지는, 틀림없다는 생각이다. 지금 그리고 있는 그림이—도시의 하늘에 비행접시처럼 여자의 토막 난 다리가 날아다니고, 그 다리에 한 여자의 기억을 이어놓는다는 그림이 무언지 말할 수는 없어도 어떤 틀림없는 것을 붙잡았다는 생각이다. 설명할 수 없어도 상관없는 일이었다. 이 환상적인 그림 속의 다리와 하늘과 도시가 이 캔버스 안에서만 어김없이 서로 밀고 당기면서 넘어지지 않는다면 그것은 그림일 수 있는 것이었다. 그의 환상에서 그렇게 확실히 진짜로 보였다는 사실 때문에 그는 이 구도構圖를 버릴 수 없는 것이었다. ─ 이런 두 갈래 짐작 사이에서 오락가락하면서 준구는 어둠 속에서 헤맸다.

그럴 즈음에 기차 굴은 생각지 않은 일격으로 뻥 뚫렸다.
삼월의 어느 날 아침 신문을 펴본 준구는 숨이 막혔다. 살인 사건이 나 있다. 자동차 안에 누운 피살자의 다리가 카메라 앞으로 달려들듯이 내던져져 보인다. 기사를 읽는다. 어젯밤에 한강 쪽에서 일어난 사건이라 한다. 성희가 피살당했다, 고 생각한 것이었다. 사진이 눈에 들어오는 순간 준구는 그렇게 생각했던 것이다. 기사를 읽고 난 다음에 준구는 사진을 얼빠진 사람처럼 바라보았다. 좀 정신이 들자 이번에는 무서운 것을 보듯 그러나 찬찬히 뜯어본다. 순간적으로 성희라고 생각한 느낌은 잘못인 줄 안 지금에도 생생하게 남아 있었다. 다음 날부터 많은 한국 시민이 다 그랬던 것처럼 준구는 고대해서 신문을 받아 읽었다. 그와 같은 포즈로 어느 봄밤에 강변의 자동차 시트에 내던져진 다리의 내력이 날마다 조금씩 드러나는 것이었다.
많은 사람들이 논평을 가하고 있었다. 다 일리 있는 말이었다.

이 사건을 접한 한국 시민들이 느꼈던 어수선한, 착잡한 느낌을 사람마다 한마디씩 나름대로 토로하고 있는 것이었다. 모든 말이 다 옳았다. 그러나 어느 말도 그날의 신문 삼면이 넘치게 찍혔던 그 사진 한 장 속의 다리—어둠의 문처럼 열린 자동차의 공간에 내던져졌던 다리의 느낌을 제대로 전하지는 못하고 있었다. 노래가 우리 귀에 들어올 때는 벌써 소음이 돼 있어. 그러나 소음을 통하지 않고는 노래가 들리지 않아—전번에 한명기와 주고받던 얘기가 떠오르는 것이었다. 글쎄 뭐랄까 우리가 이름 붙이는 그 숱한 이름의 소음 저편에 진짜 이름이 안개에 가린 강물처럼 흘러가는 게 아닐까? 도둑놈처럼—하던 말. 그 말이 떠올랐다. 하늘의 다리는 한강변에 떨어졌던 것이다. 준구는 자기 캔버스를 보았다. 다리를 그린 하얀 부분은 어둠 속에서 뻥 뚫린 구멍처럼 보였다. 그가 그토록 그 자리에 붙잡아두려고 한 오브제가 바로 그 오브제를 떨구어버린 함정의 아가리처럼 보였다.

  사월에 들어서 준구는 또 한 번 그의 캔버스가 찢어지는 소리를 들었다. 마포에 있는 아파트가 무너진 사건이 일어났던 것이다. 그가 살고 있는 아파트에서 멀리 바라보이는 곳인 관계로 준구는 실감을 가지고 사건을 받아들였다. 신문에서 또 여러 소리를 하고 여러 사람이 의견을 말했다. 다 옳은 말이었다. 이 사건을 자기 그림과 연결시킨 것은 그의 그림의 구도 때문이었다. 밤하늘에 다리가 걸려 있고 그 아래로 도시의 집들이 있다. 그것이 무너져내린 일은 어떤 오싹함을 느끼게 하는 것이었다. 아마 모든 사람의 느낌이나 마찬가지였다. 우리는 보통 사람이 죽는다거나 집이 무너진다고는 생각하지 않고 산다. 사람은 언제까지나 살고 아는 사람들은 늘 주변에 있겠거니 하고, 눈 익은 집은 늘 그 자리에 있는 것으로 알고 산다. 캔버스 밖에 있는 사람의 다리가 그림보다 더 환상적이고, 캔버스 밖에 있는 집이 그림보다 더 쉽사리 뭉개지는 것을 보고 불쌍하고 무능한 환쟁이는 질려버린 것이었다. 사람과 집을 그렸다 지웠다 하는 어느 보이지 않는 손. 이름 없는 화가. 보이지 않는 붓. 준구는 상대가 안 되는 화가와 그만 맞닥뜨리고 만 것이었다. 안개의 저편에 있는 노래 같은, 소금장수 귀신처럼 얼굴 없는 이 익명匿名의 예술가. 이런 공간 배치配置. 등줄기에서 옆방 한구석에 놓인 트렁크까지의 사이에 흐르던 전류 같은 것이 성희와 피살 시체와 하늘의 다리 사이에 흐르는 것을 보았다. 그들이 준구 몰래 가맹加盟하고 있는 음모의 공간 같은 것. 그것은 물리적인 공간도 아니었다. 그리고 미술적인 공간도 아니었다. 아마 비슷한 것이 있다면 바빌론의 벽에 나타나던 글씨와 그 손 사이에 있던 공간—비의秘儀의 공간 같은 것을 느꼈다. 준구는 캔버스를 보았다. 하늘의 다리는 성스러운 손이 닿은 물건처럼 후광에 싸여 있었다. 바로 그것이었다. 그러나 다음 순간에 후광은 사라졌다. 너무나 공公적인 장소에 비친 그 후광은 햇빛처럼 감춰진 것이었다. 사건이 났을 때 그가 가보았던 현장의 느낌은 그런 것이었다. 신문을 보자 그는 와우아파트 현장에 가보았다. 옆으로 이어진 속에서 그 한 동만 빠진 것이 노천극장의 무대같이 보였다. 높은 지대에 우뚝 솟은 그 건물들의 모습이 꼭 타고 남은 구공탄 깍지처럼 보였다. 같은 크기로 이어진 창문과 칠을 한 푸석한 느낌이 그렇게 보이는 것이었다.

　거대한 어느 아궁이에서 타고 남은 구공탄을 이 산비탈에 집게로 집어 사뿐 얹어놓은 것같이 보였다. 그중의 한 개가 부서졌다는 것이었다. 집게로 집어서 거기 갖다놓은 그 거대한 집게의 흔적은 있을 리 없었다. 문제의 한강변에 가보았을 때도 마찬가지였다. 봄물이 가득히 한강을 흐르고 있다. 맞은편 언덕과 멀리 보이는 산도 뽀얀 안개가 피어오르고 있었다. 그것만은 진짜 안개인 것이었다. 그는 한가한 한 사람의 산보객이었다. 도시의 조용한 부분은 도보로 다니는 것이 눈에 띄고 자동차로 지나는 것이 자연스러운 것 같다. 하릴없이 서성거리지 말라는 듯이. 그러자 준구는 묘한 생각이 들었다. 범인은 현장에 다시 나타난다. 어디선가 읽은 탐정소설의 구절이 떠오른 것이었다. 그는 흠칫 놀랐다. 몽유병자가 제 행적을 깨달았을 때처럼. 아무도 그를 눈여겨보는 사람이 없었다. 난데없이 떠오르는 이따위 생각의 토막. 선이 헛갈린 전화의 말소리처럼. 사람들과 차가 오가고. 소식으로 들은 일과 그 현장 사이에 있는 이 빈칸. 좋은 일과 나쁜 일이 지난 다음에 공간이 보여주는 이 백치 같은 순결성. 땅의 이 무신경함, 이만큼 무딘 신경이기 때문에 이 지구 위에서 사람들은 그토록 오래 살 수 있기는 했으리라. 그러나 그렇다면 그 많은 약속은 다 어떻게 된단 말인가. 바람처럼 구름처럼 밀리는 대로 살기를 그만두고 자리를 잡고 자리를 더 가꾸고 벌하고 상 주고 가르치고 한다는 그 약속—문화라는 약속은 어떻게 되는가. 사람은 문화 때문에 사는 게 아니라 산목숨이 죽지 못해 산다는 것을 준구는 모르는 것이었다. 급제점 미만의 삶이 있다는 것이 이상스러운 것이다. 제 자신이 그러면서 일이 남에게 관한 것이고 보면 이렇게 본말을 전도하는 것은 아무도 어쩔 수 없는 일일 게다. 그도 명색이 먹물이 든 머리를 가진 탓으로.

저녁에 외출해서 김상현이를 만났다. 요즈음 만나면 인사말처럼 하는 사건에 대해서 김상현은 말도 하지 않았다. 준구는 마음이 편해지는 것이었다. 그와 더불어 보내는 시간이 어느 때보다 기분이 좋았다. 일이 끝나고 그들은 무교동에 있는 술집으로 갔다. 김상현은 술 시중하는 아이들 엉덩이도 두들기고 농담도 하면서 잘 마셨다. 이십 대의 처음 어느 시기까지도 준구는 술집이나 사람 모인 데서 어떤 웃음을 웃어야 하고 화제는 어떤 것을 택해야 하고 상대방에게 어느 정도까지 맞장구를 쳐야 하는가 그런 것을 몰라서 괴로웠던 때가 있었다. 여자 앞에서 어떻게 처신해야 할지 모르는 것처럼 남 앞에서 손과 혀를 둘 데를 몰라서 난처했었다. 아마 누구나 겪는 일이다. 요즈음 사람들은 데이트니, 미팅이니 디스커션이니 잘하는 것 같았다. 손아랫사람들이 그렇게 훈련받은 방식으로 거침없이 대해올 때면 준구는 좀 무서워지는 것이었다. 하기는 어느 시대인들 그런 게 없는 시대가 있었을까마는 준구네 세대는 그 점 어중간한 우스운 세대였다. 인사하는 법만 해도 준구 앞 세대는 본관이네 항렬이네 하는 말을 자연스럽게 주고받았다. 준구네 아랫세대도 약간 코카콜라 냄새가 나는 몸짓을 곁들이면서 자기를 소개하는 법을 알고 있다. 준구는 사람들이 날씨 인사를 하면서 금년 농사가 어쩌고 할 때마다 당황해지던 때가 있다. 만사가 그런 식이었다. 인간이 옛날부터 해오는 보통 행동을 모두 새로 배워야 하는 고통이라고 한다면 좀 허황할는지. 이를테면 기침하는 법이라든지, 웃는 법, 우는 법을 새로 익혀야 한다면. 김상현이와 술을 마시면서 준구는 그런 생각을 했다. 어른이 된다는 것이 이렇게 어려운 이 시절. 어려워? 눈앞에 이렇게, 이토록 많은 남자들이, 이팔 아가씨까지도 이렇게 쉽게 여자가 되어 살고 있는데 너만 왜 징징거려─그래도 난 모르겠다.


18


  여기 온 지가 일주일이 되는군. 봄의 부산은 괜찮은 편일세. 일주일 더 있으면 올라갈 테니 삽화 건에는 지장이 없을 줄 아네. 사실 나는 놀랐어. 자네가 정말 그 얘기를 소설로 쓰리라고는 생각하지 못했지. 자네의 대충 이야기를 들으면 성희와 나와의 동서생활이 실현되고 거기서 문제가 전개된다는 것이지? 물론 소설은 그렇게 돼야지. 나도 그쯤은 알고 있어. 현실에서 쉽사리 이루어지지 않는 만남이 이루어지고, 현실에서 역시 쉽지 않은 사건이 알맞게 일어나고 이어지고. 그런 것이어야지. 그게 소설이지. 그렇게 해서 한 삶이 군더더기를 빼고 필요한 부분만 갖춰져서 모든 사람이 자기들의 산만한 삶을 그것과의 거리를 재어 계산할 수 있게 하는 게 소설이 아닌가? 나는 이 점에서 소설과 그림 사이에는 넘을 수 없는 선이 있다고 생각하네. 근대의 서양화가들이 전통적인 소재인 신화나 종교 속의 인물을 버리고 그저 아무 데나 있는 풍경이나 아무 데나 있는 인물을 그리기 시작했을 때 그것이 얼마나 대단한 일이었던가는 자네도 알 줄 믿네. 물론 여기는 두 갈래의 흐름이 있지. 르네상스 때 이탈리아 화가들이나 홀랜드의 화가들은 신화에서 벗어났다고는 하나 그 대신 풍속에 의지하고 있었지. 그에 반해서 세잔은 풍속에서 해방되려고 했어. 사과 한 알에야 신화고 풍속이고 관련시킬 재주가 없지 않나? 어떠한 주술呪術적인 의미도 어떠한 풍속적인 정서도 배제한 오브제의 조형—이것이 세잔의 길이었네. 그가 한 일은 틀림없는 과학이라 할 만한 것으로 말하자면 미술공학美術工學 같은 것이라고 할 수 있겠지. 아무런 인간적인 의미—신화적 위안이나 풍속적 안전감을 갖지 않은 사물 자체란 것은 얼마나 무서운 것인가. 나는 그것은 과학자 세잔이 발견한 공포라고 생각하네. 세잔 이후의 미술은 이 공포에 이름을 주거나, 혹은 그것을 가려보려는 노력이라고 할 수 있겠지. 그것들은 대체로 풍속에의 복귀와 새 신화의 창안이라는 것으로 갈라볼 수 있을 것일세. 그런데 그동안의 역사가 얼마나 변화가 심했었나? 굴러가는 돌에 이끼가 앉지 않는다는 말이 있지 않은가? 진짜란 것은 이끼가 앉아야 하는 것일세. 그게 문화라는 것이지. 내 생각으로는 아직도 세잔이 열어놓은 상처는 아물지 않았다고 생각하네. 문화는 공포가 아니지 않은가? 공포를 극복한 목숨의 힘—그게 문화지, 이미 낡아빠진 옷으로 무서움을 가리고 있는 것보다는 무서움을 드러내놓은 것이 더 값있음에는 틀림없지만, 그 무서움은 반드시 극복되고 길들여져야 하는 거야. 그때— 무서움을 길들였을 때 한 시대는 비로소 문화를 가졌다고 할 수 있겠지. 아직도 그런 길들임의 힘이 고루 화면을 싸고도는 그런 그림을 나는 보지 못했네. 동양화나 서양화의 황금기에 보이던 그 고상함을 우리 시대는 이루지 못했단 말이지. 모든 시대는 자기 시대의 점잖음을 가져야 될 줄 아네. 이 점 우리는 너무 정치사에만 밀착해서 문화를 이해하려고 한 것 같아. 모름지기 문화란 정치사보다 한두 배쯤 긴 주기週期로 계산해야 하는 것이 아닐까? 분명히 정치적으로는 진보한 시대에도 문화는 익지 않는 것 같으니 말일세. 혹은 문화란 한 시대의 고귀한 전사戰士들이 모두 죽은 후에 그 묘비명墓碑銘의 형태로서, 혹은 진혼곡鎭魂曲의 형태로서만 가능한 것이나 아닌지. 산 사람의 기쁨인 문화가 죽은 사람들을 위한 슬픔이란 것은 대체 어떻게 된 이치란 말인가? 성희의 일만 해도 그래. 나는 그 사건 전체를 세잔의 사과처럼 오브제로밖에는 이해하지 못하고 있네. 나에게 준 충격—그것만은 확실한 것이지만 나는 그 풍속적 의미도, 신화적 의미도 밝힐 힘이 없네. 다만 확실한 것은 감각적 공포일 뿐, 그 이상은 내게는 풀 길 없는 수수께끼일 뿐이야. 그리고 미술이라는 내가 전공하는 방법으로써는 해결할 수 없네. 미술가는 그런 것은 몰라도 되는 것일까? 만일 그렇다면 전문가로서만 산다는 것은 얼마나 두려운 일인가? 사람은 전문가이자 시민이니. 자기가 전공하는 일이 과연 어떤 시민적 의미를 가지는가를 알아야 하지 않겠나? 실은 그동안 나는 그림을 하나 손대고 있었는데 내 그림은 자꾸 캔버스의 테두리를 벗어나서 급기야 놀라 자빠질 곳으로 나를 데리고 가더군. 나는 두 가지 생각을 가지고 있네. 한 가지는 무어가 어찌 됐건 환쟁이는 캔버스 밖으로 나가서는 안 된다, 우주가 밖에서 망하고 있더라도 머리 꼭대기에 천장이 내려앉는 순간까지는 캔버스와 팔레트와 손, 그리고 눈만이 그의 세계이어야 한다. 그 밖의 일은 더 고상한 일인지는 몰라도 미술은 아니다— 하는 생각이야. 다른 한 가지는, 그렇다손 치더라도 그만큼 끄떡없는 집념을 가지자면 역시 바깥세상을 사랑해야 된다는 것, 근대 예술가들이 생각하듯 예술이나 학문이라는 것이 고립적인 힘으로만 이루어지는 것이 아니라는 것, 아무도 날 때부터 미술가인 사람은 없고 인간의 공동체가 개발하고 쌓아온 전통과, 분업의 약속 아래서만 한 전문가가 탄생한다는 것, 그러므로 인간의 마을에 대한 믿음 없이는 방법적 고립도 불가능하다는 것—이런 생각일세. 다행히 나는 자네라는 훌륭한 소설가 친구를 가졌고, 자네가 이 사건에 흥미를 가지고 소설로 쓰겠다니, 여보게 나에게 믿음을 주게. 인간의 마을에 아직 믿을 만한 것이 있는지 없는지, 나의 이 공포가 무지한 소치이고 미술이라는 제한된 인식으로는 알아볼 길이 없으나 소설로는 알 수 있는 무슨 까닭이 있는지 없는지 알려주게, 그런 소설을 써주게.

  오늘은 바다에 대해서 쓰겠네. 송도와 해운대, 그리고 부두로 나가봤지. 바다는 부지런한 동물이야. 모래사장을 걷다가 나는 잠시 발부리 밑을 내려다봤네. 파도가 내 발부리에 닿을락 말락 하는군. 이상한 생각에 사로잡히네. 내가 금방 바다에서 나온 것 같은 생각 말일세. 나왔다는 건 탄생했다는 말일세. 생명은 바다의

미생물에서 생겼다지? 하나 내가 이상스럽다는 건 그런 게 아니지. 지금 금방 내가 이 바닷속에서 갑자기 생겨 나왔다는 얘길세. 바다와 나는 틀림없이 한 탯줄로 이어진 사이야. 그런데 그 탯줄이 보이지 않는군. 바다와 미생물에서 지금의 나에게 이어지는 모든 사건의 연속이라는 탯줄. 그래서 나는 이렇게 여기 서 있다는 게 매우 당돌하게 느껴지네. 바다와 나. 이렇게 마주 서면 우리는 한핏줄이라는 걸 분명히 알겠는데 우리 사이에는 건널 수 없는 바다가 있군그래. 바다가 바다를 감추고 내가 나를 감추는 이 드러난 숨바꼭질. 내가 다시 바다가 못 되는 이상 나는 나와 바다 사이에 놓인 이 거리의 내력을 앓지 않으면 안 되겠네. 우리 몸은 한 문화라고 해야겠지. 이것을 가장 잘 아는 건 아마 화가와 의사가 아닐까. 바다에서 한 문화가 되기까지의 경로가 역사란 것이 아닌가. 바다는 있는 대로가 바다야. 바다는 진화하지 않은 동물이야. 지구 상에서 몸집이 너무 큰 동물은 모두 망했는데 바다만은 이렇게 살아 있군. 그러나 바다는 많은 물방울을 가졌네. 내 구두 끝에서 떨어지는. 이렇게 작은 물방울들이 저토록 큰 하나가 되어 있군. 그렇다면 나는 생각을 바꿔야 할지도 모르겠군. 바다는 진화하지 않은 것이 아니라 처음부터 진화가 끝나 있었는가 하는 생각 말일세. 바다의 족보는 간단하군. 처음이자 끝이요, 원시가 문화요, 조상이 바로 자기라는. 사람들도 옛날에는 그렇게 생각했던 모양이지, 자기들을. 하나 지금의 나는 그것을 믿을 수 없네. 자네는 믿을 수 있는가. 그래선지 나는 바다를 대하고 섰자니 안타까운 생각이 드는군. 사람은 자기가 걸어나온 고향과는 다른 무엇이 됐어. 잘된 것인지 못된 것인지 나는 알지 못하겠네. 우리 자손들은 모두 천사가 되는 것일까? 우리는 천사가 되기 위해서 바다에서 걸어나온 것일까. 또 이런 생각이 떠오르는군.「비너스의 탄생」이라는 그림과「고속도 촬영」이 생각나는군. 자네도 그 그림의 복제를 본 적이 있지. 그 비너스를 인류라고 생각해보게. 그림에는 바다와 비너스밖에는 없지? 그것밖에는 눈에 띄는 게 없지. 그러나 바다와 비너스 사이에는 무한한 컷이 생략된 것일세. 필름을 잘라내서 두 개의 컷만을 몽타주해서 스토리를 만들어낸 거야. 말하자면 출발과 도착만을 화면에 담은 것이지. 그런데 출발과 도착 사이의 모든 경로를 모두 그린다면 어떻게 될까. 고속도 촬영 모양으로 우리는 그 과정을 알 수 있게 되는 거지. 바다에서 비너스가 만들어지는 낱낱의 장면을. 몽타주를 거꾸로 작업하는 고속 촬영에 의한 행동의 추적—그게 역사라는 게 아닐까. 그렇다면 상상이 곤란한 일이 될 것 같아. 어떤 친구가 필름 보관소에서 묵은 필름을 끄집어내서 심심파적으로 슬슬 돌리고 앉았는 게 이 역사라는 게 아니겠나? 누구겠나 신神이라는 그 자식 말고 또 있겠나? 원래 우리는 조화의 원리에 대해서 이런 추장酋長 같은 이미지, 이런 흉행사 같은 이미지는 갖고 있지 않았지. 이거야 비밀경찰이나 전쟁상인 아니면 흉행사나 암흑가의 보스의 모습이지 어디 조화옹의 모습이겠나. 이것은 필시 신비의 탈을 쓴 악귀이지 신선이나 보살이 아닐세. 신선이나 보살이 그토록 치기만만하고 아집이 셀 수가 없지 않은가. 나도 이 바다에서 나온 사람일세. LST에서 내려서 이 땅을 밟았지. 그리고 지금 바다를 대하고 이렇게 서 있군.

그사이에 겪은 일들을 나는 도무지 갈피 잡을 수 없네. 모두가 비너스의 탄생처럼 갑작스럽고 불문곡직식으로 사건들은 일어나데. 성희의 일도 마찬가질세. 나도 그저 그러려니 한다면야 모르되 좀 사정을 알고 살자면 당장 오리무중이란 말이야. 어찌 된 일인가. 자네는 늘 자신 있는 양한데 자넨 무슨 자신이 있는가. 어느 전능한 양반한테서 자네한테만은 무슨 기별이 있던가? 이런 모든 걸 자네는 써주게. 알다시피 그림이란 바다의 형제지. 바다처럼 처음과 끝이 아물려 붙은 물건은 그릴 수 있지. 그러나 바다와 사람 사이에 있는 이 사연에는 손댈 수가 없어. 보이지 않는 것을 그릴 재주가 있나. 나는 지금 이 바다에서 금방 나온 사람처럼 생소하네. 이 마을이. LST에서 걸어나온 피난민은 헛되이 바다 앞에 섰네. 이 무지한 바다 앞에. 백치와 같은 푸른 짐승 앞에. 그리고 이 바다에서 LST를 내린 한식구들이 종적 없이 사라진 이 실종의 책임자가 누군지 모르는 채로 말일세. 여보게 내게 좀 가르쳐주게.

두만강

## 작가의 말

현재 통용되고 있는 나의 작품 연보로는 「그레이구락부 전말기」(1959)가 데뷔작입니다. 이것은 사실입니다. 그러나 이 작품이 처녀작은 아닙니다. 대학 시절에 소설을 하나 쓰고 있었습니다. 그것이 이 「두만강」입니다. 여러 가지 사정이 겹쳐서 집필이 중단되고, 그 후에 다른 작품을 가지고 문단의 한 사람이 됐습니다. 그 '사정' 가운데서 순전히 문학적인 그리고 가장 주요하기도 한 사정만을 말한다면 이 소설을 써가면서 처음에 내다보지 못한 국면들이 새롭게 나에게 질문해왔기 때문입니다. 글 쓰는 사람이면 으레 겪는 일입니다. 그것들은 어렵고 갈피를 잡을 수 없이 헝클어진 것들입니다.

그럭저럭 한 10년 소설을 쓴 셈입니다. 그동안 내 마음에는 늘 이 '강'이 흐르고 있었습니다. 그러나 그 강물에 다시 들어서기에는 너무 초심初心에서 멀리 와버렸습니다. 기억 속에 있는 강물은 삶의 강물과는 다릅니다. 삶의 시간에서는 다시 같은 강물에 들어설 수 없지만 문학의 강은 어느 아득한 곡선을 돌아 처음과 끝은 맺어져 있습니다. 수원水源과 바다가 하나이며, 어머니와 딸이 한 인물인 이상한 세계입니다. 여기서는 흘러가면서도 흐르지 않고 흐르면서도 제자리걸음을 합니다. 이런 생각이 이 작품을 발표하자는 데로 나를 이끌었던 것입니다. 이것을 지금 내놓으면 다시는 그 강을 만나지 못하리라는 생각을 나는 버리기로 합니다. 이 굽이에서 갈라지더라도 다른 굽이에서 또 만날 수 있습니다. 그때 나는 다른 모습의 이 강을 보겠지요. 또 넓고 느릿한 이 강의 물살에는 여러 갈래가— 겉과 안, 가운데와 강변이 층층이 어울려 있습니다. 이 작품을 쓸 때, 나는 그런 것들을 다 알아볼 만한 삶의 슬픔과 기쁨의 재고량을 가지지 못했고 측량 기구도 가지지 못했습니다. 지금도 그런 것들이 넉넉하다고는 할 수 없고 언제나 그럴 것입니다. 요즈음 이 소설을 다시 한 번 읽어보고 나서, 나는 이대로의 모습으로 독자 여러분에게 드리기로 했습니다. 씌어진 부피는 좀더 길지만, 그런대로 완결성을 주기 위해 뒤쪽을 잘라버렸습니다. 읽어보시면 아시려니와 어디서 끝나서 안 될 성질의 작품이 아니므로 괜찮으리라 믿습니다.

〔『월간중앙』, 1970년 7월〕

## 프롤로그

　빼앗긴 들에도 봄은 온다는 것은 슬프고 무섭고— 멍하도록 신비한 일이다. 1943년의 H읍, 북쪽의 대강大江 두만강변에 있는 소도시다. 육진의 한 고을로 군내에는 여진족도 살고 있다. 일제 '조선군'의 세 연대 가운데 한 연대 고사포대高射砲隊, 야포대野砲隊, 군마보급대軍馬補給隊, 비행대飛行隊가 집결한 군사 도시다. 주민 분포에서 일인日人이 차지한 비율이 이만큼 높은 도시는 조선 안에는 없었을 것이다. 근교에 양질의 유연탄광이 있고, 백두산 일대에서 베어낸 목재가 뗏목으로 흘러내려 H에서 집산한다. 제재제지製材製紙 공장도 당연히 있게 마련이다. 조선인 소학교가 넷, 일인 소학교 하나, 상업학교가 하나, 여학교가 하나, 캐나다 선교부, 도립 병원, 유명한 도자기의 산지, 밝고 단단한 벽돌도 구워낸다. 강 건너 만주 쪽과의 정正·밀密무역이 성해서 물산객주 집과, 거기 붙어사는 프티 암흑가, 주민의 인종별을 보면, 조선인·일인·여진족·중국인·백계白系 러시아인·캐나다인이다. 백계 러시아인은 양복집, 모피상毛皮商, 화장품 가게 같은 걸 한다. 여진족은 화전, 숯구이 따위. 중국인은 야채 재배, 그리고 어디서나 하는 호떡집, 요릿집. 일인은 군·관과 그 가족, 그리고 상인, 지주 나머지가 조선인이다. 기간基幹 주민이니, 위에 든 여러 인종의 직업 전부에 걸쳐 있다. 조·만·소 국경에 위치한 곳이라 특고特高와 헌병, 특무特務의 그물이 거미줄 같다. 한말 이래 의병, 독립군, 빨치산 따위 항일 각파에 의한 대소 사건이 연달아 이곳을 무대로 삼았다. 요릿집 '만주각'에서는 이 저녁에도 노랫가락이 흘러나온다.

    두만강 푸른 물에 노 젓는 뱃사공
    흘러간 그 옛날에 내 님을 싣고 간
    그 배는 어디 갔나 어디로 갔나
    그리운 내 님이여, 그리운 내 님이여.

발길로 차려무나 꼬집어 뜯으라던 화류계 사랑의 푸념이다— 하고 들으면 그만이다. 그러나 그뿐일까. 그 가락은 그렇게 단순치는 않다. 이빨이 없으면 잇몸으로도 씹는다.
  한용운 스님의 님만이 님이겠는가. 그녀들의 하룻밤 풋사랑의 님이 과연 속없는 그저 아편장수였는지 아닌지를 가려볼 만한 안목이 없었다고 해서 그녀들의 죄일 수는 없다.
  일본 카페 '히노데日の出'에서는 이 저녁에도 노랫가락이 흘러나온다.

고꼬와 죠오센 호꾸단노
(여기는 조선 북단하고도)

일본 노래 특유의 그 달착지근한 가락에 실은 노래의 가사— 거기서 경박한 통치 인종의 자기만족만을 읽는 것은 강조할 것도 없는 풀이에 속한다. 여기가 어디라고, 수천 년을 살아온 남의 땅에 엊그제 와서, 겁도 없이 목청을 뽑고 앉은 일본 갈보들과, 천년까지 그렇게 보장할 듯이 곁에 앉아 술을 마시는 일본 군인과— 그들을 슬픈 눈으로 보기에는 아직도 우리가 너무 슬픈 시간 속에 있다고 할지라도, 그래도 우리의 명예를 위해, 거기서 슬픔을 오히려 보고 싶다. 빼앗은 들에도 오는 봄— 의 슬픔들. 침략자와 피침략자 사이에 가장 비극적인 시기는 언제일까? 암살의 방아쇠가 당겨지고 가죽조끼가 울고, 기름불이 튀고 주재소(=지서)가 타오르는 시기일까? 아니다. 비극의 큰 윤곽이 원경으로 물러가고 피침략자가 침략자의 언어로 조석朝夕 인사말을 하게 되는 때다. 일상 속에 주저앉은 비극. 비극의 구도 속에서의 희극, 아니 그 속에 있는 당자들은 희극이라고도 느끼지 않는다. 심판의 바로 전날까지 아물거리는 아지랑이— 계절의 양기. 엄청난 봄을 앞에 두고도 예삿봄의 징후밖에는 비치지 않는 역사의 돈 후안 같은 속 모를 깊이.— 물론 어리석은 자에게만이지만, 1943년의 H읍은 이런 아지랑이 속에 있다.

현경선玄京仙은 그 아지랑이 속의 아지랑이 같은 젊은 처녀다.

한동철韓東哲은 그보다 더 작은 아지랑이이다. 그 밖의 모든 인물이 그렇다. 무쇠와 같은 사람들은 다 어디 갔는가? 그들은 아지랑이의 저편, 결코 속지 않는 그들의 무쇠 심장이 인도하는 곳, 깎아지른 바위산 꼭대기에서 진정한 봄을 기다리고 있다.

경선의 어머니는 거의 완쾌됐다. 양관은 깨끗이 낙성되었다. 낙성 피로연은 하지 않았다. 양관은 아래층이 두 방 위층이 두 방인데 경선의 어머니가 그냥 이전 방에 머물러 있겠다고 하여 결국 2층의 방 둘은 경선이가 차지하게 되고, 아래층은 현 씨가 응접실과 서재로 사용하게 됐다. 침실은 부인 김 씨와 같이하였다. 경선은 자기한테 차례진 2층 두 방에 대해서 꼼꼼한 계획을 세웠다. 계단을 올라오면서 처음 방을 서재로 정했다. 그리고 다음 방을 침실로. 서재에는 책상 하나와 둥근 탁자를 가운데 두고 의자를 둘러놓았다. 마루에는 호랑 담요를 깔았다. 경선은 머리에 수건을 둘러쓰고 입에도 수건으로 가리개를 했다. 뽀얀 먼지가 눈썹과 속눈썹 위에 덮여서 눈알만 말똥말똥하다.

"얘 옥순아."

옥순은 올해 열여섯 살이다. 그러나 소학교를 3학년까지 다니고는 이집 저집으로 드난살이를 다닌 탓에 보통 그 나이 또래보다 퍽 야무지다. 옥순은 집안 누구보다 경선을 어려워한다. 경선의 말이면 주인 영감과 김 씨의 말을 어길망정 충실히 받든다. 그래, 경선이가 창으로 몸을 반쯤 내밀고 부엌에 대고 옥순을 부르자 재빨리 부엌문을 열고 나오면서

"네—"

하고 2층을 쳐다보고 대답했다.

"걸레 가지고 얼른 좀 와."

옥순이가 가지고 온 걸레를 받아 들고 테이블의 다리를 닦는다. 그동안 광 속에 두어서 먼지투성이다.

"아버지 계셔?"

걸레를 받아 책상 다리를 훔치면서 등 뒤에 선 옥순을 보고 묻는다. 옥순은 땅바닥에 떨어지는 먼지떨이를 집어 들면서

"네, 계셔요"

한다.

"……"

경선은 허리를 펴고 일어나면서

"아버지 서재에 둔 내 책 있지? 조금씩 날라와"

한다. 옥순은

"어느 책인지 알아야지요"

하고 경선을 쳐다본다.

"아버지 서가 뒤에다가 놓아둔 책장 말이야. 유리문이 달리고 파란 펭끼칠을 한 것 있잖아?"

옥순은 쪼르르 아래로 내려갔다. 한참 있더니 두 팔에 장작 안 듯이 책을 안고 들어선다. 그 뒤를 따라서 또 한 사람 들어온다.

열 살 남짓한 사내아이인데 기름한 얼굴이 예쁘장하다. 옥순은 테이블에 책을 내려놓으면서 책장의 선반을 훔쳐내고 있는 경선에게

"아가씨. 저 한 선생네 작은도련님이 오셨어요"

하였다. 그 소리에 경선은 후딱 머리를 돌리면서 그를 보고는

"어마 동철이도 저렇게 많이 가져왔네"

하고 그의 두 팔에 안긴 책을 수선스럽게 받아서 책상에 올려놓는다.

성철의 동생인데 소학교 3학년이다.

"누님, 이 방으로 이사 오나?"

"응? 이사? 호호호호…… 그래그래, 한집이라도 다른 방으로 옮겼으니 이사는 이사지, 호호호호……"

하고 웃는다.

동철은 얼굴이 빨개지면서

"우스워?"

하고 옥순을 쳐다본다.

옥순은 속으로 '아가씨는 성철이 도련님 일이면 사족을 못 써. 흥' 하고 생각하면서 자기를 바라보는 동철을 귀엽다는 듯이 바라본다. 옥순은 동철의 형 성철을 은근히 흠모하고 있다. 그 얌전한 청년은 이 처녀의 가슴에 남모르는 번민의 씨가 된 지 이미 오래다. 그러나 그것은 속마음뿐이고 밖으로는 그런 눈치를 얼씬도 내지 못한다. 경선과 자기를 견주어본다. 하늘과 땅이다. 옥순은 가

만히 한숨을 쉬었다.

동철은 옥순이와 같이 다시 아래로 내려가다가 돌아서서

"아 참. 저 형님이 내일 오신대"

하였다. 그 말에 경선은 일손을 멈추고

"응? 형님이"

하였다. 어린애 앞에서 속을 내뵈지 않으려고 태연한 척한다.

"편지가 왔어?"

"아니 오늘 전보가 왔어. 이거."

전보를 준다.

'명조착 성철.'

경선은 전보를 손에 쥐고 창밖을 내다보았다. 푸른 하늘에 흰 산봉우리 같은 구름이 졸고 있었다. 두만강 푸른 물 위에서.

화창한 아침이다.

세 사람은 나란히 서서 걸어간다. 동철이를 가운데 두고 성철이와 경선이가 양옆에 서서 걸어간다.

아침밥을 일찍 먹고 떠났는데도 여름 해는 바야흐로 힘을 뽐내려고 걸어가는 세 사람의 잔등을 따끈따끈 긁어주기 시작한다. 동철은 각반에 편상화를 신고 륙색을 짊어졌다. 걸음에 맞춰 륙색에 달린 컵이 달랑달랑 춤을 춘다.

경선은 '몸뻬' 바지에 운동화를 신고 희고 테 넓은 등산모를 썼다. 손에는 아무것도 들지 않았다. 등산모 아래로 탐스러운 머리털이 비죽이 내밀고 있다.

성철은 커다란 륙색을 짊어지고 있다. 한쪽 어깨에 보온병이 걸렸다. 그도 각반을 쳤다. 국방색 등산모 아래 비둘기처럼 유화스런 얼굴이 웃음을 띠고 있다. 그가 신은 지까다비가 가벼운 소리를 낸다.

"그 병, 이리 주세요."

경선은 그의 어깨에서 보온병을 벗기려 한다. 성철은 잠깐 멈추어 서서 경선의 흰 손이 자기 어깨에서 병을 벗기는 것을 내려다본다.

오늘 셋이서 들놀이를 가는 길이다. 아주 가까운 뒷산에나 오를까 하고 성철은 경선과 동철을 생각해서 말했으나 경선이도 동철이도 반대했다. 경선은 들놀이 맛을 내자면 웬만큼 다리가 아파야 한다고 우겼다. 동철이도 두 사람에게 지지 않고 걸을 자신이 있다고 말했다. 멀리 가는 것을 원했으나 멀리 가면 자기를 두고 가지 않을까 염려한 것이다. 그래 결국 다수의 주장대로 읍에서 한 이십 리 되는 대동사라는 절로 가는 길이다.

경선은 어려서 어머니 따라 자주 다닌 절이다. 이 길을 다시 걸어보는 것도 오래간만이다. 걸어가는 오른편이 산이고 반대편은 길 아래로 십 미터가량 낭떠러지가 된 곳에 길과 가지런히 철길이 달리고 있다. 그 저편, 두림마을 너머에 두만강의 느릿한 흐름이 있다. 햇살이 꽤 뜨거웠다. 경선은 팔목시계를 본다. 10시다.

"형, 좀 쉬어서 가."

동철이가 머뭇거리면서 말한다.

"너 그러지 않기로 했을 텐데."

"그래도 많이 걸었는데."

"성철 씨 그렇게 하세요."

"그것 봐. 누나도 쉬자는데."

"야— 어린애가 둘이군. 그럼 쉬기로 합시다."

세 사람은 짐을 내려놓고 길옆에 앉았다. 낭떠러지 아래로 다리를 드리우고. 동철이가 먼저 앉은 경선의 등 뒤에서

"떨어진다!"

하고 떠미는 시늉을 했다. 자리를 잡고 앉아서 땀을 닦으려고 손수건을 꺼내려던 경선은 깜짝 놀라서

"어머나!"

하고 곁에 앉은 성철의 팔에 매달렸다. 성철이도 얼떨결에 경선의 팔을 붙잡았다. 그 순간 경선은 전날 밤의 황홀한 꿈이 떠올라 언제까지나 이렇게 하고 있었으면 하였으나 성철은 얼굴을 붉히며 팔을 놓았다.

동철을 붙잡으려고 서너 걸음 쫓아가다가 경선은 돌아와서 다시 앉았다. 이번엔 벼랑에다 발을 드리우지 않고 벼랑 끝에 무릎을 세우고 앉았다. 선로는 이글이글 성난 뱀처럼 타고 있다. 햇빛을 되비쳐서 눈부시다. 경선은 멀리 강 건너를 바라보았다. 아득한 옥수수 밭에 사람이 이랑 사이로 보인다.

"벌써 10시야요."

"네."

"누가 헤엄쳐가는 것 보세요."

"그런데요."

"동철이만 했을 때는 저도 늘 사내애들과 같이 헤엄쳤었지요."

헤엄치는 사람은 차츰 저쪽 언덕에 가까워진다. 강한 햇빛을 받은 강물은 여러 색깔로 빛난다. 푸른빛, 흰빛, 검은빛, 노란빛, 여러 색깔이 한 물에서. 강물 위에 우렁우렁 피어오르는 아지랑이를 바라보면서 성철은 어렸을 때 경선을 생각해본다. 경선은 남자애들에게도 지지 않았다. 한번은 같이 두만강으로 헤엄을 치러 나갔다. 오늘처럼 뜨거운 여름날이었다. 위쪽에서 흘러내려오는 뗏목이 강기슭을 아주 가까이 천천히 흘러갔다. 한 아이가 몸을 날려 언덕에서 뗏목으로 뛰어올랐다. 다른 아이가 뒤를 따랐다. 또 다른 아이가 뛰고, 성철이도 올라탔다. 성철이와 같이 서 있던 경선은 신발을 모래 위에 벗어놓고 흘러가는 뗏목을 향해 몸을 날렸다. 그러나 겨냥을 잘못했던지 경선의 발은 뗏목에 닿지 않고 물을 밟았다. 첨벙하는 물소리에 성철은 새파랗게 질렸다.

뗏목 밑으로 휩쓸려들어가면 영락없이 헤어나지 못하고 죽는다는 말을 들었기 때문이다. 그러나 경선은 뗏목 밑으로 들어가지는 않고 이내 물 위로 솟아올랐다.

그리고 손을 허우적거리면서 뗏목을 따라 흘러내려왔다. 맨 뒤에 타고 있었던 성철은 한 팔로 뗏목을 잡고 한 팔을 내밀어 경선의 손을 잡아끌었다. 그제서야 다른 아이들도 달려들어서 끌어올렸다. 경선은 집으로 돌아오면서 오늘 일을 자기 어머니한테 얘기 말라고 신신당부를 해서 입 밖으로 내지 않았으나 집에서는 어떻게 알았는지 그 뒤로는 경선을 헤엄치러 보내지 않았다. 성철은 아까 팔을 잡았을 때 경선의 몸의 닿음새로 이런 먼 옛날 일이 머리에 떠올랐다. 어려서부터 좋아하던 경선을 철이 들어서부터는 어쩐지 그저 옛날처럼 범연하게 대하지 못한다. 경선이가 자기를 어떻게 생각하고 있는지 쾌활하고 똑똑한 여자가 자기 같은 사내한테 호의를 가졌다고 믿지 못했다. 그래 언제나 조심조심했다. 옛날부터 친구라는 수월한 자리마저 잃을까 두려워한 탓이다. 이런저런 생각에 성철은 멀리 두만강을 물끄러미 바라다보고 있는 경선을 보았다. 경선은 성철의 눈을 느끼고 고개를 돌리면서

"과자 좀 드시겠어요?"

한다. 성철은

"아니 물이나 마십시다"

하였다. 경선은 보온병 마개를 열고 컵에 물을 따라서 성철에게 준다. 얼음을 탄 물은 차디찬 얼음 줄기처럼 입에서부터 위 속에까지 쭉 내려간다.

"에— 시원해. 경선 씨도 자셔봐요"

하였다. 말을 하고 보니 거북하였다. 자기가 금방 마신 컵에…… 그러나 경선은 서슴지 않고 자기도 한 컵 따라 마시고는

"아이 참 살 것 같군요"

하고는 한 잔 더 따라서 성철에게 권했다가 성철이 싫다고 하니 제가 쭉 들이켰다. 성철은 턱을 조금 쳐들고 물을 꿀꺽꿀꺽 마시는 부드러운 목을 보면서 얼마나 천진한 여자냐 싶었다.

동철은 아까부터 철길에 내려가서 철길에 귀를 대고 소리를 듣기도 하며 혼자 놀고 있다. 헤엄치던 사람은 저쪽 언덕에 조그맣게 서 있다.

절에 닿기는 거진 12시가 다 돼서였다. 콸콸 흘러내리는 맑은 물에 시원스럽게 세수를 하고는 점심을 먹었다. 절 사람들이 방을 내주는 것을 사양하고 널찍한 나무 그늘에 자리를 잡았다.

"이렇게 좋은 자리를 버리고 산에 와서까지 방 안에 들어앉아서 먹을까?"

하면서 경선은 성철이 지고 온 류색에서 점심을 꺼내 늘어놓았다. 이것저것 늘어놓고서 셋이 빙 둘러앉아서 먹으니 여자는 여자답게 경선의 머리에 떠오른 생각은 자기가 주부고 두 사람은 남편과 아들 같다. 경선은 입이 미어지게 김밥을 쑤셔넣고 있는 동철의 흰 셔츠 앞가슴을 기어오르는 큼지막한 산개미를 손으로 집어 던졌다. 그것은 날개 달린 개미여서 경선의 손에서 놓이자 소리도 없이 날개를 저어서 날아갔다.

점심을 먹으니 셋이 다 노곤해져서 한숨 자기로 했다.

맴, 맴, 찌르르……

한가한 매미 울음소리를 어렴풋이 들으면서 어느덧 세 사람은 꿈길을 걷고 있었다.

얼마나 잤는지.

먼저 눈이 떠지기는 경선이었다. 경선은 잠이 깨고도 움직일 생각은 않고 눈을 뜬 채 위를 올려다보았다. 커다란 나뭇가지가 겹쳐 햇빛은 들어오다 말고 걸려버렸다. 맴, 맴…… 하고 그놈이 어디 있나 눈으로 찾아도 보이지는 않는다.

눅진한 송진 냄새. 경선은 팔을 뻗쳐 소나무 껍질을 쩍 벗겼다.

코끝에 댄다. 더 강하게 풍긴다. 경선은 숨을 크게 들이마셨다. 그러자 자기도 놀랄 만큼 크게 에취 하고 재채기가 나왔다. 경선은 자고 있는 두 사람 쪽을 얼른 돌아다보았다. 성철은 얼굴을 약간 모로 하고 여전히 단잠이다. 동철은 언제 깨었는지 보이지 않는다.

경선은 성철이 쪽으로 돌아누웠다. 동철이가 누웠던 자리만큼 사이가 있었다. 경선은 성철의 얼굴을 찬찬히 들여다보았다. 이렇게 자세히 그리고 마음 놓고 그의 얼굴을 쳐다보기는 처음이다.

긴 눈썹이 꼭 감은 눈 가장자리에 조용히 덮여 있다. 붉고 자그마한 입술. 약간 벌린 그 입술 새로 뾰쪽한 송곳니가 보인다. 박박 깎은 머리통이 반쯤 풀잎에 묻혔다.

성철이 잠자는 얼굴을 보고 있으려니 차츰 가슴이 울렁거린다.

숨이 가빠왔다. 어젯밤 꿈에 성철에게 안겼을 때처럼. 경선은 마음의 흥분을 누르느라고 몸을 뒤틀었다. 얼굴을 간질간질 건드리는 풀을 꽉 움켜잡았다. 풀은 힘주는 손바닥을 파랗게 물들였다. 일어나고 싶은데 움직이지 못하겠다.

'아아, 나는 왜 이럴까 부끄럽게.'

속으로 자기를 탓하면서도 그러는 저를 두둔해본다. '왜 무엇이 부끄러워? 사랑하는 게 부끄러워야 할까? 여자가 남자를 생각하는 마음, 이 사랑은 이 세상에서 가장 아름답다는데 무릇 인간이 가진 것 중에 대자연의 아름다움에 비길 것은 사랑이라는데. 푸르른 두만강처럼 뜨겁고 빛나는 마음.'

성철이 눈을 뜬다. 그는 경선이 먼저 깨어 있는 것을 보고는 얼굴을 약간 붉히고 부스스 일어났다. 경선은 골똘하던 생각에서 깨

면서

"깨셨어요?"

한다.

"오래 잔 모양이지요. 몇 시나 됐을까요?"

경선은 시계를 보았다.

"1시 반이군요. 2시쯤 해서 떠나지요"

하고는 앉아 있는 성철에게 권한다.

"누우세요. 일어나선 뭘 해요?"

성철은 다시 드러누워 팔베개를 벤다.

"조용한 곳이군요. 이런 데서 살았으면."

"글쎄요."

"성철 씨는 이런 데 살고 싶지 않으세요."

"그러나 가끔 이렇게 오는 건 몰라도 이런 데서 살 수야 있어요?"

"왜 못 살아요. 공기 좋고 물 좋은 이런 곳에서 살면 오죽 좋겠어요."

"뭘 하구 사시겠어요."

"이렇게 산을 헤매다가 낮잠도 자고 맑은 물에서 목욕도 하구 매미도 잡구……."

그들은 웃었다.

성철은 집에 돌아오면서 경선이 일을 곰곰이 생각해보았다. 그 여자가 자기를 대하는 이런저런 태도. 잠에서 깼을 때 마주친 그 눈길. 경선이 나를 사랑하고 있나. 가슴이 뻐근하다. 자기 팔을 붙잡던 것도 우연한 행동이 아닌 것 같기도 하다. 경선과 갈라져서 집에 다다를 때까지도 골똘한 생각에 잠겼다.

집에서는 벌써 저녁밥을 먹은 후였다. 한 의사는 아들과 경선이 다정하게 사귀는 것을 흡족히 여기고 있었다. 그는 신문을 들여다보면서 아들과 아내에게

"허 오늘도 또 적의 구축함이 침몰되었군"

하고 큰 제목으로 '○○沖海戰에서 我海軍大勝'이라고 난 신문 기사를 내보였다. 신문에는 격침된 적의 군함의 사진도 나 있다. 동철은 사진을 들여다보면서

"아버지 우리 일본이 꼭 이기지요?"

한다. 한 의사는 안경 너머로 아들을 보면서

"이기구말구. 우리 일본군은 세계에서 제일 강한 군대야. 미국과 영국 군대는 싸움하기를 싫어하고 목숨을 아껴서 힘껏 싸우려 하지 않고 내뺄 궁리만 하니 목숨을 초개같이 여기는 우리 충용무쌍한 일본군에게 감히 당할 수 있나. 전쟁은 곧 끝날 거야."

"미국 놈들은 자기네가 전쟁에 이기면 우리 일본 사람은 모조리 죽이고 만다지요?"

"그렇지. 미국의 루즈베루또(하고 그는 일본식 발음을 한다)와 자찌루는 세계를 자기네 노예로 만들고 자기네 민족만 잘살고 잘먹고 하려고 하였거든. 그래 동양의 맹주로서 동양 사람들이 잘사는 길을 위해 힘쓰고 있는 일본을 눈엣가시처럼 미워했단 말이야. 그리고 이런 일본의 뜻을 모르고 일본의 사업에 방해를 하는 중국의 쇼까이세끼를 자꾸 도와줘서 일본을 어려운 입장에 놓으려고

했단 말이야. 여기서 일본은 더 참을 수 없어서 오소레 오오꾸모 덴노오헤이까(황송하옵게도 천황 폐하……)."

그는 천황의 이름을 말할 때 자세를 바로잡았다. 동철도 아버지 모양으로 허리를 펴고 무릎에 손을 올려놓는다.

"덴노오헤이까의 뜻을 받들어 드디어 미영과 싸움을 벌이게 된 것이야."

한 의사는 평상시에도 집에서 일어를 쓰게 하고 모든 범절도 일본식에 따랐다. 그는 취미로 '본사이'(일본식 화분 가꾸기)를 하고 있었다.

그는 일본 구마모토 의전을 나왔는데 일본식 살림은 그에게는 친근한 것이었다. 만나는 사람에게마다 조선 사람의 살림은 일본식으로 동화돼야 한다, 그래야만 참다운 내선 일체가 이루어진다고 역설하였다. 그러한 그의 신념 때문에 그는 이 읍에서는 현 씨의 집만 하면 며느릿감으로 별로 불만은 없었으나 다만 현 씨의 가정이 지방 유지의 가정으론 조선식 생활 양식을 버리지 않고 있는 것이 못마땅하였다. 그의 생각으론 아들에겐 일본 여자를 아내로 삼아줄까 하고도 마음먹어본다. 그의 처 송 씨는 남편에 비해서 퍽 사교적인 여성이다.

그 여자는 한 의사와 보통 있는 중매결혼을 했다. 아들을 둘씩 낳고 벌써 스무 해를 살아왔으나 그는 가정생활에선 재미를 보지 못했다. 그는 자기의 상대자로 열렬한 정열의 소유자를 원했으나 하늘은 그것을 허락지 않았다. 그의 남편은 평범한 가정 중심주의자였다. 결혼한 다음 해에 첫아들인 성철을 낳고 난 후로는 결혼

생활의 달콤한 꿈은 영영 사라졌다. 문학소녀였던 그 여자는 아이들을 낳고 주부가 된 후에도 꿈이 많았다.

그가 처녀 시절에 즐겨 읽던 소설책 장면들이 나이 들고도 머리에서 가시지 않는 그런 여자였다. 설거지를 하고 환한 전등불 아래 물끄러미 다다미를 내려다보고 앉았을라치면 그 여자의 모습은 정말 쓸쓸해 보였다. 그 여자는 인생이란 이런 것인가? 남들도 다 이렇게 사는가 하고 속으로 생각해본다. 제가 살아온 삶에 조금도 애착이 없고 자신이 없었다. 어느 가을 저녁의 일이었다. 송 씨는 마루 끝에 앉아서 조그마한 뜰에 남편이 가꾸는 화단을 보고 있었다. 그들이 지금 살고 있는 집은 벌써 십 년을 살고 있는 것으로 이 고장에서 흔히 보는 일본식 집이다. 모두 똑같은 본으로 지은 저 유리 박힌 '고시'格子 현관문이 있는 집이다. 현관을 들어서면 손바닥만 한 안뜰이 복도 맞은편에 있는 문이 열렸을 때면 보인다. 그 마당에 송 씨는 마주 앉아 있었다.

왜 그랬는지 그날따라 송 씨는 나이에 어울리지 않게 호젓한 심사에 젖어 있었다. 그 애수 어린 마음은 마치 가는 머릿발이 보르르 일어난 그 여자의 뒷덜미에 차단하게 스며드는 가을밤 기운처럼 마음속으로 스며들었다. 옛날 일이 머리에 떠올랐다. 그 여자는 손으로 이맛전을 짚은 채 기둥에 등을 기댔다. 가는 한숨마저 흘렸다. 그때 인기척이 났다. 남편이 뒤에 서 있었다. 송 씨는 남편을 보자 와락 슬퍼졌다. 그때만은 그래도 남편밖에 이 외로움을 달래줄 사람이 없을 것 같았다. 그래 송 씨는 좀 응석을 부리는 태도로

"이리 와 앉으우"

하고 서 있는 남편의 '유까다'(일본식 실내복) 자락을 끌어다 자기 옆에 앉혔다. 남편과 마주 앉아서 환한 가을 달 아래 시뿌연 꽃밭을 바라보고 있노라니 송 씨는 소녀처럼 가슴이 울렁거렸다.

"차지 않소?"

하고 남편은 말했다.

"……"

송 씨는 치밀어오는 감정을 누르려 했다. 그러나 눌러질 일이 아니었다. 송 씨는 애인에게 젊은 여자가 하듯이 팔을 들어 남편의 목을 껴안았다. 그리고 입을 맞추려는 듯이 얼굴을 가져갔다.

그러나 남편은 처의 거동이 면구스러웠던지 눈살을 찌푸리며 슬그머니 밀어내고는 방으로 들어가버렸다. 남편이 사라진 복도의 텅 빈 그 언저리를 바라보며 언제까지고 앉은 그 여자의 귀에 마루 밑에서 우는 귀뚜라미 소리가 들려왔다.


동철은 교문 앞에 있는 책점으로 들어갔다. 참고서 동화집 소설 따위 여러 가지 책이 책꽂이에 그득 실려 있고 따로 연필 공책 지우개 세모자 그래프용지 같은 것도 있다. 동철은 점방에 들어서면서 맞은편 구석에 앉아 있는 주인아주머니에게 머리로 끄떡 인사하고는 성큼성큼 서가로 걸어가서 삥 둘러본다. 파란 뚜껑을 한 책을 펼쳐본다. 『닐스의 모험』이라고 제목이 달리고 이상한 모자를 쓴 아이가 기러기를 타고 날아가는 그림이 그려 있다. 동철은 목차를 쭉 훑어보고는 첫 장을 열고 읽기 시작한다. 그는 국방색

반즈봉에 검은 양말을 신고 발목까지 올라오는 반들반들한 구두를 마지막 갈구리까지 구두끈을 걸어서 단정히 신고 어깨에는 밤색 가방을 메었고 모표가 붙은 까만 모자를 썼다. 일본 사람 주인아주머니 눈에는 앞에 있는 저희 나라 아이들이 다니는 학교 학생으로 보였을 것이다. 동철은 책장을 넘기면서 책을 보고 있는 것처럼 보였으나 실은 문에 달린 커다란 유리창으로 교문 쪽을 흘금흘금 내다보고 있었다. 그렇게 하면서 한참 지나도 아직 끝날 시간이 되지 않았는지 아무도 나오는 아이가 없다. 무슨 책을 그렇게 오래 읽느냐는 듯이 동철의 뒷모양을 아래위로 훑어보는 일본인 여편네 눈살을 느꼈는지 책을 가지고 가서

"이 책 얼마 하시우?"

하고 묻는다. 여편네는 책 맨 끝을 열어 보고서는

"일 원 이십 전입니다."

한다. 동철은 돈을 치르고 머뭇머뭇 역시 일본말로

"저 여기서 이 책을 좀 보고 있어도 괜찮을까요?"

하고 물었다. 여편네는 이상한 애라는 듯이 다시 한 번 동철을 쳐다보며 "그렇게 하시오" 한다. 그는 문 옆에 가서 비스듬히 기대어서 책을 눈앞에까지 치켜들어 여편네가 자기 얼굴을 볼 수 없게 막아버리고는 연해 문 쪽을 바라본다. 그러나 아무리 기다려도 아이들은 얼씬도 하지 않는다. 그는 마주 바라보이는 2층 교실을 올려다보았다. 창가에 앉았던 애가 밖을 내다보다가 눈길이 부딪친다. 동철은 얼른 눈을 돌려버렸다. 이제는 더 서 있기가 거북해서 여편네한테 인사를 하고는 나와버렸다. 나와서는 학교 옆에 우거

진 나무숲 밑으로 들어가서 가방을 내려놓고 턱을 고이고 드러누웠다. 그렇게 자리를 잡고 보니 아주 편하고 이편 모습은 드러내지 않고도 교문 언저리 동정은 낱낱이 볼 수 있다. 얼마 가지 않아 땡땡땡 종소리가 들려왔다. 동철은 벌떡 일어나서 눈을 휘둥그렇게 뜨고 바라보았다. 그는 어제도 이렇게 했고 그저께도 이렇게 했다. 일주일째 이렇게 한 그다. 그러나 어제까지도 그가 바라는 바는 이루어지지 않았다. 이윽고 떠들썩하면서 아이들 떼가 교문이 미어지라고 밀려나왔다. 동철은 눈에 정신을 더 들이고 한쪽 무릎을 세우고 목을 약간 빼는 듯이 하면서 아이들 홍수의 한 방울 한 방울을 낱낱이 살펴본다. 누구를 찾고 있는 눈치다. 그러자 그 가운데 한 아이를 찾아내자 '됐다!' 하는 듯한 웃음을 짓고는 책가방 끈을 팔에 꿰기도 바쁘게 일어서서 아이들의 뒤를 따랐다. 여러 갈래로 갈라지는 한길 가까이 나오자 솜 뭉텅이처럼 한데 엉클어져 밀려오던 아이들이 제가끔 둘씩 셋씩 떼를 지어서 갈라져 가기 시작하였다. 동철이가 멀찌감치 바라보면서 따라가는 애도 두셋 아이와 손을 잡고 아까 동철이가 오던 길을 걸어가고 있다. 동철이가 따라가는 아이는 걸어가는 셋 중에 제일 오른편이다. 머리를 쌍가닥으로 갈라서 땋아 늘어뜨리고 끝에 빨간 댕기를 단 계집애다. 나이는 동철이 또래나 되었는데 파란 바탕에 붉은 꽃이 꿈틀꿈틀 파놓듯이 새겨진 가방 양옆에서 붉은 리본이 우쭐우쭐 까불고 있다. 경찰서와 재판소 사이, 집집이 수풀 속에 깊숙이 들어앉은 드문 골목길에 이르렀을 때 그 계집아이는 다른 두 아이와 갈라져서 달음박질해 약간 비탈진 그 길로 올라가려 했다. 동철은

자기도 달려가면서

"마리꼬짱"

하고 불렀다. 계집애는 흠칫 놀라면서 뒤를 돌아다보았다. 동철을 알아보고는

"마— 뎃짱"

하고 저도 깜짝 놀란다. 동철은 옆으로 달려가서

"요사이 쭉 너를 찾았어"

한다. 계집애는

"그래? 그래도 나를 용하게 알아보았네. 그때 말고는 요 먼저 덴죠세쓰(일황의 생일)에 얼핏 보았을 뿐인데"

하였다.

"그래도 알 수 있어."

"지금 어디서 오는 길이니."

"학교에서."

"너의 집은 어딘데."

"저쪽이야."

그는 자기가 오던 쪽을 가리켰다. 계집애는 더 묻지 않고 동철이 손을 끌고 골목 막다른 끝에 보이는 커다란 대문으로 뛰어갔다. 이 언저리는 식산은행 사택들이 있는 곳인데 나무가 많이 우거진 속에 당당한 차림을 한 일본 집들이 서로 멀찌감치 들어앉아 있는 곳이다.

그것은 일본이 전쟁을 시작하여 영국의 요새 싱가포르를 함락시킨 것을 축하하느라고 열린 '죠칭 행렬'(초롱불 행진)의 밤이었다.

온 읍은 흥성흥성한 잔칫날 기분에 온통 파묻혀 있었다. 이른 저녁부터 행사 마련을 하느라고 일인들은 바삐 돌아다녔다. '오미꼬시'를 짊어질 일본 사람 젊은이들은 '오미꼬시'를 날라오느라 분주하였고 부인들과 아이들은 성장을 하고 밤이 들기가 바쁘게 거리로 나섰다. 일본 사람들이 경영하는 큰 양행들이 즐비하게 늘어선 연대聯隊로 가는 길가에 있는 상점가는 불야성을 이루어 마치 꼬마 긴자를 이루고 있었다. 상점들은 문을 활짝 열어젖히고 산더미같이 쌓인 '데바다'手旗를 앞에 놓고

"자 여러분 우리 충용무쌍한 일본군이 적 영국이 불락의 철성이라고 건방지게시리 큰소리치던 싱가포르를 여지없이 무너뜨렸습니다. 오늘 이 기쁜 날을 마음껏 축하하기 위하여 모두 하나씩 사셔서 우리 군대의 무운장구와 덴노오헤이까의 성수무궁을 위하여 마음껏 흔듭시다"

하고 한몫 보고 있다. 완구점 앞에서는 울긋불긋한 옷으로 차린 일본 여편네들이 탱크와 비행기 앞에서 한사코 발을 안 떼놓는 조무래기들에게 오늘은 또 시원스럽게 선심을 쓰고 있다.

조선 사람들은 일본 사람들이 서두는 통에 자기도 모르게 흥이 옮아서 통틀어 거리로 나왔다. 처녀들은 마치 이 행사가 보통 때면 얼굴도 오래 바라보아서는 안 되는 젊은 남자들을 실컷 자기들에게 보여주기 위하여 마련된 것이기나 한 것처럼 머리를 곱게 땋고 옷장을 휘저어 가장 자신 있는 옷을 떨쳐입고는 죄 없는 어머니들의 등 뒤에 자꾸 파고드는 체하면서 어깨 너머로 부엉이 같은 눈으로 반드르르한 사내들의 코빼기를 노려보고 있다. 아이들은

또 제 세상이라 전에 없이 마음 좋게 사주는 엿, 호콩, 강냉이 튀긴 것을 호주머니에 불룩하게 집어넣고는 어른들의 가랑이 사이로 쩨어나간다. 소학생들은 우편국 앞에 모여서 출발의 호령이 내리기를 기다리고 있다. 이윽고 행진이 신사神社를 향하여 나아간다.

갓다조 닙뽕 단지데 갓다조　　(이겼다 일본 단연 이겼다
베이에이 이마꼬소 게끼메쓰다　　미국 영국 이제는 그만
다이헤이요 노 데끼징에이와　　태평양 적진영은)
……　　　　　　　　　　　　……

우렁찬 노랫소리가 밤하늘에 높이높이 솟구친다. 노랫소리에 지지 않으려는 듯이 팡팡 소리를 내며 '하나비'(꽃불)가 붉고 푸르고 노란 꼬리를 물고 길가에 늘어선 사람들 머리 위에 불똥을 싼다.

으와 으와 하고 행렬을 따라서 앞으로 나가느라고 소리를 지른다. 앞에 선 사람은 사람을 보지 못하느냐고 욕질을 한다. 행렬대 뒤에는 '오미꼬시'가 온다. 젊은 일본 사람들이 '훈도시'에 머릿수건을 두르고 '와이쇼 와이쇼'(영차 영차) 기분을 낸다. 이것을 멘 사람 중에는 조선 사람은 하나도 없다. 모두 일본 사람들 가운데도 군수, 경찰서장, 우편국장, 세무서장, 은행 지점장, 실업가 등 지방 유력자의 자제들이다. 행렬은 신사에 이르러 멈추어졌다.

깨끗이 쓸린 마당에 오미꼬시가 놓였다. 행렬한 아이들이 들었던 '죠칭'의 불로 신사 경내는 낮같이 밝았다. 어른들보다도 아이들이 훨씬 더 좋아라 날뛰었다. 경내를 이리저리 뛰어다닌다. 동

철은 자기가 든 '죠칭'의 초가 다 떨어져서 소용없이 된 것을 들고서 사람들 사이를 이리저리 돌아다녔다. 동철은 꽃초롱을 달랑달랑 엉덩이 위에서 춤을 추게 하면서 사람들이 모여 있는 곳을 기웃기웃 들여다보았다.

그는 신사 앞 광장에 있는 청년 훈련소 안에서 자기 아버지가 일본 여편네들과 이야기하고 있는 것을 보았다. 아버지는 동철을 보고 손짓을 해 불러다가 이야기하던 아낙네를 보고 일본말로 우리 앱니다, 하였다. 아낙네는

"아이 참 똑똑하게 생겼군요, 몇 살인지요?"

한 의사는 손에 잡은 동철의 머리를 흔들면서

"올해 여덟 살입니다"

하였다. 아낙네는 소매 속에서 손수건이나 꺼내는 것처럼 자기 등 뒤에서 눈이 새까만 그 나이 또래 계집애를 어깨를 잡아 앞으로 밀어내면서

"우리 앱니다. 이 애도 댁의 도련님과 같은 나이예요"

하고는 동철의 머리를 쓰다듬으며

"도련님 우리 마리꼬와 의좋게 놀아주세요"

하면서 이번에는 딸을 내려다보면서 같이 가서 놀라고 동철이한테 손짓을 한다. 그 애는 서슴지 않고 동철의 손을 잡으면서 "우리 저기 가서 하나비 올리는 걸 구경해요" 하고, 동철을 끌고 신사 바로 뒤에서 맹렬히 하늘로 불을 토하는 곳으로 데리고 갔다. 그날 밤 마리꼬는 동철을 이리저리 끌고 다니면서 구경도 시키고 저의 동무들한테서 먹을 것을 얻어다가는 동철에게 갖다주기도 하고 단

박 단짝이 되어버렸다.

그런 후로는 죽 만나지 못하다가 요 먼저 천장절(일왕의 생일) 때 마리꼬의 학교에 모셔진 천황의 사진에 예를 하러 갔을 때 열 속에 서 있는 마리꼬를 봤다. 마리꼬는 생글 웃어 보이면서 집에 놀러 오라고 했다. 그러나 동철은 마리꼬의 집을 몰랐다. 마리꼬는 놀러 오라는 말을 했을 뿐 집도 가르쳐주지 않고 동무들 쪽으로 달려가버렸다. 동철은 몹시 서운했다. 그래 너 따위하고는 안 놀아도 좋아 하고 속으로 욕했다. 그러나 집에 와서 생각해보니 마리꼬는 저의 집과 동철의 집이 알고 지내는 터이니 필시 자기도 저의 집을 알 것이라고 생각한 까닭이리라 생각하고 마음을 돌이켰다. 그러나 아버지한테 물어볼 생각은 하지 않았다. 왜냐하면 그렇게 하면 창호가 말하는 것처럼 계집애하고 노는 자식 하고 꾸지람을 듣지 않을까 겁이 났다. 그래 궁리하다 못해 그 애가 다니는 학교 앞에 가서 지키고 섰는 것이 제일 좋다고 생각한 것이다.

이튿날은 오전만 공부하고 오후에는 작업이었다. 학교 뒤뜰에 배추를 심은 옆에 토마토 밭을 일구어놓았다. 토마토는 이모저모로 받쳐놓은 나뭇가지에 무겁게 기대고 있었다. 큰 놈 작은 놈 어떤 것은 토마토가 둘이 마주 붙은 것처럼 불룩불룩 양 볼이 비어져 나온 것도 있었다. 아까 내린 지나가는 비에 깨끗이 세수를 한 색시 얼굴처럼 윤이 나고 빨갛다. 요시노 선생은
"한 사람이 한 줄씩 맡아가지고 정성스럽게 따갑시다. 시작!"
하였다.

아이들은 제가끔 한 줄씩 맡아 서서 준비한 보자기를 자루처럼 만들어가지고는 목에 걸고 한 손으로 토마토 대가 넘어가지 않게 붙들고 다른 손으로 토마토를 감싸 쥐고 부득 비틀어서 자루에 넣는다. 한 나무를 다 뜯고는 다음 대로 옮아간다. 가을 햇볕이 허리를 꾸부린 그들의 등에서 맴을 돈다. 이 작업은 그들에겐 참으로 고통스런 작업이다. 일이 돼서 그런 게 아니다. 토마토를 뜯어 든 그들의 손은 목에 건 보자기로 들어가는 대신 벌린 입으로 들어가고 싶어 하는 것이다.

"얘 저것 봐라. 요시노 선생이 동철을 어디로 보내나."

"어딘데?"

"바보! 직원실로 보내지 않아."

"왜?"

"동철이 일 안 하게 그러는 거지."

"그래 무엇 하라고 보냈어?"

"내가 알아. 무슨 심부름을 시킨 게지."

"그 자식은 선생님의 사째니 할 수 있어."

"한번 단단히 골려줘야 하겠어. 선생이 저만 귀여워하니까 건방져졌어."

"그렇지만 그 자식이 선생한테 일러바치면 어떻게 해. 얘 고만 둬라, 괜히."

"아니야. 그 자식은 그러지 못해. 겁쟁이니까. 그랬다 보지. 더 혼내놀 테니."

"때려줄 테야?"

두만강 169

"왜 무서워?"

"아니, 무섭긴. 그렇지만 동철이 자식이 뭐 그렇게 뽐내는 것은 없지 않아?"

"왜 없어. 어제 아침 조회 때 날더러 줄 잘못 섰다고 눈 흘기던데."

"그래."

창호와 그의 부하인 만식이가 서로 나란히 뜯어나가면서 주고받는 이야기다.

"그런데 얘 창호야."

"응."

"이 토마토 참 잘 익었다. 우리 앞집 일본 사람네도 이런 토마토를 심었는데 참 잘됐어, 이것보다 더 잘됐어."

"응."

"하나 먹어볼까?"

"아서. 아까부터 선생님이 우리를 보고 있어."

"응?"

두 아이는 저쪽을 흘끔 쳐다보고는 다시 앞으로 나간다.

동철은 직원실로 들어가 찻물 식힌 것을 들고 나왔다. 요시노 선생은 동철의 손에서 주전자를 받아 들어 땅에 놓고는 아이들 쪽을 둘러본다. 인제 거의 다 따고 마지막 대를 빨리 해버리느라고 서두른다. 다 딴 토마토는 현관 앞에 갖다 쏟아놓았다. 직원실 창을 열고 선생들이 내다본다.

토마토가 크다고 칭찬을 한다. 선생들 수를 따라 토마토를 나누어놓았다. 선생들은 자기들에게 돌아온 몫을 자기 담임하고 있는 아이들을 시켜서 집으로 나르게 한다. 서로 제가 나르겠다고 야단이다. 1학년과 2학년을 담임한 선생들 몫은 6학년생들이 날라가기로 했다. 방으로 들어와서 석회夕會를 하였다. 급장이 기립! 하고 호령을 해서 선생님에게 인사를 한 다음 착석! 하는 호령으로 다 제자리에 앉는다. 요시노 선생은 단에서 내려 제일 앞에 앉은 아이의 책상에 손을 짚으면서

"오늘은 대단히 수고했습니다. 여러분이 여름내 김을 매고 거름을 주고 잘 가꾼 탓으로 토마토가 여러분이 본 것처럼 훌륭히 되었습니다. 우리 일본은 아세아 민족의 적인 '베이에이'와 싸우고 있습니다. 우리 충용무쌍한 일본군은 우리의 몇 배나 되는 적을 용감히 무찌르고 있습니다. 우리 병정들은 먹을 것도 바로 먹지 못하고 잠도 잘 자지 못하면서 싸우고 있습니다. 지금 적 '베이에이'와 싸우고 있는 곳은 대단히 더운 곳이어서 병정들은 하루에도 몇십 리씩 행군하려면 숨이 탁탁 막히는 곳입니다. 무엇 때문에 그렇게 고생하면서 싸우고 있습니까? 아는 사람?"
하고 둘러본다. 아무도 손을 드는 아이가 없다. 요시노 선생은 창호를 가리키면서

"말해보십시오"
한다. 창호는 앉은 채 몸을 움질움질하고 머리를 숙인 채 대답을 않는다. 요시노 선생은 성을 바짝 내면서

"일어서요"
한다. 창호는 여전히 머리를 숙인 채 일어선다.

"자 어서 말해봐요."

"……"

"왜 말을 못 해. 알겠어 모르겠어."

"모르겠습니다."

"그대로 서 있어"

하고 이번에는 동철을 향해

"동철 어디 말해봐요"

한다. 동철은 일어서서

"우리 일본을 해치려는 적 베이에이를 무찔러 대동아 공영권을 세우려고 싸웁니다"

하였다.

"옳아요. 여러분들 이제 급장이 말하는 걸 잘 들었어요?"

"네"

하고 모두 대답한다.

"우리는 그와 같은 악독한 적을 무찌르기 위하여 싸우고 있습니다. 그렇기 때문에 총후銃後(후방이라는 말)에 있는 우리도 일선 병정을 돕기 위하여 지지 않게 우리의 힘으로 할 수 있는 일을 힘껏 하여야 하겠습니다. 오늘 여러분이 한 작업도 그러한 일 중의 하나입니다. 모두 열심히 잘했습니다. 그런데 창호는 선생님이 보니 대단히 열성이 없었어요. 옆에 있는 사람하고 이야기만 하고 일본이 왜 싸우는지도 모르기 때문에 그런 것입니다. 내일은 오늘 일한 데 대하여 작문을 지어 오세요. 잘 지은 작문은 벽에 붙이겠어요. 알겠어요?"

아이들은 아까와 같이 네 하였다.

창호는 벌로 같은 작문을 세 통 지어오도록 명령받았다. 그는 자리에 앉을 때 동철을 무섭게 노려보았다. 불같은 눈초리였다. 동철은 가슴이 뜨끔했다. 왜 그럴까, 내가 대답을 잘했다고 그럴까 하고 생각했다.

학교가 파하고는 오늘도 마리꼬에게로 갔다.

유다끼 마리꼬는 예쁜 계집애다. 동철은 아직까지 그렇게 예쁜 아이를 알지 못한다. 마리꼬를 볼 때마다 경선이 누나를 생각한다. 두 사람은 신통하게 모습이 닮았다. 마리꼬 얼굴은 눈처럼 희다. 이 북국의 눈을 오래 맞아서 그런지도 모른다. 한 꺼풀 눈에 놀랄 만큼 기름한 속눈썹이 인형같이 드리운 그늘에 영롱한 눈이 반짝인다. 동철은 마리꼬의 눈이 경선 누님을 닮았다고 생각한다. 그 계집애 아버지는 식산은행 H읍 지점 지점장이다.

만주 개척의 일본인 계획은 H읍을 거치게 되어 있다. 모든 물자와 인원이 이곳을 통하여 만주로 만주로 빨려들어간다. H읍의 산업은 그 때문에 일시에 일어났다. 산업이 홍성하니 은행의 힘은 절대적이었다. 벌써 십 년을 이곳에서 사는 마리꼬의 아버지는 조선으로 건너올 때는 H읍 지점의 한낱 행원이었다. 그런데 십 년이 지난 오늘 그는 이 H읍에서는 빼놓을 수 없는 인물이 되었다. 작달막한 키에 눈썹이 시커먼 그는 직장에서나 집에서나 사회에서나 왕자王者로 군림하였다. 사업 관계상 경선의 아버지 현도영 씨하고도 친숙하였다. 그는 딸 형제를 두었는데 이 딸 두 형제가 그의 자랑거리다.

마리꼬의 언니 기미에도 거류 일인들 간에 미인으로 이름이 높다. 스무 살 방년이라 구혼처도 많았으나 유다끼는 일본 황태자에게나 시집을 보낼 모양인지 귀담아듣지도 않았고 본인도 딱 잡아뗐다.

이렇게 유다끼의 가정은 단란한 네 식구다. 네 식구의 가정으론 굉장히 큰 집이었다. 볼품 있게 지은 일본식 2층인데 거미줄처럼 뻗어나간 담쟁이덩굴은 집을 더 의젓하게 보이게 한다. 뜰에는 재치 있는 '쓰키야마'(인조 동산)를 만들어놓았고 큰 나무들이 들어서 있었다. 마리꼬는 동철을 데리고 들어가서는 2층의 자기 방에 와서 노는 것이었다. 마리꼬의 방에는 인형이 많다. 그들 놀음은 대개 소꿉장난이다. 동철은 손님 노릇을 한다. 마리꼬는 저의 어머니가 하는 흉내를 내어 몇 번이고 절을 하면서 손님인 동철을 맞아들인다. 그러고는 조그만 찻잔에 차를 붓는 시늉을 한다. 그러면 동철은 입에다 대고 정말 차를 마시는 체한다. 마리꼬는 그 모양이 우습다고 데굴데굴 구르면서 웃는다. 어떤 때는 마리꼬가 어머니가 되고 동철이 아버지가 된다. 그러면 마리꼬는 인형을 안아서 있지도 않은 젖가슴에다 댄다. 그러고는 참 이 애는 왜 이렇게 자꾸 보챌까 하면서 자 아빠한테로 가 하고 동철에게 인형을 안긴다.

동철은 거의 매일 마리꼬에게로 놀러 갔다. 동철은 마리꼬와 노는 것이 가장 좋다. 집에서는 아무 재미도 없고 학교에서는 창호 등쌀 때문에 재미를 붙이지 못한다. 그래 마리꼬와 같이 노는 때가 가장 즐거운 시간이다. 마리꼬는 그를 퍽 좋아한다. 그가 오면 손을 잡고 2층으로 간다. 그날도 둘이는 소꿉장난을 하고 있었다. 그때 아래서 그 애 어머니가 "마리짱" 하고 부르는 소리가 들렸다.

마리꼬는 무슨 생각을 했는지 입에다 손가락을 대어 쉬— 하고서는 동철의 팔을 끌고 오시이레(일본식 벽장) 문을 열었다. 동철은 웬 영문인지 몰라서 어리둥절한다. 마리꼬는 빨리 들어오라고 눈짓을 하면서 제가 먼저 들어가서 쭈그리고 앉았다.

집으로 갈 때 마리꼬의 어머니는 아니 이 애들이 어디서 놀았길래 보지 못했나 하고 눈을 크게 떴다. 마리꼬는 저녁을 먹고 가라고 자꾸 권했으나 동철은 딴 집 식구들과 같이 밥 먹기가 부끄러워서 간다고 우겼다. 마리꼬는 동철을 바래다주려 대문간까지 나왔을 때

"아까 그거 알아봐"

하고는 손을 흔들면서 달려갔다. 동철은 집으로 돌아오면서 누구에게 물을까 생각해보았다.


겨울이 왔다.

꽝꽝 얼어붙은 두만강 위에 주먹 같은 함박눈이 소리 없이 내린다. 푸석푸석 가벼운 소리를 내며 강을 따라 심어진 버드나무 실가지에 앉으려다가는 미끄러져 내려간다. 강기슭에 자리 잡은 제재 공장 마당에 산더미같이 쌓인 재목 위에도 눈이 내려앉아서 마치 거인들이 사는 나라에서 사온 얼음사탕처럼 보인다. 공장 가까운 집에 사는 사람들은 대개 이 제재 공장과 펄프 공장에서 일하는 사람들이다.

따라서 그 집들도 초라하다. 거진 초가집인 이 근방 사람들은 살림을 보태느라고 어느 집 할 것 없이 돼지를 친다. 돼지우리도 사람의 집 모양으로 연달아 지어져 있다. 그 돼지우리 위에도 눈이 내린다. 짐승들 중에 제일 불결하기로 이름이 높은 그들의 우리도 오늘은 눈나라의 한 부분이 되었다. 철렁철렁 넘쳐나던 그들의 똥오줌도 굳게 얼었고 그 위에 분칠을 한다. 며칠 전에 몸을 푼 암퇘지는 하필 이럴 때 새끼를 낳게 된 것을 한탄하면서 추위 단속을 잘해주지 않는 주인을 원망한다. 장화를 신고 가는 사람들의 무릎까지 차는 눈은 이어 내리는 눈을 자꾸자꾸 받아 쓰고 점점 키가 큰다.

현도영 씨는 자기 사무실에서 바깥을 내다보고 있었다. 현장에 있는 그의 사무실이다. 보통 때면 그래도 두만강의 흐릿한 흐름이 소리 없이 흐르고 있어서 아무리 강 이쪽에서 저쪽으로 소리를 지르면 족히 들을 거리기는 해도 네 나라 내 나라 분별이 서지만 강이 얼어붙고 그 위에 눈마저 오고 보면 이쪽과 저쪽을 구별하기는 막연하다. 현 씨는 강을 바라보면서 저렇게 되면 이쪽으로 건너오기는 앞집에서 뒷집으로 가기나 마찬가지라고 생각하다가 문득 그의 친구인 혁명가 고진형의 일이 생각났다. 그 생각은 심히 그를 불쾌하게 만들었다. 그는 속으로 생각한다. '미친놈! 세상이 어떻게 돌아가는 줄도 모르고 글쎄 그런 짓을 아직도 하고 있어. 우리 젊었을 시절에는 그래도 일본이 이처럼 강한 힘을 가지지 못했었지. 동지들과 민중이 힘을 모아 일본에 대들고 굳세게 세계에 동정을 호소하면 일이 될 듯도 했다. 그러기에 젊고 안다는 우리 같은 패들이 죽자 살자 덤벼들었지만, 이제는 안 돼 안 되고말고. 장 개석을 거의 다 때려눕혔겠다, 세계를 잡아 흔들던 미국과 영국을 휘몰아 기진맥진하게 만들어 항복이 시간문제가 되도록 하였겠다, 하니, 앞으로 일본의 황금시대가 바야흐로 오고 있는 땐데 그 일본에 대항해서 독립 운동을 해! 하룻강아지 범 무서운 줄 모른다는 격이지. 도대체 그자들이 한 것이 뭣이여. 무엇을 했나. 불한당 패가 다 돼서 상해 외국인 조계에서 어린애 장난 같은 놀음을 하고 있다고 하지 않나? 또 그것도 그렇겠지만, 하기야 저희들이 무슨 지랄을 하든 간에 그거야 제멋이겠지만, 도대체 인제는 민심을 돌이킬 수 없어. 나라 안 어느 누가 조선 민족이 일본에게서 독립해야 하겠다는 생각을 꿈에나 하고 있어. 없어! 없지! 다 일본 백성이 될 사람들이지, 인젠 민족이고 국가고 독립이고 하는 따위의 생각은 티끌만큼도 남지 않은 백성이 아닌가? 한 의사의 아들 같은 사람을 두고 보더라도 그런 것에 대해서야 쥐뿔 하나 알아? 그러니 인제 그 애들이 자라 활동하게 될 때면 일본 사람과 같이 살아가는 데 무슨 불편을 느끼겠나? 동철이 그놈은 벌써 일본 애가 다 되지 않았는가? 또 있지. 말을 바로 해서 일인이 조선에 와서 못한 것이 뭐여. 철도를 놓았겠다, 저수지를 만들었겠다, 비료 공장은 세계에서 첫째가는 것을 만들어서 똥오줌으로 농사를 하던 사람들에게 분 같은 가루를 살살 쳐서 곡식을 가꾸는 법을 가르쳤겠다, 광물이라곤 금과 은밖에 모르고 앉았던 나라에 광업을 일으켰겠다. 하늘 천 따 지를 흔들고 앉았던 사람에게 서양식 교육을 베풀었겠다, 자 무엇이 못한 것이 있어? 무어? 일인이 권력으로

횡포를 한다? 에끼! 똥 같은 소리.'
 현 씨는 똥이 앞에 있기나 한 듯한 낯을 짓는다.
 '그만둬! 이제껏 수천 년을 살아오면서 서양같이 백성이 주인 노릇 하는 생활을 하여왔나? 억울한 일이 있어도 호소할 곳도 없고 사람이 잘나도 출세할 길도 없고 밤낮 남의 나라 종살이나 해온 게 사실이 아닌가? 그에 비하면 지금 생활이야 천국이지, 암. 재판소가 일본인의 송사는 받아주고 우리 사람 것은 받아주지 않나, 어쨌단 말이냐? 일시동인一視同仁이라고 하지 않느냐? 그야 아주 말과 하는 일이 딱 들어맞지 않는다 치더라도 옛날 양반의 포악에 비할까?'
 현 씨는 이렇게 생각하니 마음이 후련해졌다. 아까 마음을 뒤덮었던 그 불쾌한 감정이 다 사라지고 바깥세상과 같이 마음이 시원해졌다. 그리고 자기 처세가 역시 현명했다고 적이 만족했다. 이십 전후에 혁명가 아닌 사람 없고 중년에 분별 있는 사회인 아닌 사람 없고 노년에 종교가 아닌 사람 없다는 말을 생각한다. 그러나 중년에 가서도 이십 전후의 생각을 버리지 못하는 자는 바보라지. 옳은 말씀. 결국 고진형 같은 사람은 그 바보 축에 든다고 생각하면서 속으로 픽 웃었다.
 현 씨의 사업은 호경기였다. 군부에서 쉴 새 없이 주문이 쏟아져들어왔다. 오늘도 현 씨는 이번 조달을 따내는 데 큰 힘을 쓴 헌병대장과 그 밖에 몇몇 군인을 위해 '마쯔다야'라는 일본 요릿집에서 연회를 베풀 예정이다.
 종일 퍼부은 눈은 집집의 굴뚝에서 저녁 짓는 연기가 모락모락

피어오를 때엔 그쳐 있었다. 현 씨의 처 김 씨는 인젠 완전히 건강이 회복됐다. 그는 남편 현 씨에게 무조건 복종했다. 그녀는 젊었을 때 남편이 귀여워해준 생각을 하면 모두 용서할 수 있었다. 색기가 성한 남편이 여자관계로 무시로 말썽을 일으켰으나 그녀의 참을성과 양보는 끝내 그녀를 이기게 했다. 보통 집안이면 이혼이다, 별거다, 할 경우가 많았는데도 김 씨는 조용히 남편의 마음이 돌아서기를 기다릴 뿐 독한 행동은 하지 않았다. 김 씨는 딸 경선에 대한 문제가 늘 걱정거리였다. 김 씨 생각으로 경선은 앞으로 한두 해면 과년한 처녀였다.

경선은 이 어머니가 대단히 좋다. 그 얌전함, 그 참을성, 여자다운 마음 쓰기의 잔 점, 또 마지막 조건으로 어머니의 아름다움도 있었다.

처음 보는 사람은 그녀를 서른 대여섯으로밖에 보지 않는다. 그것도 많이 보아서 그렇다. 경선은 자기도 어머니처럼 얌전하고 늙어서까지 아름다운 여자가 되었으면 제일 좋겠다고 생각한다. 모녀는 벌써 저녁을 먹고 나서 김 씨 방에서 이야기를 하고 있다. 공단 저고리에 비로드 치마를 입었다. 경선은 이 옷을 좋아하였으나 나들이엔 몸뻬밖에 입지 못하는 때였으므로 밤에만 집 안에서 이렇게 입고 있었다. 경선은 바느질도 잘해야 된다고 속으로 결심한 바가 있기 때문에 제 옷은 될 수 있는 대로 제 손으로 하기로 하고 있다. 손재주가 괜찮아 옷 짓는 솜씨는 어머니도 칭찬한다.

"얘."

"네."

"저 한 의사네 아들 말이야. 올해 몇 학년이지?"
경선은 그 말에 홍도처럼 빨개진다.
"3학년이야요."
"3학년이라. 이제 몇 해면 졸업이지?"
"이제도 3학년 남았어요."
"그러면 졸업만 하면 의사가 되겠구나?"
"의사는 무슨 의사예요?"
"아니 그 사람이 다니는 학교가 어딘데?"
"소학교지요?"
"응?"
경선은 배를 틀어쥐고 데굴데굴 구른다. 너무 웃었기 때문에 소리는 나지 않고 입만 썰룩거린다. 그제야 김 씨는 알아차리고
"에끼 년"
하고 손을 든다. 경선은 막는 시늉을 한다. 김 씨는 낯빛을 가다듬으면서
"얘. 웃을 일이 아니다. 심중히 생각해라."
"그럼 울까요?"
"쯔쯔쯔쯔…… 네 남편 앞에서도 그렇게 까불 테냐?"
"제 남편이 어디 있어요?"
"그러지 말고 내 말을 들어봐라. 여자는 남편 잘 만나는 게 제일 큰 행복이다. 너도 이제 철이 다 들고 알 것을 다 알 때가 됐으니 이 에미 속도 알아줘야 하지 않겠니?"
경선은 거기서 더 놀리지는 못했다. 어머니 얼굴에 떠도는 너무

나 깊은 근심과 끝없는 자애의 빛을 보고는 자기도 바로 앉으며

"그래도 아직 그렇게 서두를 건 없잖아요?"

하였다. 김 씨는 머리를 젓는다.

"서두를 게 없다니. 네 나이 몇이냐? 나이 열아홉이면 옛날엔 벌써 아이를 두셋씩 낳을 나이다."

"어마."

"어마는 무에 어마야. 그래 머리가 파뿌리가 돼서 시집갈 테냐"

하고 웃는다. 소리 없는 웃음이다. 김 씨는 웃을 때 결코 소리를 내지 않는다. 입과 눈가에 주름을 빙긋하고는 천천히 가라앉아버리는 웃음이다.

"그래 네 맘엔 어떻더냐, 그 사람. 성철이 말이다."

"어떻다니요?"

"또. 네 신랑감으로 과히 허물이 없다고 생각하느냐 말이다."

"글쎄요. 그렇지만 전 그런 생각을 가져본 적이 없으니 어떻게 알아요?"

"앙큼한 년. 에미는 다 알고 있다."

"아이참. 뭘 아셔요. 다 아시면 또 왜 물어는 보셔요."

"네 아버지는 퍽 맘에 드신 모양이더라마는 당자 생각을 똑똑히 들어보고 일을 해야 될 게 아니냐?"

"정말 모르겠어."

"그러면 싫지는 않단 말이지?"

"싫지 않다는 것과 시집을 가는 것과를 같이 생각하면 돼요? 그렇다면 몇백 번 시집을 가도 다 못 가겠네. 아이 우스워. 호호

호……"

"저 하는 소리. 졸업까지 기다릴 것 없이 올 겨울 방학에나 돌아오면 식을 하고 말지. 전문학교에는 애아버지들도 많다던데."

"잘도 아시네."

그녀는 또 웃는다.

"그래 시집을 안 간다느니 하는 어리석은 소리는 아니 할 테지?"

"글쎄요. 시집이라는 게 무엔지. 알기나 하고 어떻게든지 해야 하겠어요."

"알고 모를 게 있느냐? 아들딸을 무럭무럭 키워서 부부가 화락하게 머리가 파뿌리가 되도록 살면 되지."

김 씨는 이 집안에 들어와서 아들을 하나도 낳지 못한 것을 몹시 죄스럽게 생각하고 있다. 김 씨는 내가 딸년 하나밖에 낳지 못하고 말았으니 남편이 웬만큼 안된 일을 한들 어찌하랴 한다. 이런 눈치를 다소 아는 남편이 계집질을 하면서 아이를 보기 위해서라고 궁여지책으로 들이대면 김 씨는 할 말이 없었다.

경선은 낭하를 지나 2층 자기 방으로 돌아왔다. 경선의 방은 아담지다. 서양 사람이든지 서울 부자의 딸이 와서 본다면 흥 하고 웃을는지 모르나 이 북국의 눈 많은 고을에서는 그래도 떳떳하다. 담요를 깐 마루. 커튼으로 가린 창. 가운데에 둥근 테이블. 들어서면서 왼편 벽에 키 작은 책장. 그리고 그 옆에 달린 문은 침실로 통한다. 침실은 서재 절반 넓이다. 커다란 침대를 들여놓으니 방에는 두서너 사람이 들어갈 만한 여지가 있을 뿐이다.

경선은 서재를 지나 침실로 들어갔다. 침대 머리맡으로 난 창 앞에 서서 커튼을 열었다. 이 방에 서면 앞산 모퉁이를 비껴 멀리 두만강이 보인다. 눈이 쌓인 까닭으로 강 몸을 분간할 수는 없었다. 경선은 창틀에 팔굽을 괴어 두 손으로 턱을 받치고 몸을 앞으로 굽혀 강 쪽을 내다보았다. 희디흰 벌판을 건너 경선의 눈길은 국경을 넘어 저편으로 달린다. 벌판이 막힌 저편 만주의 땅에는 무딘 산줄기가 낙타의 등처럼 달리고 있다. 경선은 그 벌판을 곱슬곱슬이 머리를 틀어박고 풀을 뜯어나가는 양들의 모습을 언제 또 볼 것 같지 않다. 이렇게 온통 흰눈으로 덮인 산천이 어떻게 눈이 시린 푸른 풀과 뭇 들꽃과 그 모두를 젖 먹이는 말 없는 어머니 두만강의 느릿한 흐름을 만들어낼 수 있을까 싶었다. 경선은 계절에 대한 천성이 천치이기나 한 것처럼 그런 계절의 바뀜이 올 것이 믿어지지 않았다. 이 겨울은 언제까지나 영구히 H읍을 다스릴 것 같았고 자기는 언제까지나 이렇게 그 두만강을 내다보고 있지 않으면 안 될 것 같다. 경선은 심사가 뒤숭숭했다.

그것은 무엇인가 자꾸 파들어가서 그 뿌리를 뽑아보고 싶은 그런 심사였다. 경선은 아름다운 여자가 되고 싶고 훌륭한 사람도 되고 싶다. 그러나 어떤 것이 훌륭한 일인지 어떻게 하면 그리되는지도 모른다. 다만 무엇인지 자기가 온 정열을 쏟아 할 수 있는 일을 만나지 않으면 안 될 것 같다. 그것은 영웅이 된다거나 호걸이 된다거나 하는 그런 따위 마음과는 전혀 다르지만, 경선은 어머니 말대로 착한 남편을 만나 아들딸 낳아 머리가 파뿌리 되도록 편히 살겠다는 마음은 도저히 생기지 않는다.

그런 삶밖에 살지 못하고 그럭저럭 죽어버린다면 얼마나 안타까운 일이냐. H읍 밖이라곤 자기가 여학교를 졸업한 북국의 항구 도시 R밖에 모르는 경선은 대도시 서울을 늘 그리워한다. 열아홉 난 오늘까지 서울을 가보지 못했다. 경선은 성철을 만날 때마다 서울 이야기를 캐어묻는다. 그리고 등교할 때는 전차를 이용하기 때문에 오 리 남짓한 그의 학교로 가는데도 조금도 힘이 들지 않는다는 말을 들었을 때는 몹시 감탄했다. 그러나 경선이 서울을 생각할 때 늘 떠오르는 것은 서울 같은 데는 아름다운 여자도 많으리라는 생각이다. 대대로 문화의 중심지에서 닦인 그들의 아름다움이란 얼마나 산뜻한 것일까. 또 학식 높은 여자도 많으리라. 그런 여자들은 남자들과 얘기해도 얼마나 고상하고 시원한 말만 할까. 필시 그 여자들은 나와는 전혀 다른 생활을 하고 있을 것이 분명하다.

경선은 이 세상에 있는 무릇 아름답고 총명한 여자들을 생각해 볼 때 마음이 답답해진다. 나보다 나은 사람이 얼마나 많을까 하고는 저도 모르게 질투가 난다. 그러나 경선은 자기도 그런 축에 빠지지 않기 위하여는 열심히 노력해야 한다고 생각한다. 그러나 중요한 그 노력이란 것이 막연한 것이다.

경선은 글씨를 못 쓰는 것을 안타깝게 생각하여 매일 습자 연습을 한다. 그리고 책도 읽는다. 많이 알아야 하지 않겠나. 이 세상에 태어났다가 알 수 있는 것은 될 수 있는 대로 많이 알아야 된다고 생각했다.

경선은 창가에서 떨어져 잠옷으로 갈아입고는 침대에 걸터앉았다. 경선은 요사이 읽는 책을 계속해서 읽기 시작했다. 그것은 천

문학을 재미있게 쓴 것인데 경선은 이 책을 제일 좋아한다. 별자리의 설명을 하는데 한 자리마다 그리스 로마의 신화 전설을 붙여 놓았다. 경선은 카시오페이아 성좌에 맺힌 슬픈 사랑 얘기를 읽을 때 눈물을 흘렸다. 경선은 책을 뒤엎어 무릎에 놓고는 또 창을 바라보았다. 불현듯 성철이 생각이 났다. 성철이와 자기도 그런 운명에 빠져버리면 어쩌나 생각한다. 그리고 예쁘고 총명한 계집애 가운데서 공부하는 성철이 이 밤에도 자기를 생각하고 있을까. 책을 펴 한 손에 든 채 경대 앞으로 간다.

분홍빛 잠옷을 걸친 경선의 모습. 온몸이 그대로 비쳤다. 풍성하게 귀를 가린 칠 같은 머리, 동그스름한 눈썹 밑에 기름한 속눈썹을 가진 눈. 그 눈은 호수같이 맑다. 멀리 바라볼 때면 눈 아래 살이 천천히 움직이면서 아래위 속눈썹이 가까워진다. 화장을 하지 않은 맨입술이 살이 흐뭇한 코 아래에 붉게 피어 있다. 전체로 둥그스름한 그 턱을 뼈가 있을 것 같지 않은 목이 간신히 받들고 있다. 거울을 들여다보고 있던 경선의 얼굴에 웃음이 떠오른다. 무슨 뜻으로 웃는지는 몰라도 그다지 안 좋은 웃음은 아니다.

경선은 눈을 옮겨 거울 속에 있는 가슴을 본다. 불룩한 가슴이다. 경선은 잠옷을 벗어 맨가슴을 비춰보고 싶어진다.

그러나 경선은 들고 있던 책으로 '에끼 이년' 하고 자기의 머리를 때리면서 도로 침대에 와 앉았다. 경선은 성철을 열렬히 사랑하고 싶은데 성철의 태도가 경선을 그러지 못하게 했다. 경선은 성철의 것보다 더 뜨거운 것이 분명한 자기의 정열을 나무랐다. 그녀의 핏줄을 흐르는 피는 여자가 남자를 더 적극적으로 사랑해서는 안 된다는 것을 원칙으로 안 이 나라 여자들의 피다. 그러나 찌뿌드드한 피였다. 그 핏속에는 늘 우울한 불만의 그림자가 깃들어 있다.

현도영 씨는 헌병대장과 술을 마시면서도 봉란이 생각을 하고 있었다. 봉란은 '만주각滿州閣'이라는 요릿집 기생이다. 보아 다닌 지가 오래다. 빨리 자리가 파했으면 봉란이한테 달려갈 생각인데 대장은 횡설수설 엉덩이를 들 생각을 하지 않는다. 대장은 옆에 앉은 일본인 기생을 끌어안으면서
"너 나한테 시집올 테냐?"
한다. 대장에게 안긴 여자는 시무룩하면서
"싫어"
한다.
"왜?"
"난 좋은 사람이 있으니까."
"흠— 비싸구나."
"남의 상관까지 할 게 무얼까?"
"얘 그러지 말고 나하고 살아. 그러면 어떤지 알아?"
"글쎄 어떻게 될까?"
"첫째 네년을 현 선생네 2층에 두 개를 더 단 4층 집에 모셔놓고는……"
"응."
"그리고는 삼천 궁녀를 시켜 네년의 시중을 들게 하고……"

현 씨는 처 김 씨가 어디 못마땅한 것은 아닌데 잔재미가 없다. 그런데 봉란은 다르다. 이 여잔 즉 몸뚱어리가 애교 덩어리다. 봉란의 눈을 볼 때마다 온갖 것을 다 퍼부어도 아깝지 않다.

현 씨는 방을 둘러본다. 세간이란 별로 없고 옷장이 가장 값진 가구다. 현 씨와 봉란은 불을 끄고 드러누웠다.

"이렇게 주무시구 가도 괜찮은가요?"

"누가 무어래?"

"그래도 댁에 부인께서 가만히 계시나요?"

"내 처는 너하고는 다른 여자야?"

"달라요?……"

봉란은 그 말에 무엇인가 음란한 대답을 했다.

"못된 년 같으니라고."

현 씨는 봉란의 넓적다리를 힘껏 비틀었다.

"아야얏."

봉란은 현 씨의 가슴에 매달린다.

뭉클한 젖가슴이 참을 수 없는 욕심을 일으킨다. 현 씨는 봉란을 안은 채

"봉란아 내가 좋으냐?"

하고 묻는다. 봉란은 현 씨의 턱을 만지면서

"좋아요. 좋으니까 이렇게 품에 들어 있지. 싫고서 이러나요"

한다. 현 씨는 자기 턱을 만지는 봉란의 손목을 쥔다.

"네년들은 안 좋아도 이러지."

봉란은 화도 내지 않는다.

"호호. 그렇지만 모두 한 사람씩은 정말 사랑하는 사람을 가지고 있답니다. 우리 같은 여자들도 이 사내 품에서 저 사내 품으로 바람에 불리는 낙엽처럼 굴러다녀도 진정을 바치는 데는 어느 여염집 여자에 못지않답니다."

"그래 네가 진정을 바치는 게 나란 말이군 허허허……"

현 씨는 얼빠진 듯이 웃는다. 모본단 이부자리 속에는 이 겨울밤에도 추위가 없다. 따뜻한 오월 잔디에 폭신히 드러누운 느낌이다.

뉘라서 날 늙다던가 늙은이도 이러한가.
꽃 보면 반갑고 잔 잡으면 웃음 난다.
추풍에 흩날리는 백발이야 낸들 어이하리오.

현 씨는 이런 노래가 머리에 떠오른다. 그는 후— 하고 한숨 아닌 한숨을 쉬고는 꽃을 따러 손을 벌려 그쪽으로 돌아누웠다.

동짓날 초순경 성철에게서 편지가 왔다.

그동안 가내 모다 무사하시고 경선 씨도 이 추운 계절에 몸 건강하십니까?

상경한 후에 편지를 자주 올리려 하였으나 별로 알릴 만한 소식도 없고 하여 이제사 두번째 편지하기로 합니다. 이곳 서울도 우리 고향에 비할 바는 아닙니다만 굉장한 추위입니다. 오늘 아침 등교할 때는 어찌도 바람이 몹시 불었는지 다시 하숙집으로 돌아와 마스크를 하고 나왔습니다. 금년에는 눈도 많이 오리라 합니다.

길가에 쓸어놓은 눈이 무더기무더기 쌓일 때가 멀지 않았습니다. 여름엔 수영과 보트를 저었던 곳인 한강에서는 오래지 않아 스케이팅을 할 수 있습니다. 경선 씨도 요사이 매일 타실 줄 압니다.

학교는 요사이 대단히 바쁩니다. 전쟁이 점점 치열해오는 까닭으로 총후의 우리들도 더 긴장을 해야 될 것 같습니다.

군사 훈련을 대단히 맹렬히 하고 있습니다. 오늘처럼 추운 날에도 웃통을 홀랑 벗고 호령을 하면서 시내를 일주합니다. 우리는 모두 군인식으로 모든 것을 하고 있습니다. 이번 겨울 방학에는 갈 것 같지 않습니다. 공부가 밀린 것이 많아서요. 그러면 가내 일동과 함께 내내 건강하심을 빌겠습니다.

소화 십팔년 십일월 이일
서울에서
성철

현경선 씨 귀하

편지를 다 읽고 울고 싶었다.

이런 편지가 어디 있을까? 바보 천치가 아닌 이상 이런 글을 자기에게 보낼 수 있나 해서였다. 별로 알릴 일이 없다니!

그날 밤 경선은 자기 일기에 다음과 같이 썼다.

인젠 마음을 달리 먹어야 하겠다. 성철 씨에게서 온 편지는 완전히 나에 대하여 무관심하다는 걸 표시하는 것이다. 나는 모욕을 받은 거나 마찬가지다. 모욕이 아니고 무엇인가. 나는 하루도 빠짐없이 성철 씨를 생각했다. 그러나 그 보수가 이것이냐? 그렇다면 그동안 내가 취한 행동은 하나의 매음이 아니냐? 조금도 나를 생각지 아니한 사람에게 애써 애정을 표시하는 것은 다른 곳에서는 또 다른 집에서는 몰라도 우리 집에서는 아니 된다.

나는 점잖은 우리 어머니 딸이 아니냐? 나는 나의 감정을 부끄러운 것이라곤 생각지 않는다. 처녀가 총각을 생각하는 마음의 어느 곳에 불순성이 있단 말이냐? 그래. 다른 모든 여자들이 불순을 느끼는 곳에도 나는 가을 하늘과 같은 명랑함을 지닐 자신이 있다. 나는 나의 애인을 정성껏 사랑하려 하였다. 그러나 그는 정녕 몰라주었다. 나는 뛰노는 가슴의 흥분을 누르려 애썼다. 성철 씨보다 내가 행동의 주도권을 잡아 그 탓으로 성철 씨를 어색하게 만들지 않기 위함이었다. 나는 아직 어떤 것이 참다운 사랑인지 알지 못한다. 그러나 이 같은 것일 것 같지는 않아. 아아 어쩌면 좋아.

경선은 성철의 편지를 잘 간수해두었다. 후에 무슨 일이 있을 경우에 자기의 감정을 설명할 자료로 삼으리라.

자리에 들었으나 잠을 이루지 못하겠다. 엎치락뒤치락하다가는 종내 일어서서 창가로 간다. 두만강이 있어야 할 곳은 연이은 그저 허허벌판이다. 경선의 쓸쓸한 얼굴에 눈물이 한 줄기 흘러내렸다.

경선은 비를 들고 마당에 나섰다. 밤내 온 눈에 김치 움 입구가 막혀버렸다. 입구로 가는 길도 경선의 넓적다리까지 올라오게시리 눈이 쌓였다. 경선은 손바닥으로 눈 거죽을 살살 벗겨내고 속 눈을 손바닥을 숟갈 삼아 옴푹 떠올려서 입에다 넣는다. 호물거리는 경선의 볼에 흰눈이 되비쳐 곱다. 경선은 눈가래를 잡고는 기운차게 눈을 친다. 현 씨가 마루 끝에 나서서 바라본다.
"많이 왔구나."
"풍년이 들겠군요?"
"응. 나도 좀 해볼까?"
"아니 그만두셔요."
쉬지 않고 팔을 놀리는 경선의 얼굴에 붉은 기운이 돈다. 키도 날씬하게 크다. 발에는 '게다'를 걸쳤다. 이 추운 아침에 양말도 신지 않고 나선 경선의 발가락은 봉선화 물을 들인 것 같다.
현 씨는 딸을 바라보면서 저것이 남자였으면 한다. 그러나 결코 다른 집 아들과는 바꾸지 않지 하면서. 경선의 결혼 문제도 서둘러야지, 하고 생각한다. 지난 여름 방학 때 성철을 불러 물어보았더니 계집애처럼 옴질옴질하면서 대답을 끊어지게 하지 않았다.
현 씨는 남편은 얌전한 편이 낫다고 생각한다. 재산이 없는 부부라면 남편이 우락부락하고 주변이 좋아야 하겠지만 현 씨는 사위 겸 아들로 딸의 남편을 대우할 작정인즉 재산은 온통 딸 부부에게 남겨줄 생각이다. 그래 경선에게 마음고생을 시키지 않고 살아갈 사나이면 족했다. 성철은 그런 점으로 알맞은 인물이다. 그러므로 한 의사네 집에 재산이 없는 것은 별로 꺼릴 게 못 된다.
현 씨는 경선이 옴 앞까지 다 쓸고 허리를 펴고 일어나는 것까지 보고는 입을 뾰족이 만들어 담배 연기를 뿌— 내뿜고 방 안으로 들어간다.

경선은 뚜껑을 열었다. 이 고장에서는 황소 같은 추위에 김치가 얼지 않게 마당에 깊게 움을 파서 그 움 속에 김칫독을 넣어둔다. 경선은 사다리를 타고 내려가서 김칫독 뚜껑을 열었다. 대구를 넣어 절인 김치는 하얀 바탕에 발그스름한 물이 시원스럽게 들었다. 경선은 뚜껑을 열고는 그릇을 가져오지 않은 것을 생각하고

"옥순아."

불러 대답을 듣고는

"김치 떠 갈 그릇 좀 주어"

하였다. 김치를 담아가지고 올라오니 옥순은

"제가……"

하고 경선의 손에서 그릇을 받아 들어 총총걸음으로 부엌으로 들어간다.

경선은 바라보면서 옥순이가 인젠 다 된 처녀라고 생각하면서 좀 대하는 법을 고쳐야겠다는 생각이 든다.

경선은 옥순을 따라 부엌문을 열고 들어선다. 밥솥에서 나온 김이 더욱 뽀얗게 이슬이 져서 선반과 벽에 방울방울 맺혔다. 옥순의 일이라야 간단하다. 음식 지을 거리는 늘 밀려 돌아가는 형편이겠다, 나무는 제재 공장 인부들이 쩍쩍 쪼개서 고스란히 져다 주는 까닭으로 일이라곤 있는 쌀과 찬에 밥을 짓고 나무를 지피면 그만이었고 경선이가 다른 집 처녀들과 다른 까닭으로 바느질할 것도 없다.

그래 옥순의 손은 일하는 아이 같지 않게 뽀얗고 매끄럽다. 머

리를 길게 땋아 늘였던 것을 얼마 전에 잘라서 어깨에 내려뜨렸다.
 옥순이까지 둘러앉아 아침 식사를 한다. 부부가 겸상을 하고 경선과 옥순이 겸상이다. 현 씨는
 "참 이 김치는 우리 고장 아니곤 못 먹는 별미요. 이 추운 때도 입에 넣으면 차지 않고 시원한 게 희한하지 않소?"
하고 김 씨에게 말하면서 으석으석 씹는다.
 "왜 남선엔 이런 김치가 없소?"
하고 김 씨가 묻는다.
 "서울 지방만 해도 이것과 별다를 것 없지. 그러나 삼남 지방, 영남 지방으로 가면 한참 쥐어뜯기고 난 첩년의 머리처럼 한 줌만 한 씨래기 같은 배추에 한 오라기만 찢어넣어도 밥 한 사발은 넉넉히 먹게 짜단 말이야."
 경선과 옥순은 말하는 게 우습다고
 "호 호 호호"
 "호 호 호호"
하고 웃는다. 현 씨는 또 봉란의 일을 생각하고 김 씨를 보면서 새삼스럽게
 "허허 허허"
하고 배를 흔들며 웃는다.
 라디오가 아침 방송을 보내고 있다. 전황 뉴스다. 쉴 새 없이 적의 비행기가 떨어지고 군함이 가라앉고 병정이 죽어가고 있다.

 겨울 같지 않게 맑은 하늘 아래 흰 구름이 둥둥 뜬다.

매끌매끌한 거울 같은 얼음 위로 제비처럼 달린다. 발을 엇바꾸어 밀고 나가는 양이 멋지다.

스케이팅을 할 재주가 없는 아주 조무래기들은 썰매를 탄다. 송곳을 두 손에 잡고 힘차게 얼음을 찌르면 씽씽 달아난다.

동철은 스케이팅 구두를 달고는 강에 들어섰다.

동철은 손을 뒤에 얹고 밀고 나간다. 꽤 잘 타는 편이다. 썰매를 타거나 팽이를 돌리는 아이들 틈을 용하게 살살 빠져서 이리저리 지쳐간다. 여름에는 이 강에서 헤엄을 친다. 아낙네들이 빨래를 한다. 고기를 잡는다. 그리고 이 강을 통해 백두산 처녀림으로부터 재목 떼가 흘러내려온다.

그뿐만 아니다. 독립운동가들은 이 강을 넘어 지치고 잠든 백성에게 민족의 정기를 불어넣으려 온다.

이 강은 H의 상징이요, 어머니다.

어머니 두만강.

이 고장 사람이라는 지방 의식은 두만강을 같이 가졌다는 것으로 뚜렷해진다.

이 강은 현 씨에게도 경선에게도 한 의사에게도 동철에게도 그리고 애국자들에게도 생활에서 떼려야 뗄 수 없는 존재다.

그 얼음강판 위에서 재미스럽게 놀고 있는 이 숱한 사람들은 어머니 무릎 위에서 재롱을 피우는 어린 아기들이다.

동철은 가슴이 덜컥한다. 창호가 역시 스케이팅을 하면서 동철에게로 슬슬 다가온다.

창호는 동철을 보고 눈을 흘겨 아래위를 훑어본다. 동철은 날씬

한 구두 달린 스케이트를 신었고 창호는 판자에 스케이트 날을 못으로 박았다.

"너 왜 그렇게 뽐내니?"

"내가 뽐내는 게 뭐 있어?"

창호는 동철의 턱밑으로 바싹 다가들면서

"뭣이 어째. 너 그래 정말 대들 테냐?"

"대들긴 누가……"

"너 한번 단단히 때려주려고 별렀어."

"얘 창호 그러지 말고 사이좋게 하자꾸나."

"싫어. 너 따위와 누가 사이좋게 해."

동철은 주위를 둘러보았다. 아이들이 담을 지어 섰다. 그러나 아무도 동철이 편을 들어주려고도 않고 말려줄 염도 않은 채 재미있다는 듯이 구경하고 있다.

동철은 얼굴이 후끈후끈하고 이 일을 어쩌나 하고 떨고 섰다. 창호는 심술궂게 동철의 어깨를 툭 치면서

"자 할 테냐? 여기서 해? 스켓팅을 벗고 밖에서 해? 어느 쪽이야?"

하고 으르렁댄다. 동철은 달아날까 했으나 신 벗을 사이면 잡힐 테고 어찌할 바를 몰랐다.

창호의 손을 잡고 애걸하고 싶었으나 창호의 눈에는 심술이 흘렀다. 동철은 그 눈빛을 보고 오싹 몸을 떨었다. 뱀같이 독 있는 눈이다. 둘러선 아이들은

"때려."

"자식 건방지게."

"창호야 뭘 하니."

"때려. 때려."

"맞아야 알아."

이렇게 제가끔 한마디씩 창호를 부추긴다.

동철은 처음 보는 아이들인데 왜 이럴까 했다. 동철이가 애원하는 눈으로 그들을 바라보았으나 그들은 심술궂게 마주 볼 뿐이었다. 창호는 그들의 영웅이다. 점점 기세를 올리면서 동철더러 빨리 땅에 올라서 겨루자고 한다.

"얘……."

동철은 말을 하려 했으나 못 했다. 그는 얼굴이 점점 달아오며 가슴이 두근거렸다.

마리꼬한테나 놀러 갈 걸 무엇하러 나왔나 싶었다. 창호는 인젠 더 못 참겠다는 듯이 동철의 멱살을 잡아 낚아채려 한다.

그때였다.

"왜들 이래"

하는 소리와 함께 동철을 때리려던 창호가 철썩하고 얼음판 위에 궁둥방아를 찧었다.

경선이었다. 지쳐오다가 창호의 다리를 걸어 넘어뜨린 것이다. 동철은 경선을 보자 와락 매달렸다. 눈물이 글썽글썽하다. 아이들은 와 하고 헤쳐서 도망쳐버렸다. 창호는 무어라고 경선과 동철을 보고 욕을 하면서 달아나버렸다. 경선은 앞에 쭈그리고 앉아서 손수건으로 눈물을 닦아주고는 동철의 어깨에 두 손을 얹고

"저 애가 무어랬어"

하고 얼굴을 들여다본다. 동철은 울음 먹은 소리로

"내가 노는데 괜히 와서는……"

하고 말을 맺지 못한다.

"아는 아이냐?"

"응, 우리 반 애야."

"근데 왜 그래?"

"나도 몰라. 보통 때도 나만 보면 저래."

"나쁜 애로구나. 내가 요시노 선생한테 일러서 혼나게 해놓지."

동철은 그 말에 깜짝 놀랐다.

"누나 안 돼, 안 돼."

"뭐가 안 돼?"

"그렇게 하면 걔가 더 심술부릴걸."

"그래도 자기 반 동무를 그렇게 못살게 굴고 하는 나쁜 아이는 한번 단단히 경을 쳐서 다시는 그러지 못하게 해야 하지 않겠니? 그 애 이름이 뭐니? 응? 내가 그럼 한번 학교에 가서 선생님께 이야기하지"

하는 경선을 한사코 말리면서 그러지 말라고 하였다. 동철은 스케이트를 걸머지고 집으로 돌아오면서도 몇 번이나 몇 번이나 선생님에게 이르지 않는다는 다짐을 경선에게 받고야 안심했다.

다음 날 학교에 가보니 창호는 오지 않았다. 동철은 어찌 된 일일까 하여 창호 자리를 돌아다보았으나 조회 때까지도 끝내 오지 않았다. 동철의 자리는 난로 바로 뒤에 있다. 요시노 선생이 그렇게 정해준 것이다. 배가 불룩 나온 오뚜기 난론데 열이 너무 올라서 고추처럼 빨갛다.

요시노 선생은 출석부를 들여다보면서

"창호가 결석이군. 창호가 왜 안 나왔는지 아는 사람 없습니까?"

하였으나 아무도 대답하는 사람이 없다.

요시노 선생은 전입생을 한 사람 데리고 들어왔다. 키가 몹시 커서 6학년 반에 데리고 가도 되겠다. 거무튀튀한 얼굴에 어깨가 딱 벌어졌다. 새로 사 입은 듯한 깨끗한 국방색 양복을 입고 손에는 책보자기를 들었다.

그 애와 함께 한쪽 다리가 부러진 안경을 코끝에 올려놓은 할아버지가 따라 들어왔다.

할아버지는 초라한 털목도리를 했다. 목도리 위에 거칠고 검은 주름살투성이 목이 솟아나 있다. 손에는 토끼털 모자를 들었다. 요시노 선생은

"이번 새로 친구가 하나 생겼습니다. 오늘부터 여러분과 같이 공부하게 되었으니 사이좋게 지내세요. 자 급장 모두 일어서서 마주 인사하십시오."

동철이 구령으로 모두 일제히 경례하였다. 새로 들어온 아이는 경례를 할 때 히죽 웃었다. 아이들은 그것을 보고 킬킬 웃었다.

할아버지는 아이들과 그리고 요시노 선생을 번갈아 보면서 아이들에게 마치 학생이 선생님에게 하듯이 몇 번이나 희끗희끗 머리

를 조아리면서 우리 아무개하고 잘 놀아달라고 하였다. 아이들은 할아버지가 나갈 때 안녕히 가세요 하고 소리쳤다. 할아버지는 요시노 선생에게도 무수히 절을 하고는 자기 손자—그는 그 애 할아버지였다—귀에다 무엇인지 소곤거리고는 방을 나갔다. 요시노 선생은 백묵을 손으로 긁으면서

"오늘은 책상이 없으니 빈자리에 앉았다가 내일 소사를 시켜서 책상을 가져오도록 합시다"

하고는 백묵으로 창호의 자리를 가리켰다.

그런데 이튿날 큰 소동이 일어났다. 새로 들어온 애 이름은 만길萬吉이라고 하는데 그는 오늘도 어제 선생님이 잡아준 자리에 책보를 풀어놓고는 소처럼 말없이 앉아 있었다. 그런데 창호가 들어왔다. 아이들은 벌써 무슨 일이 일어날 줄 알고 모두 만길이 쪽을 바라보았다. 창호는 자기 책상까지 걸어오더니 그 교활한 눈으로 만길을 바라보면서

"넌 뭐야"

한다. 만길은 실쭉도 않고 대꾸한다.

"난 만길이야."

아이들은 그 대답에 으와 하고 웃는다. 창호는 책보를 책상 위에 놓으면서

"이 자식아 이건 내 자리야 얼른 비키지 못해"

한다. 그러나 만길은 창호 책보를 책상 서랍으로 제 것과 같이 집어넣으면서 말한다.

"응. 그래. 그런데 선생님이 책상이 없으니 이 자리에 앉으라고

했어. 자 같이 앉아. 좀 있으면 책상이 올 테니."

창호는 그 말에는 귀도 기울이지 않고 책상 서랍에서 만길의 책보를 꺼내서 내동댕이쳤다.

그러자 소같이 태연하던 만길의 몸이 홱 돌아가더니 아이들이 목을 움칠하고 숨을 죽인 참에 창호의 몸뚱이가 픽 쓰러졌다.

"이 새끼 정 이러간?"

평안도 사투리가 우렁차게 울려나왔다.

방 안은 쥐 죽은 듯해졌다.

창호는 일어날 생각도 않고 얻어맞은 데를 만지고 있다.

이날부터 학급의 패권은 만길의 손으로 옮아갔다. 창호는 몰래 복수할 음모를 하고 있는 것 같았으나 겉으론 죽었다 하고 있었다.

만길은 통 말을 하지 않았다. 꼭 소 같았다. 이 변화를 누구보다 기뻐한 것은 동철이다. 동철은 만길이가 창호를 쳐 넘기는 순간 목에 막혔던 무슨 뭉텅이가 가슴으로 쑥 내려갔다.

동철은 학교가 파하는 길로 만길이더러 놀러 가자고 하여 집으로 데리고 왔다. 동철은 과자도 내고 만화도 내보이고 저녁때 기어코 붙잡아서 밥을 먹여 보냈다. 이튿날은 만길이네 집에 놀러 갔다.

만길이네 집은 읍 밖으로 나가는 다리 못미처 있었다. 낡아빠진 흙벽으로 바른 초가집이었다. 할아버지는 온돌도 놓고 벽도 바르고 기와도 이고 하여 살아간다고 했다.

침침한 방 안에 냄비 하나와 사기그릇 둘이 초라하게 쌓여 있고 대 창살을 단 창 아래에는 가운데 금이 간 책상이 놓여 있고 그 앞

벽에 만길이가 그린 소의 그림이 있었다. 동철은 그 그림을 보고 만길이가 소를 좋아하기 때문에 그도 그렇게 힘이 센가 생각하였다. 만길은 인정스러워서 조밥 그릇을 동철이 앞에 밀어놓으며 자꾸 먹으라고 했다.

동철과 요시노 선생은 얼굴에 휘몰아치는 먼지바람을 피하느라고 몸을 뻥그르르 돌렸으나 먼지는 기어코 보자는 듯이 어깨를 넘어와서 두 사람의 입에 부스스한 눈 먼지를 불어넣었다.
쌓인 눈은 니스를 칠한 시루떡같이 위 까풀이 살짝 얼어붙어서 흩날리지도 않는다. 다만 전깃줄에 사뿐 올라앉았던 눈이 바람이 불 때마다 가루가 되어 나머지 여정을 마저 마친다.
동철과 요시노 선생은 만길이 집으로 가는 길이다. 이틀을 이어 나오지 않길래 동철이가 가보았더니 앓아누워 있었다.
만길이가 할아버지 일터로 점심을 날라가는데 갑자기 창호가 패거리 여러 명을 데리고 달려들어 마구 눈구덩이에 쓸어박혀 얻어맞았는데 그날 밤부터 열이 나기 시작하여 여태껏 옆구리가 시큰시큰하고 열이 가시지 않는다고 하는 것을 듣고 요시노 선생에게 여쭈었더니 그러면 문안을 가자고 해서 사과와 과자를 사가지고 가는 길이다.
두 사람이 들어섰을 때는 할아버지는 아직 일에서 돌아오지 않아 컴컴한 방 안에 만길이 혼자 누워 있었다. 만길은 선생님이 들어오는 것을 보자 몸을 일으켜 요 위에 앉아서 인사했다.
그리고 머리에 동인 수건을 벗으려고 했다. 동철은 그 모양을 보니 눈물이 핑 돌면서 내가 힘이 세다면 창호 놈을 실컷 두들겨주 겠는데 하고 생각했다. 요시노 선생은 수건을 풀려는 만길이를 말리고 도로 자리에 눕히고 머리를 짚어보니 불 같다.

"열이 많구나. 원 못된 아이지. 약은 쓰느냐?"

"네, 할아버지가 사오셨어요"

하고 만길은 요 밑에 손을 넣어 아스피린과 조개 고약을 꺼내 보인다. 요시노 선생은 만길이 손을 잡고 충혈된 눈을 들여다보며

"학교 일은 근심 말고 편히 몸을 돌이키도록 해요. 창호는 선생님이 엄히 벌을 줄 테니까."

"아닙니다. 창호는 그대로 두어두십시오."

"오냐 너의 말은 잘 알겠다만 선생님으로선 착한 학생을 못살게 구는 아이는 가만둘 수 없으니 염려 말아."

"선생님 염려하는 게 아닙니다."

"그럼?"

"제 손으로 창호를 빌게 할 테야요."

동철은 만길의 그 씩씩한 말에 적이 놀랐다. 요시노 선생은 머리를 절레절레 흔들며

"만길아 그런 말을 하면 못써. 그러면 만길이도 창호와 같은 사람이 되잖아"

하였다. 만길의 두 눈에서 굵은 눈물방울이 주르르 굴러내렸다. 그 눈물을 보니 동철은 또 콧마루가 시큰하였다. 요시노 선생은 손으로 만길의 눈물을 닦아주면서

"울지 말아. 새로 들어온 너를 모두 사랑해주지는 않고 벌써 때

리고 미워하니 너도 괴롭겠지."

"선생님 다른 아이들은 저를 미워 안 합니까?"

"미워하는 게 뭐냐? 다 너를 불쌍하다고 빨리 학교에 나오기를 기다리는데. 여기 온 동철이두 너의 일을 얼마나 걱정했는지 몰라."

만길은 동철에게로 손을 내밀었다. 동철은 그 손을 잡고 끝내 흑 울고 말았다.

요시노 선생은 이렇게 솔직하고 순진한 생도가 있는데 어쩌면 또 어린애답지 않게 악착스럽고 음험한 아이가 있나 하고 학교 시절에 배운 아동심리학의 강의를 되생각해보았다.

"자 둘 다 울지 말아. 너희들처럼 사이좋은 학생만 있으면 우리 학급이 명랑해지고 나아가서는 우리 일본 전체가 훌륭한 나라가 될 텐데. 앞으로도 서로 힘을 합하여 학급 학생을 이끌고 나가는 사람이 돼야 해요."

둘은 고개를 끄덕끄덕 하였다. 요시노 선생이 보자기에 싸온 과자를 풀려고 할 때 만길이 할아버지가 돌아왔다. 할아버지는 이렇게 누추한 곳에 와주셔서 죄송하다고 무수히 머리를 조아리면서 자기는 이 세상에서 제일 사랑하는 만길이가 못된 아이한테 봉변을 당해서 어찌도 가슴이 아팠는지 모르지만 이렇게 선생님이 먼 길을 찾아와서 만길을 위로해주시니 정말 기쁘다고 하였다. 그리고 만길은 보기와는 다르고 다른 집 아이들을 먼저 때리거나 하지는 않는 애라고 말하고 일찍이 부모를 잃어 이 할아버지 손에서 고생만 하는 것이 불쌍하다고 하면서 눈을 끔뻑거렸다. 그리고 손수건에 싸온 고구마를 동철과 만길에게 꺼내주고 요시노 선생더러도 권했다.
 진지를 잡숫고 가라고 자꾸 권하는 것을 가까스로 사양하고 만길이네 집을 나섰을 때는 짧은 겨울날이 어둑어둑하였다.
 바람은 낮에보다도 더 모질게 불었다. 맵짠 바람이 휘이휘이 불어서 두 사람의 등덜미를 흔들었다.
 동철은 춥다고 울상을 했다. 요시노 선생은 아직도 시내까지는 먼데 어쩔까 생각하다가 문득 생각나서 여기서 얼마 되지 않는 경선이 집에 하룻밤 재우기로 했다.

 경선은 동철에게 저녁을 먹여가지고 자기 방으로 데리고 왔다. 동철이 방이 옛날 얘기에 나오는 공주 방 같다고 하는 말이 경선은 기뻤다. 동철은 자기 집이나 마리꼬네 집에는 침대라든지 커튼이라든지 마루에 깐 요라든지 하는 것이 없어서 경선의 방에 올 때마다 신기하다.
 방 안이 훈훈하고 뜨거운 밥을 얻어먹고 나니 동철은 완전히 기분을 돌이켜 까불어댔다. 경선은 서랍에서 자기가 그린 그림을 내보였다. 경선의 가장 큰 취미는 그림이다. 솜씨도 웬만해서 학교 다닐 적에 미술 선생이 그쪽으로 나가면 성공할 것을 다짐한다고까지 했다. 학교를 나온 후에도 이 취미는 계속됐다. 틈이 있을 때마다 그림을 그렸다. 돈 있는 집 아가씨들 방에 으레 있는 피아노 대신 캔버스가 있다. 경선은 재학 시대에는 공부만 파하면 이젤을 메고 산으로 들로 헤매고 다녔다. 이젤을 한 어깨에 걸치고 새하

안 베레모를 쓴 경선의 모습은 한눈에 "허!" 하는 감탄을 자아내기에 족한 것이어서 남몰래 가슴을 태운 남자도 적지 않았지만 이 가인 화가와 흐뭇한 인연을 가져보았다는 사람은 없다.

경선은 남다를 것도 없는 일이지만 학교 다닐 적에 다른 아이들 연애 문제 같은 것에 접할 때마다 고민이 심했다. 경선은 흔히 그 맘때 아이들이 하는 대로 손쉬운 법으로 그 청춘의 생리를 만족시키는 방법을 따르다가 마음먹고 그만두어버렸다. 그러나 경선이가 그것을 그만둔 이유는 좀 남과는 달랐다. 무슨 도덕적으로 옳지 않다든가 하는 생각은 조금도 없었다. 경선이 가장 고민한 것은 자기가 부단히 느끼는 청춘의 생리에 대한 불결감이었다.

그 부자연한 행위를 할 때 경선은 이 불결감이 더욱 심해지는 것을 느꼈다. 경선에게 가장 큰 가치란 아름다움이다. 그런 경선으로서는 불결감이란 즉 추함을 뜻하는 것이니 도저히 받아들일 수 없는 것이었다.

경선은 그런 이유로 그것을 단연 그만뒀다. 가장 자연스러운 청춘의 생리가 일으키는 이 참을 수 없는 갈등 때문에 경선은 속이 상했다.

청춘의 생리 그 자체도 이런 이유로 부정하려 했다. 경선은 모든 잡념을 버리고 깨끗하려 해보았다. 자기 속에서 가장 뚜렷한 욕망에 대하여 싫고 부끄러워해야 하는 것처럼 괴로운 일이 또 있을까?

그 무렵 경선은 제 속에서 저와 싸우기에 안간힘을 썼다. 거기서 벗어나지 못하는 자기를 부끄럽게 생각하고 가련하고 더러운 인간이라 생각했다. 그러나 이런 것이 경선이 성性에 대해 생각하는 모두는 아니다.

이글이글 타는 여름의 태양 아래 흘러내릴 듯이 진한 푸른 잎으로 몸을 휘감은 달리아 꽃밭에 흥건히 몸을 적시며 공기가 아니라 뜨거운 태양을 물엿처럼 홀홀 들이마시는 것 같은 감정. 먼 골짜기의 눈갓 쓴 바위의 발부리에 다소곳이 머리를 치켜드는 시골 처녀의 마음인 진달래꽃의 한숨 같은 심정. 은하수의 무수한 물방울 같은 파랗고 노랗고 흰 하늘의 별들이 달 없는 시월의 밤에 고요히 읊어내는 시와 같은 감정.

경선이 가장 사랑하는 미의 창조자, 구현자인 대자연의 가장 권위 있는 부문에서 일일이 이렇게 예를 들 수 있는 그 생리의 또 다른 한 면을 어떻게 이해해야 할까?

경선은 이 명확한 모순에 고민했다. 결국 경선이가 내린 결론은 전자를 되도록 나타나지 못하도록 하고 후자가 최고도로 나타나는 상태를 찾아야 하며 그러기 위해선 어느 정도의 절제가 필요하다는 것이었다.

이렇게 설레는 말고삐를 잡아 가누는 것과 같은 어려운 일을 자기 자신에게 걸머지웠다.

경선은 성철과 사귀면서 이 결심을 실행했다. 자기의 정열이 성철의 그것을 넘으려 할 때마다 괴로운 싸움을 했다. 그러나 그 결과는 그렇게 만족스런 것은 아니었다. 성철의 겸손, 친절은 처음엔 경선에겐 본받을 미덕으로 여겨졌다. 자기 결함을 고치고 자기를 완성시키기 위한 북돋움으로 생각했다. 먼젓번 원족 갔을 때 경선이 우연히 성철의 팔을 잡은 일이 있는데 그때 성철이가 거북살스럽게 팔을 빼는 것을 보고 경선은 내가 또 실수를 하지 않았나 하는 생각이 들면서도 아쉬웠다.

경선은 그런 자기를 '더러운 년!' 하고 얼굴이 화끈하게 속으로 날카롭게 꾸짖었다. 그러나 저 푸른 두만강을 바라보며 이 따끈한 잔디 위에 두 사람이 껴안고 앉아 있는 것이 더 자연스럽지 않을까 하는 생각이 뒤미처 왔었다.

경선과 동철은 자리에 들었다. 동철은 침대에 누운 것이 좋은지 스프링을 굴러보기도 하고 머리를 이불 속에 틀어박기도 한다. 경선은 동생이 없는 탓에 동철을 퍽 귀여워했다. 물론 동철이가 성철의 동생이라는 이유도 있었을는지 모른다.

경선은 불을 켜고서는 못 자는 성미였으므로 동철이가 불을 끄지 말라는 것도 듣지 않고 꺼버렸다. 동철은 경선이보고 옛말을 하라고 졸라댔다. 경선은 소금장수 이야기를 해줬다. 옛날 어떤 소금장수가 길을 가는데 어느 개울가에서 빨래를 하고 있던 할머니를 만났다. 소금장수는 길을 물어볼 양으로 할머니를 불렀더니 자꾸 불러도 대답이 없었다.

소금장수는 화가 벌떡 치밀어서 여보시우 사람이 말하는 게 들리지 않소 하면서 할머니 어깨를 흔들었다. 그제서야 할머니는 고개를 들었다.

고개를 든 할머니 얼굴을 한번 본 소금장수는
"흑!"
소리를 치고는 두 주먹을 불끈 쥐고 걸음아 날 살려라고 도망을 갔다. 할머니 얼굴은 눈도 코도 입도 없는 민숭판이었다.
 한참 뛰어가던 소금장수는 길가에 자그마한 오막살이 집 한 채를 보았다. 소금장수는 인젠 살았다 하고 다짜고짜로 그 집 부엌에 뛰어들면서 사람 살리시오 하고 외쳤다. 웬 젊은 아낙네가 나와서 왜 이러느냐고 묻는 말에 소금장수는 헐레벌떡하면서 자기가 본 일을 쭉 말하고는 대체 그게 무얼까 하였다. 여자는 그러자
 "그게 나야!"
하고 두 손을 벌리고 소금장수에게 달려들었다. 얼굴은 아까 그 무서운 할머니 얼굴로 변해 있었다. 소금장수는 더 소리도 지르지 못하고 까무러쳐 죽어버렸다.
 경선이 두 팔을 벌려 나야! 하고 달려드는 시늉을 했을 때 동철은 경선의 가슴에 와락 안기며 악 소리를 쳤다.
 경선은 너무 심하게 했구나 하고 생각했으나 동철의 공포는 좀체 가시지 않았다. 그리고 불 켜 불 켜 하고 우는 소리를 했다. 경선은 손을 뻗쳐 스위치를 눌렀다. 동철은 이마에 땀이 돋고 입술이 새파랬다.
 "누나가 잘못했어. 이번엔 아주 우스운 이야기 할게."
 동철은 눈만 말똥말똥해서 고개를 끄떡였다.
 옛날 어느 집에서 당나귀 한 마리를 키우고 있었는데 인제는 나이를 먹어 일을 하지 못하게 되었으므로 잡아서 고기를 먹고 가죽은 장에 내다 팔려고 생각한 주인은 아주머니에게 당나귀 잡을 준비를 하라고 일렀다. 마구간에 있던 당나귀가 이 말을 들었다. 당나귀는 이크 이거 안 되겠다 하고 그 집을 도망 나와 길을 떠났다.

당나귀는 길을 가는 동안에 저마다 집에 머물러 있을 수 없게 된 닭, 고양이, 개를 만나 한동지가 되었다. 이 네 사람, 아니 네 동물이 힘을 모아 합하여 도적놈들을 쫓아버리고 도적놈들이 훔쳐온 물건으로 잘 먹고 잘살았다는 『브레멘의 음악대』라는 동화를 들려주었다.

동철은 네 동물이 서로 다른 울음소리로 한꺼번에 짖어대어 도적놈들이 혼비백산해 도망친 대목에서는 죽도록 웃었다. 경선도 마음 놓고 웃었다. 그러나 아직도 경선의 가슴에서 떨어지자고는 않았다.

동철은 어머니 기억이 희미했다. 자기가 어머니 가슴에 안겨 젖을 빨았다는 기억이 티끌만큼도 생각나지 않았.

물론 젖 먹을 때면 한 살이나 두 살 때니 기억한다는 건 이상한 말이지만 동철은 동생도 없기 때문에 어머니 젖을 문 아기라는 모습이 마음속에 박히지 못했다. 동철은 경선의 젖가슴이 신기했다. 동철은 하르르한 가벼운 옷의 여민 옷깃을 열고 불룩 밀고 나온 흰 젖가슴을 바라보았다. 자기 가슴에 새삼스럽게 손을 올려보았으나 민숭하다. 동철은 옷깃을 더 벌리고 만지려 든다. 경선은 낯을 확 붉히면서 동철의 손을 붙들었다.

"좀 만져."

"아냐. 그럼 못써."

"왜?"

경선은 대답을 망설였으나 얼핏 대답했다.

"간지러워서."

동철은 그 말을 듣고는 자기가 안겨 있는 경선의 겨드랑에 손을 넣어 간질인다. 동철은 한참 놀다가 잠이 들어버렸다. 경선은 그 잠자는 얼굴을 들여다보았다. 계집애같이 빨갛고 자그마한 입술 새로 비스듬히 흰 이가 보인다. 경선은 동철의 자는 얼굴을 보고 성철을 생각했다. 경선은 속이 괴로워졌다.

동철은 아침에 실컷 자고는 긴 하품을 하면서 눈을 떴다.
"잘 잤어?"
경선은 동철이 쪽으로 돌아누우며 코에 가까운 쪽에 달린 눈곱을 긁어주었다.
"응, 그런데 누나."
"왜 그러니?"
경선은 어젯밤 자기가 한 짓 때문에 조그만 어린아이에게도 부끄러움을 가져야 하는 자기 마음이 한심하였다.
"어제 저녁에 나 꿈을 꾸었어."
"어떤 꿈?"
"내가 길을 가는데 어떤 계집애가 빨래를 하고 있잖아. 그래 내가 누군가 하고 들여다보니까 웬걸 마리짱이야."
"마리짱이 누구게?"
"내 동무야 일본 계집애야."
경선은 웃었다.
"그래 그뿐?"
"아니야. 그 다음이 재미있어. 그래 마리짱은 나를 보더니 너

나하구 하늘로 올라가지 않겠니 하잖아?"

"하늘로?"

"응 하늘로. 그래 네가 어떻게 날 데리고 하늘로 올라가니 했더니 나만 따라와 하면서 날 손으로 안고 자 올라간다 하겠지. 그러더니 정말 하늘로 훨훨훨 올라가!"

"어마!"

"그래 나는 문득 마리짱보고 너 젖 좀 만져. 우리 누난 간지러워서 안 된대 했더니 응 그래 자 보아 하면서 내 손을 갖다 제 가슴에 대겠지. 솜처럼 뭉글뭉글했어. 그리군 끝이야. 재미있지?"

"……"

경선은 얼굴에 나타나는 움직임을 숨기느라고 돌아누웠다. 경선은 이불을 뒤집어쓰고 싶었다. 다 알고 하는 말 같다. 동철은 경선이가 갑자기 돌아눕는 것을 보고

"왜 내 말 듣고 골냈어?"

한다. 경선은 마음을 진정시키면서 아무렇게나

"아니야. 갑자기 배가 아파서."

하였다. 동철은 근심스런 소리로 "배가?" 한다.

조금 있다가 둘 다 자리에서 일어났으나 동철은 다 잊어버렸는지 배가 벌써 다 나았느냐는 말도 묻지 않는다. 커튼을 걷고 창을 여는 경선에게 동철은 갑자기

"누나"

하고 부른다.

"왜?"

"애기는 어떻게 낳나?"
한다. 경선은 연거푸 나오는 동철의 말에 어리둥절했다.
"애기라니?"
"애기 몰라? 애기 말야. 마리짱이 하나 갖고 싶대."
경선은 이번에는 창밖으로 고개를 돌렸다.
"애기는 뭣하러?"
한참 만에 경선은 돌아선 채 대답했다.
"말도 못 하고 웃지도 못하는 인형은 재미없다나."
"……"

난데없는 물음에 무어라 대답했으면 좋을지 몰랐다. 그 마리짱이라는 애는 어떤 집 아이길래 그런 엉뚱한 말을 할까? 어린 마음에 어색하지 않게 잘 대답해야겠는데.
"그 마리짱네 아버지는 어디 다녀? 무슨 일을 하냔 말야."
"저 운행에서 제일 높은 사람이야."
"운행? 아 은행이겠지?"
집을 물어보니 식산은행 사택이 있는 우편국 뒤가 틀림없다.
"그래 그 애네 집엔 애기가 없나?"
"응 없어. 언니하고 둘뿐이야."
"흠. 그래 그 애가 동철이더러 물어?"
"응."
"그래 무어랬어?"
"나도 모른다고 했지. 아 참 그리고 마리짱이 애기가 있는 집엔 꼭 아빠와 엄마가 있으니까 아빠와 엄마가 같이 살면 되지 않을까 하기에 내가 그럼 너의 엄마더러 이야기하라 했지."

"……"

경선은 또 창밖을 내다보았다.

"그랬더니 마리짱은 자기가 엄마에게 물어보았더니 그런 건 몰라도 괜찮대."

"……"

"누난 아나? 누나도 몰라?"

경선은 어떻게든 대답을 해야만 하게 되었다. 그래 처음으로 아주 동철이 쪽으로 돌아서면서

"그건 누나도 몰라, 인제 아빠나 엄마만큼 어른이 되면 다 알아지지. 누나하고 동철이 엄마하고 누가 더 어른이냐?"

"우리 엄마지."

"그것 봐. 그러니까 누나도 아직 모르겠단 말이야. 그리고 또 어른이 안 된 아기가 그런 걸 알려고 하면 호랑이가 잡아가."

동철은 놀라서 어리둥절한다.

"호랑이가?"

경선은 웃음을 꾹 참고 말했다.

"그럼 호랑이가. 그러니까 다시는 그런 소리 말아."

동철은 맥없이 고개를 끄덕였다. 경선은 동철이가 같이 논다는 마리짱이라는 애가 어떤 아이인지 한번 보았으면 했다. 여러 가지를 알아보아서 그쪽 집에서도 잘 살피게 하고 그에 대한 주의도 환기시키고 동철을 더 앞으로 그 애와 놀게 할 것인가 하는 문제도 생각해보고 싶었던 것이다.

동철은 점심까지 얻어먹고 돌아갔다.

훈훈한 진찰실에 혼자 앉아서 한 의사는 '하또' 담배를 피워 물고 밖을 내다보고 있었다.

한 의사는 전쟁의 앞날에 대해 생각해보았다. 일본이 이길 것은 확실한 일이었으나 길게 끌 것 같은 기미가 보여서 걱정스러웠다.

한 의사가 의전을 다니던 시대의 동경東京은 좋은 곳이었다. 어마어마하게 거대한 압도적 위엄을 주거나 갖은 멋을 다 긁어모아 황홀한 아름다움을 주는 도시는 아니었으나 재래의 일본식 집들과 최신식의 양풍 건물이 혼혈아처럼 뒤섞여 있는 그 도시는 동양인으로서의 한 의사에겐 조금도 부조화를 느끼게는 하지 않았고 활기와 아늑한 친근감을 함께 주었다.

홍수처럼 휘황한 전등과 네온사인 속에서 꽃처럼 열린 가지가지 상점들. 저녁 먹은 후의 한가한 틈이 있을 때나 일요일 저녁 같은 때 기웃기웃 보고 다니는 맛도 버리지 못할 것이었고 같은 학교 학생인 일본 사람 친구를 따라 아사쿠사 언저리에서 고풍의 가부키 구경을 다니는 시간도 좋았다. 같은 공부를 하고 있는 친구들과 긴자의 골목 진 오뎅집에서 하숙 음식의 보충 작업을 한 기억도 그리운 것이었다.

가을이 되어 무사시노 벌판의 완만한 구름을 시름없이 걸을 때면 그런 감정과는 좀 척이 먼 공부를 하고 있는 그도 형용키 어려운 감정에 사로잡히는 것이었다.

서울이나 그 밖의 외국의 대도시에 살아본 적이 없는 그이고 보면 동경이 하나뿐인 꿈과 젊음과 지식의 보금자리여서 길이 잊지 못할 곳이었다. 그래서 한 의사가 현상을 지지하는 것은 현도영 씨가 현상을 지지하고 있는 감정과는 또 다른 종류의 것이었다.

조선의 그것과는 알아보게 다른 일본 농가의 긴 잿빛 지붕은 후지산 기슭의 빼어난 풍경과 더불어 한 의사에겐 눈에 선한 추억이었다.

그는 생전에 한번 다시 동경에 가보는 것이 가장 큰 바람의 하나였다. 학교를 마치자부터 줄곧 이 병원에서 일하면서 내과실의 이 의자를 천직의 수호터로 삼아온 그로서는 그럴 만한 일이었다.

학교 시절의 그는 우애가 깊은 소박한 인간으로 학우들에게도 미움을 받지 않았고 이 병원에 근무한 십여 년간도 동료 의사들과 말다툼 하나 없었고 간호부들에게 큰소리 하나 쳐본 적이 없다. 재주도 남달리 뛰어난 편은 아니지만 큰 허물 없이 이만한 병원 월급쟁이 살림을 하니 크게 불만도 없다.

즐기는 하또 담배의 품 좋은 냄새가 단 하나 낙이었고 어려운 전시에 옛날 직장을 편히 지키고 있는 것이 행복이라 생각하였다. 그 하또 담배는 학창 시절부터 피우는 피존이었으나 요사이는 그 품질이 못해진 것이 한 의사에겐 환자를 타진하듯 확실히 느껴졌다. 옛날처럼 진짜 하또를 마음대로 피울 수 있고 민간인에게도 좋은 약을 넉넉히 쓸 수 있는 시대가 빨리 오기를 바라는 그였다. 더 상석을 차지해보겠다든가 더 화려한 가정생활을 꾸며보겠다든가 하는 생각은 없었다. 그는 자기 처 송 씨에게도 별로 고생은 시키지 않았으니 그 여자도 만족이리라 생각했다. 처 송 씨가 나이를 먹어가면서도 버리지 못하는 꿈이 그에게는 못마땅하였다. 못마땅하다느니보다도 알 수 없는 두려움이었다.

송 씨는 아름다운 여자였으나 그는 아내의 아름다움에 빠진 적은 없었다. 그가 생각하기에 말없이 남편을 섬기고 자식들의 성장을 알뜰히 보살펴주면 더는 바랄 것이 없었다. 한 의사는 근년에 처가 나이답게 가라앉아가는 것이 자기가 바라는 모습에 많이 가까워졌음을 믿고 있었다.

자식들이 다 자란 다음에도 불던 그 여자의 난처한 애욕도 웬만큼 가신 줄로 생각하였다. 처음에 처의 그러한 애욕의 성격을 알았을 때 한 의사는 적이 놀라고 한편 실망하였다. 이런 여자와 어찌 자녀를 기르며 일생을 살아가나 하였고 그 여자와 상의해서 이혼할 생각도 가져보았고 도저히 그런 말을 낼 용기가 없는 자신의 성격을 생각하고 멀리 도망할 생각도 하였다. 그러나 이십여 년의 결혼 생활에서 그 여자의 그러한 성미는 놀랄 만큼 바뀌었고 그렇게 하기까지는 자기 힘이 컸다는 것을 생각하고 그로 인하여 원만한 가정을 지탱해온 것을 생각할 때 한 의사는 만족했다.

H읍에서 한 삼십 리 되는 곳의 지주의 딸인 송 씨를 얻을 때도 그 집안이 경기도에서 들어온 양반집이었다는 점이 그에게 솔깃했던 것이었다. 삼십 리밖에 안 되고 부모가 다 생존해 있건만 송 씨는 친정에는 잘 가지 않았다. 보통 여자들이 시집살이 시하에서 눈물겹게 그리워하는 법인 친정이건만 송 씨는 그렇지 않은 모양이었다. 아직도 정정한 송 씨의 부친은 가정을 잘 통솔하는 탓으로 조상 적부터의 재산을 고스란히 지키면서 산다. 송 씨는 손위

오라비와 단 두 남매의 사이였으나 오라비와는 의가 좋지 못했다. 송 씨가 거의 친정에 가지 않는 것은 이것이 까닭인 모양이었다.

한 의사는 손가락 끝까지 타들어온 하또를 재떨이에 비벼 끄고 시계를 쳐다본다. 12시부터 시작되는 점심시간은 그가 시계를 쳐다보는 순간에 뗑 하고 1시를 울려 끝을 막았다. 그는 무의식적인 동작으로 무엇을 기다리듯이 자세를 바로잡고 테이블을 향했다. 그러자 문을 열고 간호부가 처방전을 들고 들어와서 한 의사의 책상에 올려놓는다. 서랍을 열려고 하던 한 의사는 얼굴을 들고
"아 계영이 내 책상에 있던 책을 못 보았소?"
하였다.
"무슨 책을요?"
"『무기도 헤이따이麥と兵隊』(일본 작가 火野葦平의 전쟁소설)."
"아, 누런 뚜껑에 종이가 좀 두꺼운 책 말씀이죠?"
"그렇소."
"저쪽 숙직실에 있는 걸 봤는데요."
"음. 어제 저녁 이 의사하고 바둑 둘 때 두고 온 모양이군."
"가져올까요?"
"아니. 지금은 그만두고 퇴근할 때 가지고 갈 수 있도록 해주오."
"네."
"환자가 많소?"
"사오 명 됩니다."
"그럼 불러들여요."

"네."

계영이란 간호부는 환자를 불러들이고는 책상 옆에 비켜선다. 갸름한 얼굴에 입모습이 아련하다. 체격은 날씬한 편이고 새하얗게 빨아 다려 입은 탓도 있어서 빛나는 순결성이 엿보인다. 이 년 전에 이 도립 병원에 취직했는데 줄곧 이 내과실에서 한 의사의 충실한 보조자가 되어왔다. 유화하고 고운 맘씨여서 동료 간호부들에게도 사랑을 받았고 잔일에 열심으로 정성을 기울이는 근무 태도로 한 의사도 착하게 보았다. 열아홉 살이면 어린 나이는 아니지만 맘 쓰는 것이 어른스러웠다. 남들이 싫어하는 일도 기쁘게 하였고 그것도 보는 데서나 안 보는 데서나 언제나 한결같았다.

내과실 창 바로 아래에 지난봄 화단을 만들 때, 뒤뜰의 입원실 제일동의 바른편에 있는 창고 벽에다 기대어 쌓여 있던 무슨 공사하던 나머지 벽돌을 서너 번이나 안아다 둘레에 파묻고 자그마한 원예용園藝用 스쿠프로 꽃나무를 옮겨다 심고는 소매를 걷어올린 하얀 팔로 이마의 땀을 씻으며 허리를 펴 일어나는 것을 보고 한 의사는 문득 아들 성철을 생각하였다.

다나까 헌병대장은 털이 두둑한 방한모를 푹 눌러쓰고 장교 외투의 앞을 단단히 여미고는 헌병대 정문을 나섰다.

창유리 없는 초소에서 목을 잔뜩 오그리고 있던 보초는 얼른 총을 바로잡고 경례를 한다. 연대의 긴 벽돌담 사이로 난 길을 그는 얼굴에 마구 덮쳐드는 맵짠 바람을 얼굴을 숙여 견디면서 총총걸음을 옮겼다.

코끝이 떨어지고 눈알이 쑥 빠질 것 같은 추위다.

그는 요사이 좀 바빠졌다. 전국이 긴장의 도를 더해감에 따라 방첩의 중요성이 가장 뚜렷한 과제로 나타났다. 단기전으로 해치우려던 전쟁이 한정 없이 끌어나갈 기미가 보임으로써 당국자가 가장 걱정한 것은 전쟁에 대한 권태—즉 염전 기분이 국민 일반에 퍼져서 후방의 전시 태세가 약해지는 것이었다.

이것을 막으려고 전국戰局에 대한 강연회를 열어 승리에 대한 믿음을 잃지 않도록 안간힘 썼고 적군에게서 빼앗은 총, 대포, 권총, 철모, 피 묻고 찢어진 군복, 여기저기 구멍이 뚫린 비행기 등을 실어다가 전람회를 열었다. 애국반을 통해 방공 및 방첩 운동을 펴도록 하였다. 그런데 이런 당국의 애타는 노력을 결사적으로 교란하고 있는 사람들이 있다. 이리 같은 당국의 눈을 교묘히 속여 국내에 숨어들어와 공장 지대에 선전을 시작하고 미리 공장 안에 들어가 있는 동지들과 연락하여 갖은 수단으로 드러나지 않게 태업을 꾸민다.

한편으로는 현 전세에 대한 확실한 뉴스를 그 출처를 아무리 조사하려 하여도 알 수 없는 방법으로 퍼뜨린다. 또 국외에서 애국지사들이 조선의 해방을 위해 어디서 어떻게 싸우고 있고 그 성과는 어떻다는 것을 알도록 한다. 그러나 이런 모든 것은 장황한 말로써 전해지는 것은 아니다. 대개 '전쟁이 좀 신통치 않은 모양이야' '미국은 물자가 많아서 웬만해서는 끄떡 않는 모양이라는데' '일본은 무기가 부족해' '만주에서는 ○○○가 갖은 요술을 부려 일본군을 못살게 군다는데 한번은 현상을 걸어 잡아들였더니 그

○○○의 모가지가 알고 보니 수박통이더래' 이런 언뜻 듣기에는 밑도 끝도 없는 짧은 귓속말로 표현되는 것이었다. 그러나 이 짧은 귓속말의 효과는 무서워서 대본영의 권위로 발표되는 전과 뉴스에도 유식한 일본 관리 혹은 조선인 유지들이 목에 핏대를 세워 부르짖고 설교하는 장황한 강연에도 비길 바가 아니었다. 그 이유는 현실 사태가 그 짧은 귓속말의 엄연한 보증자가 된 까닭이었다. 천만 마디의 설교를 해도 생활하고 있는 민중은 예민한 코를 가진 탐정 개처럼 돌아가는 낌새를 느끼는 것이다. 이 같은 가공할 사태를 방지하는 것이 그들의, 다나까의 부하들의 임무였다. 국내에 숨어드는 지하운동자의 루트가 되는 H와 같은 국경 도읍에 있어서는 헌병대의 존재는 중요한 정도에 있어서 다른 어떤 기관도 능가한다.

  두만강을 건너 진리의 씨를 뿌리며 들어오려는 자와 불의의 영화를 끝끝내 지키려고 그것을 막는 자와의 사이에 피비린내 나는 싸움이 계속되어왔다. 질투에 마음이 뒤집힌 두 사나이 가운데 긴 연약한 계집처럼 두만강은 피와 눈물의 역사를 더듬어왔다.

  삼십여 년 전 이 나라가 송두리째 일본의 총칼로 점령되었을 때 나라를 되찾을 날을 기약하고 제 땅에서 제 손으로 일하면서 남의 말을 쓰고 남의 손으로 얻어먹고는 못 사는 성미 가진 사람들이 눈에 핏발을 세우고 건너던 한말 적부터 줄곧 지사들의 분한 눈물이 방울방울 맺힌 두만강의 흐름이다.

  얼마나 많은 사람들이 이 강을 건넜던가? 청춘의 순결한 정열이 명령한 이상에 끝내 일생을 바친 현도영의 옛 친구 고진형이 이 강을 건넜고 아담한 오막살이에서 호박꽃 같은 단란한 생활을 하던 삼봉이네가 그 자그마한 행복조차 등지고 이 강을 건너야 했으며 대대로 호통 치며 살던 집안인 허 진사네가 새 제도에 어느 누가 왜 가져갔는지도 모르게 기름진 농토를 다 빼앗기고 어제까지 사람으로 치지 않았던 정거장 마을 고리대금업자 서 서방의 빗발 같은 독촉에 못 이겨 몰래 밤도망을 쳐 건넌 이 강이요, 달이 가고 해가 갈수록 아랫목에 파묻은 엿가락처럼 맥없이 풀어지는 민족의 정기를 한탄하며 더 있다가는 내 몸도 별수 없이 물들세라 비루하고 더러운 원수의 종 되는 출세의 길을 박차고 성스러운 지도자의 품안에 온몸을 바치려 이 강을 건넌 젊은이가 그 얼마나 많았던가?

두만강은 이 나라에서 일어난 일들을 차례대로 보아왔기 때문에 이 강의 역사는 이 땅의 역사다.

다나까 헌병은 이러한 비극을 자아내는 데 있어서 무서운 역할을 하였고 또 하고 있는 계급에 속하는 인물이다. 그러나 그는 조금도 그 일을 나쁘다 생각지 않는다. 조선인은 일본의 통치를 받아야 한다는 것은 헌병인 그로서는 자기가 일본 사람인 것만큼이나 틀림없는 일이다. 질서를 문란케 하는 도배는 깡그리 잡아 없애야 한다. 모두 간단명료한 문제이다. 그에게 골치 아픈 일은 달리 한 가지 있다.

그 문제는 다름이 아니고 식민지의 어여쁜 아가씨 때문이다. 그는 현 씨의 딸 경선을 짝사랑한 지 벌써 오래다. 현 씨와 사업상의 부탁으로 관계가 트였을 그때부터 경선의 아리따운 모습은 이 이

방 젊은이를 흠뻑 사로잡고 말았다. 그는 경선이와 결혼하고 싶었다. 요 먼저 내지의 부친에게 하는 편지에다 농담 비슷하게 써 보냈더니 헌병이 된 아들을 하늘처럼 아는 부친에게서 좋은 색시가 있으면 조선인인들 어떠냐 하는 회답을 받고 다나까 헌병은 더욱 애달았다.

다나까는 왜 경선이가 그렇게 좋은지 자기도 모를 지경이다. 말괄량이처럼 쾌활한가 하면 그 어머니 모양으로 점잖고 다나까가 결코 불쾌하지 않게 하면서도 뚜렷한 금을 잊지 않는 슬기로움. 다나까는 고개를 다소곳하고 돌아앉은 경선의 뒷머리를 바라보면서 좋은 계집이다 한다. 다나까는 경선이 말고도 또 한 사람 마음에 둔 여자가 있다. 그 여자는 마리꼬의 언니 기미에다. 기미에도 아름다운 여자다. 더구나 고향에서 멀리 떨어진 타관에서 기미에 같이 아름답고 좋은 집안 처녀와 사귀고 지내니 기쁜 일이 아닐 수 없었다. 그러면서도 다나까는 경선을 잊지 못하였다. 남자의 욕심이라고 할는지 그도 알 수 없는 노릇이다.

경선은 집에 없었다.

다나까는 우울해졌다. 기다릴까 하는 생각도 들었으나 무슨 딴일이 있어 온 것이 아니요 더구나 현 씨조차 집에 없었다. 어디를 가셨느냐는 다나까의 물음에 옥순은 모른다고 했다.

다나까는 경선의 집을 나서서 다시 병영 쪽으로 걸어왔다. 추위가 아까보다 더한 것같이 느껴졌다. 다나까는 침을 퉤 뱉었다. 침은 바람에 실려 한 번 재주를 부리고 도로 다나까의 볼따귀에 날아와 척 붙었다. 공연히 경선을 마음속으로 욕질하고 혼잣말처럼 입

밖에서까지 중얼거렸다. 군인들이 입버릇처럼 쓰는 망측한 욕을 뇌까렸다. 그는 그렇게 경선을 갖은 추한 말로 욕하고 나니 마음이 시원해졌다. 신성한 것을 실컷 모독한 후의 후련한 기쁨 같은 감정이었다.

그는 우편국 앞까지 왔을 때 나온 김에 기미에를 만나고 가리라 생각하고 골목길로 들어섰다. 기미에는 반가이 맞아들였다. 다나까는 눈에 익은 기미에의 애교가 흐르는 눈웃음을 전에 없이 다정하게 받아들였다. 자리에는 기미에와 그 여자의 어머니가 있었다.

기미에의 어머니는 딸을 부엌으로 심부름을 보내면서 어서 오시라고 인사를 했다. 남편을 오늘까지 잘 받들어온 이 부인은 집에 찾아오는 손님에게 잘하기로 소문이 났다.

기미에는 과자를 접시에 담아 들고 들어와서 차를 따라서는 다나까 앞에 얌전히 밀어놓았다. 기미에는

"추위도 어떻게 대단한지 밖에는 꼼짝 나갈 수가 없군요."

"네 예까지 오는데 큰 고생을 했어요. 원 바람도 사람을 휘몰아 갈 것 같군요."

"오늘은 공일이니 저녁까지 천천히 놀다 가시겠지요."

"네 뭐……"

"바쁘세요?"

기미에가 고개를 옆으로 갸우뚱하고 들여다보면서 묻는다.

"아니 바쁜 건 없지만."

어머니가

"바쁜 건 없으시다니 원 싸우는 나라의 군대가 그게 무슨 소리

세요?"

"야. 이건 너무 불의의 핀잔이신데. 하하하하……"

"호호호호……"

"호호호호……"

다나까는 이 점잖은 동국인의 가정에서 아까부터의 울분이 다 사라져버리고 아주 흥겨워져서 권하는 대로 기미에와 어머니 틈에 끼여 '고타쓰'(일본식 난방구) 속에 발을 들이밀고 이야기를 하였다.

"고향의 겨울도 여기보다 추운가요?"

식민지에서 자란 기미에는 고국의 산천을 그려볼 뿐이었다. 여기 H읍으로 오기 전에 R에서 그 어린 시절을 보냈으므로 자기들 고향이라는 규슈는 부모네 옛날 얘기와 그림엽서에서 얻은 지식이 있을 뿐이었다.

"얘도 여기보다라니. 여기야 조선에서도 제일 추운 곳이 아니냐. 귤이 나는 구주하고 댈 수 있니?"

"한번 가봤으면……"

고향에 한번 가봤으면 하는 딸을 유다끼 부인은 힐끔 바라보고 속으로 생각했다.

그 고향엔 누가 있노? 자기 남편은 고향에서 백화점 점원을 하였다. 작은 시골 도읍의 백화점 점원 생활이란 빠듯한 것이었다. 그땐 상업학교를 막 졸업한 남편과 시어머니까지 하여 단 세 식구였으나 박봉으로 살림을 꾸리기에 흉하지 않게 하고 시부모를 공양하느라 얼마나 혼자 속을 썩였는지 몰랐다. 한번은 남편이 늑막

염을 앓아서 넉 달 동안이나 일을 나가지 못하였다. 그 여자는 성냥갑을 붙이기도 하고 동네의 바느질 빨래 무엇이든 하였다.

그러나 그것으로 살림을 지탱하고 남편의 병 치료를 하기에는 너무나 모자랐다. 할 수 없이 일가친척들을 찾아다니면서 도움을 빌었다. 하였으나 누구 하나 이 고장 말마따나 아진 까뻬이까도 보태주는 사람이 없었다.

유다끼는 병석에서 그 말을 듣고 자리에서 벌떡 일어나면서 오냐 성공해야 하겠다, 이를 악물고 성공해야 되겠다고 하였다.

"이시니 가지리쯔이떼모(별 고생이 다 있더라도)"
하던 남편의 떨리는 음성이 컴컴한 방에서 이불을 차 던지고 눈물을 머금던 눈에 선한 그 창백한 얼굴과 함께 유다끼 부인의 귀에는 아직도 들리는 듯하였다.

지금은 정말 성공하였다. 시어머니가 돌아가셨을 때 젊은 부부는 새 운명을 개척하러 이 땅으로 건너왔다.

조금만 총명한 일인이라면 그보다 열 배나 우수한 이 땅의 사람을 제쳐놓고 좋은 자리에 앉을 수 있고, 수지맞는 청부를 받을 수 있고, 헐값으로 거의 뺏는 거나 다름없이 토지를 차지할 수 있는 법을 꽤 많은 선배들이 이미 마련한 뒤였으므로 유능한 청년이었던 유다끼는 수월히 오늘의 사회적 지위를 얻었다. 인제 이 H의 왕이 아니냐. 정들면 내 고향. 유다끼 부인은 길이 이 땅에서 살리라 하였고 유다끼도 그러했다.

기미에는 다나까가 즐겁게 담소해주는 것이 기뻤다. 그래 다나까를 보고 상글상글 웃으면서 정답게 대꾸를 하였다.

다나까는 과자를 먹고 차를 마시면서 여러 가지 이야기를 하였다. 자기 고향 이야기, 군대에 처음 들어왔을 때의 이야기, 지금 근무하고 있는 헌병대에 대한 이야기, 간첩을 잡는 이야기 등을 그의 솜씨 있는 구변으로 우스운 말 섞어가며 늘어놓아 모녀의 심심한 것을 충분히 덜어주었다.

"마리짱은 어데 갔어요?"

"2층에서 동무하고 놀고 있어요."

다나까는 기미에를 보고 올라가자고 눈짓을 했다.

2층에 올라와서 마리꼬의 방에 들어갔으나 마리꼬도 보이지 않고 동무도 보이지 않는다. 그들이 가지고 논 듯한 장난감과 그림책만이 방에 흩어져 있을 뿐이었다. 그러나 양편이 다 애써 찾지는 않았다. 찾지도 않을뿐더러 아이들 보러 올라왔다가 아이들이 없고 보면 도로 내려가야 했을 텐데 아무도 내려가려고 않았다. 좀 어색해졌다.

다나까는 장지문을 열고 낭하에 나가서 밖을 내다보았다. 여전히 바람이 세다. 아래 정원에 선 벚나무의 앙상하게 마른 가지 하나가 다나까의 창문 바로 앞까지 닿았는데 그 가지에 무슨 종이가 걸려서 깃발처럼 나부낀다.

두만강 쪽에서 제재 공장의 고동 소리가 부우 하고 울려왔다.

기미에는 쭈그리고 앉아서 그림책장을 뒤적뒤적하고 있었다. 무엇인가 다음 사건이 일어나는 것을 기다리고 있는 순간같이 고요했다. 기미에가 책장 넘기는 소리만이 유난히 똑똑하게 흘렀다.

다나까는 방 안으로 들어와서 기미에의 등 뒤에 섰다. 기미에는 침을 꼴깍 삼켰다. 그리고 숨을 가만히 내쉬었다.

　다나까는 두 손으로 기미에의 어깨를 잡았다. 기미에는 일어서면서 어깨에 걸린 사나이의 손을 미끄러뜨리고 마주 보고 섰다. 불같은 사나이의 눈 속에서 기미에는 그가 요구하는 것을 알아차리고 가슴이 답답하여 그곳에 손을 얹고 머리를 숙였다. 끄드럭끄드럭 하고 바깥 유리문이 몸을 흔들었다. 그 소리에 섞여 '오시이레' 쪽에서 무슨 소리가 나는 듯했으나 그들은 듣지 못했다. 기미에는 그리워하던 사나이가 퍼부으려는 정열의 홍수를 기다리면서 야릇한 느낌에 싸여 있었다. 한편 기쁘면서 한편으론 그가 어디까지 사랑의 증거를 요구할 것인지 알지 못하여 불안했다.

　그래 마치 다나까의 얼굴에서 그것을 찾아내려는 듯이 살몃하니 올려다보았더니 다나까의 움직이지 않는 이글이글한 눈과 딱 마주쳤다. 다나까는 작은 소리로

"기미에 상은 나를 좋아합니까?"

하고 묻는다.

"……"

　기미에는 대답 대신 머리를 끄덕였다. 다나까는 다시 다가섰다. 그리고 싱글 웃으면서 기미에한테로 손을 내밀었다. 기미에는 두어 걸음 물러서서 '오시이레'에 기대고 섰다.

"내가 좋다면 왜 그러우?"

"……"

"응?"

"그래도……"

포옹조차 꺼려하는 이 갸륵한 처녀를 다나까는 불만스레 생각하면서 다그쳤다.

"내가 싫소?"

기미에는 당황히 얼굴을 들면서

"누가……"

하고는 오해를 피하려 했다.

"그럼 왜……"

"……"

기미에는 포옹이 무서운 것이 아니라 그 다음에 오는 것이 무서웠다. 두 젊은이의 몸과 몸이 닿는 순간 응당 감미로운 상대방의 입술을 찾을 그 입술을 무슨 재주로 막아? 그러나 그 이상 기미에는 망설이지 않았다. 사랑의 증거를 용감히 보일 셈으로 얼굴을 더욱 붉히고 다나까의 품에 안기려 한 걸음 내디뎠을 때

"와"

하는 소리와 함께 기미에가 방금 기댔던 '오시이레' 문이 안에서 벌컥 열렸다. 그리고 마리꼬와 동철이가 얼굴을 내밀었다. 다나까와 기미에는 놀란 사람이 울려는 것 같기도 하고 바보가 웃으려고 할 때와도 같은 참으로 형용키 어려운 낯으로 두 아이를 멍하니 바라보았다. 이윽고 다나까는 아하하 하고 웃으면서 두 아이를 양손에 번쩍 안아들고 층계를 내려갔다.

기미에는 입술을 깨물고 뒤를 따랐다.

경선은 한 의사의 집에서 '고타쓰'를 끼고 성철과 마주 앉아 이

야기하고 있었다. 올해 겨울 방학엔 오지 않겠다던 성철이가 갑자기 예정을 바꾸어 귀향한 것이다. 옆에는 송 씨가 앉아 있다.
한 의사네 집에서는 가구 집물이 거의 일본식이다.
먼젓번 편지에 실망한 이유 중의 하나인 공부가 밀려서 오지 못하겠다던 말을 생각하면서 경선은 나라는 존재는 성철 씨에게 그만한 값밖에 못 되는가? 무슨 장사치가 물건 사들이러 다녀오는 것도 아닌데 올 일이 없다고 하여 귀향치 않겠다는 그는 과연 내가 애태워 생각할 만한 인물이 될 것인가? 이처럼 무성의한 애인을 요즈음 여자라면 더 생각할 것 없이 웃으면서 안녕 하고는 더 아기자기한 남자를 애인으로 맞는 데 망설이지 않았을 것이다.
그러나 경선의 경우는 그렇지 못했다. 눈 깊은 북쪽의 이 자그마한 바닥에서는 연애란 비공식의 어떤 것이었다. 저건 어느 집 몇째 아들이고 이건 뉘집 몇째 딸이라는 것을 제 손금 보듯이 다 아는 이 H 같은 곳에서는 애인끼리 길을 같이 걸어가는 것은 그만두고 어느 사나이와 어느 여자가 좋아하는 사이라는 소문만 나도 그렇지 않으면 잘됐을 사이도 막혀야 했고 또 그때도 다른 큰 도회에서는 어떠했는지 모르나 H에서는 힘써 숨겨야 할 일이었다. 그런 소문이 난 처녀면 계집애 버렸다고 말하였고 남자면 바람난 부랑자라 하였다. '연애'라는 말에는 그 사람을 깔보고 비웃는 뜻이 풍겨 있다. 남자 여자 사이를 보기를 수백 년 전의 조상들과 별다름이 없는 이 시골 사회에서는 연애란 망측한 물건이요 더구나 양가의 자녀들에게는 더욱 그러해야 할 물건이었다. 집안의 망신이기 때문이다. 이 '연애'란 말이 가진 느낌은 굉장히 천하다. 그것은 '좋아한다'는 말 이상으로 비웃고 나무라는 뜻을 가진 말로 H의 사람들에게는 차라리 일종의 불륜 관계를 떠올리는 느낌을 가진 말이다. 누구하고 누구하고가 '연애'한다는군 하고 말하는 사람의 눈은 섣달 그믐날 밤에 쓰레기통 옆에서 새우잠을 자는 거지를 바라볼 때처럼 가엾은 빛이 떠 있고 그걸 듣는 쪽의 알 만하게 끄떡이는 얼굴에는 원! 하는 글자가 씌어 있다. 이렇듯 연애란 점잖지 못한 짓이라는 생각들을 가지고 있다. 따라서 연애란 H에서는 참으로 하기가 힘든 것이어서 무슨 지하 운동을 하는 것만치나 어려운 일이었다.

그래 눈덩이같이 흰 살결을 가진 이 H의 처녀들은 그 모란꽃 같은 꿈을 품은 가슴을 정녕 그리워하는 사내에게 마음껏 안겨보지도 못하고 어른들이 달려들어 골라주는 처음 보는 사나이에게 일생을 맡기고 마는 법이었고 그 가시기 어려운 정염의 불길에 차디찬 눈을 끼얹음으로써 현모양처임을 밝혀야 하는 것이었다. 한 의사의 처 송 씨가 바로 그렇다.

숱한 남녀가 무쇠 같은 인습의 종이 되어 살아왔고 앞으로도 살아갈 것이다. 그것은 하루아침에 이루어진 것이 아니며 또 하루아침에 무너질 것도 아니다. 숱한 H의 남녀가 이 굴레를 쓰고 살아왔으며 송 씨도 그 예에 빠지지 않았고 경선이 역시 빠지지 못한다. 내려오는 남녀 범절에 대한 그런 굴레 속에 자라난 경선은 자기의 다정한 성격을 무척 괴로워하였으나 끝끝내 그것을 이기지 못했다. 누가 할 수 있으랴. 경선이가 늘 괴로워하는 자기 마음 가운데 부딪치는 두 갈래 흐름. 남자가 그리운 몸과 그것을 더럽게 보는 버릇은 이런 사회의 통념에서 영글어진 것이다.

그러나 경선은 속의 불을 도저히 꺼버릴 수 없다. 지금 경선에게는 성철이는 그 꺼버릴 수 없는 불을 쏟아놓을 사람이다. 경선은 성철이도 자기 같은 정열로 대해주었으면 하지만 성철은 그렇지 않다. 그렇다고 해서 성철을 자기 마음에서 내쫓아버린다면 경선은 이 H에서는 영영 사랑을 맛보지 못하고 말 것이었으므로 그렇게 하지도 못했다. 내년 여름에야 성철을 만나볼 것을 생각하고 경선은 얼마나 슬퍼했는지.

이 지루한 겨울이 다 지나고도 두만강의 얼음이 풀리면서 시작되는 봄도 가고 그리고 파릇파릇한 느티나무 새잎이 짙어질 때가 지나서야 오시겠거니 하고 혼자 애를 태우며 잠을 이루지 못한 밤이 얼마나 많았는지.

"후—"

창유리에 얼굴을 대고 있는 경선의 입에서 한숨이 흘러나온다. 경선은 숨을 들이마셨다가 입술을 유리에 대고

"호—"

하고 내뿜었다. 유리에 안개가 낀다. 다음 유리에 또 안개를 끼웠다. 나중 유리에 호 하고 입김을 쏘일 때 처음 한 자리에는 잔이슬이 남았다. 경선은 입김으로 흐려진 자리에 글씨를 썼다.

성철, 성철, 성철…… 출정, 출정.

뿌연 바탕이 다 긁혀서 도로 맑아질 때까지 거듭거듭 이 글자를 쓴다. 한 장을 말갛게 해놓고는 다음 장에 또 썼다.

까악, 까악.

윤을 잃은 검은 날개를 느릿느릿 저으면서 창 앞으로 까마귀가 질러갔다. 경선은 안 좋은 생각이 들어 속으로 침을 퉤 뱉었다. 언제까지나 서 있으려는지 경선은 움직이지 않았다.

날씨는 더 추워졌다.

그 추위를 무릅쓰고 경선은 성철한테 다녔다. 또 동철이까지 어울려 두만강에 스케이팅하러 나가기도 했다. 두 사람이 움직이자면 동철은 편리한 존재였다. 자기는 그대로 있고 남의 변화를 거드는 촉매와 같다. 둘이서 마주 앉아 이야기할 때도 동철을 옆에다 두면 단둘이 마주 보는 불안이 덜어진다.

그들은 이미 소설책을 통해서 서양 사람과 다름없는 남녀관을 길러왔다고 할 만한데 그들의 하는 모양을 보면 그들이 글에서 알아낸 먼 나라의 살림 범절은 뜬소문밖에 되지 못했다. 그들뿐 아니라 밖에 나가 트인 바람을 쐰 사람들도 고향인 H에 돌아와서 거기서 어떤 자리를 한번 잡고 나면 이 고장 사람이 되고 만다.

소설책으로 배운 그 왕성한 생활 감정은 학생 시절의 한바탕 꿈이 되고 마는 것이 일쑤였던 것이다. 어떤 생활 감정이나 혹은 의식이 그렇게 마음을 사로잡는 힘을 가지면서도 실생활에 있어서는 그다지 힘을 쓰지 못한다는 것은 잘 생각해볼 문제다.

경선이도 성철이도 모두 이 민중들에 비해서 월등한 교육을 받았다. 경선이 늘 생각하고 또 놀랍게 생각하는 것은 서양 소설에 나오는 여러 인물들의 사상이나 감정이 어느 것 하나 남의 일 같지 않고 경선이가 다 받아들일 수 있는 것이라는 일이었다. 한마디로 그 인물들이 생각하는 바를 생각할 수 있으며 느끼는 것을 그대로 느낄 수 있다는 사실이었다. 이런 발견은 경선이 늘 보는 일이었으나 그 여자로서는 도저히 알 수 없는 일이었다.

서양 사람이나 자기나 다르지 않게 생각하고 느끼는 능력이 있다는 사실. 이 생각이 머리에 떠오를 때마다 경선은 눈을 감고 모든 다른 생각을 버리고는 이 생각만 뚜렷이 마음에 남도록 속으로 다시 한 번 되씹어보는 것이었다. 경선은 그럴 까닭이 있다. 경선에게는 참을 수 없는 감정이 하나 있는데 그것은 자신에 대한 열등감이다.

뒤떨어진 아시아에서 눈 많은 것밖에는 자랑할 것이 없는 이 북쪽 시골에 한 나무장수 딸로 태어났다는 사실은 경선에겐 무서운 실감을 수반한 절망을 주었다. 이 경향은 나이 어린 계집애의 으레 있는 감상으로 돌리기에는 너무나 심각한 것이었다. 남 못 하는 공부를 하고 나서는 저를 공부시켜준 부모가 초라해 보이고 제가 자란 바닥이 숨 막혀진다. 더구나 서울 가서 학교를 하고지라는 소원도 아버지가 마다해서 이루지 못했을 때의 심정. 자기가 못 간 서울에 가 있는 것만 가지고도 성철은 우러러보인다.

경선은 초라한 시골 처녀인 저를 아는 것이 슬펐다. 생각이 거기 미치면 혼자 맥이 풀렸다. 경선에겐 막연한 일을 환상하는 버릇이 있다. 막연한 그 일이 어떤 것인지 알지도 못하면서 그러다가는 자기가 이런 일을 이렇다 저렇다 생각할 자격이 있느냐 어떠

냐를 의심했다.
 자기가 살고 있는 이 조그만 읍, 끝에서 끝까지 걷는 데 한 시간도 걸리지 않을 바닥.
 양철과 기와와 짚으로 된 지붕을 가진 초라한 집들.
 포장 시설이 없는 탓으로 장마는 말고 가랑비만 내려도 발목이 빠지는 진흙길.
 자그마한 일에 속을 썩이고 나날을 보내는 사람들.
 이 모든 것들. 너무 초라했다. 이런 가난한 곳에서 살고 있는 자기가 온 세상 사람들을 놀랠 만한 일을—그 일이라는 것이 무엇인지 아마 경선이도 댈 수 없을 것이다—할 자격이 있을까? 경선이 생각에 어떤 그럴듯한 일은 그럴듯한 자리에서 나와야 하는 것이었다.
 '그런데 나는?'
 경선은 한숨을 쉰다.
 경선이 생각에 서울 여자들은 큰 데서 사니 시골구석의 자기보다 똑똑하게 생각하고 더 아름답게 느끼리라 싶다. 경선은 그 여자들에게 지기가 싫었다. 그러나 아무리 해도 자신을 가질 수 없었다. 제 분수나 지킬 우물 속 개구리—하는 것이 경선의 두려운 걱정이었다. 나 같은 시골 계집애, 하는 생각이었다. 이 생각은 어떻게 막아낼 길이 없었다.
 그러다 보면 화려하고 기운찬 생활 감정—창조적이며 모험적인 정신—이 한때만 젊은 사람을 사로잡았다가 그러고는 영영 힘을 잃어버리고 내려오는 길을 눈감고 따르게 하는 것이었다.

그러나 이런 일이 왜 생기게 되며 그것을 이기자면 어떻게 해야 되느냐 하는 것은 알 수 없었다. 그것은 경선이가 앞으로 배워야 할 문제였다. 배우자는 동안은 그들은 젊은 사람이다.

먼젓번 일요일에 순옥이(요시노 선생)가 놀러 왔을 때 경선이가 이 문제를 들고 이야기했더니

"글쎄 난 별로 그런 생각을 한 적이 없어. 그런데 그 왕성한 생활 감정이란 말을 좀 알 수 있게 이야기해봐"

하였다. 경선은 대번에 알아주지 못하는 것이 답답했으나 기어이 자기 뜻을 전달할 생각으로 열심히 설명했다.

"왕성한 생활 감정이란 다른 것이 아니야. 우리가 위대한 작가나 사상가들의 책을 읽을 때 제일 먼저 느끼는 것은 무얼까. 그 내용을 막론하고 일반적으로 말이야. 나는 그것은 왕성한 생활 감정이라고 생각해. 남들이 그러려니 하고 살아가는 일을 따르지 않고 자기가 하고 싶은 일을 좇아서 세상을 두려워 보지 않는 거지 뭐니?"

경선의 일기장을 잠깐 훔쳐보자. 다음과 같이 쓴 데가 있다.

나는 이 시골의 주민임에는 틀림없다. 그러나 나는 이 사람들처럼 살고 싶지 아니하다.

이 사람들은 마치 철학자처럼 아무 망설임도 없이 자신 있게 살고 있다.

도대체 무엇에 근거한 자신일까?

나는 평범하게 살고 싶지 않아.

평범!
그것은 창조의 무덤이요, 정열의 해골이야. 나는 시골 계집애로 삶을 마치지는 않을 테다.
놀라움이 없는 삶.
자기 자신이 이 세상에서 어떤 방식으로 살아가겠다는 생각을 의식적으로 고려하지 않는 삶이란 불쌍한 것이다.
놀라움의 감정이 없이 어떻게 살아갈까? 아아 불쌍한 사람들. 다채로운 삶을 버리고 단조한 상식인이 되는 불쌍함이여!

경선은 자신의 앞길에는 무엇인가 근사한 일이 나타나야 할 것 같았다. 그 다채로운 삶이란 누가 가져오는 것일까? 경선의 눈앞에 성철의 얼굴이 떠올랐다. 경선은 눈을 크게 뜨고 그 환상을 들여다보았다.

현 씨는 일이 바빠서 집을 일쑤 비운다.
그러나 현 씨가 요사이 좀더 바빠진 데는 까닭이 있다.
그는 봉란에게 아주 빠져버렸다. 처음에는 그리 깊이 사귈 생각이 없었는데 봉란의 풍만한 몸과 애교에서 인제는 헤어나지 못하게 됐다. 현 씨는 사무실에서 일을 보는 동안에도 봉란이 생각이 오락가락한다.
그는 전기톱이 부 부 소리를 내는 제재소 쪽을 바라다보며 요사이 그의 속을 태우고 있는 문제에 대해 생각한다. 그의 적수가 나타난 것이다.

이병문李炳文이라는 사나이는 벽돌 공장을 가지고 있는 작자다. 이 고장은 보통 읍 소재지와는 달라서 나남사단 중의 1개 연대가 있고 비행기가 있고 고사포대가 있는 것만 해도 말이 읍이지 특수 지역이다. 제재 공장, 펄프 공장, 목축, 도자기 따위는 조선 안에서도 이름 있고 근처에 큰 유연탄광이 있다.

군사나 산업으로 보면 능히 부府에 맞먹는다. 벽돌도 질이 좋은 유명한 토산물 산업이다. 이 이가가 봉란에게 수작을 붙이기 시작한 것이다.

이 일은 봉란이가 직접 현 씨에게 이야기했다. 봉란은 참 되지 못한 놈 다 봤어 하고 짜장 귀찮은 듯이 말했다. 현 씨는 듣기는 좋아도 자기만 믿는다는 소리로 들리지 않는다.

이라는 사람은 노름 잘하기로 이름난 사람인데 돈이 있고 시간이 있는 탓으로 많은 기생을 마음대로 희롱했다. 지금 그가 데리고 사는 처도 기생퇴물이다.

현 씨는 강적이 나타났다고 생각하지 않을 수 없었다. 열 번 찍어 안 넘어가는 나무 없다고 당초에 단단히 막아버려야 할 일이었다. 돈만 받으면 만사를 돌보지 않는 그들에게 신의를 바라는 것은 어리석은 일이므로 현 씨는 어제 봉란이가 빈말 삼아 이야기하던 두루마기 감을 끊어주기로 결심했다. 현 씨가 골똘히 계집 생각을 하고 있는데 문을 열고 동철이가 들어왔다. 동철은 가끔 이 근처 가까운 동무네로 놀러 오는 길에 공장에 들르곤 한다.

현 씨는 난로 옆으로 데리고 와서 작은 손을 자기의 손에 겹쳐 쥐고 불을 쬐게 했다.

"춥지?"

"응."

그 소리는 힘이 없었다.

현 씨는 애 얼굴을 들여다보며

"너 어디 아파?"

"응. 다리가."

동철은 그렇게 말하면서 오른편 다리를 가만히 만졌다. 현 씨는 아프다는 다리를 만져보려고 했다.

"다리는 왜?"

"……"

동철은 말하기 전에 양말을 벗고 바지를 걷어올렸다.

앞정강이가 시퍼렇게 부풀어올라왔다. 그 꼴을 보지 못하겠는지 낯을 돌려버린다.

"이크. 왜 이렇게 됐어?"

"동무 집에 가서 놀다가 오는 길인데 저쪽 길에서 넘어졌어."

"음. 이거 안 되겠다. 걸을 수 있나?"

"……"

현 씨는 잠깐 생각하다가 밖으로 나가더니 노동자를 한 사람 데리고 들어왔다. 젊은 노동자는 난로 쪽으로 가까이 오지는 않고 문 앞에 가만히 서 있는다. 현 씨는 동철에게 양말을 도로 신게 하고는 노동자를 향해 말했다.

"자네 수고스럽네만 애를 우리 집까지 데려다주게. 다리를 다쳐서 업고 가야 할 걸세."

노동자는 동철에게로 다가와서 등을 돌려대었다. 동철은 현 씨를 쳐다보았다. 현 씨는 업히라고 눈짓을 한다. 동철은 가방을 멘 채 노동자에게 업혀서 그의 목을 두 팔로 끌어안았다.

노동자는 일어서서 밖으로 나왔다. 제재소 안에서 내다보는 노동자들에게 동철을 업은 젊은 노동자는 주인댁까지 가노라고 소리를 쳤다. 후끈한 데서 갑자기 나오니 찬기가 목덜미로 한결 호되게 스며들었다. 동철은 노동자의 목을 더 굳게 끌어안고 두 다리에도 힘을 주었다. 그 통에 다친 쪽 다리가 쑤셨다. 동철은 얼굴을 찌푸리고 업은 사람의 어깨 너머로 길을 내다보았다.

길 양쪽으로 전봇대가 저쪽 산모퉁이까지 까마득 늘어섰다. 원래 밭이 있던 곳에 예배당이 올롱하니 홀로 서 있다. 길은 오가는 걸음에 다져져서 높은 데는 딱딱하고 멀그스름한 땅살이 혹처럼 울툭불툭 드러나고 낮은 데는 얼음이 앉아 미끄러웠다. 얼음이 길게 깔린 곳에 와서 노동자는 동철을 업은 채 스르르 미끄럼질을 하고는 동철을 돌아다보고 웃었다. 동철도 머리를 끄덕이고 웃었다. 동철을 업고 온 노동자는 현 씨네 집 부엌에서 불을 쬐고 돌아갔다.

며칠 전부터 동철네 학교에 대용 교원으로 나가기 시작한 경선은 학교에서 돌아오지 않고 있었다. 경선은 짧은 겨울 해가 집집의 지붕에 마지막 햇빛을 토할 때에 돌아왔다.

한 의사네 집에 들렀더니 한 의사가 현 씨한테서 전화를 받았다는 말을 해서 동철이 온 줄을 알고 왔다. 한 의사는 하룻밤 자고 나서 학교까지 걸어오지 못하겠으면 하루 쉬고 알려달라고 했다. 동철은 경선이 어머니가 옥도정기를 바르고 붕대를 처매준 무릎을 가지고 잘 놀았다. 경선은 저녁을 지내고 잘 때가 됐을 때 좀 생각을 했다. 요 먼저 동철을 데리고 잤을 때의 일이 문득 생각났기 때문이다.

그래 이번에는 어머니하고 같이 자게 할까 하고 생각도 했으나 동철이가 일어서면서 빨리 자러 가자고 눈을 비비는 통에 2층으로 데리고 왔다. 동철은 침대에 눕자마자 몹시 고단했던 모양으로 코를 골기 시작했다. 경선은 자리에 눕다가 그만두고 전깃불을 끈 채 난로 앞에 앉았다. 경선은 달아오른 난로를 물끄러미 바라본다.

동철의 코 고는 소리가 가볍게 색색 들릴 뿐 아무 기척도 없다. 이따금 아가씨 왜 혼자 불을 쪼이시우 하는 듯 창을 흔들어보고 가는 바람이 있을 뿐이다. 까딱도 않고 오래오래 그러고 앉아 있었다.

그러다가 마침내 일어서서 또 한참 있는다. 아래로 내려가서 고양이를 안고서 올라왔다. 아무것이건 동무 삼자는 모양이다. 경선은 그것을 무릎에 올려놓고 데리고 논다. 고양이는 귀찮다는 듯이 경선의 손을 이리저리 가볍게 물었다. 그러고는 또아리를 틀고 앞발 사이에 코를 파묻었다. 경선은 손을 뻗쳐 고양이 목을 긁어준다. 개르르 기분이 좋은지 목에서 소리를 내고 있더니 갑자기 경선의 무릎에서 뛰어내려 저쪽 침대 밑으로 가버렸다. 그러더니 다시 이리로 슬슬 걸어오는 고양이를 보자 경선은

"흑"

하고 놀라면서 눈을 크게 떴다.

고양이는 쥐를 물고 온 것이었다. 쥐는 머리는 온통 고양이 입

에 들어가 있는데 몸뚱이는 입 밖에 척 드리워 있고 발그스름한 네 다리를 허우적거리고 있다. 덫으로 잡는 쥐는 본 일이 있지만 이런 구경은 처음이다. 고양이는 난로 앞 경선의 발끝까지 오더니 거기서 쭈그리고 앉았다.

경선은 얼굴빛이 하얗게 질려 의자에서 일어섰다. 자리를 옮기려 했으나 그러면 고양이가 따라 움직일 것 같아 꼼짝도 할 수 없다. 고양이가 하도 움직이지 않는 까닭에 입에 문 쥐가 고양이 아랫입술에 달린 부분같이 보인다. 고양이는 쥐 머리를 지그시 문 채 경선을 올려다본다. 불빛을 받아 등에서 금빛을 내는 짐승의 모양에 경선은 몸이 오싹했다. 다시 그 몸을 만질 수 있을 것 같지 않다.

고양이는 한참 물고 있더니 이윽고 쥐를 뱉어놓았다. 쥐는 완전히 숨이 끊어져 털이 검고 발그스름한 배를 모로 드러내고 뻗어 있다. 경선은 인제 잡아먹으려나 하고 무서운 가운데도 한 가닥 호기심을 가지고 고양이의 다음 거동을 기다렸다. 그러나 고양이는 잡아먹지는 않았다. 고양이는 죽은 쥐를 입에 물더니 머리를 휘둘러 사냥한 물건을 공중에 던져올렸다. 그러고는 떨어지는 것을 앞발로 슬쩍 받았다. 받은 것을 옆으로 들들 굴리고 또 다른 발로 반대편으로 들들 굴렸다. 그러다가는 몇 발자국 물러섰다가 마치 산 쥐에게 달려들 때 같은 자세로 날쌔게 달려들어 두 앞발로 목덜미를 탁 누른다. 고양이는 다시 쥐를 물어올려 내동댕이친다.

그것이 떨고 있는 경선의 발등에 떨어질 뻔했다. 경선은 "악"

하고 소리치면서 발을 내저었다.
 고양이는 경선을 쳐다보고 목을 움츠리면서 혀를 낼름하여 입언저리를 핥았다. 놀리는 것 같다. 고양이는 인제 재미는 다 봤다는 듯이 쥐를 끌어당겨다가 머리부터 아작아작 먹기 시작한다. 피 한 방울도 흘리지 않고 꼬리까지 깨끗이 먹어버리고는 다시 쭈그리고 누워버렸다. 경선은 얇은 혓바닥으로 입언저리를 핥고 있는 그 작은 짐승이 무슨 마성魔性의 짐승 같기만 해서 소름 끼친 게 가시지 않는다.
 경선은 문을 열고 밖으로 몰아내려 했다. 그러나 고양이는 심술 피우는 부랑자처럼 움직이려 들지 않는다. 경선은
 "쉿 쉿"
하고 손으로 때리는 흉내를 냈으나 본 체도 않는다.
 그러나 이 짐승에게 손을 댈 수는 없었다. 하나 어찌해서든지 쫓아내야 할 것도 사실이다. 경선은 생각다 못해 화가畵架의 다리를 뜯어다가 그걸로 쫓으려 했더니
 "냐옹"
하고 눈을 빨고 달려들 기세를 보이므로 질겁해서 그 방법도 그만두지 않을 수 없었다. 결국 간신히 동철을 깨워서 창문을 열고 밖으로 내던지게 했다.
 고양이하고 한참 연극을 하고 도로 의자에 앉으니 맥이 탁 풀리고 말았다. 난로 앞에 앉은 경선은 뒤에서 보면 지는 해를 업은 산맥처럼 등에서 빛이 뻗쳤다. 경선은 곰곰이 생각하는 것같이 보였으나 무엇을 딱하게 생각하는 것은 아니었다. 너무 주위가 고요하

거나 또는 주위가 지나치게 헤벌어졌을 때 흔히 그렇듯이 그녀도 고요한 밤 속에 가만히 앉아 있노라니 사실은 조금도 생각의 갈피를 잡지 못하고 그저 생각의 그림자를 좇고 있을 뿐이었다. 왜 그림잔가 하면 자기가 생각하는 여러 가지 일의 자세한 내용은 술찌끼처럼 마음의 밑바닥에 흐릿하게 가라앉아버리고 그 내용이 주는 어른거림만이 각기 그 내용이 가지는 감정적 색깔에 채색되어 마음의 호수에 차례로 파문처럼 떠올랐다가는 스르르 사라지는 것이었기 때문이다. 경선의 눈은 그 물결을 곧바로 비쳤다. 신비로웠다. 그 눈. 난로 불빛을 앞으로 받은 얼굴에 살아 있는 건 그 눈만인 것같이 보였다. 이 희미한 방 안에, 이 고요한 집안에, 이 H에, 이 누리에 살아 있는 건 그 눈뿐인가 싶게 짙은 그늘이 가라앉은 눈이었다.

보잘것없는 시골 계집애로 보이는 것을 한탄하는 경선이 이런 근사한 제 모습을 다른 사람의 자리에 바라볼 수 있었다면 얼마나 기뻐했을지. 무슨 불만인지 때때로 샐쭉이 다물고 있는 그 입술에 만족한 실룩임을 보이고 남풍南風 같은 상쾌한 자신감에 가슴을 부풀게 했을 것임이 틀림없겠는데. 왜냐하면 경선은 자신을 가질 만한 데가 저한테 있는지 어쩐지 알지 못하는 까닭에 헛되이 비하하고 탄식하고 때로는 근거 없는 우월감도 가져보고 하는 터이기 때문이다.

그러나 경선의 몸이 따로따로 두 개로 쪼개지지나 않는 이상 지금 난로 불빛을 받고 정말 신비로운 표정으로 앉아 있는 자기 자신을 볼 수는 없는 일이었다.

경선에게 그것을 알려줄 사람이 있어야 했다.

전쟁은 차츰 만만치 않아지면서, 1943년은 가고 새해가 되었다. 새해 첫날은 맑고 성성한 날씨였다.

동철이네 집에서는 아침부터 손님이 북적거렸다. 한 의사의 동료 의사들이다. 한 의사는 옆에 앉은 동료에게 술을 권하면서 이야기한다.

"자, 들게. 안주는 별것 없지만, 술은 괜찮으이."

"원, 천만에 이 집 김치가 그만이군……"

그 손님은 음식을 들고 들어오는 송 씨를 보고 소리를 가다듬으며

"아주머니 새해에도 복 많이 받으시기를 빕니다. 늘 한 형 신세를 지고 사는 저로서는 진심으로 그렇게 원합니다."

송 씨는 그 말에 그저 웃어 보인다. 이야기는 전쟁으로 옮아갔다. 사람들은 전쟁이 빨리 끝나기를 기다리고 있었다. 여기에 모인 사람들 역시 그러했다. 일본이 이길 것은 틀림없는 일이었지만 되도록 빨리 때려눕혔으면 했다.

첫째 물건이 귀해 고통이다. 흔하던 일용 잡화를 비롯해 전쟁 초기까지도 활발히 나돌던 물자까지도 인제 와서는 몹시 귀해지고 배급 물자가 돼버렸다. 그래 이 손님들의 대부분은 그전처럼 사고 싶은 것이 홍성홍성하게 많은 세월이 빨리 돌아왔으면 한다. 여기 모인 사람들은 당국에 대해 맺힌 불평은 없다. 다만 적국에 대한 적개심은 비로소 진짜 비슷해졌다. 모든 어려운 사태는 다 그들—적국 때문이다. 못된 놈들 같으니라고. 이기지도 못할 전쟁을 뻔

쳐나가면 어쩔 셈일까? 철이 들면서 일본이 이기는 것만 보아온 그들의 머리는 거기서만 맴을 돈다.

한 의사는 문학을 통해서 본 전쟁이란 멋진 생각이 머리에 떠올랐으므로 그로부터 두 사람 건너 앉아 있는 외과 의사에게로 몸을 돌리며 말을 걸었다. '도요다'라고 창씨 한 사람인데 늘 문학을 입에 담고 있다.

"도요다 상 그 저, 『무기또 헤이따이』를 보셨겠지."

도요다 상은 그 보통 사람보다 두 배나 큰 입을 더 크게 한 번 다물었다가

"암. 봤지요"

한다.

"하, 나는 그걸 요사이 봤는데 그쯤 되면 전쟁도 인간 수업이더군요."

"마, 성자의 고행이라고 보아도 좋지 않겠습디까?"

하고 도요다 상은 수정한다.

"허, 옳은 말씀이오."

"예컨대 벽이 다 떨어진 중국 농가에서 '낭낑무시'(빈대) 한테 뜯기면서 고단한 꿈길을 더듬는 장면 같은 것도 왕비가 비단 이불 속에서 맺은 꿈보다 더 화려한 게 아닙니까?"

"아니 숭고하다 하는 것이 좋지요."

한 의사는 자기가 어렴풋이 느낀 것을 이렇게 말하는 도요다 상을 역시 자기보다 문학적 소질이 많은 사람이라 생각하면서

"맞았소. 맞았소, 정말 숭고하다는 것이 옳은 말이오."

"어쨌든 거기까지 전쟁의 뜻을 파악하고 들어간다는 건 쉽지 않은 일이지요. 인생의 일면을 끝까지 파고들어가서 진실을 발견한다는……"

한 의사는 문학가가 아니다. 섬세한 감정의 소유자도 아니고 다만 어찌어찌하여 손에 들어온 그 소설을 읽어봤더니 그 자연스럽고 소박한 묘사가 한 의사의 마음에 적지 않은 감명을 주었기 때문에 문학을 안다는 도요다 상에게 이야기해본 것인데 이야기가 너무 깊은 대목으로 들어갈 기세이므로 한 의사는 도요다 상이 잔에 남은 술을 마저 들이켜느라고 말을 끊은 사이에

"아무튼 일선 장병들의 노고는 상당한 모양이오"

하고 물꼬를 틀었다.

도요다 상은 술을 쭉 들이켜고 머리를 끄덕였다. 한 의사는 도요다 상이 혹 마음을 상하지나 않았나 염려했으나 그는 이미 꽤 취해 있었다. 다만 그 딴에는 사과하는 뜻으로 도요다 상의 어깨를 툭 치고서 앞에 놓인 갈비를 집어 권했다. 다른 사람들도 저희끼리 혀 꼬부라진 소리들을 주고받고 있다.

즐거운 정초다. 대일본 제국 만세다.

송 씨는 늘 적적하던 집 안에 오늘같이 손님이나 치를 때면 갑자기 활기를 띠어 분주스레 손님 시중을 드는 것이 재미난다. 그러한 그 여자의 태도가 대단히 현명한 주부로 보여 집에 오는 손님들은 모두 한 의사는 부덕 있는 마누라를 두었다고 한다. 한 의사는 그런 말을 들을 때 그저 거북한 듯이 허허할 뿐이다. 송 씨도 그런 칭찬을 들을 때 허무하다. 송 씨는 명절 때 떠들썩하니 손님들이

모이는 것은 자기의 무료하고 적적한 생활을 한때나마 잊게 하여
주기 때문에 즐거울 뿐이다. 여자가 손님을 맞아 음식을 대접할
때면 다 그렇다. 음식 참 맛있다는 소리를 들으려고 솜씨를 다해
서 내놓는다. 아까 자기 집 김치를 칭찬하는 말을 들었을 때도 은
근히 만족했다. 김장에는 자신이 있었기 때문에 그것을 옳게 말해
준 게 기뻤던 것이다.
 요는 이런 건전한 주부의 감정만을 뒤따라 살아나간다면 그만일
것이었으나 송 씨는 그러질 못한다. 버리지 못하는 꿈이 탈이다.
부엌간에 앉아 객들의 담소를 듣고 있던 송 씨는 부인네 손님들이
나 왔으면 했다.

 동철은 학교에서 신년 예식을 마치고 현 씨네 집으로 왔다.
 집에 와보니 손님이 북적거려서 자리를 피해 현 씨 집으로 온 것
인데 여기도 마찬가지다. 더구나 경선이 일이 바빠서 동철의 상대
를 해줄 수 없어서 그나마 있을 재미가 없다.
 그래 그는 손님들이 떠들썩하는 건넌방에서 얼근히 취한 현 씨
에게 고개를 꾸뻑해 보이고 현 씨의 처 송 씨에게 세배를 드렸다.
어머니가 시켜주던 대로 경선에게도 절을 하려 했더니 경선은 깔
깔 웃으면서 동철의 귀를 두 손으로 잡고 동철의 뺨에다 빡 하고
소리가 나게 입을 맞추었다. 김 씨와 옥순은 한편으로 일을 하면
서 그것을 보고 하하 웃었다. 그러나 더 놀아주지는 않았다. 음식
상을 들고 분주히 드나들면서 가끔 만둣국을 먹고 있는 동철을 쳐
다볼 뿐이었다.

이렇게 새해 잔치라든가 결혼식이라든가 또 제사 같은 날이 되면 어린애들이란 그다지 돌봄을 받지 못하는 축이고 거추장스런 존재로 다루어지는 법이다. 적어도 H에서는. 동철은 만둣국을 반쯤만 치우고는 자리를 털고 일어섰다.

그러나 상에 놓였던 밤과 대추를 호주머니에 쑤셔넣기를 잊지는 않았다.

바래다주는 사람도 없이 현 씨의 집을 나선 동철은 읍내로 가는 길을 호주머니에 든 물건을 하나씩 하나씩 축내면서 걸어갔다. 한 읍내지만 현 씨네 집은 두만강변이다. 길에는 사람들이 많이 오간다. 어른들은 검정 두루마기에 흰 한복을 입고 아이들은 울긋불긋한 옷을 입고 있다.

동철은 자기 옷을 둘러보았다. 새 서지 옷이다. 깨끗한 곤색 섬유가 번쩍번쩍 빛나는 벚꽃 단추와 맞아서 더욱 멋지다. 그러나 동철은 이 새 옷도 그의 마음을 괴롭히는 물건 외의 아무것도 아니다. 무섭게 윤이 나는 귀여운 목구두 역시 눈물의 씨앗이다. 왜 그런고 하니 이런 새 옷 새 구두도 창호의 심술을 돋우는 건덕지이기 때문이다. 아까 학교에서 창호는 동철이 앞에 와서 한참 동철의 옷을 바라보더니

"여 단추 싸움하자!"

하고 동철이가 꿈자리에서도 몸이 떨리는 그 찐득한 심술 섞인 소리를 내면서 자기 옷에 달린 철도국원용 '工'자 단추를 동철의 벚꽃 단추에 맞춰 대고 꽉 눌러놨기 때문에 아래서 둘째 단추가 뽀끔 오그라져 있다.

또 서 있는 동철의 구두 뒤꿈치를 일부러 걸어차서 하마터면 넘어질 뻔했다. 동철은 발을 들고 손으로 그 자리를 만져보았다. 흙이 묻고 옷 가죽이 벗겨졌다.

동철은 잠깐 상을 찡그렸다가 다시 걷기 시작한다. 동철에게는 창호의 존재는 정말 원망스럽다. 동철은 무슨 일을 하나 창호의 심술을 받기 때문에 학교생활까지도 적이 괴로운 것이 되었다.

더구나 요시노 선생이 급장을 시켰기 때문에 동철이 통솔해야 할 일이 많아지고 보니 창호와 부딪칠 일도 더 잦아진다. 동철은 먼젓번 가벼운 감기가 들어서 이삼일간 학교에 못 나갔을 때 정말 기뻤다. 이대로 학교에는 가지 말고 경선이 누나한테 글을 배우고 마리짱한테 놀러 가고 하면서 지냈으면 얼마나 좋을까 하고. 요시노 선생이 문병 오면서 가져온 귤을 벗기다 말고 마치 파랑새를 꿈꾸는 어린이처럼 한참 멍해 있었다. 만일 그럴 수만 있다면 새 옷보다도 새 구두보다도, 또 요시노 선생의 사랑보다도 훨씬 좋을 것 같다.

그러나 그럴 수는 없다. 병이 나은 후에는 또 학교에 가야 한다. 도살장으로 들어가는 소나 마찬가지다. 동철이가 병이 다 낫고도 꾀병을 써보려고 이마를 찡그리고 아직도 머리가 아프다고 했더니 한 의사는 웃음을 띠고

"안 될 말. 다른 아버지는 속아도 이 아버지는 안 되지, 동철이는 인제 병이 다 나았어요"

하고 동철의 가슴에서 청진기를 떼며 말했기 때문에 동철은 그만 이불 속으로 머리까지 파묻고 들어가버렸었다.

그 자리에 있던 경선도 죽겠다고 웃었다. 이처럼 부모와 옆엣사람들은 동철의 속을 몰라주었으나 동철이 자신이 그 비밀을 고백해버린다는 것은 생각도 못 할 일이었다. 그러면 물론 요시노 선생은 창호를 단단히 경칠 것이요— 아마 지나치게— 그리되면 아아, 그땐 창호가 얼마나 더 무섭게 굴 것인가? 그래서 결코 그렇게 할 수는 없다.

그래 동철은 생각다 못해 창호에게 군고구마도 사주고, 밤도 사주고, 여름이면 H읍의 명산물인 노랑 참외도 사주고, 연필이며 도화지도 바치고 하다못해 고무총에 댈 고무— 그것은 아버지 한 의사가 못쓰게 된 청진기에서 떼어놓은 것이든가, 또는 주사할 때 팔을 매기 위해 쓰는 고무든가였다— 도 선사하였다.

그럴 때면 창호는 늘 목을 움칠하고 아무 말 없이 이 가련한 희생자의 공납물을 받아들였다. 그럴 때만 동철은 창호에 대한 두려움이 덜어진다.

그러나 그 이튿날이면 여전히 심술을 부린다. 급장인 동철이가 다음은 너의 차례니 스토브에 땔 솔방울을 퍼 오라 하여도 응하지 않을뿐더러 무섭게 눈을 빨며 입술을 악문다.

또 창호는 저 혼자서만 동철을 못살게 구는 게 아니라 다른 아이들을 충동질해서 동철을 괴롭히고 같이 놀지 못하게 하고 신입생이 들어오면 그 애를 달래고 얼러서 동철의 적을 만든다. 또 학급 아이들도 동철의 그런 난처함을 동정하지 않을뿐더러 창호 편을 든다.

동철에겐 다 알 수 없는 일이다. 점심밥을 싸가지고 다니면서라도 동철을 못살게 굴겠다는 듯한 창호가 거머리 같다. 동철은 쾌활한 아이다. 그러나 그의 쾌활은 약하다. 자기를 정말 사랑해주고 귀여워해주는, 또는 자기에게 호의를 베푸는 상대방 앞에서는 까불고 말이 많고 시원스런 태도를 보이지만 창호같이 자기를 적으로 대하는 사람이나 자신에게 무관심한 사람 앞에서까지도 명랑한 분위기를 지어내어 상대방을 동화시킬 만한 성격은 아니다.

동철이 창호의 심술을 막아내지 못하는 것은 동철의 이런 성격 탓이다. 그러므로 그의 성격의 이 같은 일면만 보는 사람의 눈에는 동철은 어딘지 우울하고 어린애답지 않게 눈치가 강하고 무엇이든 혼자서 속을 썩이고 있는 늙은이 같은 아이—이런 인상도 갖게 한다.

그러나 동철의 경선에 대한 태도를 보면 그런 관찰이 사실이 아니라는 것은 곧 알 수 있다. 앞으로의 환경에 따라 다르게 바뀔 성격이다.

길 가는 사람이 많아서 먼 줄도 모르고 어느덧 동철은 읍내까지 다다랐다. 그는 집으로 갈까 생각하다가 마리짱한테로 가보자고 생각하고는 마리꼬네 집 쪽으로 걸음을 옮겼다.

성묘하러 갔다 오는 사람들이 빈 함지박을 이고 공동묘지 쪽에서 내려오는 것이 보인다. 지금 올라가는 사람도 있다. 점방들도 문이 꼭꼭 닫혔고 늘 사람이 들끓는 큰 시장도 쓴 듯이 조용하고 장사치가 올라앉아 물건을 늘어놓는 판대 위로 고양이가 살금살금 기어간다. 동철은 시장 입구로 들어가서 반대편 쪽으로 나오면서 이런 것을 보았다. 마리꼬네 집에도 사람들이 들끓는다. 마리꼬네 어머니가 열 번이나 허리와 머리를 조아리면서 손님을 맞고 보내는 것이 보인다.

마리꼬는 저의 동무들과 '하네쓰키'(일본식 배드민턴)를 하고 있다가 동철을 보고는 손짓해 자기 옆에 세우고는 여전히 놀음을 한다.

"금년엔 요정이 납니다."

세무서장의 말이다. 우편국장이 내달으면서

"황군이 지금 현 전선을 유지하고 있는 것은 바야흐로 일대 타격을 적에게 주기 위한 것이지요."

세무서장은 그것은 별로 신기한 이론이 아니라는 듯이

"지금 확보하고 있는 지역에서 나는 물자를 개발 이용해서 우리 전시 경제의 원동력을 삼는다면 적 미영(그는 이 단어를 발음할 때 입술을 찡그렸다)의 물자력에도 능히 대항할 수 있지 않겠습니까?"

이것은 그가 어느 잡지의 경제란에서 본 이야기다. 유다끼는 빙글빙글 웃고만 있다가

"하하 여러분들은 가장 중요한 우리의 무기를 왜 말씀하시지 않습니까?"

좌중은 잠깐 조용해진다. 세무서장은 자기가 무슨 실수나 하지 않았나 하는 낯을 짓는다.

"우리가 자랑하는 건 우리의 정신력입니다. 군국을 위하여 죽음을 초개같이 여기는 우리 충용무쌍한 황군의 정신력이 오늘의 승

리를 거두게 한 것입니다. 그들인들 부모가 없으며, 그들인들 처자가 없겠습니까? 마는 황송하옵게도(이 말을 할 때 좌석에 있던 사람들은 모두 옷깃을 바로 한다) 천황 폐하의 부르심이라면 모두 내치고 그 크신 황은에 보답하는 정신이야말로 무엇보다도 튼튼한 보배라 생각하지 않으십니까? 적 미영이 제아무리 물자가 많고 돈이 많더라도 목숨을 아끼고 집에 둔 처자 생각만 하는 군대를 가지고야 뭘 하겠습니까? 두고 보시오. 꼭 일대 공격을 가해서 적을 일격에 격멸할 것입니다."

이 은행가는 돈과 물자를 믿지 않는 모양이다. 다른 사람들도 다 그 말을 수긍하는 뜻으로 고개를 끄덕이기도 하고 몇 마디 보태는 말을 하기도 한다. 그들은 이 먼 이국에서 이렇듯 오랫동안 이같이 만족스런 자리를 유지시켜준 모국의 은혜를 가장 깊이 느끼고 있는 인간들이다.

세무서장은 사쓰마 사람인데 늘 '사이고 다카모리' 이야기를 하는 것과 그 용모가 '사이고' 비슷한 것으로 그 부하들에게 '사이고'라는 별명을 듣는 자인데 늘 고향 자랑을 하는 자이다. 그는 자기의 아까 이야기가 너무 천한 물질 면에만 치우쳤던 것을 느꼈기 때문에

"아, 옳은 말씀이오. 그것이야말로 황군의 방패지요. 우리 총후의 국민들도 황군의 정신을 잘 받들어 지지 말고 그 뒤를 보아줘야 할 것이오"

하고 보충을 한다. 유다끼는 앞에 놓인 안주를 저로 집으면서 세무서장을 보고

"내지 동포들은 상당한 분투들을 하고 있는 모양입니다"
하니 세무서장은 적이 안심하면서

"네. 남정들이 다 군대로 나가서 일손이 모자랄 텐데 그래도 조금도 감수 없이 농작을 해나가는 데는 놀라지 않을 수 없는 일이오."

"그런 데 비하면 이곳 사람들은 좀 게으른 편이야. 징용이 있다 하지만 내지의 인원 부족엔 댈 바도 아니거든요."

"센징은 아직도 그런 점에선 더 깨야 해. 내선일체의 거룩한 뜻을 알아주는 사람들이 더 많아가야 해요."

"물론이죠. 벌써 오랫동안 이곳 사람들과 같이 있은 탓으로 그 점은 잘 알지만 내지인과 꼭 같은 충성심을 가지게 되자면 좀더 시일을 요할걸요."

이런 말은 평상시나 조선인과 한자리에 있을 때는 결코 하지 않는 말이다.

마리꼬는 '하네쓰키' 판자를 동철에게 주면서 쳐보라고 한다. 처음 쳐보는 것이지만 그래도 어지간히 칠 수 있는 게 신기하다. 마리꼬와 다른 계집애들은 아이 사내아이가 잘도 친다고 손뼉을 치며 호들갑을 떤다. 마리꼬는 분홍 바탕에 그림 우산을 받고 걸어가는 여자의 모양이 든 옷감으로 된 옷을 입고 있다. 허리에 방석 같은 것이 붙은 그 옷을 동철은 자주 보는 것이었다. 일본 아낙네들이 그 옷을 입고 다니는 것을 자주 보기 때문이다.

그러나 옷 모양은 같았으나 복지는 다 달랐었다. 그 고운 옷을 입은 단발의 마리꼬는 그 옷에 그려진 인형처럼 예뻤다. 다른 아이들도 다 새 옷을 입고 있다. 양복을 입은 아이가 꼭 하나 있고는 다 일본 옷이다.

킬킬거리며 이리 뛰고 저리 뛰고 하며 놀다가 점심때면 단팥죽을 다 같이 얻어먹고 생과자도 받았다. 이 집은 현 씨의 집에서처럼 어른들 시중에만 마음을 쓰지 않고 이 쫄맹이 손님들도 2층 마리꼬 방에 안내되어 후한 대접을 받았다.

마리꼬는 서랍에서 그림엽서를 많이 가져다가 가운데다 놓았다. 아이들은 저마다 한장 한장 설명해놓은 글귀를 조용히 읽으면서 보았다.

마리꼬는 동철의 옆에 앉아서 동철에게 설명해주었다. 쨍쨍하는 분명한 목소리다. 말할 때는 동철의 눈을 들여다보았다. 동철은 그 눈에 머리를 끄덕여 보였다. 어느 엽서를 설명할 때 동철은 마리꼬가 아무리 이야기해도 알아듣지 못했다. 마리꼬는 열이 나서 종알거리는데 동철은 알아듣지 못하니 안타까워서 동철의 손목을 잡아 어깨를 흔들면서 설명한다. 그래도 동철은 알아듣지 못했다. 알지 못해도 그저 얼버무려버렸으면 좋을 텐데 그때는 왜 그랬는지— 나중에 생각해도 이상한 일이었으나 동철은 아무래도 모르겠다고 완고하게 뻗댔다.

마리꼬는 거의 울상이 되면서 동철의 목을 끌어안고 어깨를 흔들고 하면서 울먹울먹했다. 다른 아이들도 보던 손을 멈추고 둘을 쳐다본다. 동철은 무릎에 실리면서 자기의 목을 끌어안은 마리꼬를 난처하게 바라보면서 그럼 요담에 잘 이야기해줘 했다.

마리꼬는 나중엔 에이 뎃짱은 심술쟁이야 난 인제 같이 안 놀 테야 하고 울고불고했다. 그 소동에 아래층에서 올라와서 웬일이냐고 놀랐다. 그러나 동철은 끝끝내 시원한 대답을 들려주지 않았다. 마리꼬는 한참 토라져서 다른 애들하고만 이야기하고 놀더니 다시 한 번, 뎃짱은 심술꾸러기 하면서 동철의 얼굴을 들여다보고 방긋 웃고는 '가루다' 놀음에 끌어들였다.

순번으로 돌아가면서 부르는 역을 맡고 다른 아이들은 눈을 종지만 하게 뜨고서 불린 패를 찾는다. 처음엔 큰 고타쓰에 네 아이가 빙 둘러앉고 고타쓰 위에 패를 펼쳐놓아주었으나 고타쓰가 높아서 앉은키를 돋워야 하는 게 귀찮아서 나중에는 다다미에 내려놓았다.

동철은 누구보다도 제일 먼저 찾았다. 동철이 재빨리 패를 탁 짚으면 연달아 마리꼬의 손이 동철의 손등에 겹치곤 했다. 그러면 분한 모양으로 작은 입술을 꼭 깨물었다.

벌은 손목 때리기였다. 동철은 아까 일이 좀 미안해서 마리꼬를 때릴 때는 가볍게 스쳐놓았다. 그러면 마리꼬는 싫어 싫어 뎃짱은 일부러 가볍게 때리는 거야, 정말 때려야지 하고 팔목을 굽까지 걷어올려가지고 동철에게 들이댄다. 그래 동철이가 손바닥에 올려놓고 흰 살이 빨갛게 피어나게시리 찰싹 때리면 이번에는 오호오호 하고 엄청난 소리를 지르면서 다른 두 아이에게 불어달라 비벼달라 법석을 부린다. 그동안에도 몇 번이나 마리꼬의 언니 기미에와 하녀가 올라와서 시끄럽게 굴지 말라는 주의를 주고 내려갔다.

이처럼 정초는 유쾌했다.

이 지방은 일본인들 영향을 받아서 양력 정초를 성대히 지낸다.

그리고 따라오는 구정도 역시 못지않게 축하한다. 결국 비중이 똑같은 정초를 두 번 맞이하는 것이다.

일본 사람들은 일본 사람들대로 기뻐하고 조선 사람들은 조선 사람대로 흥거워한다. 아래위 깍듯이 일본 예복을 차리고 새해 인사하러 다니는 일본 사람과 아래위 희게 차린 조선 사람들의 모습은 가열한 전쟁을 하고 있는 나라 같지 않은 풍경이다.

그러나 그런 평화스런 분위기 속에는 일말의 불안함이 섞여 있다. 정초를 정말 느긋한 기분으로 맞이할 수 있다면!

그것은 일본 사람이나 조선 사람이나 다 속으로 느끼는 감정이다. 그러기 위해서는 전쟁을 승리로 맺어야 한다. 금년을 결전의 해로 해야 한다. 각종의 통제가 고문용 가죽조끼처럼 점점 국민 생활을 죄어온다. 국민은 오른편을 보나 왼편을 보나 어디를 봐도 엄숙한 전쟁의 절박상을 발견한다. 비행기와 군함을 더 많이 일선으로 보내자! 일선에 지지 말고 총후도 저축하자! 이런 표어 아래 엿장수 할아버지의 주머니 돈까지도 성전 수행을 위해 저금을 강요당했다.

소학교 아동들이 앞장서서 다니며 통조림 통, 빈병, 깨진 알루미늄 그릇, 부러진 수저, 밑바닥 뚫린 냄비, 잉크병, 녹슨 자물쇠, 역시 녹이 슬어 다 삭은 양철 조각, 고무신, 지까다비, 헝겊 누더기, 바퀴가 달아난 세발자전거, 닳아빠진 자전거 타이어, 소학생이 쓰다 버린 세모자, 연필 깎는 칼, 안경테, 찢어진 고무공, 장난감 지휘도, 선이 떨어진 전구, 리어카의 뼈, 손잡이가 떨어진 국자, 헌 잡지—이런 폐물들이 지체 높은 대일본 제국의 권위를 유지하는 일에 한몫을 맡기 위해 동원되었다.

　가까운 장래에 있을지도 모르는 적의 공습에 대비해야 한다면서 방공 훈련이 법석을 떨며 벌어졌다. 방화수, 방화 갈고리를 갖추고 방공호를 파라고 애국 반장 나리들이 힘차게 외치고 돌아갔다. 움—김치 넣어두는—이 있는 집에서는 그것이 방공호로 탈바꿈했다. 방공 연습의 사이렌이 울리면 추운 겨울날에도 남자와 일할 수 있는 부녀는 집에 남고 아이들 늙은이들이 움 속으로 엉금엉금 기어내려갔다.

　불이라도 가지고 내려가면 좋지만 그렇지 않으면 찬 공기 속에서 부들부들 떨면서 해제 사이렌을 기다리는 것이었다. 불만을 말하는 자는 용서 없을 터이다. 그러나 정초는 정초다. 이런 눈치를 서슬이 푸른 당국자의 태도에서 H읍의 주민은 알아차렸다. 그러므로 이 정초를 맞는 H읍 주민의 마음에 어두운 그림자가 서려 있다는 것은 그럴 만한 일이었다.


　"헌병대?"

　현도영 씨는 성칠이 아내가 혹시 잘못 말한 게나 아닌가 싶어 되물었다. 연초 기분이 아직 그대로 남아 있는 어느 날 성칠이 안사람의 울음 반 말 반의 얘기는 대강 이런 것이었다. 남편이 친구들과 술자리에서 전쟁이 좀 재미없게 돼가는 모양이라고 말했다 한다. 그게 헌병대에 알려져서 지금 갇혀 있다는 것이었다.

　현 씨의 제재 공장에서 쓰는 원목은 상류에서 내려오는 원목에 의존하는 외에 근처에 산판을 가지고 있어서 반은 자체 조달을 하고 있다. 이 목재를 군부대에 납품한다. 항공대, 보병, 야포대, 공병, 고사포대가 주둔하고 있는 이 고장의 부대가 쓰는 목재는 막대하다. 그래서 병력을 내서 산판 채벌 현장에는 1개 소대가 나와 작업을 도와주고 있다. 이 원목은 공장까지 소달구지로 나른다. 성칠이는 그 우차부다.

"그래 어디서 그따위 소릴 들었는가, 그 사람은?"

"글쎄요, 젠들 압니까?"

대강 사정은 알 만했다.

현 씨는 성칠이 안사람을 돌려보내고 자전거를 타고 읍내로 들어갔다. 한 읍내기는 하나 공장은 두만강변에 있는데 좀 떨어져 있다.

헌병대에 마침 조선 사람으로 군조가 한 사람, 현 씨의 소학 동창이 있다. 가네야마라고 창씨한 그 동창 군조는 마침 있었다.

"자네 인분가?"

"그렇다니까."

가네야마 군조는 입을 쩍 다신다.

"좀 알아봐주게."

"알고 있어. 그런데 내 담당이 아니란 말일세."

"누구 담당인가?"

"야마다 오장이라구 유언비어는 그자가 취급하고 있지."

"오장이면 자네 부하 아닌가?"

그들이 얘기하고 있는 방에는 책상이 너덧 있었으나 지금은 그들 둘밖에 없다.

"알 만하면서 그러지 말게. 그보다 사실 담당이 아니니, 우선 야마다한테 가보게."

"아니 대장한테 가는 게 나야 더 쉽지. 취급자를 건드리지 말자니까 그렇지."

"대장을 알겠지?"

"알다마다. 자연 알게 되지."

"그럼 됐네. 그래도 먼저 야마다를 만나고 얘기하는 게 좋지. 좀 있으면 올 걸세."

말대로 조금 있다가 야마다가 들어왔다. 스물대여섯 돼 보이는 오장이다. 현 씨의 긴 말을 듣고 야마다는 짧은 대답을 했다.

"그래 어쩌라는 거야."

"그 사람은 내가 보증할 만한 사람이니 잘 선처해주십사구."

"보증?"

"예 보증—"

"건방진 수작 말아."

완장을 찬 팔을 책상에 탁 올리면서 야마다는 아버지뻘 되는 현 씨에게 호통을 친다.

"네가 뭔데 보증한단 말이야."

현 씨의 관자놀이께가 툭 불거진다.

"돌아가."

"아니."

"잔말 말고 돌아가."

"정 이러기요?"

"뭐? 이 자식이."

현 씨는 방망이 같은 게 치미는 것을 누르면서 애써 목소리를 누그러뜨린다.

"나는 예의상, 취급자라서 당신한테 말하는 게지 맞바로 대장한테 갈 수 있는 사람이오."

"뭐라구?"

"가만 내 말 들어보시오. 우리 산판에는 병력이 나와 도와주고 있고, 여기 헌병대장과 군수가 고문으로 돼 있소. 당신이 몰라서 그렇지 중요한 업체요. 일손이 모자라니 군대까지 나와 있지 않소? 성칠이로 말하면 보셔서 알겠지만 제일 일 잘하는 일꾼이오. 그걸 이렇게 가두고 있으면 당장 지장이 있단 말씀이오. 대장이 고문의 한 사람이니 이런 애로 말고 뭘 말씀드린단 말이오?"

"정말이야?"

"뭐가 정말인가 말이오?"

"우리 대장이 고문이라?"

"물어보시오 가서."

현 씨는 대장실이라 쓴 문을 가리켰다. 야마다는 일어서서 가네야마 곁으로 가서 한참이나 쑥덕거린다. 현 씨는 못 본 척하고 딴 데를 보고 있다.

가죽 장화를 버적버적 울리며 걸어와서 자리에 앉으면서 야마다가

"영가미 상, 다짜고짜로 보증한다니 내가 알 수 있소?"

하고 씨익 웃는다. 현 씨는 고개를 숙일싸해 보인다.

두만강 261

"알았으니 돌아가시오."

"어떻게 하는 것인가요?"

"알아서 할 테니 기다리시오."

"허, 나는, 일할 사람을 데려가야 하는데, 불이 나는 일손을— 그럼 아무래도 대장님한테 여쭐 수밖에는 없겠군."

"그러지 말라구."

씨익 웃는다.

"사정이 그렇지 않소?"

"내가 생각이 있으니 말을 들어요. 당신은 쉽게 생각하는 모양인데 경우에 따라서는 안 그래. 놈이 어디서 그런 소릴 들었느냐 말이야. 당신 그런 것까지 다 보장하겠소?"

"일단 놓아주시고 불러다 취조를 한다든가, 또 제가 잘 보호할 책임도 지고."

"알았소. 알았으니 오늘은 가시오."

이때 저쪽에서 한마디가 온다.

"그러시오."

가네야마 군조다. 서류를 내려다보는 채로.

현 씨는 일어섰다.

헌병대는 병영 구역 초입에 있다. 이 고장은 세 쪽으로 나누어져 있다. 군대 지역, 일본인 지역, 조선인 지역이다. 헌병대는 일본 민간인 지역과 군대 지역 경계에 있다. 군대 지역의 위병소 같은 자리다. 건물은 전투 부대 건물의 당당함에 비기지 못하지만 권세는 대단하다. 조선에 있는 일본 헌병, 그것도 전쟁 기간에 이

자들이 가진 권세는 조선 사람이면 다 아는 일이다. 현 씨는 자전거를 타고 일인 상점 거리를 지나 이날은 돌아왔다.

성칠이는 이튿날 밤에 풀려나왔다.

이 사람은 육 척이 넘는 거인으로 부리는 우차 곁에 서면 황소보다 그닥 기울어져 보이지 않는다. 사람도 소 같아서 순하고 부지런한 토박이 노동자다. 들어서는 그를 보고 현 영감은 말문이 막혔다. 단단히 꾸중깨나 할 참이었는데도 감옥이나 병원에서 막 나온 사람에게는 어딘가 섬뜩해지는 기운이 있다. 그 기운에 말문이 굳어버린 것이다.

"주인임, 아슴찮습꾸마."

아슴치 않다는 말은 고맙다는 이 고장 사투리다. 황소 같던 사람이 사흘 안쪽에 우역 치른 소처럼 폭삭해졌다. 볼이 쑥 들어가고 눈이 움푹한 건 그만두고 얼굴에 검붉은 피가 더덕더덕 소똥처럼 말라붙었다.

"이리 때립더구마."

엎드려 흐느끼면서 하소한다. 이렇게 때립디다 하는 말이다. 윗저고리를 들어 보이는데 온통 구렁이 감았던 자리다.

"이 사람아."

현 영감은 그저 이 소리를 하고는 다시 말문이 막힌다.

놀러 왔던 동철이 경선이와 같이 이 자리에 있다. 이 사람을 동철은 안다. 언젠가 다리를 다쳤을 때 업어다준 사람이다.

동철은 허엉 하고 울음을 터뜨리면서 경선에게 매달린다.

경선은 아이를 데리고 밖으로 나갔다.

밖에는 함박눈이 소리 없이 내리고 있었다. 직원실에는 이글이글 타는 스토브 위에서 보통 가정에서 쓰는 주전자의 세 배나 될 큰 주전자가 열에 못 이겨 뚜껑을 들먹이며 김을 뿜고 있는 옆에 경선은 머리를 짚고 앉아 있다.

아침부터 몸이 좀 나른한 느낌이 있었는데 두번째 수업 시간에는 머리가 핑 돌아가고 다리가 휘청휘청해서 그만 공부를 그만두고 나머지 두 시간을 자습시켜놓고는 직원실에 들어왔다.

아까 교두敎頭가 현 선생 저의 집에 가서 좀 누워 계시지요 하였으나 경선은 고개를 젓고는 그대로 난로 앞에 앉아 있었다.

교두의 집은 교사 바로 뒤에 있는 학교 소유의 주택인데 부임해 오는 교두마다 이 집에 들고 전근할 때는 또 내놓는 것이었다. 경선은 머리를 짚고 앉아 있노라니 두통은 덜해지고 그 대신 온몸이 노곤해왔다. 그래 의자를 돌려대고 그 등걸에 팔과 머리를 얹고는 잠을 청했다.

잠시 후에는 김을 뿜는 주전자의 뚜껑 들먹이는 소리를 들으며 그녀는 고르게 숨을 쉬며 잠이 들었다. 이 직원실은 현관으로 들어오면서 왼편 첫 방인데 동철이가 1학년에 입학했을 때는 현관에 들어서면서 오른편의 첫 교실이 직원실이었으나 그 후 곧 지금 자리로 옮겼다. 작은 학교에서 다 그렇듯이 이 학교도 교실이 없는 탓으로 교장실이라고 따로 있지 않고 한 방에 일곱 개의 책상이 놓여 있었다. 이 읍에 있는 네 개의 소학교 중에서 제일 작은 학교다.

교장의 책상은 현관 쪽 벽을 등지고 놓였으며 그 양쪽으로 한 줄에 셋씩 직원들의 책상이 놓여 있는데, 교장 쪽에서 왼편 줄 교장석에서 제일 가까운 자리는 교두의 자리다. 평직원들의 책상은 네 기둥다리에 서랍이 셋밖에 없는데 교장과 교두의 것은 한쪽 다리 있을 곳에 서랍이 달린 저 당당한 서랍이 여섯 달린 테이블이다.

3학년을 맡고 있는 교두는 일이 바쁜 점으로는 평교원과 조금도 다름이 없다. 교장이 등지고 있는 벽에는 교훈을 써넣은 액자와 '皇國臣民의 誓詞'가 걸려 있고 그 아래 조금 내려와서 흰 페인트로 줄이 그어진 두 개의 칠판 중 하나는 시간표고 다른 하나는 월중 행사표다. 그리고 교장석에서 왼쪽 구석—그러니까 교두석의 뒤쪽에 교기가 꽂혀 있다. 운동장 쪽으로 향한 벽은 모두 창문으로 되어 있는데 새하얀 커튼이 쳐 있고 교기를 세워둔 구석과 대각선으로 이어진 구석에는 낡은 풍금이 놓여 있다.

이 풍금은 상당히 오랜 역사를 가진 것이어서 생도들은 손도 얼씬 못하게 하고 점잖은 선생님들만이 소중히 사용해온 것일 터인데 건반은 세 군데나 한 옥타브쯤씩 사이를 두고 에나멜이 벗겨져 나뭇살이 드러났고 그 드러난 자리에는 다듬잇방망이처럼 반들반들하고 까뭇까뭇하게 손때가 배었다. 페달은 이 풍금의 다른 부분도 그렇지만—벌써 옛날에 칠이 벗겨졌다. 뚜껑을 젖히면 악보 세우는 받침 아래 마치 고대에 건립된 돌비석의 비문처럼 희미하게 YAMAHA ORGAN이라는 열한 글자가 환영幻影처럼 떠 있다.

지금 이 풍금의 전용자는 요시노와 경선인데, 식전이 있을 때마다 이 풍금은 2학년, 3학년 그리고 4학년 교실 사이의 칸막이는 판자를 터서 만들어진 식장에 옮겨져서는 그다지 우렁차지는 못하

나 그래도 꽤 명랑한 소리로 '기미가요君が代'며 '우미유카바海ゆか
ば'며 '호타루노 히카리螢の光'며를 삼백여 명 생도의 노래에 맞추
어 자아내는 것이었다. 여하튼 이 풍금은 이 학교에서 가장 값나
가는 물건 중의 하나인 것만은 틀림없다.

  풍금이 놓인 자리를 제한 나머지 부분을 옆으로 길게 차지하고
책상과 위생 도구와 실험 용구며 1학년용 그림 교과서며, 알 하나
를 넘길 때마다 땡땡 하고 소리를 내는 커다란 교수용 주판이며가
들어 있는 장이 있다. 그리고 이런 세간들이 놓인 방 한가운데 스
토브가 아가리를 교장 쪽에 들이대고 놓여 있다. 이 방에 마련되
어 있는 기물들은 모두 낡고 값싼 것들뿐이었으나 모두 손질이 잘
되어 있어 솜씨 있는 주부가 돌보는 가정처럼 빈틈없이 짜이고 포
근한 기운이 도는 방이었다.

  소사도 두지 않고 개업, 종업을 알리기 위하여 두부장수들이 흔
들고 다니는 그 종과 꼭 같은 누런 구리종으로 교장이 직원실 앞
낭하에 나서서 딸랑딸랑하는 것이었다.

  직원실 소제는 6학년 학생들이 매일 하고 있는데 마룻널은 거울
같이 어른거린다. 시계는 제1회 졸업생들이 기념으로 남겨놓은 것
인데 동철이 키만큼이나 한 것이다.

  그 시계가 11시를 조금 지났을 무렵, 현관에 한 손님이 들어섰
다. 그 손님은 하얗게 쌓인 눈을 어깨에서, 머리에서 흔들어 떨어
버리고는 외투를 벗어 들고, 낭하로 올라서기 전에 다시 한 번 신
털이 그물에 탁탁 구두를 털고는 그것을 벗어 구두장 맨 꼭대기에
가지런히 올려놓고 직원실 문에다 가벼운 노크를 했다. 아무 반응

을 얻지 못한 그 방문객은 다시 한 번 전보다는 좀 크게 문을 두드렸다. 하나 역시 안에서는 아무 기척이 없다. 손님은 조금 망설이다가 천천히 문을 열고 방 안으로 들어섰다. 그는 성철이었다.

방 안에 들어서자 그는 곧 경선을 알아봤다. 방 안엔 다른 사람은 없고 경선이 혼자였다. 성철은 입구 가까이에 있는 옷걸이에 외투를 걸고는 경선이 앞에 다가서서 난로에 손을 쬐었다. 경선은 아무것도 모르고 의자 등에 실려 자고 있었다.

성철은 보는 줄도 모르게 그 얼굴을 바라보았다. 깨울까 하다가 어떻게 깨웠으면 좋을지 몰랐고 또 그 단잠이 든 모양이 깨우기에는 안되어서 성철은 의자 등걸이에 스토브 쪽으로 낯을 돌리고 모로 올려진 경선의 얼굴을 바로 위에서 내려다보면서 서 있었다.

우스운 이야기 같은데 성철은 경선의 얼굴을 잘 모른다. 어렸을 적에는 말고 처녀, 총각이 된 다음부터는 성철은 경선에게서 일종의 위압을 느껴서 서로 말을 주고받을 때에도 그쪽 얼굴은 보는 둥 마는 둥이었고 더욱이 경선의 그 검은 눈이 자기 눈과 마주칠 때는 어쩔 줄 몰라 눈길을 딴 데로 옮겨버리는 것이었다. 사정이 이러했으므로 성철의 마음속에 있는 경선의 얼굴이란 아주 순간적이며 또 국부적인 관찰의 모임에 지나지 않았다.

그러나 오늘은 충분한 시간의 여유 밑에 경선의 얼굴 전체가 그의 눈앞에 드러나 있는 것이었다. 처음에는 보지 않으려고 시선을 이리저리 돌려 방 안의 모양을 살피기도 하고 난로를 쬐는 제 손끝을 오래 바라보기도 하고 하였으나 마침내 경선의 잠자는 얼굴 위로 눈길이 멈춰지고 말았다.

나쁜 짓 하는 어린아이처럼 처음에는 바로잡히지 못한 눈길로 보았으나 나중엔 대담하게 경선의 얼굴을 이모저모 뜯어보았다. 경선의 얼굴색은 흰 편은 아니었다. 요시노 선생의 얼굴은 지금 밖에서 내리는 눈덩이같이 희어서 경선은 늘 어쩌면! 하는 것이었다. 엷은 복숭아색 피부는 볼 근처에서, 요시노 선생이 자신에 대한 찬사의 답례로 아이 저 연지! 하는 말같이 불그스름한 장밋빛이 어려 있다. 복숭앗빛 피부에 살짝 덮인 속눈썹은 싱싱한 솔잎처럼 보였다.

 성철은 그 감은 눈이 갑자기 열리는 것을 두려워하듯이 얼굴을 돌렸다. 성철은 경선을 대할 때마다 사지가 굳어지는 자신이 속이 상했다. 젊은 남자가 여자를 대할 때 으레 있는 일이라 하겠지만 요시노 선생과는 비교적 담담히 대할 수 있는 것으로 봐서 경선에게는 남다른 압력을 느끼고 있다는 것을 성철은 알고 있었다. 하물며 요시노 선생보다 경선이가 더 쾌활하고 사근사근한 편이므로 자기의 그와 같은 심리를 어떻게 설명했으면 좋을지 몰랐다. 경선을 떠나 있을 땐 언제나 경선이 그리웠다. 그러나 정작 만나보면 아무 말도 하지 못했다. 그러나 성철은 그런 자기 태도를 우유부단한 자기 성격의 탓에만 돌리지는 않았다. 그의 생각으론 인격이 높은 남녀란 은근한 예의가 있어야 할 것이었다. 이광수의 『사랑』의 안 박사와 석순옥이처럼.

 '하룻밤 사랑을 파는 창부처럼 아양을 부릴 필요도 없고 돈 주고 사는 사랑이 아닐진대 천한 아첨을 할 필요가 어디 있을까? 한두 번 만나는 것이 아니요 늘 만나고 앞으로도 얼마나 오랫동안 사궐지 헤아릴 수도 없는 경선이와 나와의 사이에 어제오늘 만난 것 같은 뻔지르르한 치레가 무슨 소용일까 보냐? 속이 없는 달콤한 애무의 말 같은 것은 서로가 상대방을 완전히 알지 못한 남녀들의 불안에서 오는 것임에 지나지 않는다. 경선은 벌써 그런 고비는 지났으리라. 그리고 정말 듬직하고 무게 있는 사랑을 바라고 있음이 분명하다.'

그는 자기의 태도를 이렇게쯤 알고 있는 것이었다. 이런 데서도 송 씨의 굳은 정조와 한 의사의 덤덤함을 발견할 수 있는 것이었다. 즉 여성에 대한 태도에 있어서 성철은 갈데없는 한 의사의 맏아들이었다.

"아?……"

의자에 실렸던 팔이 삐그덕 빠지는 서슬에 퍼뜩 잠이 깬 경선은 눈앞에, 뜻밖의 사람을 보고 외마디를 입속에서만 중얼거렸다.

곤한 잠이 들었던 경선은 몸이 불편한 탓이었던지 꿈결이 어수선했다. 그 얼마 되지 않은 사이에 경선은 여러 가지 꿈을 꾸었다.

첫째 꿈은 경선이 배를 타고 멀리 가는데 갑자기 배가 물 밑으로 쑥 가라앉아버렸는데 경선은 숨이 턱턱 막혀서 물 위로 떠오르려고 허우적거리는데 물빛처럼 파란 토끼 두 마리가 경선의 두 다리를 물고 늘어져 있었다. 경선이 강하게 발을 휘저으니 두 마리 토끼는 간데온데없어졌다.

둘째 꿈은 좀 조리 있는 것이어서, 다음과 같은 것이었다. 경선은 넓은 벌판을 혼자 거닐고 있었다. 양쪽으로 키 높은 무슨 꽃들이 가득 피어 있었다. 갑자기 쏴아 하고 바람이 불더니 그 키 큰 꽃들이 좌우로 갈라지면서 놀라는 경선의 눈앞에 성철이 나타났다. 성철은, 꿈에 흔히 있듯이 인사도 하지 않고 선후도 없이 다짜고짜로 '경선이 나는 영원히 당신에게서 떠나야겠소' 하고 말하고는 다시 꽃 속으로 사라져버렸다. 경선은 '이봐요. 성철 씨, 제 말 좀 들어봐요' 하면서 그 뒤를 쫓으려 했으나 입도 떨어지지 않고 발도 떨어지지 않았다. 금방 성철이 사라진 꽃밭에 돌연 활활 불길이 일어나 눈 깜짝할 사이에 푸른 못이 되어버렸다.

다음 꿈은 경선의 집에서 기른다는 개가—정말은 경선의 집에는 개가 없었다. 김 씨가 개를 아주 싫어하기 때문에 현 씨가 몇 번이나 기르자고 해보았으나 종시 이루지 못했던 것이다—행방불명이 돼서 경선이 경찰서로 가서 좀 찾아달라 했더니 순사는 아 그렇습니까, 그런데 그 개는 안경을 썼는지요 혹은 쓰지 않았는지요 하고 물어보는 꿈이었다.

나머지 꿈들은 잘 생각도 나지 않게 뒤범벅이어서 갈피를 잡을 수 없는 것뿐이다.

경선은 이제 금방 꿈속에서 성철을 본 까닭에 눈앞에 선 성철을 보고 어리둥절하는 모양이었다.

그런 마음을 나타내려는 것처럼 그녀는 앉은 채로 눈을 비볐다.

"곤하게 주무시는 걸 안됐습니다."

이렇게 성철이 나직이 말했을 때에야 경선은 비로소 정신이 들어 의자에서 거의 거칠다고 하리만치 빠른 동작으로 벌떡 일어섰다. 성철에게는 눈을 비비는 그 자태가 퍽 어린애다워 보였다.

"아이, 언제 오셨어요?"

"좀 됩니다."

"몰라요."

경선은 크게 몸을 꼬면서 낯을 가리는 시늉을 했다. 머리를 흔들 때 치렁치렁한 머리가 더펄하면서 경선의 흰 뒷덜미가 보였다. 그렇게 하는 경선의 모양에는 어리광에 가까운 애교가 넘쳐 보였다.

"그러면, 참……"

경선은 또 낯을 가렸다. '세이코사社'제의 작은 팔목시계를 줄이 툭 끊어질까 염려되게 잘룩하게 끼워 찬 팽팽한 팔목이 가린 위로 경선의 새까만 눈이 육지에 끌어올려져 푸들푸들 뛰는 붕어같이 웃고 있었다.

"……왜 깨워주시지 않으셨어요?"

"그래도 곤히 잠드신 걸 깨워드리는 것도 죄송하고…… 또 별로 바쁜 일도 아니고 해서요……"

"아이 참, 누가 그걸 말씀드렸는가요? 남이 자는데 가만히 서서 들여다보시는 건 비겁하지 않으셔요?"

경선은 자신도 모르게 대담한 아양이 떨어진다. 성철도 몹시 기분이 유쾌해졌다.

"원 천만의 말씀이십니다. 저는 들어온 지는 좀 되지만 방 안을 이리저리 둘러봤을 뿐이고, 그밖엔 아무것도 안 봤습니다."

"어쩌면…… 얼마나 제가 잤어요?"

"뭐 제가 오기는 얼마 되지는 않으니까요."

"오셔서는……"

"네 제가 온 다음, 한 10분쯤 주무셨겠습니다."

두만강 271

"정말 난 몰라, 얼마나 흉한 꼴을 하고 있었을까?"
"자, 앉아서 이야기할까요?"
"네, 참."
경선은 의자를 성철에게 권하고 자기도 앉는다. 앉을 때 경선은 아직도 열이 가시지 않은 것이 느껴졌으나
"어떻게 오셨어요?"
하고 밝게 물었다. 이렇게 유쾌한 기분으로 좀더 앉아만 있으면 그쯤 열은 다 달아나버릴 것 같은 마음이었다.
"뭐, 특별한 용무가 있는 게 아니고 동철의 담임선생님께 인사도 드리고 하려고요……"
성철은 경선이 앞에서는 요시노 선생의 이름은 부르지 않았다. 순옥 씨라고 해야 할지 요시노 선생이라고 해야 할지 몰랐기 때문이었다. 경선은 그 대답에 적지 않이 맥이 풀렸다.
'왜 말이라도 이렇게 하실까?'
경선은 천천히 눈을 돌려 창밖을 내다보았다.
그저 흰빛뿐 아무것도 보이지 않는다.
'이 눈 속을, 전기회사 앞을 지나, 도립 병원을 지나고 공동묘지 고개를 넘어서 여기까지 경선이를 만나러 왔지요 하여주었으면 얼마나 좋을까? 별 용무도 없고라니. 동철의 담임선생을 만나러? 이 불쌍한 계집애의 마음을 한없이 즐겁게 할 단 한마디 다정한 인사를 한들 그것이 성철 씨의 인격을 떨어뜨리는 것이 될까?'
'인생의 기교.'
경선의 마음에 어느 잡지에서 본 이런 말이 떠올랐다.

'그렇지, 인생에는 일종의 기교가 필요하지 않을까요. 그것을 허울이라고 한마디로 쉽게 치워버리지 마세요. 살아가는 세상에 기교란 음식의 조미료와도 같은 것이지요. 성철 씨. 제가 존경하고 사랑하는 성철 씨. 어찌하여 이 쉬운 진리를 모르십니까? 어찌하여 이 불쌍한 계집애의 가슴을 환희로 가득 채워주실 어떤 한마디를 그렇게도 아끼십니까?'

경선은 슬프게 성철을 바라보았다. 그 순간 허리를 굽히고 앉아 있는 성철의 모습이 한없이 야속하고 또 한없이 어리석어 보였다. 경선은 맞은편에 보이는 성철의 외투를 흘끗 쳐다보고는 말했다.

"퍽 많이 맞으셨지요?"

"네, 집을 나설 때부터."

"네."

경선은 또 외투를 흘끗 바라보고는 눈 내리는 창밖을 내다보았.

아까까지도 바람이 없어 눈은 고스란히 가볍게 땅으로 내리고 있었는데 지금은 바람이 무척 센 모양으로 큰 눈덩이가 유리에 부딪혀서는 부석부석 소리를 낸다. 경선은 하염없이 그것을 보고 있다가 문득 말했다.

"바람이 더 심하면 눈보라가 되지 않을까요?"

성철은 경선의 근심스런 얼굴을 바라보면서 대답했다.

"글쎄요. 저도 실은 아까부터 그런 생각을 하고 있었습니다."

그 말을 듣자 경선은

"아니, 그럼 어쩌나"

하고 일어서더니 다시 깜짝 놀라면서

"내 정신 좀 봐, 3분이나 늦었군"

하고 중얼거리고는 허둥지둥 문을 열고 낭하로 나가더니 곧 딸랑 딸랑 딸랑 하고 종 치는 소리가 울려왔다. 경선이 종을 치고 들어오자마자 뒤따라 교장이 들어왔다.

교장은 학교장 회의에 참석하느라고 D소학교—H읍에서는 제일 큰 소학교다—에 다녀오는 길이었다. 노나까라는 일본 사람으로 지난해 가을에 이 A소학교로 부임해왔는데 오십 가까이 된 코밑수염이 있는 사람이었다.

경선과 성철의 걱정은 헛일이 아니었다. 12시가 지나서 2학년 생도들의 하학 시간이 됐을 때는 무서운 눈보라가 날카로운 소리를 지르며 설치고 있었다. 1학년 생도는 오전 중에 벌써 돌아갔다. 교장 이하 직원이 잠깐 모여서 의논한 끝에 오늘은 전교가 이것으로 공부는 끝마치고 6학년과 5학년 생도를 중심으로 각 동리마다 짝을 지어 소대와 분대를 편성했다.

이런 때, 방공 연습을 하느라고 편성해두었던 동리별 통학반이 커다란 힘을 보였다. 이렇게 편성된 분대에서 6학년생과 5학년생이 지휘자가 되어 자기네 동리까지 질서 있게 들어가도록 하자는 것이었다. 동, 서, 남, 북으로 크게 갈라서 각 방면마다 선생이 한 분씩 따르기로 하였다. 그러나 이것은 비교적 가까운 곳에 있거나 혹은 그 방면으로 가는 생도의 수가 많은 아이들에 대한 대책이고 그 밖에 집이 아주 먼 아이, 또는 일행이 없는 아이들만도 열댓 명 되었다. 결국 이 아이들은 학교에서 재우기로 하고 학교 바로 뒤에 있는 교두와 그리고 집이 먼 탓으로 경선이가 남아서 그 책임을 맡기로 되었다.

눈 속의 進軍
얼음 밟으며
어디가 강물일지
길도 모르네

 아이들은 기운차게 군가 '유키노신군雪の進軍'을 눈보라에 질까 보냐는 듯이 목청껏 부르면서 각각의 방향으로 출발했다. 남아 있는 아이들도 같이 노래 불렀으나 어딘지 기운이 없어 보였다. 경선은 그 아이들을 몰아가지고 직원실로 들어왔다.
 아까 성철이 동철을 데리고 가자고 하니 아니야 오늘은 누나하고 학교에서 숙직할 테야 하고 말을 듣지 않아 성철은 혼자 가버리고 지금 동철은 직원실에서 스토브를 빙 둘러싼 아이들 가운데 한 사람이 되어 있다.
 동철은 아이들 앞에서는 경선을 현 선생님이라고 부르지만 집에서나, 학교에서도 경선이하고 자기하고만 있는 데서는 누나라고 부른다. 동철은 친누나가 없는 탓인지 경선을 끔찍이 따른다. 경선이 이 학교로 취직한 후에도 선생이라는 생각이 들 턱이 없어서, 경선이가 일부러 눈을 부릅뜨고 선생님 위세를 부려보면 동철은 에이 에이 하면서 경선의 목을 잡아 뒤로 잡아당기고 겨드랑을 간질이고 하면서 도무지 속지 않았다.
 오늘 그가 집으로 가지 않은 데는 경선과 같이 남아 있겠다는 외에 또 까닭이 있다. 한 일주일 전에 전입생이 하나 있었는데 그 애는 눈이 가늘고 손을 흔들흔들하고 걷는 버릇이 있었다. 그런데 창호가 이 애하고 단짝이 되어가지고 같이 몰려다니는 것이 동철의 눈에는 상당히 불안했다. 아니나 다를까 오늘 둘째 시간부터 창호와 흔들이는 동철을 흘끗흘끗 건너다보면서 무슨 흉계를 꾸미는 눈치를 동철은 알아차렸다.

동철은 창호의 행동에 대해 부단한 주의를 하는 버릇이 붙어버렸기 때문에 그가 내놓고 말하거나 하지 않아도 어떤 생각을 품고 있는지 대강 알아맞힐 수 있었다.

그래 오늘도 자기 등에 창호와 흔들이의 심술궂은 눈길을 느끼면서 이건 필시 무슨 일이 있구나 하고 알아맞힌 것이었다. 그는 이 같은 방법을 써서 실패한 적이 여태껏 없었다. 그래서 대열에 서서 가는 체하다가 몰래 학교로 돌아온 것이었다.

저녁밥은 교두의 집에서 지어 왔다. 교두는 어머니와 아내와 5학년에 다니는 아들과 넷이서 살고 있었다. 나이는 서른두엇 된 사나이인데 나이에 비해서는 퍽 빠른 승진이었다. 얼굴에 희미하게 얽은 자리가 있다. 말할 때면 두어 마디에 한 번씩 이마를 손바닥으로 문지르는 것이 버릇이다. 좀 무뚝뚝한 편이지만 사람은 좋다. 아이들은 세 패로 나뉘어서 번갈아 교두의 집 안방에서 저녁을 얻어먹고는 교두의 집과 교사 사이의 오 미터가량의 거리를 껑충껑충 뛰어서 직원실로 돌아왔다.

아이들이 다 먹고 나서 경선은 운동화를 꺾어 신은 슬리퍼를 걸치고 교두의 집으로 건너갔다. 밥맛이 없어 식사는 당기지 않았지만 교두와 사모님이 어찌나 극진히 권하는지 빨간 배추김치에 동치미, 두부찌개와 고등어찜, 그리고 콩조림을 놓은 밥상에 교두와 마주 앉아 숟갈을 들었다. 좁쌀에 쌀을 삼분지 일쯤 섞은 밥이었다. 더운 김이 나는 밥을 몇 숟갈 떠넣으니 더 생각이 없는데 주인들이 불안해할 게 미안해서 억지로 사기그릇에 언덕처럼 담은 밥그릇 위꼭지를 간신히 헐고는 숟갈을 놓았다.

직원실로 돌아올 때 경선은 한참이나 뜰에 우두커니 멈춰 서서 매서운 바람이 눈가루로 뺨과 눈을 때리는 대로 내맡기고 있었다.

전등이 환히 켜진 직원실에서는 배불리 저녁을 얻어먹은 아이들이 저마다 하고 싶은 짓을 하고 있었다. 어떤 아이들은 창에 붙어서 바깥 눈보라를 보고 있었다. 어떤 아이는 진열장 앞에 가서 실험 기구를 들여다보고 있다. 어떤 아이는 풍금 뚜껑을 열고 마치 그렇게 하면 자기에게만 들릴 만큼만 소리가 날 것처럼 살며시 건반을 눌렀다가 고요한 밤공기 속에 엄청난 음향을 터뜨려놓고는 깜짝 놀라서 그 소리를 지우기나 하려는 듯이 얼른 뚜껑을 닫고 손으로 눌렀다. 또 어떤 아이는 선생님들 책상을 빙빙 돌면서 구경하고 있었고 아무것도 않고 스토브를 쬐고 앉아 있는 아이도 있다.

눈보라 때문에 따뜻한 온돌 아랫목과 그보다도 더 따뜻한 어머니 품으로 돌아가지 못하고 아이들이 다 가버린, 그리고 보통 특별한 일, 예컨대 소제를 다 하고 선생님에게 검사를 청할 때나 혹은 무슨 잘못이 있어 꾸중을 들을 때가 아니면 들어오지 않는 이 서먹서먹한 직원실에서 보내야 하는 데서 오는 시무룩한 빛이 어느 아이의 얼굴에나 역력히 드러나 있다. 경선이도 어쩐지 마음이 무거웠다. 아까 낮잠을 잘 때 꾼 꿈이 걸렸던 것이다.

경선은 가리는 일에 퍽 까다로워서 까마귀가 울고 지나가면 꼭 속으로나마 침을 뱉었고, 아침에 길을 갈 때면 살펴서 남정네 앞을 질러가지 않게 조심했다.

경선은 『아동극의 실제』라는 책을 보고 있었는데 가끔 책을 덮고 창밖을 멍하니 바라보곤 했다.

월중 행사표를 보면 정월 하순에 가서 '학예회'라고 씌어 있다. 스무 날이면 불과 한 주일밖에 남지 않았다.

경선은 '도모야마'라는 남교원과 더불어 학생극을 맡아서 벌써부터 연습을 해온다.

지금 경선의 손에 그런 책이 들려 있는 까닭이다. 그러나 도무지 책의 내용이 안개처럼 어렴풋하게 흩어지는 게 제대로 머리에 들어오지 않고 또 아이들 기분도 살펴져서 경선은 책 읽기를 그만두고 아이들 얼굴을 둘러보았다.

마루를 내려다보는 아이도 있고, 아직도 창가에 선 아이도 있고 어떤 아이는 경선의 책 보는 것을 멀거니 보고 앉았다가 선생님이 갑자기 머리를 들자 얼른 딴 데를 보기도 한다.

5학년 여생도가 한 사람 있고서는 모두 2학년과 3학년의 조무래기들이다. 경선은 창가에 선 아이들도 다 불러서 스토브 둘레에 모이게 하고는

"오늘은 눈보라 때문에 집에 돌아가지 못하게 되었습니다. 여기 있는 사람은 오늘 저녁은 선생님과 같이 자고 내일 눈보라가 걷히면 집에 돌아가게 해주겠습니다."

"선생님 내일도 그치지 않으면 어쩝니까?"

"그럼 내일도 또 직원실에서 자지요"

하고 넌지시 말했다가, 아이들 얼굴이 단박 울상이 되는 것을 보고는 얼른

"내일은 그칩니다. 그리고 그치지 않아도 아버지나 형님들이 데리러 올 테니 염려 말아요"

하고 안심시켰다.

"가만히 앉아 있으면 조금도 재미없잖아요? 우리 노래 부르기 합시다."

그러는데 교두가 들어왔다. 교두는 경선더러

"아까 낮에 몸이 불편하신 모양이던데 애들은 내가 볼 터이니 들어가시는 게 어떻습니까?"

하고 자기 집으로 권했으나 몸은 그런대로 그만하기도 해서 사양하고 자기 곁에 교두의 자리를 내드리고 아이들에게 노래를 시켰다. 아이들은 우물쭈물하다가는 결국 한마디씩 불렀다. 경선은 맞은편에 앉아 있는 동철을 보고

"다음에는 동철이가 한마디 부르십시오"

하고 짚었다. 동철은 눈짓으로, 못 하겠다고 끔벅거렸다. 그러나 경선은 못 본 체하고

"여러분 동철이가 아마 박수가 시원치 않은 모양입니다. 그렇다면……."

하고 손뼉을 쳤다. 아이들도 따라서 딱딱 쳤다. 교두도 허 꽤 비싼 노랜데 하면서 귀를 후비는 시늉을 했다.

동철은 경선이 야속했다. 그러나 인제는 도저히 피할 수 없게 됐다. 그래 그는 울상이 된 채 모깃소리만 한 소리로 부르기 시작했다.

시오노 하마베노……

부르고 있는 동안에 왜 그랬는지 문득 울먹여져서 눈물이 콧등으로 줄줄 흘러서 벌린 입에 짠물이 흘러들어갔다. 울면서도 동철은 노래를 그치지 않고 훌쩍거리면서 맨 마지막까지 다 불렀다.

동철이 우는 꼴을 보고 마치 제가 우는 것처럼 아이들은 입을 실룩이며 울상이 된다. 경선은 속으로 '못난이 같으니라고 울기는 뭣하러 울어' 싶으나 좀 안된 마음도 들었다. 그래
"그러면 인제 여러분의 노래를 그만 듣고 모두 조용히 앉아서 노십시오. 그리고 자고 싶은 사람은 자고"
하였다. 교실에서 두 사람 앉는 긴 의자를 갖다가 침대를 만들어 놓은 것이다.

그들은 지금 그 침대에 올라앉아 불을 쬐고 있는데 경선과 교두가 번갈아 스토브의 망을 보면서 밤을 샐 작정이므로 베개는 없어도 되었다. 스토브의 열이 강한 탓으로 아이들 볼이 빨갛게 상기되고 가뜩이나 붉은 경선의 볼은 잘 익은 사과 같았다. 그러나 경선이 이렇게 말하자마자 곧 요란한 항의가 일어났다. 우리 노래만 듣고 선생님은 뺑소닐 치는 법이 있느냐 하는 것이다. 노래도 좋고 옛말도 좋으니 해야 한다고 폭동을 일으킨 군중처럼 떠들어댔

다. 동철은 앞장서서 대들었다. 마치 내가 언제 울었더냐 싶은 얼굴로. 경선은 조무래기들의 이 뜻밖의 시위 운동에 부닥쳐, 가는 뾰족니를 드러내고 웃으면서 아이들을 둘러보다가 도움을 바라듯 옆에 앉아 있는 교두를 쳐다보았다. 교두는 한번 훌륭한 노래를 들려주시는 게 아마 옳을 것 같소 했다.

경선은 노래를 할까 하다 그건 그만두고 옛날 애기를 들려주기로 했다. 아이들은 좋아라고 손뼉을 치면서 의자를 끌어 경선의 둘레에 바짝 조여 앉아서 경선의 입을 쳐다본다.

"그럼 『플랜더스의 개』라는 재미있는 이야기를 할 테니 조용히 들어요"

하고는 이야기를 시작했다.

옛날 벨지움 나라 안트워프라는 큰 도시에서 얼마 떨어진 시골에 할아버지와 손주가 살고 있었습니다.

할아버지는 젊었을 때 나라를 위해 싸움터로 나갔다가 상처를 입어 절름발이가 되었는데 지금은 목장에서 짠 우유를 수레에 싣고 안트워프에 가서 한집 한집 돌아다니면서 배달해주는 일을 보고 있었습니다.

이렇게 하여 살아가는 까닭에 이 집 살림살이는 매우 어려웠습니다.

집은 아주 조그만…… 그렇지요, 이 직원실 십분지 일쯤(여기서 아이들은 놀라움의 표정을 지었다) 되는 작은 방이 하나뿐인 초라한 것이었는데 할아버지와 소년은 나팔꽃을 옮겨다 그 넝쿨이 벽을 타고 올라가게도 하고 아름다운 꽃나무를 뜰에 심기도 하여 아주 아담하게 꾸며놓고 살았습니다.

할아버지는 손주를 세상에서 제일 귀여워했고 소년도 할아버지를 끔찍이 사랑했습니다.

비록 크고 넓은 집에서 맛난 음식을 먹고 고운 옷을 입고 살지는 못했으나 아무 근심 없이 서로 사랑하는 두 식구가 평화스럽게 살고 있는 이 집은 이 벨지움 나라의 임금보다도 더 행복하였습니다.

하루는 할아버지는 일을 쉬고 자기와 손주의 깨끗하게 빨아두었던 옷을 꺼내 입고는 안트워프로 걸어갔습니다.

오늘은 안트워프의 장날이어서 멀고 가까운 마을에서 숱한 장꾼들이 모여들므로 할아버지는 손주에게 구경시키려고 생각했던 것입니다.

그들이 걸어가는 길에는 그들뿐 아니라 장으로 가는 사람들이 득실득실하게 걸어가고 있었습니다.

뜨거운 여름날이었습니다.

수레에 철물을 산처럼 실은 철물 장수가 멍에를 맨 개 등에다 사정없이 채찍을 퍼붓고 있었습니다. 할아버지는

"얘 저것 봐라, 저런 무지한 짓을 하다니……"

하고 손주의 소매를 끌었습니다. 손주도 그것을 보고 대단히 놀랐습니다. 그러나 마음 약한 할아버지와 어린 소년은 그것을 어찌할 수 없었습니다.

여러분은 개가 수레를 끈다면 좀 이상하게 생각할는지 몰라도 벨지움의 플랜더스라는 곳에서 나는 개는 작은 송아지만큼이나 해서

어지간한 당나귀쯤이 하는 일은 곧잘 해내는 것이었습니다.

그건 그렇고, 아무리 채찍질을 해도 개가 꼼짝 않는데 화가 머리 끝까지 치민 주인은

"이러다는 장을 허탕 치겠는걸"

하고 중얼거리면서 개를 멍에에서 풀어가지고 목덜미를 잡아 질질 끌어다가 길옆의 풀이 우거진 도랑에 처넣고는 자기가 대신 채를 붙들고 안트워프 쪽으로 낑낑 앓으며 사라져갔습니다.

아까부터 멀찌감치 떨어져 앉아서 그 광경을 보고 있던 할아버지와 손자는 서로 얼굴을 쳐다보았습니다. 그러고는 어느 편이 먼저랄 것도 없이 개가 있는 도랑으로 달려갔습니다.

개는 이 뜨거운 날에 너무나 고된 일을 무리하게 한 탓으로 혀를 빼물고 기진맥진해 있었으나 죽은 것은 아니었습니다. 이날부터 이 집에는 식구가 하나 늘었습니다. 그러나 이 새 식구는 불쌍한 할아버지가 버는 것을 앉아서 축내자는 심보는 아니었습니다.

어느 날 할아버지가 몸이 아파서 일을 가지 못하게 됐을 때 그 개는 우유를 싣는 수레의 채 사이에 들어서서 멍멍 짖었습니다. 할아버지와 소년은 그것이 무슨 뜻인 줄 알자 눈물이 핑 돌았습니다.

그 다음 날부터 안트워프의 사람들은 어린 소년이 자기 키만 한 개에다 수레를 메가지고 우유를 배달하는 귀여운 모습을 보게 되었습니다. 할아버지는 병석에 드러누워 영영 일하지 못할 몸이 되어 버렸던 것입니다.

이렇게 하여 몇 해가 지났습니다. 소년은 여전히 우유 배달을 하고 있었습니다. 그런데 이 소년에게는 두 가지 즐거운 일이 있었는

데 그 하나는 그림 그리는 것이요, 또 하나는 이 마을의 제일 부자인 풍차간 집 소녀와 노는 일이었습니다. 이 지방에서는 큰 바람개비를 이용하여 그 돌아가는 힘으로 방아를 찧는 것이었습니다.

소년과 소녀는 한 사람은 마을에서 가장 가난한 집 아이고 한 사람은 가장 잘사는 집 아이였지만 그런 것은 생각도 않는 둘도 없는 친구였습니다. 그러나 소녀의 아버지는 귀여운 딸이 거지 같은 아이와 노는 것을 못마땅하게 여기고 있었습니다.

어떤 날 소년은 소녀의 초상화를 그려주고 있었습니다. 소녀는 풀밭에 주저앉아 옆엣소년의 개 목을 안고 있었습니다. 그림을 다 그렸을 때 재수 사납게 소녀의 아버지가 나타났습니다. 소녀의 아버지는 다음부터는 절대로 우리 애하고 놀아서는 안 된다고 엄하게 이르고는 음 이 그림은 꽤 잘됐군, 이건 내가 사지 하고 돈을 주려 했으나 소년은 받지 않고 그 자리를 떠나버렸습니다.

이렇게 하여 가장 사랑하는 동무를 잃어버린 소년은 그 후부터는 다만 그림만 열심히 그리고 있었습니다. 그리고 그해 소녀의 생일 잔치에는 온 마을의 아이들이 다 부름을 받았으나 소년만은 빠졌습니다.

이런 일이 있은 후에 풍차간 곳간에 불이 났습니다. 다행히 큰불은 되지 않았으나 소녀의 아버지는 필시 소년이 불을 질렀음이 틀림없다고 떠들고 다녔지만 아무도 그걸 믿는 사람은 없었습니다.

그런데 소년은 안트워프에 갈 때마다 꼭 들르는 곳이 있었는데 그곳은 교회당이었습니다. 그 교회당 안에는 이 나라의 유명한 화가 루벤스가 그린 예수 승천의 그림이 걸려 있었습니다. 그렇지만 그 그림에는 흰 보자기가 가려져 있어서 돈 오십 전을 내는 사람에게만 수위(파수 보는 사람)가 보자기를 들치고 보여주는 것이었습니다. 그러나 소년에겐 돈 오십 전이 없었습니다. 그래 흰 보가 덮인 그 액자를 교회의 돌바닥 위에 쭈그리고 앉아서 하염없이 쳐다보다가 무거운 걸음으로 교회 문을 나서는 것이었습니다.

이 나라는 대대로 훌륭한 화가들이 많이 난 탓으로 그림 잘 그리는 사람은 대단한 존경을 받고 있었습니다. 그리고 일 년에 몇 차례씩 그림 전람회가 있었습니다. 금년에도 전람회 날이 다가왔으므로 소년은 자기도 작품을 그리고 있었습니다. 그 그림은 한 나무꾼이 금방 자기가 베어 넘어뜨린 큰 나무에 걸터앉아 쉬고 있는 그림이었습니다.

소년은 깎은 나무판에 숯으로 그렸습니다. 그런데 추운 겨울도 다 되었을 때 소년의 할아버지는 영영 돌아오지 못할 길로 떠나버렸습니다. 소년의 슬픔은 이루 말할 수 없었습니다. 그때 전람회 입상자 발표의 날이 닥쳐왔습니다. 그것에 입상만 되면 편안히 먹고살고 하고 싶은 그림 공부를 마음대로 할 만큼 많은 상금이 나오는 것이었습니다.

발표가 있을 날은 아침부터 눈이 펑펑 쏟아지는 바로 오늘 같은 날이었습니다(여기서 아이들은 창밖을 내다보았다). 소년과 개는 아침부터 안트워프로 출발하였습니다. 그러나 소년의 그림은 입상자들의 그림을 세워둔 곳에 보이지 아니하였습니다(가벼운 한숨이 들렸다). 소년은 낙담할 기운도 없었습니다. 그리고는 하루도 빠짐없이 다니던 그 교회당에 가서 저녁때까지 앉아 있었습니다.

한편 풍차간 집에서는 깊은 근심에 싸여 있었습니다. 소녀의 아버지가 안트워프에서 오는 도중에 돈지갑을 잃어버린 것이었습니다. 주인은 집에 들어서서 그걸 알자 새하얗게 질려서 도로 밖으로 찾으러 나갔습니다. 그러는데 문을 두드리는 소리가 났습니다. 조마조마한 맘으로 기다리고 있던 모녀는 얼른 빗장을 벗겼습니다. 그러나 그곳에는 소년과 개가 서 있었습니다. 모녀의 입에서는 동시에 측은히 여기는 한숨이 흘러나왔습니다.

"자, 어서 들어오너라. 불을 쬐고 따뜻한 밥이나 먹고 가거라. 오늘은 우리 집에 좀 좋지 못한 일이 있다."

그러나 소년은 대답했습니다.

"아니에요. 저는 얻어먹으러 온 것이 아니고 댁에 갖다 드릴 것이 있어서 온 것입니다. 자요."

소년은 주머니에서 무거운 지갑을 꺼내놓았습니다. 어머니는 그것을 보자 기쁨의 소리를 올렸고 어머니의 등 뒤에 눈물을 머금고 있던 소녀도 눈을 크게 떴습니다.

"이걸 어떻게……"

"네. 이 개가 눈 속에서 주운 것이에요. 그러니 이 개를 무얼 좀 먹여주세요. 어제 저녁부터 아무것도 못 먹었으니까요."

개를 두 모녀 쪽으로 밀어 보내며 이렇게 말하고는 붙잡을 사이도 없이 문밖으로 사라졌습니다. 주인 뒤를 따르려고 껑충 뛰어간 개의 코앞에서 탁 문이 닫혔습니다. 어머니와 소녀가 아무리 맛난 국과 빵을 먹이려 해도 이 충실한 개는(이 개는 벌써 퍽 늙은 개가 되었습니다. 그렇지 않겠어요?) 입도 대려 들지 않았습니다.

그리하여 돈지갑을 찾으러 나갔던 주인이 맥없이 문을 열고 들어올 때 개는 그 열린 문틈으로 쏜살같이 뛰어나가버렸습니다.

  그날 밤, 소녀의 아버지는 자기가 소년에게 한 잘못을 마음으로 뉘우치고 내일은 곧 소년과 개를 자기 집에 데려다가 그렇게 그리워하는 딸의 영원한 동무로 삼아주리라 하였습니다.

  그러나 이튿날 아침 소년과 그의 개는 안트워프의 그 교회당에서 끌어안은 채 얼어 죽어 있었습니다. 천사와 같은 소년의 웃음 띤 얼굴은 그 보고 싶어 하던 그림을 향하고 있었으며 그림을 덮었던 가리개는 찢어져 있었습니다. 그 자리에 달려온 소녀의 슬픔이야 어떠했겠습니까? 두 사람(정말 그것은 두 사람이라고 부르는 게 적당하였지요)의 목을 얼싸안고 몸부림을 쳤습니다. 그때 둘러선 사람들 가운데서 한 사람이 나서며

  "아, 이 아이가 정말 일등상을 받을 아이였습니다. 이 아이의 그림은 벽과 진열대 사이에 떨어져 있었던 것입니다"

하고 떨리는 소리로 말했습니다. 그러나 인젠 다 소용없는 노릇이었습니다. 안트워프 사람들의 정성으로 이 두 시체를 훌륭하게 장사 지냈습니다. 그리고 그 묘비에는 이렇게 쓰여 있었습니다. '여기 어린 예술가와 그의 충실한 개가 잠들다'라고.

  이야기가 끝났을 때 스토브 둘레에는 말할 수 없이 무거운 공기가 드리워져 있었다. 5학년 여생도가 제일 먼저 쿨적쿨적하기 시작했고 뒤따라 모든 생도들이 입술을 실룩이고 콧구멍을 크게 벌름벌름했다. 동철은 비둘기 다리처럼 빨간 눈을 하고 있었으며 교

두마저 묘한 얼굴로 이마만 쓸고 있었다.

경선은 열심히 이야기하고 있노라니 저도 모르게 이야기에 신이 나서 이야기 등장인물에 따라서 각각 목소리를 바꾸고 슬픈 표정, 기쁜 표정, 유쾌한 표정, 놀란 표정을 얼굴과 손짓에 나타내면서 말했다. 자기 이야기에 조무래기들이 넋을 잃고 빠져들고 있는 것을 보고 있자니 자기도 모르게 가슴이 저 혼자 뿌듯해지고 만다. 경선은 지그시 눈을 감고 바깥 눈보라에 귀를 기울였다.

'아아, 이것만으로라도…… 이런 순간만을 위해서라도 삶은 보람이 있지 않을까?'

자리는 무겁고 밖에서는 눈보라가 흩날렸으나 경선의 마음은 한없이 맑고 부드러워졌다.

'네, 알겠습니다. 알겠어요. 다 좋습니다. 무엇이든지 시켜주십시오. 이 가련한 계집애가 무엇을 하여드리오리까?'

그 누구에게 이렇게 묻고 싶은 심정이었다. 눈보라처럼 몸부림치고 싶도록 애끓는 성철에 대한 그리움이 지금 같아서는 얼음 풀린 두만강물처럼 마음과 강산의 어느 저 멀리 느릿하게 흘러가는 듯했다.

경선은 잠을 깬 눈을 올롱하니 뜨고 앉아 있는 조무래기들의 귀여운 볼에 하나하나 입을 맞춰주고 싶었다.

사양하는 교두를 억지로 들어가 자게 하고는 경선은 직원들 책상을 둘 길이로 맞대놓고 외투를 덮고 누웠다. 교두가 가져온 이불은 제일 작은 아이에게 덮어주었다. 조무래기들은 금방 들은 슬픈 이야기를 안은 채 벌써 꿈길을 걷고 있었고 경선도 전에 없이 평화스런 마음으로 잠이 들었으며 이윽고 그녀의 고른 숨소리가 조무래기들의 그것과 하나가 되었다.

눈보라는 그대로 설치고 있었다. 조례대 아랫도리에는 긁어모은 것처럼 눈이 쌓여 있었고 올라서는 평평한 단 위에서는 미친 계집 비질하듯 이리 쏵, 저리 뱅글 흰 눈이 춤을 추고 있었다.

학교 옆에 있는 캐나다 선교사네 돌집도 운동장 끝머리 교장 관사도 보이지 않고 하늘과 땅에 자욱한 눈보라의 휘파람만이 있을 뿐이었다. 빨간 칠을 한 교사의 함석지붕 위에서도 구르럭 소리를 내며 눈뱀이 몸부림을 쳤고 그 꼬리가 아래로 뻗쳐 직원실 창문을 툭툭 건드렸다.

이제는 못쓰게 된 낡은 종이 걸려 있는 앞이 트인 현관 안벽에 망보는 도적놈처럼 초췌하게 기대선 눈가래의 귀에 뗑 하고 1시를 치는 시계 소리가 희미하게 흘러들어갔다. 올해 들어 처음 큰 눈보라가 설치는 밤이었다.

이튿날은 가을 하늘처럼 맑은 날씨였다.

점심시간에 교원들과 학생들이 눈싸움을 했다. 서로 저쪽 몸을 겨냥하여 힘껏 던진다. 교장은 사무라이 영화에 나오는 대사처럼 한 사람 두 사람 말고 뭉텅이로 덤벼라 하고 외치면서 용전하다가 얼굴에 정통으로 한 대 얻어맞고 살려주오 살려주오 하면서 쫓겨 다녔다. 아이들은 이런 때나 실컷, 하듯이 악독하게 선생님들을 쫓아서 뛰었다.

경선은 눈앞에까지 바싹 다가든 창호한테서 저도 모르게 생도를 노여움의 눈으로 노려볼 만큼 강하게 아랫배에 눈 덩어리를 맞았다. 얼마나 아프던지 아 하고 쭈그려 앉고 싶을 정도였다. 킥킥하면서 달아나는 창호의 뒤통수에 이것도 정통으로 딱딱한 덩어리가 부서졌다. 동철이가 던진 것이었으나 얽혀서 뭉쳐 도는 난전 속에서는 이 가증할 반역자는 드러나지 않았다.

학예회가 눈앞에 다가섰기 때문에 경선은 한 의사네 집에 놀러 갈 틈도 없이 바빴다. 교장은 경선에게 일선의 장병들을 생각해서 총후에서 열심히 나라를 위하여 싸우는 국민들의 모습을 잘 나타내도록 하라고 학예회에서 보여줄 극에 대하여 지시를 주었다. 교장은

"여러 선생님들의 수고는 막심하오. 그렇지만 일선의 장병을 생각해야 되지 않겠소. 이런 따뜻한 교실에서 아이들을 가르치고 지낼 수 있는 것도 다 군인들 덕택이오. '감바리마쇼―제'(끝까지 해냅시다)"

하였다. 그러고는

"먼젓번 D소학교 학예회는 에…… 그 뭔가…… 그다지 허허"
하고 코밑수염을 비틀면서 차를 홀홀 불어서 후룩 들이마셨다.

"교장 회의에서도 우리 학교 평판이 대단히 좋았소. 도대체 소제가 잘되어 있어 놀랐다는 것이오. 그리고 아이들 교외 생활이 단정하다고. 여러 선생님들 덕분에 내가 한 등 오른 셈이지. 허허허. 하여튼 우리 한번 잘해봅시다."

그는 퇴역 상등병인데 군대 생활 하는 동안에 상관들에게서 배운 호걸웃음을 제법 근사하게 해내는 것이었다.

이 A소학교로 오기 전에는 고향인 아오모리에서 역시 시골 소학교 교장을 하고 있었는데 오 년 전에 조선으로 건너와서 남쪽 지방에서 교원 생활을 하다가 A소학교로 지난가을 부임해온 것이었다. 그는 이 H의 자연이 고향의 그것과 비슷하다고 하여 인젠 이곳을 고향으로 삼아 여기에 뼈를 묻을 생각이오 하곤 하였다.

사 년 동안 남선의 이곳저곳 그것도 작은 읍이나 농촌으로만 돌아다녔기 때문에 남선 지방 풍물에는 꽤 소상하였다. 그의 말을 빌린다면 남선은 아직도 개화하지 못했다는 것이다.

생도들의 집을 찾아가보아도 그 부형들은 대개 문맹이고 일 년 중 아무 취미도 없이 소처럼 일하는 빼빼 마른 아낙네들은 보기에 안되었더라고 말했으며 한번은 어떤 생도가 오래 나오지 않기에 가보았더니 어두운 방에 병든 아이가 누워 있는 머리맡에 무당이 써준 부적을 모셔두었는데 그 후 보름 만에 죽어버렸다고 말하면서 고개를 젓는 것이었다.

"그러나 인정은 있는 사람들이었지요. 여름철이면 오이, 파, 가지 등속은 밀리도록 갖다주고 가을이면 또 가을대로 감, 호박, 완두콩, 배추를 져다 주곤 했지요. 어떤 학부형은 담배를 피우다 들킨 자기 아들에 대한 퇴학 처분을 풀어달라고 애걸하러 오는 길에 막걸리를 한 병 들고 왔었는데 덕택에 한바탕 그 영감의 신세타령의 말동무가 되지 않았겠소? 전에는 그래도 남부럽지 않은 집안이었는데 지금은 이 꼴이 됐다고 하면서. 그러나 고향을 버리고 되놈 땅(만주 말이오)으로 갈 생각은 없다고 탄식합디다. 그 후부터는 고놈의 '도부로꾸'(막걸리)의 찡하고 텁텁한 맛이 잊히지 않아서 지금도 쪼이쪼이(찔금찔금) 하지요. 허허허허……"
 그러나 다음과 같이 보태는 것을 잊지 않았다.
 "허나 옛날에 비하면 천양지차로 발전하였지요. 간단한 예를 들더라도 어느 곳에나 둑을 쌓아 조선 농촌의 정기적 화근이었던 홍수를 막도록 되어 있고 일면일교주의로 어떤 작은 면에도 꼭 학교가 있고."
 그러고는 이렇게 결론짓는 것이었다.
 "당분간은 이 북선 지방만큼 한 수준에나 오르도록 힘쓰면 충분하지요."

 "현 선생님, 오늘 또 수고해주십시오."
 점심시간이 되어 분필통을 출석부에 받쳐 들고 직원실로 들어오는 경선에게 이렇게 말한 것은 도모야마라는 4학년을 맡고 있는 남자 교원이다. 경선은 손에 든 것을 교두 다음 자기 책상 위에 놓으면서
 "네"
하고 고개를 끄떡인다.
 "죄송합니다."
 경선은 빙그레 웃으면서
 "천만에요. 몇 시간째였지요?"
 "다음 시간입니다."
 "아, 참, 네."
 경선은 2학년을 맡고 도모야마는 4학년을 맡았는데 도모야마는

풍금이 서툴러서 음악 시간에는 경선의 손을 빌렸고 대신 2학년 체조는 자기가 해주었다.

4학년 남생도들이 들어와서 "제4학년 아무개 이하 몇 사람 풍금 나르러 왔습니다" 하고 가슴을 펴고 큰 소리로 외치고는 서로 맞들어서 자기네 교실로 가져갔다.

방과 후 말쑥한 국민복을 입은 청년이 찾아와서 교장과 이야기를 시작하여 직원 회의 때까지 이야기하고 있었다.

직원회의가 시작되자 교장은

"여기 오신 분은 이번 본교에서 여러 선생님들과 같이 전시 교육을 담당하시게 된 선생님입니다"

하고 소개했다. 소개당한 쪽은 유창한 일어로

"제가 방금 소개받은 도미다입니다. H읍에서도 모범교로 이름이 높은 본교에 봉직하여 훌륭하신 여러 선생님들의 동료로 일할 수 있는 것을 기쁘게 생각합니다"

하고 말했다. 말을 끝내면서 이 신입자는 요시노 선생 쪽을 힐끔 보았다. 그것을 도모야마가 재빠르게 보고서는 눈살을 찌푸렸다. 그러나 그 나머지 선생들은 별다른 표정을 보이지 않았다.

6학년 담당을 하던 선생이 한 달 전에 H읍 내의 어느 시골 학교로 전근하였기 때문에 공석이 되어 있었던 것이다.

여기서 잠깐 교원들의 인물을 소개해두기로 하자. 교장에 대해서는 이미 상당한 예비지식을 가지셨을 터이고, 교두 역시 그렇고, 경선이, 요시노 선생은 퍽 낯익은 인물들이고 결국은 도모야마와 또 한 사람 합해서 두 사람에 대해서 소개를 하면 되겠다.

먼저 에구찌라는 남교원은 이 소학교 최고참자다. 최고참자래야 삼 년 동안인데 아무튼 현재의 교원들 가운데서는 제일 오랜 사람인 것이다. 한 직장에 오래 있으면 그렇게 되는 법이지만 헤벌어지게 편해빠져 다닌다. 담임은 줄곧 1학년이었고, 서른을 조금 지난 사나이였다.

다음에 도모야마 교원은 금년 스물네 살 되는 청년인데 거무튀튀한 얼굴에 펑퍼짐한 코가 올라앉았다.

말하는 소리가 굵고 우렁차서 생도들은 모두 무서워하지만 아주 좋은 사람이다. 조회 때와 점심시간 체조 때에 단에 올라서 호령치는 것은 다름 아닌 이 선생이다.

이 A소학교로 오기는 작년 여름, 그러니까 반년 된다. 집은 H읍내 어느 시골이고 집에서는 농사를 짓는데 아들은 어떻게 공부를 시켜 소학교 훈도까지 되었다. 성질이 순박하여 잔꾀가 없는 대신—같은 말이지만—얼렁뚱땅하는 솜씨가 없다.

그런데 이 순박한 도모야마가 남몰래 속을 썩이고 있는 일이 있다. 그것은 4학년 생도들의 산수 성적이 나쁜 것을 걱정하는 것도 아니요—물론 그것도 있으리라, 도모야마는 교육자적 책임감이 강한 사람이니—또 어제 5학년 생도들이 소제를 하다가 스토브 위에 얹었던 바께쓰를 뒤엎어서 두 사람이나 손과 얼굴을 덴 불상사도 아니고—도모야마는 생도들을 자기 눈같이(가끔 예외는 있으나) 사랑하기 때문에, 그것도 있었으리라—또, 더구나 자기의 공작 시간을 참관한 교장이 약간 충고 비슷한 말을 한 것을 언짢게 생각하는 것도 아니었다. 그는 교장을 존경하고 있었기 때문이다.

그것은 다름이 아니고 그의 가슴에 어떤 여인에 대한 사모의 정이 가득 차 있었다는 사실이다.

그 행복한 여인은 다름 아닌 요시노였다. 그는 요시노 선생을 맨 처음 만났을 때부터 가슴이 울렁거렸던 것이다. 물론 그는 처음에는 요시노 선생과 경선을 맞춰 생각해보았다. 그리고 이 두 여성의 아름다움에 놀랐고 이런 미인들 속에서 일하는 자기 행복을 생각하고 어쩔 줄을 몰랐다. 그는 경선이가 인물은 요시노 선생보다 낫기는 하나 요시노 선생도 그닥 떨어지지는 않는다고 생각한다. 그리고 그의 마음을 요시노 선생에게로 가장 크게 쏠리게 한 것은 경선과 자기는 어차피 신분이 어울리지 않는다는 이유였다. 자기는 시골 농부의 아들인 데 비해, 이 H읍의 손꼽는 유지의 딸인 경선은 무엇인가 높이 우러러봐야 할 사람이었던 것이다. 다시 말하면 현도영 씨가 자기 장인이 된다는 생각은 좀처럼 할 수 없었던 것이다.

또 한 가지 도모야마가 경선을 속으로 잰 바에 따르면 경선은 만일 가정을 이루게 된다면 현숙한 아내로서의 역할을 다할 수 있는지 의심쩍었던 것이다. 왜냐하면 경선은 도모야마가 보기에는 자기 결혼이라든가, 가정이라든가, 자녀에 대한 문제라든가, 또는 시부모에 대한 섬김이라든가 하는 데 대해서는 별로 곰곰이 생각지 않는 모양이었기 때문이었다. 가끔가다가 소학교 교원으론 아무 필요도 없는—물론 도모야마의 생각이지만—뚱딴지같은 말을 자기한테 걸어놓고는 자기가 어리둥절해 있는 것을 보고 좋아하는 경선을 좀 점잖지 못하다고 속으로 나무라는 도모야마였다.

경선이 한 말을 다시 속으로 되씹어보았으나 역시 분명히 종잡히지 않는 내용이었으므로 철없는 부잣집 딸이 실없이 해보는 농담쯤으로밖에 생각지 않았다.

예를 들면 이런 일이 있었다. 가을이 되면 A소학교에서는 솔방울 줍기를 간다. 수풀이 빽빽한 이곳이어서 가기만 하면 발을 옮겨 디딜 적마다 빠작빠작 밟히게 흔하게 떨어져 있었고 손이 잰 생도들은 대여섯 나무만 떨면 자기 부대는 뚱뚱보 배처럼 채워놓고도 여생도들에게 나머지를 보태줄 수 있다.

이렇게 해서 전교생이 통틀어 두어 번만 다녀오면 긴 겨우내 불쏘시개로도 쓰고 솔방울만을 때기도 하고도 뒷산에 진달래꽃이 빨갛게 피어 스토브를 뗄 무렵까지 눈을 맞고 하면서 깔려 있었던 탓으로 티 없이 맑은 다람쥣빛이던 것이 부연 잿빛으로 변한 촉촉한 솔방울이 한 달은 때게시리 남아서는 교두의 집에서 갖다 썼고 여름 방학이 끝날 때 와보면 솔방울이 쌓였던 자리는 깨끗이 쓸려 있었고 흙 속에 파묻혀 비 끝에 걸리지 않은 솔방울 조각을 1학년 생도들이 손톱을 새까맣게 만들며 하나하나 파내는 것이었다. 작년 가을의 이런 솔방울 줍기를 간 날의 일이었다.

학생들은 모두 흩어져서 저마다 부대를 끌고 일하고 있었다. 도모야마는 무슨 알맞은 딱딱한 나무를 깎아서 지팡이를 만들어 짚고는 휘적휘적 나무 사이를 걸어가고 있었다. 그때 저편에서 역시 경선이 걸어오는 것이 보였다. 경선은 나무뿌리에 걸터앉으면서

"선생님 이리 앉으세요"

하기에 도모야마는 지팡이를 가슴에 안고 경선이 옆에 앉았다.

경선은 웃고 있었다. 웃으면 핏기가 더 도는 탓인지 그렇지 않아도 불그스름한 얼굴이 활짝 피어난 진달래꽃처럼 아름다웠다. 그들이 앉은 앞은 트여서 바로 눈길이 닿는 곳 제일 가까운 곳에 벽돌 공장이 있고 더 멀리 H읍이 바라보였다.

새들이 재재거리고 배게 들어선 나무들이 부드러운 어둠을 만들어주고 있는 숲 속은 가을답게 호젓했다.

경선은 앉아서 멀리 읍 쪽만 보고 있다가 갑자기 도모야마를 돌아다보면서 말했다.

"선생님은 참 이상하잖아요?"

도모야마는 너무 걷잡을 수 없는 질문이므로 의아한 눈으로 경선을 바라보면서

"이상하다니요? 이렇게 앉아 있으면 말씀입니까?"

했더니 경선은 왜 그런지 할 수 없다는 듯이 고개를 돌려버렸다. 좀 기분이 좋지 않을 때 그렇게 되는 경선의 심술부리는 계집애같이 불룩한 볼을 옆눈으로 보면서 도모야마는 여자의 이 신비로운 물음의 뜻을 알아내지 못하는 자기의 무능한 골통을 부숴버리고 싶었다.

"그래요, 지금?"

이윽고 경선은 또 불쑥 묻는 것이었다. 도모야마는 가슴에서 무거운 돌이 덜커덕 내려앉는 것 같았다. 아아 왜 현 선생은 이렇게 야릇한 질문만 하는 것일까?

"어? 네? 지금?"

도모야마는 앵무새처럼 이렇게 뇌까렸다. 그러나 그 모양을 보

고도 경선은 웃지 않았다. 그리고 한참 있다 불쑥 말했다.
"선생님, 이렇게 앉아 있는 게 이상스러워요."
도모야마는 그거야 아까 현 선생이 같이 앉자고 했으니 그리되었고 좀더 캐어본다면 오늘 우리 학교에서 솔방울 줍기를 왔기 때문이죠 하고 말하려 했으나 흠칫 놀라며 침을 삼켰다.
경선이 말할 수 없이 우울한 얼굴로 자기를 흘긋 쳐다보더니 무릎에 얼굴을 파묻어버렸기 때문이었다. 경선에 대한 애착의 염이 머리를 들고 일어날까 할 때마다 도모야마는 이 일을 떠올려서 일이 잘못돼서 결혼을 했다 치고 밥을 짓고 어린애 똥걸레는 빨지 않고 이따위 귀신도 풀지 못할 질문만 연발한다든가 그 뜻을 못 풀면 그때처럼 새벽에 첫아이 죽인 눈으로 남편인 자기를 바라본다면 어찌 될 것인가 하고 생각해보는 것이었다.
이런저런 일이 어울려 경선은 아름답고 똑똑하지만 자기한테는 맞지 않고 얌전한 요시노 선생이 좋다고 판가름한 것이었다. 그러나 이것은 도모야마 혼자의 결론이었다.
이것이 아까 신임 훈도 도미다가 요시노 선생에게 던진 눈길에 대해 도모야마가 그런 표정을 나타낸 까닭이다.

학예회 회장은 늘 하듯이 2학년 3학년 사이와 3학년 4학년 사이의 널판자를 밀어내고 만들었다. 전교의 교단을 다 모아서 만든 무대는 막으로 가려져 있었다. 이 막은 D소학교에서 빌려온 것이었다. 출연자들의 준비실은 무대의 벽이 된 3학년 교실의 벽 뒤쪽에 있는 구두장을 놓은 작은 현관이 쓰였다. 그리고 난로도 하나 갖다가 벌겋게 피워놓았다.

　6학년 생도들은 퍽 큰 소년들이어서 아무 일이나 부쩍부쩍 축을 내었다. 세 교실을 터서 만든 회장에 휘황하게 켜진 전등은 좁다 하고 모인 회중들의 얼굴을 환히 비치고 있었다.

　회장은 미어지게 들어찼다. 작은 고장이기에 구경이라면 빼놓지 않는 H읍 사람들이었다. 그것은 그만큼 H읍의 생활이 단조롭다는 말이었다. 사람들은 날에 날마다 같은 사람과 얼굴을 맞대고 같은 일을 하면서 같은 거리를 오락가락하며 살고 있었다. 그러나 그런 단조로움은 평화 시절의 일이고 지금은 생활에 여러 가지 자극이 있을 터였다. 식량 사정이 몹시 어려워졌고 하라는 일은 갈수록 불어나고 하여 여기 모인 사람들 집에서도 암시장에서 통제 물자 장사를 하여 살아가는 집도 있겠고 멀리 일본으로 징용 간 가족이나 친척을 가진 집도 있겠건만 오늘 이 소학교에 학예회가 있다고 하여 이렇게 모인 그들이었다.

　당국은 국민들에게 긴장된 전투태세를 갖추게 하자고 갖은 짓을 다 했으나 H읍 사람들은 누구 하나 진정으로 시국을 살갑게 자기 일이라 여기려 드는 사람은 없었다. 전쟁으로 보이게 안 보이게 변화가 생활 면에 자연히 또는 강제적으로 나타났으나 H읍 사람들은 그것 때문에 눈을 비비고 떨쳐나서주는 것도 아니었다. 그저 전부터 일하던 데 나가 일하고 전부터 피우던 담배를 피우고 전부터 다니던 이발소에서 머리를 깎고 보아 다니던 기생한테로 보아 다녔다. 하라는 것은 다 했으나 그에서 더는 하려 들지 않았다.

　그러나 이런 H읍 사람들의 생활 태도를 무슨 외국 통치자에 대한 의식적인 불평 같은 것에서 나온 것이라고 생각해서는 안 된다. 그런 것은 모름지기 아니다. H읍 사람들은 일본 사람에 대하여 새삼스레 어떻다는 감정을 가지고 있지 않다.

자기네들끼리 몇 집씩 무리를 지어 조선 사람의 집과 처마를 잇대어 살고 있는 일본인의 집이라든가 경찰서 앞에 경찰서가 무색할 당당한 2층 콘크리트로 된 이와모도라고 하는 일인 지주의 사무소라든지 재판소와 군청 주위에 있는 일인 관사라든지 번화한 상점가를 지나 읍의 동서쪽에 있는 연대 앞에 규칙 바르게 늘어선 장교 관사라든지 이 모든 것은 동물적 친근감—같은 하늘 아래에서 같은 수돗물을 길어다 먹고 같은 날에 같은 국기를 게양하기를 한 삼십 년만 하면 대개 생기는 감정이다—이라든지 경제적 우월에 대한 당연한 존경, 관료적 위엄에 대한 절대적 복종, 군사적 위력에 대한 은근한 신뢰, 이런 감정을 일으키는 건전한 역할을 하는 데 도움이 될 뿐이다. 일본 사람이 이렇듯 모든 자리에서 자기들보다 우월한 지위에 있다고 생각하는 것은, 사실 그런 생각도 하지 않는 것이었으나 H읍 사람들에겐 조금도 이상하거나 하물며 불쾌해할 일이 아니었다. 구리모도가 군수를 하지 않고 누가 군수를 하겠으며, 유다끼가 식산은행 지점장을 않고 누가 하겠으며, 사람좋은 노나까를 빼놓고 누가 A소학교 교장을 할 것이냐. 그것은 눈 위에 눈썹이 있는 것처럼 아무 사람에게나 분명한 이치였다.

이런 형편이었으므로 H읍 사람들의 시국에 대한 피동적인 태도는 결코 이방 민족에 대한 의식적 불만의 표현은 아니었던 것이다. 그러면 무엇일까? 그것은 무서운 게으름의 표현이었다. 그것은 우리들은 우리 운명의 주인공이 아니라고 오랜 세월 눌리면서 체념한 사람들의 무기력의 표현이다.

이런 그들의 태도가 오늘 밤의 학예회 구경하러 온 사람들에게서도 나타난다.

"에그머니 석 달밖에 안 된 녀석이 이 엉덩이 좀 봐. 그래 애기 에미는 몸이 깨끗하오?"

하고 셋 놓은 스토브 중 두번째 것의 앞에 자리 잡고 앉아서 옆에서 어린애 똥걸레를 바꾸고 있는 젊은 아낙네에게 수선을 떨고 있는 것은 우편국 앞 큰 시장에서 고춧가루 장사를 하는 고수머리 할머니.

"댁의 며느리는 요즘 좀 버르장머리가 나아졌소?"

"말 마오 점점 더합넨다. 나도 이젠 맥이 진해서 에라 이년아 하구픈 대로 해라 하고 내버렸지요."

"늙은것이야 생명이 있소?"

하고 주거니 받거니 하는 것은 한 사람은 호랑이 시어머니로 이름난 소시장 앞 푸줏간집 할머니요, 용감치 못한 의견을 토하고 있는 것은 변전소 앞 담뱃집 할머니의 두 사람이다.

"오늘 연극에 우리 집 애가 선생님질을 한답니다."

"네, 저런."

"벌써 한 달 전부터 이번 학예회에는 꼭 와서 봐야 한다고 말해오더니 오늘은 아침부터 꼭요, 꼭요 하며 서두르더군요."

"호호호, 그렇겠지요. 우리 아인 독창에 뽑혔답니다."

"네, 저런."

이런 회화며

"D소학교만큼이나 할까? D학교는 꽤 잘하던데."

"하구말구요. D소학교보다 규모는 작을지 몰라도 이 학교는 학생들이나 선생들이나 모두 착실하거든요"
하고 자못 기대가 크다.

이런 중년층과 늙은이들의 점잖은 패 말고 운동화를 벗어 가슴에 안고 콩나물처럼 앉고 서고 한 조무래기들이 있다.

교장은 개회사의 문구를 머릿속에서 뇌어보면서 무대 뒤 준비실에 앉아서 총지휘를 하고 있었다. 선생들이 다가와서 무어라고 소곤소곤 여쭈면은 코밑수염을 엄지손가락과 새끼손가락으로 비틀면서 듣고 있다가 역시 상대편에게 몸을 기울이며 낮은 소리로 지시를 주었다. 어느 선생이나 신임한 도미다까지도 에? 뭐라고요? 지금은 바쁘니 비키시오 하고 누구를 뿌리쳐 떼어버리고 있는 것 같은 분주한 태도로 이리저리 뛰어다녔고 생도들도 긴장한 얼굴로 다람쥐처럼 빠르게 굴러다녔으며 학교 전체가 화장하는 신부처럼 들뜬 가운데도 조심성을 띠어 움직이고 있었다. 이런 학교측과 열심한 회중 외에 그런 활동에는 무관심한 또 한 패, 청년들의 패가 있었다. 그들은 회장 맨 뒤에서 앞에 앉은 처녀들의 뒤통수를 손가락질들 하면서 큰 소리로 지껄이고 있었다.

그들은 학예회 구경하러 온 것이 아니라 처녀들 구경하러 온 것이었다. 외투 깃을 높이 세운 자도 있고 갖가지 무늬가 든 바로 이런 종류의 청년들 목에 걸리기에 안성맞춤인 요란한 목도리를 휘감은 친구도 있는 것이 거리의 불량패들임에 틀림없었다. 웅성웅성하던 회중이 갑자기 조용해졌다. 구경이 시작된 것이다.

울긋불긋한 옷을 입은 자그만 계집애가 한 가지가 끝날 때마다 프로그램철을 넘겼다. 합창, 독창, 동요 낭독, 무용 이렇게 차례가 진행됨에 따라 연출은 더욱 다채로웠고 회중은 더욱 흥이 났다.

경선은 준비실에서 앞으로 대여섯 종목 다음에 시작되는 학생극 준비를 하다가 할머니 역을 할 생도의 옷을 가지러 직원실로 왔다. 직원실에서 회장 맨 뒤쪽에 이르는 사이의 낭하는 캄캄하였다. 직원실 문을 나서서 컴컴한 현관 옆을 막 지나려 할 때 어둠 속에서 누군가 그녀를 부둥켜안았다. 그러고는 경선은 낡은 종이 달린 현관으로 거칠게 끌려나갔다.

눈 깜짝할 사이의 일이었다.

경선은 소리를 지르려 했으나 너무나 갑작스런 일에 숨통이 막혀서 거의 얼빠져 있었다.

마침 그때.

직원실 쪽으로 낭하를 밟고 걸어오는 발자국 소리가 들리면서 경선의 당황한 눈에 사람의 그림자가 나타났다. 경선은 미친 듯한 소리로

"사람 살려요"

하고 외쳤다.

거의 동시에 커다란 갈채의 울림이 회장 쪽에서 들려왔다. 그러나 그 그림자는 경선의 부르짖음을 제대로 들은 모양으로 빠른 동작으로 달려왔다. 짧은 격투가 있었다. 괴한은 크게 대항도 않고 교정의 어둠 속으로 사라져버렸다. 경선의 위난을 간신히 구해준

사람은 도미다였다. 경선은 두 손으로 낯을 가리고 돌아서 있었고 도미다는 그 옆에 우두커니 모로 서 있었다. 쑥스럽게 어찌 된 영문이냐고 묻는 쪽도 없었고 무엇이라 분개의 호소를 하려는 편도 없었다. 두 사람은 어두운 현관에 말없이 서 있었다.
"자, 그러면……"
하고 경선에게 그 자리를 떠나기를 권하고 도미다가 직원실로 가버린 후에 경선은 떨어진 옷을 찾아 들고 준비실로 돌아왔다.
"왜 그리 오래 걸렸어?"
하고 요시노 선생이 물었으나 경선은 가져온 것을 도모야마에게 내주면서 귀찮은 말투로 얼버무렸다.

드디어 아동극의 번이 되었다. 오늘 저녁 굿거리 가운데서 제일 기대가 큰 것이었으므로 관중들 속에서 웅성웅성하는 소리가 일어났다. 저마다 막 상연될 연극에 대한 자기의 예비지식을 내보이기도 하고 성급히 궁금해하기도 한다.

도모야마는 무대의 장치 뒤에 쭈그려 앉아서 대사도 불러주고 인물들의 동작을 지시해주기도 하며 바빴으나 중요한 협조자여야 할 경선은 얼빠진 사람처럼 멍해서 거의 거추장거리였고 이따금 얼굴에 홍조를 띠며 괴로운 표정을 짓는 것은 아무도 몰랐다. 모두 등장구에 바싹 다가서서 구경에 정신이 팔려 있었던 것이다.

교장은 등장인물들이 무슨 약간한 실수를 할 적마다 안타깝게 코밑수염을 주리 틀었다. 도미다는 경선의 옆에서 생도들과 얽혀 무대를 보고 있었으나 가끔 곁눈질로 보았다. 동철은 무대에서 대사를 지껄이면서 관중석의 낭하에 가까운 좌석을 바라보았다.

그곳에서 자기를 보고 생글생글 웃고 있는 마리꼬를 찾아보고는 어깨가 우쭐하면서 목소리가 약간 떨렸다. 마리꼬의 언니 기미에도 와 있었다. 마리꼬는 동철을 향해 자기 코앞에다 엄지손가락을 세워 보였다.

그 두 사람 말고는 이렇게 많은 관중 속에서도 일본 사람은 더는 없었다. 일본 사람들은 말로야 어떻든 이런 자리를 같이할 만치 조선 사람들과 어울리는 살림을 해오고 있는 것이 아니었다. 하기야 긴말할 것 없고 일본 애들은 다른 학교에 다니는 것이다. 그래 일인의 모임에는 조선 사람은 보이지 않고 조선 사람의 모임에는 일인은 얼씬도 하지 않았다. 조선 사람은 조선 사람대로 일인은 일인대로 몰교섭으로 살아나갔다. 애써 맞서지 않는 반면에 적극적으로 동화하려는 기미도 전혀 보이지 않는 H읍 사람들이었다.

오늘 저녁 이 즐거운 모임에도 일인이라곤 아마 동철의 동무인 마리꼬와 그 언니쯤일 것이다. 그리고 그 무대 위에서 쓰이는 말은 일본말이다.

1944년 1월 A소학교에는 아무튼 선량하고 헤픈 사람들의 웃음소리가 높았다.

구경이 다 파하고 대강 정리가 끝난 다음에 경선과 요시노는 나란히 학교를 나왔다.

너무 늦었으니 자기 집에서 자자고 권하는 요시노의 말을 따르기로 한 것이다. 교문(그것은 교문이 아니고 학교 주위에 둘러싸인 돌담이 끊어진 부분이었다)을 나서면 좁은 골목의 왼편은 집들이 길 쪽에 엉덩이를 돌려대고 늘어앉아 있고 바른편은 가시철망으로 막힌 속에 서양관이 들어선 넓은 풀밭이다.

캐나다 선교사들이 살고 있던 곳으로 싸움이 일자 모두 본국으로 쫓겨가고 지금은 일본인 관사가 돼 있는데 하늘을 찌를 듯한 백양나무와 아름드리 느티나무며 아카시아가 심어져 있어 H읍에서는 가장 좋은 정원을 가진 곳이다. 한 오천 평 가까이 되는 넓은 자리를 차지하고 있다.

골목은 변전소 앞에서 세 갈래로 나뉘어 오른쪽은 공원의 가시철망을 끼고 공동묘지 입구로 하여 도립 병원 쪽으로 이르는 길이요, 왼쪽은 가축 시험장 쪽으로 가게 된다. 요시노의 집은 그 가운뎃길로 곧장 올라가 공동묘지 입구에서 시작하여 교회로 이르는 길을 가로질러 등성이에 방공 감시소가 있는 산을 넘어서면 재판소 뒤쪽으로 빠진 곳에 있었다.

경선은 이 길을 걸어 요시노의 집에 다다를 때까지 한마디도 입을 놀리지 않았다.

키 높은 나무들이 바람에 몸을 흔드는 소리도 꿈결같이 희미하게 들렸고 도랑을 건널 때 한쪽 발을 물에 적시었으며 비탈을 오를 때도 발을 헛디뎌 세 번이나 넘어졌기 때문에 끝내 너 어찌 된 셈이냐고 요시노가 물었다. 경선은 느닷없이 큰 소리로 웃었다.

두 사람이 자리에 누웠을 때 시계가 12시를 쳤다. 자리에 누워 요시노는 오늘 저녁 학예회에 대하여 이것저것 이야기하다가 경선이 너무 갈팡질팡 헛대꾸만 하는 통에

"애두 참 너 어떻게 되지 않았니?"

하고 겨드랑을 간질였으나 그래도 반응이 없었으므로 재미가 없어

졌는지 자기도 입을 다물어버렸고 이윽고는 색색 잠이 들어버렸다.

'대체 어떤 자일까?'

경선은 오늘 저녁 자기가 당한 일을 생각하면 아직도 그 일을 당하던 순간처럼 머리에 피가 솟구쳤다.

몸은 척수 대신 납 기둥을 업은 듯한 피로를 느꼈으나 그 피로감 가운데 봄날 볕 쬐기처럼 나른해지는 무엇이 숨어 있는 것과 사정없이 자기의 심리를 파헤치면 그 피로감은 바로 이 같은 무엇의 산물이라는 것을 어슴푸레 깨닫고 깜짝 놀라곤 한다. 이 발견은 군중 앞에서 갑자기 옷을 좍 훑어 벗긴 것 같은 뜨거운 치욕감을 주었다. 점잖음과 의젓함의 탈을 교활한 웃음소리와 더불어 누군가 달려들어 벗겨버린다. 헉하고 소리를 내면서 경선은 두 손으로 후닥닥 볼을 가렸다.

팔굽이 닿았던 모양인지 요시노가 부스스 움직였다. 경선은 무슨 나쁜 짓을 하고 있던 현장같이 가슴이 두근거리면서 숨을 죽였다.

"……"

그러나 다시 조용한 숨결에 약간 발을 움직였을 뿐이었다.

"후—"

경선은 손을 뻗쳐 요시노의 머리카락을 손가락에 감고 눈을 감았다.

길다란 복도.

박수 치고 떠드는 소리.

캄캄한 복도를 되돌아오는 자기.

그러고는 현관의 어둠 속에서……

경선은 다시 몸을 떨었다.

이번에는 요시노의 머리카락을 쥐었던 손가락에 힘을 준 것을 확실히 깨달을 수 있었다. 그러나 요시노는 움직이지 않았다. 뜨끔해서 동정을 살핀다. 신경이 약해진 것일까? 이만한 일에 이렇게 머리를 쓰다니 요사이 과로한 탓일 게야.

금방 자신이 발견한 감정의 진실한 원인과는 될 수 있는 대로 길이 다른 풀이를 자신에게 하여본다.

경선은 그 생각을 떨어버리려고 다른 일을 생각하였다. 두서없이 생각나는 일들. 학교 시절에 수학여행 갔던 일. 그래 그렇지, 그때 다니라는 일본인 여선생이 있었는데 학생들 대열에서 멀리 떨어져 어떤 언덕 위에서 물끄러미 내려다보고 앉았다가

"모미지(단풍)"

하고 한마디 하고는 그만 훌쩍훌쩍 울기 시작했었다지. 이런 따위 생각이 어수선하게 오락가락한다. 잠은 영 안 오고.

경선이 눈을 떴을 때 첫째 몹시 환한 것을 깨달았다. 옆자리에는 요시노가 자고 있다. 다시 잠이 들었으면 하고 생각하면서 눈을 감고 모로 살짝 돌아눕는다.

'아, 늦겠군.'

그렇게 생각이 들어서 다시 눈을 뜨고 선하품을 하였다. 몹시 환한 것은 천장 한복판에 채광창이 달려 있는 탓이라는 것을 알았다. 차고 맑은 하늘이 우러러보였다. 경선은 몸을 반쯤 일으켜 머리맡에 놓은 시계를 보고는 밥을 준다.

또르륵.

또르륵.

조용한 탓인지 또렷한 금속성이 귀에 시원하다. 요시노는 입술을 묘하게 내밀고 경선이 편으로 모로 누운 채 정신없이 잔다. 퍽이나 아름다운 얼굴이라고 생각했다. 경선은 한참 보다가 어깨를 가만히 흔들면서

"순옥아"

하고 부른다. 부르면서 계속해 흔든다. 요시노는 부스스 눈을 뜨고 한참 어리어리하다가 겨우 정신을 차리고는 방긋 웃으면서

"응, 너 잘 잤니? 아이 곤해……"

하고는 아까 경선이 하던 모양으로 다시 잠을 청하기나 하려는 것처럼 사르르 눈을 감는다.

"얘 몇 신 줄 아니 조회 시간이 인제 한 시간밖에 없어"

하고는 시계를 코끝에 들이댄다. 요시노는 눈을 뜨고 시계를 보더니 웃음을 짓고는 도로 눈을 감아버린다.

"얘?……"

몸에 장난질을 하려는 경선의 손을 밀어내면서

"너 혼자 가"

하고 말도 안 되는 소리를 한다. 경선은 더 참지 못하고 이불을 벗겨버린다. 그제야 요시노는 벌떡 일어나면서

"일요일에도 학교 갈래?"

"……"

경선은 뜨끔했다. 세게 내민 주먹이 슬쩍 빗나간 그런 심사였다.

그러는데 어머니가 문을 열고 얼굴을 들이댄다. 그러고는 경선을 보고

"잘 주무셨소, 원 불편치나 않았는지"

한다. 요시노는 옷을 끌어당기면서

"글쎄, 이 선생님께서는 어찌도 열심인지 일요일에도 출근하신다고 이 야단이랍니다."

"어이그, 참 열심도 하시지……"

"호호호……"

"호호호…… 열심도 하시지…… 호호."

아침밥을 먹고는 도로 윗방으로 건너와서 아랫목에 드러누웠다.

"얘 이 방이 참 좋다."

경선의 말에 요시노는 샐쭉해 보이면서

"너무 그러진 말아, 아무렴, 너의 집 양관에 댈 수 있니"

하였다. 경선은 쓸데없는 소리, 하는 낯을 지으면서

"저 창으로 누워서 별 구경을 할 수 있지 않니? 개인 날에는 희한하겠어."

"그것도 한두 번이지."

"왜? 나는 아무리 봐도 싫지 않은데."

"그래 별하늘을 아무리 쳐다보고 있어도 싫지 않다, 그 좋은 팔자다."

"좋은 팔자는 다 뭐냐?"

"너는 아직 여학생 취미를 그대로 가지고 있구나."

"여학생 취미라구?"

"이 시국에 그런 소릴 하고 있으니 말야."

경선은 약간 당황했다.

"글쎄 네 말도 알겠다만 그렇다고 살아가는 데 손해 될 거야 있니? 안 그럴까?"

"그야 손해는 안 될지도 몰라."

"넌 이런 시국이라고 하지만 시국이 이렇다고 정말 그 걱정 하면서 살고 있는 사람이 얼마나 되니?"

"그것 봐, 그러니까 너는 아직 어린애란 말야. 너나 나나 다 같은 소학교 교원이지만 따지고 보면 달라. 너는 학교를 졸업하고 달리 할 일도 없으니 시집갈 때까지 여자로서는 그래도 괜찮은 사회적 직위인 여훈도질이나 하면서 자신의 경력을 조금 떳떳이하는 준비 기간으로 봉직하고 있는 것이지. 가만있어, 내 말을 끝까지 들어봐요. 경선이는 어떻게 생각하든 간에 일이 그렇게 되고 있지 않은가 말야. 그러나 나로 말하면 이래도 일가의 주인이거든. 얘 웃지 말아. 일가의 주인이라면 듣기엔 근사해도 머리 골치를 앓아야 하는 의무밖에 더 있어? 그러나 역시 일가의 주인이거든. 또 내가 매일매일 조무래기들과 왜 싸우니? 밥벌이야. 시국이란 말은……"

요시노는 말하다 말고 경선을 바로 본다.

신중한 얼굴을 하고 듣고 있는 것을 보고 말을 잇는다.

"……무슨 말인지 알겠니. 야미 쌀값이 점점 올라가는 것, 비누 배급이 충분치 않은 것, 담배 질이 나빠지는 것, 농촌에선 사람 손이 모자라는 것. 이런 부엌과 안방의 문제가 내겐 그대로 내 문제란 말야. 이 전쟁의 의의와 진행과 꼭같이 내겐 중요하단 말야. 난 밥을 먹기 위한 직업이지만 너는 사회 이력의 라벨을 붙이기 위한 수련장, 호호 골내지 말아."

경선은 요시노의 얼굴을 찬찬히 쳐다본다. 요시노가 자기보다는 틀림없이 어른이리라는 생각이 든다.

"애 뭘 그렇게 보니, 결국 나는 벌써 생활상으로 본다면 세와뇨보오(살림꾼)가 다 된 셈이지. 그러니 벌써 김이 다 빠졌어."

경선은 머리를 절레절레 흔들었다.

"잘 알겠어. 나보다는 한 등 위야, 적어도 일가의 주인이니까."

두 사람은 밝게 웃었다.

요시노는 경선이가 자기 말을 이렇게 아량 있게 받아준 것에 대단히 만족했다. 그리고 이런 점이 이 여자의 좋은 성품이라고 속으로 생각했다.

"난 어려서 아버지를 잃었기 때문에 어머니 고생에 대해 퍽 머리를 썼지. 하지만 지금도 덕을 보는 건 나지. 어머니가 아니야."

경선은 제 생각을 하고 좀 부끄러워졌다.

"저 채광창이 말썽이었구나. 그러나, 네 지금 그 얘기는 잘 알았다만…… 청춘은 어떻게 처리하면 좋아?"

요시노는 그 말에

"청춘이라니?"

"청춘이 청춘이지."

요시노는 약간 웃었다. 한참 있다가 시름없이 뱉었다.

"글쎄. 어떻게 되겠지."

"어떻게 되겠지라니. 어떻게?"

경선의 눈이 빛났다. 요시노는

"에그머니, 숙녀란 이런 문제를 그렇게 내놓고 얘기하는 것이 아니야"

하면서 깔깔 웃었다.

그러나 요시노는 경선의 표정을 보고 입을 다물었다.

"그렇게 생각하니? 그럼 난 숙녀 아니구나"

하는 음성은 몹시 나지막했다. 요시노는 아차 했다. 실수했다 싶어 당황히

"애두……"

이러면서 솔직한 문제를 끌어냈다가 무안을 당한 친구의 손목을 잡았다.

"경선아. 애 농담이다."

경선은 머리를 끄덕이면서

"왜 그 다니라는 일본 사람 여선생이 있지 않았니?"

요시노는 웃으면서 대꾸한다.

"응, 모미지 말이지 호호호."

"그래그래."

함께 지닌 옛일을 얘기하는 것은 늘 즐거웠다.

"그 다니 선생만 해도 그 당시엔 불가사의한 말을 했다고 조롱만 했지만 지금 생각하니, 그녀 역시 청춘의 문제에 원인이 있을 것 같아. 도대체 모미지라는 이 한마디가 무슨 사상 문제에 관련

된 단어는 아니겠지."

"호호 사상 문제에 그런 부드러운 단어가 무슨 필요 있겠니? 네 추측이 맞을는지도 모르지."

"아니 꼭 맞아."

"딱 잡아떼는군. 그 후에 예의 건에 대해 탐방 회견이나 했니? 아하하."

경선은 조금 전과는 달리 대단히 기분이 좋은 듯이 보였다.

"십중팔구 틀림없지. 이브의 생리란 인생을 어둡게도 만들고 밝게도 만드는 거야. 다니 선생도 무슨 실연 같은 일이 있었겠지."

다니 선생님의 콧마루가 오똑 서고 파리한 얼굴이 눈에 떠올랐다.

"『만요슈萬葉集』(일본 고대 시가집)를 풀이하다가도 곧잘 울었지. 미인이었어."

"난 다니 선생이 잊히지 않는 건 그녀가 예뻤기 때문이야. 저렇게 예쁜 분이 왜 늘 슬픈 얼굴만 하고 계실까? 하고 생각했었지."

"예쁜 사람은 슬퍼 못하나?"

"글쎄 말이야. 이런 말 하면 넌 또 웃을지 몰라도 다니 선생 같은 미인은 불행해서는 안 되며 꼭 복을 받아야 하고, 받을 권리가 있을 것 같아서……"

"어마나."

미모의 두 여성은 그러나 과히 싫지 않은 웃음을 바꾸었다.

경선은 잠시 말을 끊었다가

"너, 애인 가지고 싶지 않니?"

하였다. 불의의 공격에 이번에는 요시노가 발개졌다.

"그것 봐, 좀 솔직해라 얘."

또 데굴데굴 웃어대는데 요시노의 모친이 군고구마를 들여왔다. 타서 바삭해진 껍질을 벗겨서 먹는다. 정신없이 맛이 있는 모양인지 경선은 연방 입을 호물거릴 뿐 씻은 듯한 표정이다.

그러나 경선의 마음은 복잡했다. 오래간만에 남한테 시원히 심경을 토로한 탓으로 마음은 한결 가벼워졌으나 결국 요시노의 의견은 자기도 늘 생각하는 걸 자문자답하는 대신 다른 사람의 입을 빌린 것뿐이었다.

경선은 자기 정신생활에서 더 추상적인 괴로움, 다시 말하면 사상적 고민 같은 그런 고민이 앞서지 않고 오로지 평범한 생리의 압력 한 가지를 가누지 못하고 있는 자신의 현상을 언제나 다분히 불만스레 여기지만 별수 없다. 솔직한 제 심정을 토로하는 일이란 여간한 사람이 아니면 할 수 없는 일이요, 또 특별히 알맞은 기분과 자리가 아니면 더구나 어려운 법이다.

경선은 웬일인지 오늘 아침은 자꾸 이야기하고만 싶었다. 이 티 없는 마음을 가진, 동기 동창이고 책상을 나란히하고 한직장에서 같은 일을 하고 있는 처지나 본인의 말처럼 결코 자기 같은 공상가가 아니고 어디까지나 분명한 생활 이념을 가진 사람에게 속속들이 자기의 마음을 주면서 실컷 이야기나 했으면 시원할 것 같은 오늘 아침의 경선의 심사였다. 성철에 대한 자기의 사모를 고백하고 싶었다.

그러나 역시 그러지는 못했다.

왜 못 해?

왜 내 마음은 이다지도 좁을까? 단 한 사람 친구에게 모든 괴로움을 털어놓고 따뜻한 충고를 받으면 퍽이나 후련했으련만.

붙드는 것을 가까스로 하직하고 집으로 오는 길에서도 경선의 머릿속은 생각으로 가득 찼다.

훌륭하게 산다는 건 어떤 일인가?

발길에 다져진 눈길을 걷는 경선은 눈사람을 굴리고 있던 아이들에게서 인사를 받았다. 경선은 동철이 생각이 나면서 성철이 떠올랐다. 기쁜 감정이 솟아올랐다. '숙녀'란 말이 언뜻하였다.

"아아."

경선은 설레설레 머리를 흔들며 멀리로 눈길을 보냈다.

하얗게 얼어붙은 두만강이 아득히 빛나고 있었다.

해설

# 추억과 현실의 환상

천이두
(문학평론가)

1959년부터 작가 활동을 시작한 최인훈은 한국 소설 문학사의 자리에서 볼 때 매우 이단적인 작가다. 이는 첫째로 그의 문학적 방법이 일관하여 반사실주의에 기반을 두어왔다는 사실에 기인한다. 염상섭에서 박태원에 이르는 객관적 묘사 문학을 전형적 샘플로 하는 한국의 사실주의는 신문학 이후 반세기 동안 한국 소설의 주축이 되어온 것이 사실이다. 그동안에 가령 채만식·이상·장용학 등 사실주의에의 도전자 내지 이단자가 더러 있었던 것은 사실이지만, 그 질이나 양에서 한국 소설의 주축이 되어온 것은 앞서 말한 사실주의였음을 부인할 수 없다.

이 점은 최인훈과 비슷한 시기에 등장한 이른바 1950년대 작가들의 경우에서도 예외는 아니다. 그들의 문학적 개성이나 경향 등은 여러 가지로 다양성을 반영하고 있다 할지라도, 그들이 문학적 기반으로 하는 것은 대체로 전통적인 사실주의였다. 손창섭·서기원·이호철·하근찬 등은 말할 것도 없거니와, 그 이후에 등장한 이청준·황석영 등을 비교해 보아도 쉽사리 알 수 있는 일이다. 그런데 최인훈의 문학적 기반이 되고 있는 것은 묘사 위주의 사실주의가 아니라 주관적인 서술문이다. 후기 작품으로 내려올수록 그의 이런 경향은 뚜렷해진다. 가령 「그레이구락부 전말기」「우상의 집」 『광장』 등 초기 작품들은 그래도 어느 정도 정통적인 묘사문을 기반으로 하고 있고, 더러는 시각적 조형성이 선명하게 부각되는 장면들도 도처에서 발견할 수가 있다. 그러나 가령 「구운몽」「열하일기」에 이르면 이른바 사실주의적인 묘사는 자취를 감추고, 점차로 추상적 서술문으로 기울어간다. 이러한 그의 서술문에의 취향은 가령 「놀부뎐」『총독의 소리』 등에서는 장황한 요설문의 형태로 나타난다.

이런 점과 관련하여 그의 작중 현실 자체가 차츰 상식적 일상 현실에서 일탈해가고 있는 것 또한 중요한 특질로 지적될 수 있다. 앞서 말한 그의 초기 작품들에서 작중의 액션은 대체로 일상적인 시공간 위에서 펼쳐지고 있는 게 사실이지만, 「구운몽」「열하일기」 이후로 내려오면 그의 작중 현실은 일상 현실과는 전혀 차원을 달리하는 환상적인 시공간 쪽으로 기울어간다. 아울러 그의 문학 세계는 우화적, 상징적인 성격을 띠게 된다.

사실주의적인 의미에서 일상 현실로부터의 그의 꾸준한 일탈은 「놀부뎐」을 거쳐 『총독의 소리』 계열의 작품들에 이르면 마침내 전통적인 소설 문학의 기본적 속성이라 할 수 있는 액션 혹은 스토리 그 자체까지를 거부한, 장황하고 도도한 요설의 흐름으로 치닫는다. 여기에 이르면 그의 문학은 마침내 소설이라는 장르를 일탈한 일종의 에세이 영역에 접어들게 된다. 소설이라는 정통적인 장르 그 자체를 전면적으로 거부하려는 시도까지 하기에 이르렀다는 점에서 작가 최인훈은 한국의 소설 문학사상 가장 래디컬한 반역아라 할 수 있는 것이다.

객관적 묘사 아닌 주관적 서술문으로 기울어지기 시작하면서 그의 문장은 차츰 운율적인 토운을 수반한다. 이리하여 그는 묘사를 통한 객관적 조형성이 아니라 주관적 서술을 통한 내면의 리듬을 빚어내는 쪽으로 주력하게 된다. 「놀부면」『총독의 소리』 등에 이르면 이런 면은 두드러진 성격으로 드러난다. 이런 점에서 그는 1930년대의 작가 채만식과 비슷한 면을 반영한다. 서술문을 기반으로 했던 채만식이 차츰 구어의 생생한 현장감에 의존하게 되고, 그리하여 가령 『탁류』의 서두에서 볼 수 있는바 판소리에서와 같은 운율적 무드를 띠게 된 사실을 감안해 볼 때 최인훈의 경우에서도 비슷한 경로를 느낄 수 있다.

그러나 최인훈의 문장은 채만식과 근본적으로 다른 점이 있다. 채만식의 문장이 전라도 방언을 통해 짙은 토속성을 수반하는 데 반하여 최인훈의 문장은 고도의 소피스티케이션으로 무장되어 있다는 사실이 그것이다. 전자가 일상적인 구어가 지닌 생생한 현장감을 기반으로 한다면 후자는 철저히 지적으로 무장된 언어, 문화화된 언어를 기반으로 한다는 것이다.

요컨대 최인훈의 언어는 도시인의 언어요 지식인의 언어다. 그의 이러한 문장의 특질은 또 일관된 그의 문학적 이슈와도 긴밀히 관련되어 있다. 말하자면 그의 문학적 이슈 자체가 언제나 지식인의 문제였다는 것이다. 그의 등장인물부터가 거의 예외 없이 지식인으로 되어 있다. 이 점에서 그는 하근찬이나 오유권 같은 작가와 좋은 대조를 이룬다. 경상도 지방의 토속적 분위기를 중요한 문학적 속성으로 하는 하근찬이나 전라도 사투리를 기반으로 하는 오유권의 등장인물들은 자기 고장을 간직하고 있다. 그들은 분명 자기들의 땅에 굳건히 발을 딛고 있는 위인들이다. 그들에게는 고민이나 고통 같은 것은 있을지 모르지만, 갈등이나 방황 같은 것은 없다. 그들은 땅에 밀착되어 있기 때문이다. 그리고 땅에 밀착되어 있기 때문에 소박하나마 건강한 확신을 가질 수 있다. 이에 반해 최인훈의 등장인물들은 현대적 소피스티케이션으로 무장된 위인들이다. 그들의 언어는 구어가 아니라 문화어이며 사투리가 아니라 표준어이다. 그들에게는 의지할 자기 고장이 없다. 「하늘의 다리」의 주인공이 LST를 타고 월남한 '따라지'라는 사실이 단적으로 말해주듯이 그의 등장인물들은 현실이라는 일상의 흐름의 자리에서 볼 때 대부분 뜨내기들이다. 그들에게서 '한국'이라는 것을 찾을 수 있다 할지라도 그것은 하근찬·오유권의 등장인물들처럼 땅에 밀착된 한국이 아니라, 지적으로 추상화된 한국, 우화적으로 관념화된 한국인 경우가 대부분이다.

그의 등장인물들이 뜨내기라는 사실과 관련하여 간과할 수 없는 것은 그들이 대개의 경우 구체적인 생활의 기반을 갖고 있지 않다는 사실이다. 「그레이구락부 전말기」의 등장인물들은 '현실과의 쓸데없는 부대낌'을 피하기 위하여 그들만의 소외된 분위기에 젖을 수 있는 '현자의 모임'을 갖는다. 『광장』의 주인공 이명준은 아버지의 옛날 친구 집에 얹혀 지내면서 돈의 필요성을 의식해볼 기회를 갖지 못한 위인이다. LST를 타고 이북에서 피난 내려온 '따라지'인 「하늘의 다리」의 주인공 김준구에 관하여 작자는 이런 진술을 한다. "그는 원래 이 도시에서 자기는 남이고 이 도시에는 자기를 빼놓은 남들의 큰 집단이 자신 있게 살고 있다는 짐작으로 살아왔다"고. 사실 김준구는 중년에 접어드는 나이인데도 결혼도 하지 않은 채 아파트에서 독신 생활을 해오고 있는 것이다. 요컨대 그들은 일상 현실에서 소외된, 일상 현실의 관찰자들이다.

「그레이구락부 전말기」의 주인공은 이렇게 말한다.

움직임의 손발은 갖지 못하고, 내다보는 창문만을 가진 인간이 있다. 손 하나 발 하나 까딱하긴 싫고, 다만 눈에 보이는 온갖 빛깔, 형태를 굶주린 듯 지켜봄으로써 보람을 느끼는 사람, 이런 사람은 '창'의 타입의 사람이다. 창은 두 가지 몫이 엇갈린 물건이다. 창은 먼저, 밖으로부터 들어앉은 방을 막아준다. 거친 행동과 운동의 번잡에 대한 보호를 뜻하는 '건물'의 한 군데인 것이다. 블라인드를 치고, 커튼을 드리우고, 덧창을 달고, 자물쇠를 채우고 하는 모든 것이 창의 닫힘을 나타내는 것이다. 그러나 한편, 창은 이같이 닫힌 집이 바깥과 오가기 위한 자리다. 창에서 이루어지는 바깥하고의 오가기는 오직 눈에 의해서만 이루어진다.

여기서 '창'이란 말할 것도 없이 관조자의 눈이요, 소외자로서

지식인의 눈이다. 이제까지 최인훈의 등장인물들은 거의 예외 없이 '창의 타입'의 인간들이었다. 이런 점에서 그들은 1930년대에 나르시시스트인 이상李箱의 등장인물들과 비슷한 면을 간직하고 있다. 밀폐된 자기의식의 내면에 칩거하여 끝내 외부 현실과 담을 쌓는 「날개」나 「지주회시」의 주인공들은 생활 현장에 발 디딜 터전을 상실하고, '위트와 패러독스를 바둑 포석처럼 늘어놓는' 일에 전념한다. 그들의 이러한 면은 '창'의 바깥쪽을 바라보면서 난삽한 소피스티케이션을 펼쳐내는 최인훈의 인물들과 비슷하다.

  그러나 그들 사이에는 큰 차이가 있음을 간과해서는 안 된다. 이상의 등장인물들은 그야말로 나르시시스트요, 또 에피큐리언들이다. 그들의 거주지는 외부 현실과 완전히 차단된 밀폐 공간이다. 그들의 거주지에는 외부로 통하는 '창'의 마련이 없었다. 따라서 그들은 그 밀폐된 공간 안에서 자의식의 연자방아를 찧을 뿐 그 벽을 뚫고 외부 현실과 어떤 형태로든 연계성을 맺어보려는 시도를 하지 않는다. 따라서 이상에게서 자의식의 연자방아는 끝내 일종의 '놀이,' 무상의 놀이에 그치는 것이다. 이에 반하여 최인훈의 등장인물들의 거주지에는 언제나 외부 세계로 통하는 '창'이 예비되어 있다. 그들이 숨 쉬며 살아가기 위해서는 별수 없이 외부 세계와 소통하는 창의 마련이 불가피하다는 것을 그들은 알고 있고, 창의 마련이 있는 한, 어떤 형태로든 그 외부 현실과 연계성을 맺지 않을 수 없다는 것도 알고 있다. 그들의 언어가 일상의 대지에서 유리된 지적으로 무장한 소피스티케이션의 그것이라 할지라도, 그것이 시대 현실에 대한 강렬한 관심에서 비롯한 것임을 간과할 수 없는 것은 그 때문이다.

이제까지 작가 최인훈의 주된 문학적 이슈는 '창'의 안쪽과 바같쪽 사이의, 혹은 지식인의 내면 의식과 그를 에워싼 외부 현실 사이의 정당한 역학 관계를 모색하려는 것이었다고 말할 수 있다. 아니 오히려 이렇게 말하는 것이 타당하다. 즉 외부 현실과 소통할 창이 없이는 살 수 없는 생태를 가진 인간(지식인)이 그 외부로부터 압도적인 세력으로 밀어닥치는 압력 앞에 어떻게 대처해나갈 것인가를 모색하는 것이었다고. 형세가 너무도 기운 이 양자 사이의 역학 관계에서 승부는 언제나 압도적인 세력을 가진 외부 현실의 일방적인 승리로 끝나고 있다. 요컨대 최인훈의 작업은 한결같이, 외부 현실과의 부딪침 속에서 지식인의 참담한 패배의 생태를 기록하는 것이었으며, 오늘의 지식인으로 하여금 숨 쉬며 살아갈 수 있는 한 치의 땅도 허용하는 데 인색한 시대 현실의 옹졸한 횡포에 대한 신랄한 고발을 시도하여온 것이라 할 수 있다.

현재 통용되고 있는 나의 작품 연보로는 「그레이구락부 전말기」(1959)가 데뷔작입니다. 이것은 사실입니다. 그러나 이 작품이 처녀작은 아닙니다. 대학 시절부터 소설을 하나 쓰고 있었습니다. 그것이 이 「두만강」입니다. 여러 가지 사정이 겹쳐서 집필이 중단되고, 그 후에 다른 작품을 가지고 문단의 한 사람이 됐습니다.

「두만강」의 서두에서 작자는 이렇게 말하고 있다. 따라서 이 작품이 작가 최인훈의 실질적인 처녀작이 되는 셈이다. 이 작품이 발표된 것은 근래의 일이지만, 그 문학적 특질로 볼 때는 오히려 「그레이구락부 전말기」나 『광장』 등 그의 초기 작품들과 계열을 같이하고 있는 것도 그 때문일 것이다. 그런 점에서 이 작품은 문학적 우열의 문제를 떠나서라도 이 작가를 이해하기 위해 간과할 수 없는 작품이라 하겠다.

이 작품은 우선 그 문장부터가 그의 다른 초기 작품들과 마찬가지로 평명한 사실주의적 묘사가 주축을 이루고, 작중 현실 역시 일상적 차원 위에 설정되어 있다. 따라서 그의 후기 작품들에서 볼 수 있는 무장된 소피스티케이션이나 난삽한 우화성 내지 상징성 같은 것은 전혀 찾을 수 없다. 게다가 그의 다른 작품들에서는 좀처럼 느끼기 어려운 짙은 서정적 분위기가 작품에 흐르고 있다.

"1943년의 H읍"이라는 프롤로그의 말이 단적으로 이 작품의 시간적 및 공간적 배경을 말해준다. 연보에 의하면 작가 최인훈은 함경도 회령에서 출생하여 1950년 월남한 것으로 되어 있다. 이 작품의 배경이 되는 H읍이란 곧 그의 고향인 회령이 아닌가 싶다. 실제로 이 작품은 작가가 어린 시절을 보냈던 고향의 기억들을 그 모티프로 한 것 같은 인상을 짙게 풍겨준다. 작품의 전편에 흐르는 아련한 서정적 무드는 고향에 대한 노스탤지어에서 비롯되는 것일 터이다.

이 작품에서 우선 독자의 주목 대상이 되는 것은 두만강의 도도한 흐름이다. "이 강은 H의 상징이요 어머니다./어머니 두만강./이 고장 사람이라는 지방 의식은 두만강을 같이 가졌다는 것으로 뚜렷해진다"는 진술을 통해서도 알 수 있듯이 이 두만강의 도도한 흐름은 이 작품의 원경을 이룬다. 그것은 만주 및 러시아와의 사이를 경계 짓는 국경선이요, 숱한 외침外侵의 아픈 기억들을 간직한 채 말없이 흐르는 역사의 증인이기도 하다. 여름이면 여름대로 겨울이면 겨울대로 이 강은 이 고장 어린이들에게는 즐거운 놀이터가 되어주고 어른들에게는 또 생활의 터전이 되어준다. 그것은 이 고장의 상징이요 어머니이기도 하기 때문이다. 그러나 그것은 또 민족의 비극적 상황과 긴밀히 관련되어 있기도 하다. 삶의 터전을 빼앗기고 고국을 등져야 했던 숱한 동포들을 떠나보내기도 하였고, "잠든 백성에게 민족의 정기를 불어넣으려"는 독립투사들을 은밀히 국내에 잠입시켜주기도 하였다.

이러한 두만강 가에 위치한 H읍은 일제 통치자들에게는 군사적으로나 산업적으로 중요한 고장일 수밖에 없다. 패색이 짙어가기 시작한 1943년에 이르러서는 더욱 그렇다. 그러나 이 작품의 중심적 흐름은 이러한 거시적인 역사적 상황 자체가 아니라, 그러한 배경 속에서 빚어지는 일상적인 삶의 풍경이다. 말하자면 '일상 속에 주저앉은 비극'을 포착하려는 것이 이 작품의 초점이라 할 수 있다. 그런 점에서 이 작품은 우리가 살았던 치욕적인 한 시대의 풍속도를 펼쳐 보이고 있다.

현도영과 한 의사는 이 고장에서는 중류 이상의 생활 수준을 이룩한 인물들이다. 현도영은 성공한 사업가다. 헌병대장까지도 움직일 수 있는 수완가이기도 하다. 비록 아들이 없다고는 하나 장성한 사업가답게 그는 일제의 필승을 확신하고 있고, 따라서 아직도 독립이다 혁명이다 해서 정신 못 차리는 자기 젊었을 때의 친구를 생각하고는 그 어리석음을 비웃기도 한다.

한 의사 역시 성공한 사람이다. 비록 아직 월급쟁이 노릇을 하고 있기는 하지만, 안정된 직장인 데다가 아이들도 잘 자라고 있고, 이제 그 나름으로 가정생활에 충실한 아내가 있으니 더 바랄 게 없다. 다만 전쟁이 오래 계속될 것 같아 걱정이지만, 일본의 필승은 틀림없다고 믿고 있다. 이러한 두 사람의 가정 풍경의 묘사를 통해서 작가는 '일상 속에 주저앉은 비극,' 조국을 잃은 민족의, 가슴속의 조국조차를 잃어가는 비극을 그려내고 있는 것이다.

이 작품의 중심인물은 현경선과 한동철이다. '일상 속에 주저앉은 비극'의 양상은 가정생활조차 일본식으로 해나가는 한 의사의 영향 아래서 차츰 일본인같이 되어가는 어린 동철의 모습에서나 소위 대본영의 전과 발표를 듣고 감격하는 그의 형인 성철의 모습에서도 찾을 수 있다. 그것은 가장 치욕적인 한 시대의 풍속도라고 할 수 있다.

이런 문제와는 전혀 성격을 달리하는 흥미를 이 작품은 또한 간직하고 있다. 현경선의 내면 풍경의 묘사를 통해서 보여주는바 성년기에 접어드는 한 젊은 여인의 모색 과정을 반영하고 있다는 것이 그것이다. 꿈도 많고 의욕도 있는, 착하고 슬기로운 현경선에게 부딪쳐오는 하나하나의 문제들은 인간이면 누구나 치르게 되는 바 성년에 이르기 위한 고된 시련의 과정이다.

이 작품은 분량으로 보면 중편 정도이지만, 그 흐름으로 보면 장편에 가깝다. 작자가 서두에서 밝힌 바와 같이 어딘가 미완성의 작품인 듯한 인상과 함께 아직도 뭔가 미진한 이야기가 남아 있는 듯한 여운을 남긴다. 물론 이 작품에서와 같은 끝맺음 또한 하나의 단락을 이루고 있는 게 사실이요, 미진한 듯한 여운을 남기는 것 자체가 이 작품의 묘미라 할 수도 있지만.

「두만강」이 작가 최인훈의 고향의 추억과 관련된 작품이요, 소년 시절의 기억들이 바탕이 된 작품이라고 한다면, 「하늘의 다리」는 그의 월남 이후 이른바 '따라지'로서의 쓰라린 체험과 관련된 소설이요, 한 작가로서 자기 성찰의 문제와 관련되는 작품이다. 또 전자가 정통적인 사실주의적 묘사를 주축으로 한, 일상적 차원 위에 상황을 설정한 작품이라고 한다면, 후자는 짙은 소피스티케이션이 가미된, 그리고 환상적인 요소가 상당히 곁들여진 작품이라 할 수 있다.

주인공 김준구는 6·25 때 LST를 타고 구사일생으로 월남하여 쓰라린 피난 시절을 치르기도 한 화가다. 화가라기보다는 화가로서 대성하려는 꿈이 좌절된 채 결국 소설 삽화가로 살아가는 사람이다. 그는 아파트에서 독신 생활을 하고 있다. 어느 날 그는 뜻밖의 편지를 받는다. 자기에게 화가의 꿈을 심어준, 존경하는 옛 은사에게서 온 편지다. 가출한 딸이 서울의 비어홀에 있다는 소식을 들었으니, 그 애를 타일러 내려오도록 해달라는 부탁이다. 그는 그 비어홀을 찾아가 은사의 딸 한성희를 만난다. 처음에는 어떻게 잘 타일러질 줄 알았으나, 의외로 그 일이 어려운 일이라는 것을 준구는 차츰 깨닫게 된다. 한성희는 고집스러운 소녀다. 도대체 묻는 말에 가타부타 대답이 없다. 한 치 사람의 속이 깊은 바닷속보다 더 분간하기 어렵다는 것을 절실히 느끼게 된다.

준구는 친구인 소설가 한명기에게 이 문제를 상의해본다. 그는 잊어버리라고 권한다. 어차피 그런 문제가 어디 그녀 하나만이 겪는 문제냐, 남의 문제에 신경 쓸 바에야 그런 처지에 있는 숱한 소녀들의 문제에 일일이 신경 써야 할 게 아니겠느냐는 것이다. 그러나 준구는 남이라도 다 똑같을 수야 있느냐, 그 나름의 등급이 있지 않겠느냐, 그렇게 생각하고 여러 가지로 설득하려 애를 쓴다. 그러나 결국 허사로 끝난다. 성희가 행방을 감추어버린 것이다.

이러한 액션의 진행과 병행하여 준구의 내면 풍경이 펼쳐져나간다. 준구는 수시로 피난 시절의 기억이 되살아난다. 그러면서 그는 "이 도시에는 자기를 빼놓은 남들의 큰 집단이 자신 있게 살고 있다"는 소외감을 의식한다. 화가가 되려다가 결국 삽화가로 낙착된 좌절감을 의식하기도 한다. 그림을 그려야겠다는 생각은 늘 갖고 있으면서도 되지 않는다. 어느 날 백일몽 같은 환시幻視를 체험하게 된다. 하늘 중턱에 사뿐히 하늘을 밟고 있는 살아 있는 여자의 다리를 보는 것이다. 이 환시는 가끔 나타난다. 성희를 만나기 전부터 체험하였던 이 환시는 성희를 만난 이후부터 차츰 성희의 다리와 이미지가 겹쳐지게 되고, 결국 그 다리는 성희의 다리로 느껴지기에 이른다. 마침내 준구는 그 환시를 화폭에 옮겨볼 생각을 한다. 그러나 막상 화필을 들어보니 뜻대로 안 된다. 하늘의 풍경은 잘 그려지는데 거기에 다리가 제대로 잘 들어앉아주지 않는다. 하늘의 풍경 밖으로 둥 떠 보이는 것이다. 아무리 안간힘을 써봐도 제대로 들어박히지를 않는 것이다.

이 작품에는 한 화가의 내적 모색의 과정이 그려져 있다. 그것은 말하자면 환상과 현실 사이의 조화를 모색해보려는 과정이다. 하늘의 다리를 그리려는 시도가 그 단적인 반영이다. 하늘과 다리는 상반되는 요인이다. 다리는 지상의 것이요 현실적인 것인 데 반하여, 하늘은 허공에 걸려 있는 비실체의 세계, 즉 환상의 세계다. 하늘과 다리를 한 폭의 그림 속에 연결하려는 시도는 말하자면 실체의 세계(현실)와 비실체의 세계(환상)를 하나의 공간 속에 결합하려는 시도다. 그것은 마치 현실에서는 행방을 감춰버린 성희가 자신의 소설 속에서는 준구와 다시 만나는 것으로 줄거리를 펼쳐가려는 한명기의 시도와 마찬가지라 하겠다.

　이 작품은 소설이면서 동시에 소설론을 겸한 작품이다. 이 작품 곳곳에서 만나게 되는 일련의 소피스티케이션에서도 우리는 이 작가의 소설론 내지 예술론에 접할 수 있게 되지만, 작중의 액션 자체가 소설론을 겸한 소설임을 반영해준다.

〔1978〕

**해설**

# 환상으로 존재하는 삶

손정수
(문학평론가)

## 1. 관념에서 환상으로의 이행

한 작가가 쓸 수 있는 이야기는 궁극적으로는 하나가 아닐까. 뿔뿔이 흩어져 있던 이야기들이 하나의 큰 이야기로 수렴되지 않는다면 그 작가의 이야기는 아직 완성되지 않은 것이라고 볼 수도 있다. 한편 그것이 이미 이루어졌다면 그 이후에 다시 시작되는 이야기들은 어쩌면 사족일지도 모른다. 삶과 소설이 쉽게 분리되지 않는다는 전제에서 보면 그럴 것이다.

그런 점에서 최인훈은 작가로서의 운명에 충실한 드문 작가라고 할 수 있다. 그는 이리저리 헤매느라 자신의 이야기를 제대로 발견하지 못한 얼치기 작가가 아니었고, 또 자신의 것도 아닌 다른 이야기에 대한 헛된 욕망을 갖지도 않았다.

그렇다면 최인훈에게 그가 쓸 수 있었던, 혹은 쓰지 않을 수 없었던 이야기는 무엇이었던가. 사실은 그것이 무엇인지 밝히는 것이 최인훈의 글쓰기였고, 그것이야말로 글쓰기의 유일하고도 최종적인 목표이기도 하다. 그런 의미에서 그가 수행한 글쓰기는 '문학을 자신의 손으로 발명하려고 드는' 근본주의적인 것이었다. 우리는 그 실체화되지 않는 대상을 프로이트를 따라 욕동의 '관념적 재현체 Vorstellungsrepräsentanz'라고 지칭해볼 수 있을 것이다. 최인훈의 소설과 희곡을 비롯한 모든 형태의 글은 이 관념적 재현체가 그가 놓인 그때마다의 시공간적 상황과 맥락에 따라 언어를 통해 상징화된 결과일 것이다.

그 '관념적 재현체'가 피난민으로 살아야 했던 그의 삶의 사건들로부터 도출된 것이라는 점에는 의문의 여지가 없다. 원리적으로도 그렇고, 그의 글들이 증명하고 있는 바이기도 하다. 그럼에도 그것은 쉽게 투명한 형태로 상징화되지 않는다. 상징화의 시도는 오히려 그 '관념적 재현체'의 실재성만을 부각하고, 그렇기 때문에 그 상징화된 언어들을 그 실재의 재현에 턱없이 미치지 못하는 부질없는 껍데기 같은 것으로 만들고 만다. 한 가지 이야기를 계속 다시 고쳐 쓰는 시시포스의 도로를 반복하지 않을 수 없는 이유가 바로 거기에 있다.

최인훈의 초기 글쓰기에서 그 관념적 재현체에 접근하는 수단은 '관념'이었다고 나는 생각한다. 『광장』(1960)이나 『회색인』(1964)이나 『서유기』(1966) 같은 대표작들에 등장하는 그 도저한 관념들을 보라. 미메시스적인 접근 방식보다 그것이 훨씬 더 큰 리얼리티를 생산할 수 있었다. 당연히도 관념적 재현체를 재현하는 문제는 단지 사실성의 문제에 국한되는 것이 아니다. 어느 시기 이후 최인훈은 아예 그쪽에는 손을 대지 않았다. 역사적으로 그 방식이 할 수 있는 문학적 역할은 이미 할 만큼 했다는 것이 자명했기 때문이다.

그 관념을 매개로 하여 얻을 수 있는 만큼 어느 정도 해결이 되자, 최인훈이 새롭게 시도한 수단은 '패러디'였다. 『총독의 소리』(1967), 『소설가 구보씨의 일일』(1971) 등의 계보에 속하는 작품들이 그 사례라고 나는 생각한다. 그 상호텍스트의 운동은 관념에 객관적인 형식을 부여하는 역할을 했다. 순수한 자아란 가장 뜨거운 열정의 형식이기는 하지만 또 얼마나 관념적이고 유치한 것인가. 그런 자각이 작가를 다른 텍스트들의 세계로 이끌지 않았을까.

앞서 시도된 관념과 패러디 형식의 특징들을 끌어안으면서도 거기에서 한발 더 나아간 지점에 「하늘의 다리」(1970)와 「두만강」(1970)이 놓인다는 전제에서 이 글은 씌어진다. 이 새로운 접근의 열쇠는 우리가 잘 알고 있듯이, '환상'이다.


2. 환각, 혹은 실재의 그림자

「하늘의 다리」는 독신으로 살아가고 있는 삼십 대 중반의 월남민 출신 화가 김준구가 고향에서의 학창 시절 은사였던 한동순 선생의 부탁으로 그 딸 성희를 찾는 이야기가 그 뼈대를 이루고 있다. 그 뼈대 사이를 주로 김준구의 관념과 환각, 그리고 그의 짝패인 소설가 한명기와의 대화가 채우고 있다. 그 가운데에서도 가장 문제적인 것은 김준구가 시시때때로 바라보는, 하늘에 떠 있는 여자의 다리의 환각이다.

보도에 내려서서 조금 걸어가다가 준구는 또 '그 착각'을 일으켰다. 그것은 착각이라기보다 '허깨비'라고 하는 편이 옳았다. 갠 밤하늘에 여자의 다리 하나가 오늘도 걸려 있다. 허벅다리 아래만 뚝 잘린 다리다. 쇼윈도에 양말을 신겨 거꾸로 세워놓은 마네킹의 다리가 하늘 한가운데 애드벌룬氣球처럼 떠 있는 것이다. (p.27)

이런 비현실적인 상황을 현실적인 것으로 느끼는 장면의 질감은 이 소설이 등장하기까지의 한국 소설에서는 너무도 낯선 것이 아니었을까. 그런데 이 장면은 좀더 이야기가 진행된 후에 다음처럼 되풀이하여 서술된다.

초저녁 하늘에 여자의 다리 하나가 오늘도 걸려 있다. 허벅다리부터 아래만 몸에서 뚝 잘린 다리다. 쇼윈도에 양말을 신겨 거꾸로 세워놓은 마네킹의 다리가 하늘 한가운데 애드벌룬처럼 떠 있는 것이다. 발을 아래로 제대로 허공을 밟고 선 다리는 한쪽뿐인데 허벅다리 위에서 끝나 있다. 그런데 그 끊어진 대목이 마네킹과 다르다. 끊어진 대목에서 피도 흐르지 않는다. 있어야 할 둥근 절단면이 없는 것이다. 아무리 뒤로 돌아가서 절단면을 보려 해도 보이지 않는다. 절단면은 자기 그림자를 밟으려 할 때처럼 시선에서 벗어난다.

끊어진 다리. 그런데 끊어진 자리가 없다. 그것은 마네킹의 다리가 아니라 분명히 살아 있는 다리였다. 여러 번 보아서 그런지 이제는 부자연스럽지도 않다. 땅 위에서 올라가는 밤의 도시의 색깔 섞인 불빛들의 힘이 다해서 스러져가는 언저리보다 훨씬 높이, 별빛만으로 차고 맑게 빛나면서 살찐 발가락들이 부드럽게 하늘을 즈려밟고 있다. (p.64)

묘사는 조금 더 구체적으로 되었다. 그런데 자세히 보면 앞부분에서 작가는 앞에서 썼던 문장을 그대로 반복해서 다시 쓰고 있다. 이처럼 하늘의 다리의 환각이 등장할 때마다 같은 형태의 문장들이 그대로 다시 서술되는 양상은 이후에도 반복해서 나온다 (p.97). 작가는 왜 똑같은 장면을 이렇듯 똑같이 반복해서 기술하고 있을까. 이러한 진술 방식의 효과는 프로이트가 「두려운 낯섦 Das Unheimliche」(1919)에서 분석하고 있는 몇몇 환상적인 이야기에서 나타나는 효과와 비교하여 설명할 수 있다. 가령 한 인물이 반복해서 똑같은 숫자를 만난다. 집을 나서면서 본 버스 노선의 숫자가 그날 방문한 사무실의 번호로 반복되고, 또 모르는 누군가로부터 전해 받은 편지에 다시 그 숫자가 적혀 있다면 그 인물은 누군가가 자기를 지켜보고 있는 듯한 느낌에 사로잡힐 수밖에 없다. 그것은 우연적이면서 동시에 필연적인 것이다. '하늘에 떠 있는 다리' 역시 사실은 낯설지만 또한 낯익은, 어쨌거나 갑작스럽기는 하지만 다른 어떤 곳도 아닌 김준구의 내부로부터 발생한 현상인 것이다. 말하자면 그것은 우연과 필연이 교차하는 지점에서 생성된 현상이다. 같은 형태로 반복되는 문장들은 그 점을 비재현적인 방식으로 드러내고 있다.

또한 이렇듯 똑같은 장면이 반복되는 과정에서 시니피에(기의)는 증발하고 시니피앙(기표)만이 남게 되는 효과가 일어난다. 반복되고 있는 것은 의미가 아니라 기호의 차원이다(의미의 문제라면 그렇게 똑같이 반복될 필요는 없을 것이다). 그 결과 기의는 비어 있고 기표만 반복되는 양상이 일어난다. '하늘의 다리'라는 환상적인 기표는 매번 새로운 의미 속으로 미끄러져가고 그러면서 그 자신은 공백의 기표가 된다.

커다란 다리가 밤의 하늘 한가운데 떠 있다. 글씨처럼. 다리는 밤을 밟고 있다. 풍선처럼 밤 위에 떠 있다. 배처럼. 다리는 솟아 있다. 안테나처럼. 소리들은 하늘로 올라가 다리가 된다. 오작교처럼. 죽은 쥐들과 짓밟은 말과 허송한 시간들은 하늘로 올라가 다리가 되었다. 다리는 밤의 한가운데서 말이 없다. 벙어리처럼. (p.105)

무슨 '글씨처럼' 하늘에 떠 있는 다리는, 그러나 읽히지 않는다. '다리'라는 기표는 '풍선'으로 '배'로 '안테나'로 '오작교'로 미끄러져간다. 그러나 그 어디에도 정박하지 못한다. 그것은 '벙어리'처럼 말이 없다. 그러나 기본적으로 기표의 의미화가 계속 거부되고 있는 상황 속에서도 그 의미에 대한 탐색은 지속적으로 시도된다. 이 소설은 환상이 빈번하게 등장하고 있기는 하지만 기존의 환상소설의 문법과 크게 다른 점이 있는데, 그것은 이 소설의 경우 그 환상들을 즐기는 데 목적이 있지 않다는 점이다. 여기에서는 오히려 그 환상들이 발생한 현실적 근거를 탐색하는 것이 목적이기 때문이다.

난데없이 스피커로 어쩌구어쩌구 하는 소리가 하늘로 올라간다. 그리고 하늘 복판에 둥 떠 있는 다리가 가끔 보인다. 웬일인지 성희의 다리라는 생각이 난다. 성희를 알기 전부터 보아온 환상이니 그럴 리가 없는데도 어쩌다 퍼뜩 그렇게 이어지자 그 두 가지 오브제는 단단히 들러붙어서 서로 그림자가 되고 몸이 되고 하면서 떨어지지 않게 됐다. 사실 흡사한 일이었다. 성희는 분명히 이 도시의 어딘가에 있으면서 준구에게는 그 하늘의 다리나 진배없는 환상이었다. (pp.107~08)

이 소설은 김준구의 의식을 통해 그 환상의 원인과 의미에 대해 여러 가지 각도에서 분석을 시도하지만 그럼에도 그것은 끝까지 투명한 형태로 제시되지 않는다. 하늘에 떠 있는 다리의 환상은 성희와 만나기 전부터 보아왔던 것인데 그것이 이번에는 성희의 이미지와 결합된다. 환상의 기의는 확정되지 않고 이처럼 새로운 의미와 결합된다. 그때마다 환상의 형식은 조금씩 변형의 과정을 거친다. 이처럼 이미지들은 마치 그물처럼 얽혀 있고 하나의 이미지는 그것과 연동된 이미지들의 연쇄고리와 함께 움직인다. 그리고 하늘에 떠 있는 다리에 김준구의 리비도가 집중적으로 투여되면서 김준구의 의식 속에서 이미지들의 치환과 압축의 연쇄고리는 하늘에 떠 있는 다리의 환각을 중심으로 재편되기에 이른 것이다.

이렇게 본다면 이 소설의 특징은 환각이 등장한다는 것이 아니라 그것을 제시해두고 그것에 대한 상징화를 시도하지만 끝내 상징화하지 않는다는 점이라고 할 수 있다. 이 소설에 등장하는 환상의 선구성, 문제성은 바로 그 점에 있다. "삶이란 예측할 수 없다"(p.24), "잘 설명할 수 없었다"(p.33), "불확실함. 삶의 불확실함"(p.40), "커다란 소용돌이 속에서 살면서도 그 소용돌이의 의미를 알기는 어렵다"(p.63), "진흙탕"(p.117) 등 이 소설에는 인식의 불투명성에 대한 언급과 비유가 빈번하게 등장하는데, 그것들은 모두 상징에 대한 회의의 분위기를 형성하고 있다. 이 소설에서의 환각은 어쩌면 그와 같은 상징의 압력에서 벗어나고자 하는 내밀한 욕망의 산물일지도 모른다. 상징화할 수 없는 것을 상징화하려는 시도가 환각이라는 형식을 낳았던 것이다.

또한 이 소설은 환각이라는 결과와 그 원인에 대해서도 관심을 기울이고 있지만, 그와 더불어 환각이 발생하는 과정에 대해서도 각별히 주목하고 있다. 아마도 그 환각은 현실로부터 발생하였을 터이지만, 그것은 현실에 대한 즉자적인 반응이 아니라 지속적인 압축과 치환의 과정을 통해 생성된 것일 터이다. 소설 속에서 그 과정에 대한 유비를 만날 수 있다는 것은 우연이 아닐 것이다.

머릿속에서도 무엇인가 달아오르고 뻐개지듯이 아팠다. 그 머릿속에서 무엇인가 맹렬한 사건이 진행되고 있는 모양이었다. 그게 무언지 준구는 알 수 없었고 그에게 통보된 것은 뻐개질 듯한 그 아

픔뿐이었다. (p.21)

증상은 원인과의 직접적인 대면을 회피한 결과로 나타난다. 환각 역시 마찬가지로 일종의 방어 기제라고 할 수 있다. 그것은 그 대상을 압축, 치환의 과정을 거쳐 뒤틀린 왜상의 형태로, 마치 '중간의 필름을 잘라낸 채 처음과 마지막 두 커트만을 몽타주한 이야기'(p.137)처럼 그 과정은 은폐한 채 결과만을 드러낸다. 그런 의미에서 그것은 자아가 회피하고자 했던 실재의 그림자이다.

웬일일까. 그녀의 고집스러움은 떠오르는데 고집스러움을 담았던 턱은 떠오르지 않는다. 상냥하던 입술을 그려본다. 그러면 상냥스러움은 남았는데 상냥한 입술은 떠올려지지 않는다. 공백을, 텅 빈 무엇인가를 담고 있던 눈도 그려지지 않는다. 그 텅 비었다는 것에 대하여 그토록 오래 생각게 하는 그 눈이 그려지지 않는다. (pp.111~12)

그날부터 그는 작품을 시작했다. 하늘에 다리 하나가 걸려 있다. 다리는 허공을 밟고 있다. 그 밑에 멀리 도시가 있다. 도시의 하늘에 허벅다리 아래만 있는 다리 하나가 걸려 있는 그림이다. 그 다리가 성희의 것이다—라고 준구는 믿고 있다. 그러나 이 다리는 도시의 하늘에 잘 걸려주지 않았다. 〔……〕 환영으로 보일 때는 그렇게 확실하게 저 하늘에 박혀 있던 다리가 캔버스 위에서는 그림의 공간 속에 들어박히지를 않는 것이다. (pp.115~16)

성희(여성)도 하늘에 걸린 다리도 재현을 거부하는 실재의 그림자들이다. 그것은 직접적으로 상징화되지 않는다. 언어적 상징 저편의 세계와 이 세계 사이에는 "기억과 캔버스 사이에 놓인 낭떠러지, 기억 속의 성희와 현실의 성희 사이에 있는 거리만큼 한"(p.116) 단절이 놓여 있다. 그렇기 때문에 그 세계를 이 세계의 언어를 통해 상징화하면 "영화 속에 만화를 끼워놓은 것처럼 되고 만다"(p.116). 그럼에도 그 낭떠러지 아래 깊숙한 곳에 놓인, 정체를 알 수 없는 그 어떤 것을 불러내고 끌어올리는 것, 그리하여 그 서로 다른 두 세계를 소통시키려는 필사적인 시도의 다른 이름이 바로 최인훈에게는 예술이다.

예술이란, 불러내는 것. 먼 데 것을 불러내는 것. 가라앉은 것을 인양하는 것. 침몰한 배를 끌어올리는 것. 기억의 바다에 가라앉은 추억의 배를 끌어내는 것. 바닷가. 표류물 漂流物 을 벌여놓은 바닷가. 그렇게 캔버스 위에 기억의 잔해 찌꺼기들을 그러모으는 일 — 이 아닌가? 그렇다. 그러나 내게는 기술이 없다. 연장이 없다. 깊은 바닷속으로 들어갈 체력이 없다. 체력. 그럼. 체력이 없지. 이젠. 예술은 체력 없인 안 된다. 자본이 있어도 안 된다. 해녀여야지 조합장이어서는 안 된다. 조합장은 장부 위에서 숫자와 전표만 만진다. (p.74)

니체의 논법으로 말하면 예술은 노예의 도덕이 만들어낸 것. 그렇기 때문에 그것은 일반적인 통념과는 달리 향락이 아니라 (체력을 요구하는) 노동의 산물이다. 해녀여야지 조합장이어서는 안 되는 이유도 거기에 있다. 그러한 명제가 최인훈과 그의 시대의 소설에서 기본적인 전제를 이루고 있었다. 가상과 본질의 위계를 전도시켜 가상에 본질이 있다고 믿는 일이 그것이다. 그럼에도 거기에서조차 본질을 찾을 수 없다고 회의하는 지점에서 최인훈 소설의 고유함이 뻗어나온다. 바로 그러한 예술관에 합당한 독특한 예술적 형식이 최인훈 소설의 특징적 면모를 이룬다. 다음과 같은 자유 연상의 기술들, 그리고 그 기술들이 궁극적으로 이데올로기 비판에 가 닿는 대목은 그 한 가지 사례이다.

고향 시절에 한 선생 댁에 놀러 갈 때면, 담 너머로 울려나오던 오르간 소리. 담을 넘어 어우러진 아카시아 가지. 아카시아 냄새에 범벅이 된 오르간 소리. 소리꽃. 소리의 꽃. 꽃의 소리. 냄새의 소리. 소리 냄새. 소리 냄새꽃. 부드러운 입술. 입술꽃. 꽃입술. 그림이 되기 위해서는 너무 갈피 많은 화상畵想. 화상이 가고 싶다는 데로 한정 없이 따라가서는 안 된다. 그것은 족할 줄 모르는 욕망과 같다. 끝이 없다. 폭군. 폭력. 자기 자신에 대한 폭력. 줄과 줄 사이에 선택이 있지 않으면 안 된다. 예술이 자유의 나라라는 얘기. 거짓말이다. 예술은 폭력의 나라다. 폭력의 근거를 따질 마음이 일지 못하게 강제된 폭력의 세계다. 예술을 사랑한 사람은 예술을 만들지 못한다. 무서움. 삶의 무서움에 대해서 또 하나의 무서움을 만들어내는 것. 그게 예술이다. 아름답다는 것 — 아름다움은 흉기凶器다. 흉기를 만드는 사람은 흉기보다 더 흉악하지 않으면 안 된다.

나는 그걸 몰랐지. 누가 나한테 그 진실을 말해주었던가. 아무도. 말해준 사람은 아무도 없다. 그들은 알고 있었는가. 아마 그들도 몰랐을지 모른다. 만든다는 것 즐기는 일만이라면 예술은 꽃이다. 그러나 만드는 쪽에 서면— 예술은 흉기, 즐기면서 만든다? 즐기면서 만든다? 엿장수 맘대로 되는 일인가? 꽃인 줄 알고 달았던 가슴의 장식이 한 자루의 칼로 변할 때. 공중公衆의 눈앞에서. 문득 준구는 제정신이 들었다. 흉기는 웃고 있었다. (pp.53~54)

이처럼 가수假睡 상태에서의 의식의 기술은 (최인훈의 다른 소설에서도 자주 접할 수 있는 것이지만) 이 소설에서도 몇 차례 유사한 양상으로 등장한다. 가령 13장은 전체가 자유 연상에 의한 진술이다. 이 자유 연상에 의해 생산된 이미지와 사유는 언어가 아니면 그려내기 어려운 대상이라는 점에서 언어 예술로서의 소설에서 보자면 가장 소설적인 대목이라고 할 수 있다.

동시에 언어에 대한 반성의 과정 그 자체가 이데올로기 비판의 기능을 수행한다는 것을 이 대목은 잘 보여준다. 위에서 드러나 있듯 그 반성은 기본적으로 언어(예술)가 자유이자 폭력이라는, 꽃이자 흉기라는 역설에 대한 인식으로부터 온다. 바로 그 역설에 대한 인식이 조급하게 한쪽 방향으로 치달아 개념으로 지양되고자 하는 의식을 견제하고 있다. 그 이미지들의 무한히 거듭되는 분열 속에, 들뢰즈의 개념으로 말한다면 시뮐라크르의 차원이 반복되는 속에 하늘의 다리라는 환각(또 하나의 시뮐라크르)은 잠재되어 있었을 것이다.

언어의 내부에서뿐만 아니라 언어와 인식 사이에도 일방적인 반영이 아니라 쌍방향의 역설이 작동하고 있다. 인식이 언어화되기도 하지만 때로는 언어가 인식을 불러오기도 하는 것이다. 그 과정에서 일어나는 미세한 사건들을 이 소설은 다음처럼 예민하게 포착하여 보여주고 있다.

준구는 원산이라는 도시가 가지고 있는 많은 뿌리를 생각해보았다. 그 속에는 준구 자신에게 뻗친 뿌리도 있었다. 그것은 지금으로서는 그의 머릿속의 기억記憶 세포에만 이어진 뿌리였지만 뿌리임에는 틀림없었다. 실지로 오갈 수 없기 때문에 그 뿌리는 준구의 기억 세포 속에서 뿌리혹박테리아처럼 무성하게 부풀어 있었다. 그리움이란 양분을 빨아먹으면서 그 박테리아는 이십 년 동안 가닥에 가닥이 얽혀 덩굴진 숲을 이루고 있었다. KAL기에 얽힌 고향의 이름 두 자가 갑자기 붓끝에 걸리는 캔버스의 닿음새처럼 이 며칠 그 덩굴을 건드려오고 있는 터이었다. (pp.16~17)

원산이라는 고향의 이름 두 자가 의식의 표면 아래에서 천천히 움직이고 있던 기표(기억)들의 덩굴을 활성화한다. 새로운 기표의 출현이 그와 연관된 기표들을 자극하고 그와 더불어 기표들에 부착되어 있던 현실을 환기한다. 바로 이 현실적 근거가 이 소설 속의 환상을 분석 가능한 것으로 만들어준다. 그러나 그 환상은 결코 싱겁게 분석되어버리는, 의식의 조작에 의해 만들어진 관념이 아니다.

이 환상적인 그림 속의 다리와 하늘과 도시가 이 캔버스 안에서만 어김없이 서로 밀고 당기면서 넘어지지 않는다면 그것은 그림일 수 있는 것이었다. 그의 환상에서 그렇게 확실히 진짜로 보였다는 사실 때문에 그는 이 구도構圖를 버릴 수 없는 것이었다. (p.127)

이렇듯 환각과 현실을 동시에 제시하고 그 관련의 폭을 될수록 최대한 멀리 설정하면서도 그 연관을 포기하지 않는 데서 최인훈 소설의 고유한 구도를 확인할 수 있다. 말하자면 기의(자아 담론)와 기표(무의식 담론)의 상호 관련을 활성화하되 그 각각의 독자성을 훼손하지 않는 균형이야말로 최인훈 소설의 특징이라고 할 수 있다.

이 소설적 구도는 인물들의 관계에도 투영되어 있다. 이 소설에서 김준구와 한명기, 김상현 등은 의식 내에서의 서로 다른 지점들을 표상하지만, 그럼에도 그 지점들은 서로 연결되어 있다.

소설가는 저녁에 술을 하자고 권했으나 준구는 볼일이 있다고 말했다. 실은 순간적으로 OK홀에 가보고 싶었던 것이다. 그 처녀 소식은 없는가고 한명기가 물었다.
준구는 조금 놀라면서 없다고 대답했다. 우연히 묻는 말이겠지만 한명기는 무서운 데가 있다는 생각이 들었다. 그러나 그를 크게 속이자는 생각이 없는 바에야 무서울 것도 없겠다는 생각도 들었다. 김상현의 경우도 마찬가지라는 생각도 들었다. (p.122)

화가 김준구와 소설가 한명기가 한 의식의 두 양상을 표현하는 짝패라고 할 수 있다면 그들보다 더 너머에 김상현의 현실적 의식이 있다. 그들은 현실 속 인간성의 전형이라기보다 한 인간의 의식 속에 다층적으로 내재된 원형적인 타입 쪽에 가깝다. 이 구도는 현실과 차단되고 연결되기를 반복하는 의식의 다면적인 폭을 감당할 수 있는 장치이자 근거이다.

한편 이 구도에서 한명기가 김준구와 김상현 사이에 놓여 표면상으로는 중심에 있지만 실제로는 김준구에 초점이 맞춰져 있다는 점도 주목할 필요가 있다. 김준구에 초점이 맞춰져 있다는 사실은 최인훈의 시선이 문학적이라는 점을 새삼 확인하게 만드는 것이다. 많은 동서고금의 예술 작품들이 증명하듯이, 김준구에게서 떠나지 않는 피난민 의식, 이방인 의식, 소수자의 언어 의식은 그 자체가 문학 예술을 발생시키는 보편적 기원이다. 그런 측면에서 보자면 이 소설은 김준구의 사적인 기억 혹은 트라우마가 객관화, 보편화되어 현실에 대한 문학적 인식으로 성립되는 드라마를 펼쳐 보인 것이라고도 할 수 있다.

바다 밑 바위 모서리에 가라앉은 조개처럼 그는 방에서 웅크리고 지냈다. 가끔 다리를 끌고 창가에 서서 내다본다. 겨울의 맑은 날 집들은 잔뜩 웅크리고 추위 속에 몰려선 피난민들처럼 보였다. 갑자기 거지가 돼서 백사지 땅에 내동댕이쳐졌던 이십 년 전이 조갯살에 파고든 한 알의 모래처럼 준구의 속에서 자라온 줄만 알았는데 모래는 밖에도 있었다. 저기 저렇게 서 있는 집들이, 전봇대가, 거리가 모두 어디서 금방 실려온 피난민같이만 보이는 것이었다. 그는 원래 이 도시에서 자기는 남이고 이 도시에는 자기를 빼놓은 남들의 큰 집단이 자신 있게 살고 있다는 짐작으로 살아왔다. 그런데 차츰 그는 달리 보게 되었다. 어디에 그 증거를 대라면 댈 수 없다. 한명기라면 혹 몰라도 준구는 그런 데는 서툰 사람이었다. 그저 낌새──어떤 낌새가 그랬던 것이다. (pp.112~13)

이 장면까지 이르면 우리는 「하늘의 다리」가 문학적 의식의 보편적인 기원과 그것이 발생한 시대적, 현실적 맥락을 아울러 내포하고 있다는 것을 확인하게 된다. 그렇기 때문에 이 소설에서의 환상은 환상으로서의 문제성을 잃지 않으면서도 그에 대응되는 현실성을 지닌다. 환상은 그 현실에 대한 명시적인 증거가 아니라 "그저 낌새──어떤 낌새"로서 존재한다. 그것은 현실의 반영이 아니라 징후적 현실의 발견 혹은 그에 대한 예감으로서 기능한다. 그 예감이 가장 증폭된 형태로 드러나는 것은 그 환상에 부합하는 사건이 실제로 현실에서 일어나는 순간에서이다. 소설의 후반부에서 김준구가 목격하는 피살자의 다리, 그리고 아파트 붕괴 현장이 바로 그 경우일 것이다.

이 환각과 실재의 전도된 관계는 곧 예술과 현실의 관계에 대응되는 것이다. 이 이항 대립의 선택적 상황을 어떻게 돌파하는가 하는 형이상학적 주제가 이 소설의 마지막을 장식하고 있다.

나는 두 가지 생각을 가지고 있네. 한 가지는 무어가 어찌 됐건 환쟁이는 캔버스 밖으로 나가서는 안 된다, 우주가 밖에서 망하고 있더라도 머리 꼭대기에 천장이 내려앉는 순간까지는 캔버스와 팔레트와 손, 그리고 눈만이 그의 세계이어야 한다. 그 밖의 일은 더 고상한 일인지는 몰라도 미술은 아니다— 하는 생각이야. 다른 한 가지는, 그렇다손 치더라도 그만큼 끄떡없는 집념을 가지자면 역시 바깥세상을 사랑해야 된다는 것, 근대 예술가들이 생각하듯 예술이나 학문이라는 것이 고립적인 힘으로만 이루어지는 것이 아니라는 것, 아무도 날 때부터 미술가인 사람은 없고 인간의 공동체가 개발하고 쌓아온 전통과, 분업의 약속 아래서만 한 전문가가 탄생한다는 것, 그러므로 인간의 마을에 대한 믿음 없이는 방법적 고립도 불가능하다는 것— 이런 생각일세. (p.135)

이 문제를 현실적으로 생각한다면 그것은 예술가의 처세에 관한 것이지 소설적인 것은 아닐 것이다. 그러나 다른 한편으로 이 문제를 깊이 파고들어 논리적으로 추구해 들어가면 그것은 철학의 몫이지 문학의 몫은 아니다. 「하늘의 다리」는 이 문제를 김준구의 삶과 의식과 무의식을 통해 형상화하고 있다는 점에서 문학적이다. 이 대립이 해체되는 원점, 그 서로 얽힌 난맥으로 인한 '어질머리'로부터 벗어난 의식과 존재의 원초적 상태에 대한 메타포가 바로 이 소설의 마지막에 등장하는 '바다'일 것이다.

나도 이 바다에서 나온 사람일세. LST에서 내려서 이 땅을 밟았지.

그리고 지금 바다를 대하고 이렇게 서 있군. 그사이에 겪은 일들을 나는 도무지 갈피 잡을 수 없네. 모두가 비너스의 탄생처럼 갑작스럽고 불문곡직으로 사건들은 일어나데. [……] 보이지 않는 것을 그릴 재주가 있나. 나는 지금 이 바다에서 금방 나온 사람처럼 생소하네, 이 마을이. LST에서 걸어나온 피난민은 헛되이 바다 앞에 섰네. 이 무지한 바다 앞에. 백치와 같은 푸른 짐승 앞에. (pp.137~38)

여기에서 바다는 일차적으로는 피난민의 생활이 비롯된 시발점을 지시하고 있지만, 궁극적으로는, 『광장』에서의 바다가 그러하듯이 여기에서도 '무지하고 백치와 같은' 원초적인 상태에 대한 상징이다. 『광장』에서 이명준이 선택한 죽음은 그 세계와의 거리를 가깝게 만들어주는 가장 직접적인 계기이다. 그런 의미에서 「하늘의 다리」에서의 바다 역시 '상징적 자살'의 무대라고 할 수 있다. 최인훈 문학에서 바다는, 그리고 그것을 무대로 이루어지는 죽음과 거듭남의 제의적 퍼포먼스는 예술의 지향점과 그에 도달하기 위한 인간적인 의지에 대한 상징적 표상이라고 할 수 있다.

## 3. 기억, 혹은 욕망의 판타지

그 바다에 이르기 오래전 강에서 흘렀던 시간이 있다. 「두만강」이 바로 그것이다. 그런 의미에서 "하얗게 얼어붙은 두만강이 아득히 빛나고 있었다"(p.316)고 끝나는 이 소설의 결말은 그것이 더

유유히 흘러 바다로 흘러들어갈 시간들을 암시하고 있는 것이다.
「하늘의 다리」가 1970년의 첫날 전후의 이야기라면 「두만강」은 그 26년 전인 1944년의 첫날을 전후로 하여 일어난 이야기이다. 「하늘의 다리」가 월남하여 난민으로 살아가는 예술가의 이야기라면 「두만강」은 고향에서의 유년 이야기인 것이다. 그러나 그와 같은 대비의 한쪽을 허물면서 두 소설은 하나의 동질적인 세계를 펼쳐 보인다. 가령 '진흙탕'(「하늘의 다리」)과 '아지랑이'(「두만강」). 「하늘의 다리」의 진흙탕이 김준구의 환각, 예술과 현실의 관계에 대한 실존적인 고뇌에 대응된다면, 「두만강」의 아지랑이는 현경선과 한동철의 욕망과 정체성, 그들을 둘러싼 현실의 여러 층의 억압, 그리고 그것과의 필연적인 갈등을 함축하고 있다.

침략자와 피침략자 사이에 가장 비극적인 시기는 언제일까? 암살의 방아쇠가 당겨지고 가죽조끼가 울고, 기름불이 튀고 주재소(=지서)가 타오르는 시기일까? 아니다. 비극의 큰 윤곽이 원경으로 물러가고 피침략자가 침략자의 언어로 조석朝夕 인사말을 하게 되는 때다. 일상 속에 주저앉은 비극. 비극의 구도 속에서의 희극, 아니 그 속에 있는 당자들은 희극이라고도 느끼지 않는다. 심판의 바로 전날까지 아물거리는 아지랑이─계절의 양기. 엄청난 봄을 앞에 두고도 예삿봄의 징후밖에는 비치지 않는 역사의 돈 후안 같은 속모를 깊이. ─물론 어리석은 자에게만이지만, 1943년의 H읍은 이런 아지랑이 속에 있다. (p.145)

최인훈에게 주된 관심은 식민지의 표면에 드러난 사건이 아니라 그 이면이다. 그 이면 속의 혼돈, '속 모를 깊이'나 '아지랑이'로 비유되는 심층인 것이다. 이 심층의 세계는 최인훈의 관심이 늘 놓여 있던 곳이기도 하다. 엄밀히 말해 그곳은 미메시스의 대상은 아니다.

이 소설은 「하늘의 다리」와 반대되는 지점에 놓인 작품으로 설명되어왔다. 「하늘의 다리」가 환상적이라면 「두만강」은 사실적이라는 식의 대비인 것이다. 물론 이 작품은 그 자체로 한 소읍을 배경으로 식민지 말기의 풍속을 상당히 사실적으로 재현해낸 면이 있다. 하지만 「하늘의 다리」가 그 환상을 통해 현실의 새로운 계기를 발견하고 있는 것처럼, 「두만강」의 기억의 재현 역시 환상의 계기를 내포하고 있다. 시점에서 그 점이 잘 드러난다. 프롤로그에 제시되어 있듯이 이 소설의 중심이 되는 관계는 경선과 동철(경선과 성철이 아니라)이다. 소설 앞부분은 경선과 성철, 동철과 마리꼬의 연애 혹은 우정의 감정을 중심으로 이야기가 흘러가지만 어느 시점 이후 이 애초의 구도는 사라진다. 이 비대칭, 불균형을 어떻게 생각해야 하는가.

그런 의미에서 「하늘의 다리」에서의 준구와 명기처럼 「두만강」에서의 경선과 동철 역시 같은 운명을 공유한 짝패라고 할 수 있다. 경선은 동철에게 아직 부여되지 않은, 그러나 그에게 예고되어 있는 미래상을 드러내기 위한 매개적 존재이다. 그렇게 보면 "사상적 고민 같은 그런 고민이 앞서지 않고 오로지 평범한 생리의 압력 한 가지를 가누지 못하고 있는 자신의 현상"(p.315)에 대한 불만과 같은 경선의 고민 역시 사실 동철의 것을 미리 대신 앓고 있는 것이라고 할 수 있다. 그렇게 볼 수 있다면 이 소설은 기억의 사실적 재현이라기보다 일종의 판타지에 가깝다. 여기에는 기억과 욕망, 과거와 현재가 서로 얽혀 한 몸뚱어리가 되어 있다. 거기에서 우리는 작가가 대학 시절에 썼던 「두만강」이 1970년의 시점에서 발표될 수 있는 필연성을 찾을 수 있다.

뒤떨어진 아시아에서 눈 많은 것밖에는 자랑할 것이 없는 이 북쪽 시골에 한 나무장수 딸로 태어났다는 사실은 경선에겐 무서운 실감을 수반한 절망을 주었다. 이 경향은 나이 어린 계집애의 으레 있는 감상으로 돌리기에는 너무나 심각한 것이었다. 남 못 하는 공부를 하고 나서는 저를 공부시켜준 부모가 초라해 보이고 제가 자란 바닥이 숨 막혀진다. 더구나 서울 가서 학교를 하고지라는 소원도 아버지가 마다해서 이루지 못했을 때의 심정. 자기가 못 간 서울에 가 있는 것만 가지고도 성철은 우러러보인다. (p.233)

자신의 정체성에 대해 민감한 존재들, 그들이 곧 난민들이고 이방인들, 경계인들이다. 바로 경선과 동철처럼 세상과 대결하고자 하는 자아의 의지로 인해 스스로 주변인이 되어버리는 존재들 말이다. 우리는 위에서 드러나 있는 현실 부정의 의지와 그것을 초래한 초월적인 욕망의 추구에서 이후 피난민 의식의 형태로 변주될 어떤 의식의 투명한 원형을 확인할 수 있다.

4. 환상의 의미, 그리고 그 이후

「하늘의 다리」와 「두만강」은 피난민 의식을 지속적으로 탈주관화, 객관화하는 과정의 한 국면을 보여준다. 최인훈은 문학 혹은 예술이라는 것 자체가 이방인, 피난민이 하는 것이라는 사실에 자각적이었고 그것을 작품을 통해, 삶을 통해 보여주었다. 그런 의미에서 그는 문학 작품을 쓴 것이라기보다 문학을 살았다. 바로 거기에 작가로서 최인훈의 비참과 영광이 있을 것이다.

「하늘의 다리」가 기억과 의식 사이의 복잡한 치환과 압축의 고리, 그리고 그 고리에서 일탈된 낯선 환각을 보여준다면, 「두만강」은 그에 비해 상대적으로 직접적인 치환과 압축, 단순한 환상을 보여준다. 바로 이 점이 「두만강」에 비해 「하늘의 다리」가 집단적 환상에서 더 먼 이유이며, 그렇기 때문에 더 성숙한 예술적 의식을 보여주는 이유라고 할 수 있다. 그럼에도 그들은 환상이나 기억이 실재를 더 가까이 느낄 수 있게 해준다는 역설적 진실을 보유하고 있다는 점에서 공통된다.

사실 그 주관적인 개인 환상은 '관념적 재현체'에 더 가깝다. 그 '관념적 재현체'는 현실이라는 공동 환상에서 가장 멀리 떨어져 있는 것이기 때문이다. 그럼에도 현실의 무게에 눌려 있던 문학적 의식에서 이러한 환상은 늘 관심권 바깥에 머물러 있었던 것이 사실이다. 그리고 다른 작품들에서도 이러한 계기는 이데올로기적이고 미메시스적인 계기에 비해 상대적으로 덜 주목받았던 것도 사실이다. 그런 의미에서 이 작품들은 최인훈 문학을 새롭게 해석할 수 있는 중요한 근거라고 할 수 있다.

그러면서도 그 환상들이 끊임없이 현실과의 긴장을 잃지 않고 있다는 점은 다시금 강조될 대목이다. 광장과 밀실, 삶의 거시적 차원과 미시적 차원, 개인과 전체가 맺는 게마인샤프트Gemeinschaft의 영역과 게젤샤프트Gesellshaft의 영역을 함께 사유하고 형상화하는 균형 감각이야말로 최인훈 이후의 한국 소설이 극복하지 못한 큰 장벽이다.

한참 후 최인훈은 이 환상의 계기에서 한발 더 나아가는 또 한 번의 도약을 보여준 바 있다. 『화두』(1994)가 그것이다. 텍스트가 이끄는 기억, 텍스트가 규정하는 삶, 텍스트가 생산하는 현실이 거기에 있다. 텍스트와 삶(기억, 현실)이 서로 얽히고 전도되는 장면 속을 걸어 그는 글쓰기의 운명적이자 최종적인 '화두'를 향해 접근해갔던 것이다.

〔2009〕